U1012046

海的另一边

凛加——著

时代文艺出版社

图书在版编目（CIP）数据

海的另一边 / 凛加著．—长春：时代文艺出版社，2018.8

ISBN 978-7-5387-5874-0

Ⅰ．①海… Ⅱ．①凛… Ⅲ．①长篇小说－中国－当代 Ⅳ．①I247.5

中国版本图书馆CIP数据核字（2018）第103183号

出 品 人　陈　琛
产品总监　郭力家
责任编辑　李天卿
　　　　　曾艳纯
装帧设计　孙　利
排版制作　隋淑凤

本书著作权、版式和装帧设计受国际版权公约和中华人民共和国著作权法保护
本书所有文字、图片和示意图等专有使用权为时代文艺出版社所有
未事先获得时代文艺出版社许可
本书的任何部分不得以图表、电子、影印、缩拍、录音和其他任何手段
进行复制和转载，违者必究

海的另一边

凛加 著

出版发行 / 时代文艺出版社
地址 / 长春市泰来街1825号　时代文艺出版社　邮编 / 130011
总编办 / 0431-86012927　发行部 / 0431-86012957　北京开发部 / 010-63108163
官方微博 / weibo.com / tlapress　天猫旗舰店 / sdwycbsgf.tmall.com
印刷 / 长春第二新华印刷有限责任公司
开本 / 700mm × 980mm　1 / 16　字数 / 310千字　印张 / 24.25
版次 / 2018年8月第1版　印次 / 2018年8月第1次印刷　定价 / 39.80元

图书如有印装错误　请寄回印厂调换

所有的对与错在十年后又回到了原点……

目录 CONTENTS

第一章 十年前的那个我

她，还没有来……

如果世上有一个地方曾让我魂牵梦萦，那便是这里；如果世上有一个地方曾让我发誓永不再涉足，那仍是这里：外赫布里底群岛的乌伊格湾。然而，我违背了誓言。

凯尼斯海浪不时地触摸着半月形的海岸线，弧形的潮水背后仿佛在诉说着一个个无尽的循环。

和十年前一样，我又站在了这片白色的沙滩上，用鹅卵石拼摆出“B I T L”的字样，静看着潮起潮落。星空依然晶透，海风依然拂面，甚至连空气的味道都不曾改变，只是……此刻，她并没在我的身边。

有时，我总会隐约地感觉到时间里有面镜子，时不时地让我看到曾经的自己。就像不远处的那对情侣，手牵着手，温馨、惬意，这画面太过熟悉。“曾经、镜子、画面？”不曾想，一到这里，我的情绪竟被这些怀旧词汇侵蚀了。其实，我并不喜欢怀旧，因为那是上了年纪的人的嗜好；可我又总喜欢写日记，因为这是一个绝对属于自己的空间，不会被人夺走，也不会被人左右。在心理学里，这叫“暗合矛盾行为”，这么“高端”的词汇是我从一位老人那里学来的，大体意思好像是“表层意识里的事物，实际在潜意识里是被接受的；当情绪累积到一定程度后，潜意识会逐渐浮变成表层意识的行为”。那老人曾问我会不会常去看自己的日记，他说这是判断我是不是这种“矛盾体质”的主要依据，而我撒了谎。其实，即使是现在，这本日记仍然陪在我的身边。

日记本很厚实，但不平整，里层夹贴着很多便笺页，有随笔、有照片，这让它看起来更像个饱满的汉堡。翻着手上这件浮肿的东西，潦草、随性且杂乱无章，就像我那青葱岁月一样纠结、热情且茫无头绪。

我在单亲家庭长大，自打记事起就没见过母亲的样子，甚至连张照片都没有。从这点上判断，母亲肯定是活着离开我们的……随着慢慢懂事，我对母亲的好奇与日俱增，可是关于她的故事版本却很多。有人说，她是因为父母反对，不得已才离开的；也有人说，她是因为和我爸性格不合而离婚的；还有人说，她是因为我爸没本事而“弃暗投明”去了。可无论版本有多“狗血”，作为第一当事人：我的父亲，却始终保持沉默。我记得很清楚，这三十多年的时间里，父亲只提过母亲三次，而且都是在醉酒之后，一次哭着，两次笑着，含糊其辞，语无伦次。但无论孰是孰非，她离开了我且从没回来看过我，这是事实。因此，“母亲”这个重要的称谓在我心里成了疑问词。不过，久而久之，这个曾经的最大悬案在我心里逐渐失去了分量，现在它和一本普通悬疑小说的结局没什么区别。

“女人是什么？”那时，我对这个问题的好奇要远远高于“我母亲是谁？”。父亲那三次的又哭又笑是激发我好奇心的主要原因。堂堂一米九三的大汉竟然会有孩子般的失控，女人究竟有怎样的魔力？当时我十四岁。从那时起，我开始尝试着去“认识”女人，这听起来很滑稽，却是事实。而此前，我眼中的女人，除了去卫生间时所走的方向和我不同，其他并无差别。在我接触的女人中，大多数是女孩儿，也就是我的同学。成年女性中接触最多的是我的班主任：一位六十二岁的老太太。通常来说，她已经过了退休年龄，但因为口碑好，教学能力强，被校方返聘了回来。这一点我必须承认，她的确对我很好。其实我认识的女性里，无论成年与否都对我挺好。逐渐地，我的意识里得出了一个“简洁而烂漫”的结论：“女人，好”。但不管怎样，很长时间里，这个结论让我在面对“女人”时保持了正能量。这对有单亲经历的孩子来说实属不易。后来我明白了，这种“好”叫女人缘。

我得承认我很幸运，不知道哪里来的这么好的命：当同龄男生还在盯着女生后背上半透过来的那根带子傻傻发痴的时候，我已经有了女朋友。我看得出其他男生眼中的嫉妒和不解，这反而更让我乐在其中。可凡事都有两面性，过早的乐观让我在处理男女问题时显得过于单纯和冲动，因此吃了不少教训。但在那个年龄里，“乐观”这个初始心理暗示像在我心里扎了根一样，并不会因为一些小教训而让我有所改变。比如贴在日记本里那张“呆萌”的欠条，寥寥几字便可以映射出曾经的我。

欠　　条

许晓佳今向程天借叁仟壹佰玖拾贰英镑整，特此立据。

许晓佳

2010年7月15日

不知道这个决定做得对不对，但我每次看到这张欠条时就想笑，这太扯了，在英国写欠条竟然用中文数字的大写……

十年前的7月15日，这张欠条的生日，我的前女友许晓佳来找我了。我们曾经在北京读雅思的时候谈过一年的恋爱，后来因为经常吵架性格不合就分手了。随后她申请去了曼城一所学校读本科，而我去了利兹。除了刚来英国时大家在QQ群里互留了联系方式外，从此便很少联系。

这张欠条是许晓佳写给我的。那天她特地从曼城赶过来找我，是急需借钱帮她还财务公司的短期贷款。她没有来过利兹，所以说好了要我去火车站接她。虽然很久没见，但我在候车大厅拥挤的人群中还是一眼就找到了她，还是那么瘦，头发比以前卷了。

“帮帮我，我也只能找你了。”许晓佳刚下火车，疲惫的眼神里还带着点儿恐慌。

“这是怎么回事，贷款干什么？”我着实没想到她的第一句话是这个，就算我给老爸要钱，前面还得有点儿寒暄铺垫什么的。电话里她说是来散散心的，就为这，我还特别庆幸她正好是那天来，因为我女朋友下午有语言课。

“我在赌场输了钱想借点儿钱翻回来，所以就找了财务公司。”

“你这是输了多少啊？如果不是输光了会找财务公司？”

“对啊，就是输光了我才想借钱啊，但我又把借来的五千输没了。”说着，她蹲在地上哭起来了。

“什么！你大爷的！你……”我完全傻了。我见过周围不少留学生输得精光的，输了再借再赌的也有，但是输光了还敢去借财务公司的钱这真是太……在国内我们在一起的时候，我从没看出晓佳还是这样的狠角色。看着蹲在地上的她，我破口大骂，骂得连警察都往这边看。“起来！有事说事！别蹲在这里丢人！”

晓佳哭哭啼啼地站起来了，我反而没话了，她只是站在那里哭，和以前一样一有争执就哭，只是这次我连安慰她的话都编不出来了。人人都知道把钱借给谁都不能借给赌徒，可我现在的想法却不是很坚定了。在国外的这两年，我见到很多因为钱而堕落的学生，尤其是女生，一旦堕落起来比男生做出的事离谱得多，什么被包养、坐台和国内的情况差不多，只是计价单位换成了英镑。

可能留学生总会给大家一个感觉：但凡出来留学的人，其家庭情况都在国内至少算是中上等水平。这确实是事实，尤其是在英国这个全世界留学成本最高的国家。但是很多学生出的问题也是“中上等”水平的，那就和所谓的“中上等”家庭能力抵消了……

许晓佳的家庭属于中产水平，有房有车有存款，这种类型的家庭子女在留学生中占了绝大多数。可以说留学人群就是国内的“中二代”的缩影。至于那些开跑车的“富二代”，在国内少，在国外同样也少。不过，像许晓佳这样一个多月的时间，从输光自己的钱到输光贷款的更少。

我特矛盾，虽然我们再没什么关系了，但她毕竟是我以前的女朋友，毕竟……算了，想多了容易失控。总之，每当我把她和那些堕落的女生们联系到一起时，就有种说不出来的滋味。

“你要借多少？你如果借五千，我可以直接去车站门口要饭去了。”

“三千行吗？”

“……呃。”我皱着眉头闷了一会儿。

“等假期里家人把下学期的钱汇来，我马上还给你。”

“哦，但我要直接去你说的那家财务公司，直接把钱给他们。”我不知道她刚才说的故事是不是真的，更怕她又拿着我的钱去翻本。

“嗯，好好！”说完她抱住我大哭了起来，这种感觉好熟悉，就像以前每次受了委屈后都要在我怀里哭着宣泄出来一样，一种完全孩子式的宣泄方式，但她到底变成了什么样？虽然她的眼泪还和以前一样……

我们连火车站都没出，直接搭乘最近的一班列车回曼城去了。一路上几乎没说话，两个人把刚才的感觉冷却下来之后总觉得有点儿尴尬。我有好多事想问她，但话到嘴边又咽了回去，我们只是普通朋友了，朋友之间打听太多不太好。为了尽量回避这种尴尬的气氛我们都看着车窗外，直到曼城。

这家财务公司叫BKONG FINANCE，在曼城中国城附近，规模不大，一看满屋子的华人员工就知道是专做华人生意的。

“许小姐，请坐。”刚进门，一位广东口音的帅哥给她打招呼。

“我们是来还贷的。”晓佳说着拿出一张纸，上面的内容是中英文对照的。

“好啊，请问还多少呢？”

“先还三千本金吧。”晓佳说完看了看我。

“好的，那我算下利息，稍等。”帅哥敲着计算器，“按每天千分之四的利息，一共是十六天，一共是一百九十二镑。”

“这明明是高利贷……是不是利滚利出来了这么多？”我有点儿懵。

“没有，您放心，我们并没有按天算复利，只有超过一个月我们才会按月算复利的，合同就是这么签的。”

“行了，刷吧。”我拿出银行卡。

“好，谢谢，请稍等。”帅哥操作着POS机，“请您在这里签名。”他递给我收据。“许小姐，还有一件事，上次您用作贷款担保的那张信用卡的月透支额度只有五百镑，这不符合规定的，不知道我们经理通知您了没有？”

晓佳点点头。

“现在您还有两千镑的本金要还，这样的额度还是不行，所以您要换张卡作为担保。”

“这，我也没有其他的卡了。”她说着又把目光转向我，我又僵住了。

“那……这担保什么意思？是不是她如果还不上就要从这信用卡里扣钱？”我问。

“不是，我们是没有权利直接从信用卡里扣钱的，只是信用担保，比如许小姐贷的是三个月的款，即使她到期没能还上，我们也只能催款或是通知她申请延期，但如果没有信用卡担保的话，按规定我们是不能放贷的。这和买手机担保一个道理，只是用客人的信用级别做担保。”

“哦。”我心里踏实一些了，因为我就在手机店里打工，对于无固定资产的留学生来说，信用卡担保签手机合约是最普遍的了。“那先用我的担保吧。”

“好的，您稍等，我要准备份担保协议给您签下。”

在英国连放高利贷都搞得这么“规范化”……

终于完事了，我们都长舒了一口气走出了这家财务公司。

“谢谢你。放心，我再也不去了。”晓佳看着我，像个犯了错的孩子。

“行，不去就行，我已经尽力了，再出问题你就是把我卖了我也没辙。”

“嗯，时间也不早了，去我家吃饭吧。”

“不了，我女朋友快下课了，来曼城也没告诉她，我得回去了。”

“哦。”又是一阵尴尬的沉默……“你等会儿。”晓佳蹲下身子拿出笔和本子在书包上写着什么。“这是欠条，我一定尽快还你。”

“算了吧。我要是不信你，也不会借给你了。”

“拿着，朋友间不能有糊涂账的。”说着她把纸从小本子上撕下来塞进我手里。“我回家了，你路上小心。”

“哦，好。”

晓佳低着头转身快步地走了。

这一下午的事太突然了，坐在返程的列车上总觉得脑袋发胀。不得不承认刚才我有点儿冲动了，一口价三千镑对留学生来说不是个小数目。现在冷静下来了我反而有点儿后悔，刚才做决定时是不是太草率？而且更确切地说是有点儿“打肿脸充胖子”，因为我要面对一个很现实的问题：学费……

按晓佳说的，这个假期里还我钱那是最好的了，但如果她到时还不上呢？

学费是近八千镑，9月中旬交。我现在的积蓄加上将近两个月的打工薪水，还有一个月前家里刚汇来的一部分钱应该够，这是我开口答应晓佳前就算计好了的。可还有那住宿费生活费呢，我总不能找个人把我包养了吧。如果交完学费，我很可能会沦落到赚一块吃一块的境地。最主要的是现在不是我一个人生活，我和女友的钱也分得不是很清楚，尤其是她还是学会计的，这样我迟早会露出马脚。况且像这种和“前女友”三个字联系到一起的事，我根本就不报任何能够解释清楚的侥幸心理。否则什么叫“鸡飞蛋打”，我现在就能想象得到。想到这，我赶紧小心地把欠条对折三次塞进了钱包的最底层……学理工科的只能算清楚大账，冷静下来才发现很多细节不对。

经过反复的考量，如果晓佳开学前没还我钱，我打算直接申请分期付学费。英国的大学都有这种付款方式，只是分期后的学费总数要比一次性付清的多了将近两百镑，但这确实能缓解我不小的压力。否则无论是面对家长还是女友一旦漏出破绽了，我都需要绞尽脑汁地把整个事情圆起来，这实在是太累了。

列车飞速地开着，利兹和曼城之间的经停站不多，我看着窗外的风景，脑袋里却还是反复理顺着整个事情的来龙去脉。突然我想到了刚才在财务公司的时候那帅哥说的信用卡的事，本来晓佳的卡就是五百镑的额度，既然不能满足担保的要求，那他们为什么还会把钱贷给了她？总不至于是他们这么专业的公司当时疏忽了没核实吧。我脑袋大得已经放不下事了，于是直接给晓佳打了电话。

“喂，你回到利兹了？”

“没呢，在车上，我有个事问问你，你那信用卡既然不符合他们的要求，他们怎么把钱贷给你的？”

“哦……当时我向银行申请把临时额度提到了三千镑，等贷款拿到后，我又叫银行把额度改回来了……”

“呃……”我脑袋一片空白，“你，你这不是玩我吗？你这次怎么不再去申请提高额度？”

“我……刚才时间紧，申请提高额度必须等一个工作日左右。”她的理由越来越牵强，我的脑袋也越来越乱。

“那也不对啊，就那个，你当时三千镑的透支额度怎么贷出来的五千？”我尽量控制着情绪。

“一个月是三千，我贷的五千是按三个月还的，所以三个月的透支额是够了……”

“……”我竟无语。

“这信用卡的事你不用担心，都是凑巧了，我不是故意要用你的卡的。钱到了我马上就还你，不会影响你的信用等级的。喂？”

“呃，行……就这样吧。”我有气无力地敷衍了一句便挂掉电话。冲动？稚嫩？傻老爷们儿？一时间我不知道用哪个形容词来总结这么个下午。说不定她真是急得没办法了才这么做的，说不定……我拼命用着各种主观的理由来安慰自己，得了，毕竟是我曾经向她提出的分手，这次帮她也算是弥补吧……也就这样的理由能让我心里真正踏实点儿。

一个小时的车程，我就这样混乱完又踏实，踏实完又混乱地回到了利兹，标准的“冲动时的纯爷们儿、冷静后的小心眼儿”综合征……

第二章　梦一样的我们

暑假很快消失在眼前，紧接着是开学、租房、搬家，每个学生好像都有忙不完的事。看着新生们兴奋地拖着行李箱一次次往返于超市和新家之间，彻夜和新的舍友们聊天喝酒，我常会想起两年前的我。那种感觉就好像眼前的一切都是新奇的，好像这里的每一寸空间都在等着我们去探索。即使是现在，作为一名三年级生，这里的故事仍然像那变幻莫测的巧克力糖。

已经是凌晨一点了。

“啊……再快一点儿……”

隔壁又传来了这要命的声音，我真的是对英国公寓里的墙有很大意见，一周八十英镑的房租也算是中高档次的了，怎么房间墙面的隔音还是这么差？隔三岔五地来个现场版AV音效，这对我们二十多岁的学生来说是相当有损健康的。

“啊……啊……我……我不行了……”

……

看着项目材料，我脑袋里却全是另外一番景象。得了，隔壁的战斗估计不会在短时间内结束，看来作业是做不下去了。于是我泡了杯绿茶打算去客厅图个清静。一开客厅门，一股烟味扑面而来，强子正顶着熊猫眼在客厅里喷云吐雾。

“天哥，这么晚了还没睡？”强子给我打招呼。

“就现在这情况，你能睡着？”我边说边打开窗户散散客厅里的烟味。

“你说这小雯咋就这么骚呢？吃晚饭的时候还看到她是单身，这就叫上了？”

“就因为是单身所以上得才快啊。”

“呃，也对。”

“不过今天应该是在支持国货。”我说。

“不会吧，难道战洋货时她还叫英语？”强子半张着嘴呆呆地看着我。那脸色熬得跟北京车站蹲点要饭的有的一拼。不过人家那是化过装的，他这可是纯天然熬出来的。

“你刚搬进来，过段时间你就能验证我的话了。”

“呃，也对。”强子盯着我那冒热气的茶杯说。

“……要不要尝尝我的茶叶？”我不得不客气地问问。

“不不不，我自己烧点儿开水喝就行，就是你刚开了窗户有点儿冷。”

“行啦，别跟我客气了，就在上面的柜子里，自己去拿吧。”

“谢谢哥！”一阵淡淡的口臭扑面而来……

我们这一个单元里有三间卧室，我、小雯和强子，大家共用一个客厅和厨房，其实客厅就是厨房，它们是连体的。在英国，大多数学生公寓都是这样的房间设计，只是单元里的卧室数量可能不一样。在价格相同的情况下，人人都喜欢卧室数量少的，因为人少用起厨房来更自在，否则做饭都要排队。

我们的三间卧室是并排的，小雯的房间在我和强子之间，所以她一个人的快活总能引起我们两户人家一起亢奋。我不太喜欢扫别人的兴，在小雯很吵的时候，我从来不会去敲墙或敲她的门，一是不太好意思，二是万一碰上个黑人猛男什么的容易受伤。所以我要么戴上耳机在电脑上看电影，要么直接离开房间，要么打开摇滚音乐后离开房间。在这里住了有四个月了，偶尔也会在客厅和小雯的男友来个偶遇。只是人多了就记不清长相了，但我通常只是会和他们尴尬地打个招呼。我觉得在这位室友的男友面前，自己总有种莫名的挫败感，这就和以前中学里的班花在同学聚会时带着自己的男友来了，班里爷们儿的感觉一样。当然，这要取决于对方是不是美女，但问题是小雯确实是个美女。不过话说回来，在我女友的住处里，我同样可以把这种挫败感丢给别人。

“天哥，这茶叶真棒，国内带来的吧。”强子把玻璃杯捧在手里说。

“你放这么多，小心晚上失眠。”

“没事，明天周末，唉……好久没喝茶了。”说着便吸吸溜溜地舔着滚烫的水。

“估计你脸上的包就是这么熬出来，都这把年纪了还长包，火气真不小。”

“天哥，你不也是夜猫子吗？你这脸可比我的光滑多了，有啥秘方？”

“找个女朋友就好了。”我说。

“呃，也对。”

强子的这张脸上没有一块平的地方，本来就不怎么洗脸，再加上硕大的粉刺饱满而反光，让人觉得这张脸可以直接拿去榨油。不知道粉刺脸和口臭是否有直接关系，但我的经验是“十粉九臭”，因为我曾经就是其中一员。刚来英国时我水土不服再加上吸烟，那一口气出去有相当的杀伤力，在超市做收银员时还曾被顾客投诉过，后来就直接被调去扫厕所了。要不是因为那次自尊受伤而彻底改变了生活习惯，可能我也不会有了现在的女朋友。

突然，客厅的门猛地被打开了。

“程天！你又吸烟？”夏婷一进门就闻到烟味。

“没，没，不是我吸的。”

“婷姐，是我吸的，不关天哥的事。”强子也赶紧帮我解释。

“是吗？把手伸过来。”夏婷靠近我的食指和中指仔细闻了闻。

“好了，我怎么能骗你呢？”

“嗯，以后被我发现吸烟就没有吃的了。”她坏笑着把一包外卖放在桌上。

“是，是。没这顿晚上也睡不好啊。”我赶紧洗手。

“那我先回去了，你慢慢吃，睡前别忘记刷牙。”夏婷说着就走出客厅。我赶紧追了出去。

“婷婷等会儿。”

“嗯？”没等她反应过来我便把她抱进房间，往床上一丢，顺势压在身下，“别这样，我累坏了。”她推搡着。但我的左手已经顺着那滑嫩的背从衣服内侧将她抱住。

“你听隔壁的有多high，这谁能受得了啊。”我凑在她的耳边说，隔壁的叫声已经没了，但是咯吱咯吱的摇床声还是很有节奏。

“好了，你就心疼下我吧，我今天从晚上八点工作到现在一分钟都没休息过，而且酒吧里那摇滚震得头到现在还发晕。就让我休息下吧，明天好吧，你去我那边。”

看着她那可怜的表情，我只好停下。“好吧，明天再收拾你。”

“真乖，你现在趁热去吃吧，一会儿吃完了小雯他们也就完事了，正好睡觉。”说完夏婷起来亲了我一下，然后整理好衣服离开了房间。

我无精打采地回到客厅，而强子正盯着那包外卖若有所思。

“呦，天哥这么快。”

“……屁！”我摇摇头，“唉……她工作太累了。”

“呃，也对。在酒吧里捡瓶子是够受罪的，这么晚了还专门给你送来吃的，像婷姐这样的真少见，真羡慕你。”

“别婷姐婷姐的，她比你还小一岁呢。”我没解释夏婷帮我送饭的事，其实只是她回家顺道路过我公寓，饿的时候会让她帮我带份外卖。就让强子羡慕去吧，谁还没个虚荣心？

夏婷帮我带来的是印巴店的烤鸡腿，这对于我们这些学生来说是档次很高的夜宵，尤其是对于强子这样的懒人加铁公鸡。强子的懒在留学生人群里是个普遍现象，不但懒得做饭、懒得洗碗，平时连饭都懒得吃。当他真的是饿到还剩下最后一口气时，就直接开水煮面条，一周吃一次肉，连盐都懒得放，我特佩服他这种维持生命最基本需求的活法。但是这样的人也不可能摆脱人性最基本的特征，那就是在有别人买单的情况下，对食物最原始的渴望在其脸上一览无余。

“比我还小？那才上大一啊，天哥你真行啊。”强子直直地看着鸡腿好像是在和它们说话。

“你也来点儿？”我又一次不得不客气地问。

“哦，行，我不饿，两只就够了。”

盒里一共就四只。估计下周他的那顿肉又可以省了。

“天哥，快教教我经验，我来英国没半年，圈子太小，看你们多幸福，再说我都二十多了也着急啊。”一句话后一只鸡腿只剩下骨头。

“这哪有什么经验，就是我在手机公司做市场，去年年底她刚来英国时什么都不懂，去我们店看手机，是我帮她签的手机合约，就这样认识了。”

“啊，对对对，我见过好多这样的，那些刚来的女孩子一碰到像你们这样的‘当地通’那叫一个崇拜啊，别说你是手机公司的兼职了，就算你知道哪里有菜市场就足以让她们把你当成偶像。唉……想让女人爱上你，必须得先让她们崇拜。”

“你这不是很懂吗？”

“所以啊……能不能也把我介绍到你那公司里做市场？我看你的衣服上挂的是‘客户经理’的牌子，这点儿事对你来说又不算什么。”

“……”我呆呆地看着面前这位“豆子哥”一下子不知道该怎么答复。

现在英国的手机销售商的确很喜欢招中国人做兼职，因为现在中国留学生越来越多，手机又是每人必备，再加上这些刚来的留学生的英文还不是特别熟练，所以用会讲中文的销售人员不但可以让留学生们在沟通和合同细节上更清楚，还能让他们有种亲切感。可问题是强子这衰样……

“怎么了？是不是觉得我形象有点儿问题？”他还挺有自知之明的。

“不不，我是怕你的英语能力不够，因为你随时可能要和网络运营商保持电话联系。”

“天哥，你这就太瞧不起我了。我的雅思可是六点五分啊，其中口语七分，你看周围有几个本科生来英国前能考到这成绩的？”

这确实是个不错的成绩，别说读本科了，就是读硕士都差不多。

“我吃一只就够了，这只你也吃了吧。”我没辙了只能以牺牲一只鸡腿的代价给自己换点儿时间再编个理由。

“谢谢！”

强子赶紧拿起鸡腿塞进嘴里。

“其实招人不是我说了算。”

“没事，你就帮我引见一下，成不成都是我的事，这样总可以了吧。”

话都说到这地步了，我实在没什么地方可以推了，也只好答应了。只是希望到时这哥们儿的口气别把我们经理弄晕过去。

已经是凌晨三点多了，强子茶饱饭足连声道谢地回房了。公寓楼下的广场上偶尔会有人相互打着招呼，这些应该是刚泡完吧回来的。一听那含糊不清的英语就知道肯定是醉醺醺的老外，他们喝多了就很难控制住嗓门，而且声音粗犷有力，还好隔壁的小雯房里还没传出过如此有震撼力的嗓音。

这两个小时左右，强子吸了半包烟，每次我都提醒他吸完烟后一定要把天花板上遮挡防火警报器的塑料袋摘下来，可他从来就没记住过，反而每次总是我谨慎地去客厅看一眼，因为我对这东西特别敏感。当时刚来英国住的是学校的公寓，我不知道公寓里的所有火警警报器之间是联网的，更不知道它们和消防局也是联网的。结果一根烟没抽完，整楼的警报跟发了疯一样刺耳地叫了起来，搞得所有学生穿着各种性感的睡衣跑了出来。不过在这种慌乱的时候最能看出大家最在乎什么，有的抱着笔记本电脑，有的手里攥着钱包，而我拿的是还没过户的银行汇票：我的学费和生活费全在这张纸上……大家刚到楼下的草坪，消防车就来了，随后几个高大猛男上楼排查，最后毫无悬念地发现了我慌忙之中丢在垃圾桶里的烟屁股，我也为了这支烟被罚了八十多镑……

在房里吸烟要么把脑袋伸到窗外，要么把警报器用塑料袋罩上，这是针对无处不在的警报器时，我们这些烟民总结出的经验。这和英国的房子内部主要是以木质结构为主的设计有很大关系，也是为什么抽完烟后一定要让警报器正常工作。万一火苗真的“有幸”从我们单元起来而没有警报提示的话，至少我们三个还没来得及出卧室就已经去见鬼了。

我搬了张椅子，然后站在上面去摘防火警报器的塑料袋，这时小雯穿着一身睡袍走了进来。

“嗯？又弄那警报呢？”她说着走过来帮我扶着椅子。

“没事，椅子不晃。”

我一低头正好瞄到小雯的睡袍领口处，坚挺的胸部露出大半个，好家伙，肯定里面是全裸的。这下椅子还真有点儿晃了。

“这么晚了还不睡？”

“我刚才饿了吃点儿东西。你呢？”她在隔壁谁能睡得着……

“我也是饿了，过来煮两个鸡蛋。”

好傻的对话。

我赶紧摘完跳了下来：“我回房睡觉了，晚安。”

“嗯，晚安。”

生硬的对话结束了，我逃回了卧室，又是一个上火的夜……往床上一躺，各种想法直串脑门，我也不知道具体想的是什么，只是思维在兴奋的状态中。一般我在凌晨两点多最清醒，这个时间灵感最多，特别有利于做设计。我不知道其他专业的学生是不是也有这样的夜猫子习惯，反正我们媒体设计系的学生都差不多这样，做个动画写个代码或者论文，不但需要环境安静，更需要心静，这样才有利于思维的活跃。以前在国内上学时老师常说：“一天之计在于晨。”可我们一天之中最迷糊的就是早晨，不知道是国外的大学了解这点还是纯属偶然，他们在安排课程表的时候总会把大部分课安排在下午。我们平时的课最早也是上午十一点开始的，而且一周只有这么一天需要 “早起”，其他时间的课都是在下午一点以后。英国属于高纬度地区，冬天的白昼特别短，几天看不到太阳，对我们这些经常下午起床的学生来说是常事。

我做设计时的创意特别容易受到情绪的影响，比如最近看了部电影是讲坎坷人生的，那么做设计时就容易往忧郁和冷色调上偏；如果最近心情特好，设计的动作则会往高帧和高频率上偏；像今天隔壁小雯这样的浪叫，就会很自然地把我的灵感往色情方面引，但问题是这次项目的主题是“黄昏时的葬礼”……

望着天花板发了一会儿呆，隔壁又传来了说话声，我突然又紧张起来：该不会是吃完鸡蛋又精神了吧？我赶紧关了灯钻进了被窝里。

一个自然醒，这种感觉最舒服。我伸着懒腰打开手机，已经是下午两点了，没过几分钟连续来了两条手机短信，应该是别人在我关机期间发的。

强子：天哥，如果有面试的机会麻烦告诉我一声，跪谢！

这明显是在催我。

婷婷：今天别给DK吃猫粮了，上火。

……

我晃晃悠悠地爬起来，这一觉起来感觉还真有点儿饿。不但是我饿，估计窗外的DK也快饿疯了。DK是一只流浪猫，第一次看到它的时候它正蹲在房檐下面的一个角落里偷窥我，那个角落貌似是公寓暖气管道经过的地方，所以自然成了它的家，就连下雨都淋不着。它有一身褐色加黑色的毛，看起来很有范儿，头部花纹像是骑士的头盔，一双大眼睛特别有神，所以我叫它DK，Dashing Knight风度翩翩的骑士。

DK起初对我很警觉，每次喂它时，它总是要等我的手离食物有一段距离了才敢试探性地走过来，这一点是真丢骑士的范儿。不过猫总是很贪吃，它一旦发现这东西挺合胃口就会常来，而且和我混熟后也就不再腼腆了，一饿了就叫。喂了半年多了，我始终保持着一个原则：绝对不能把它抱进房间当宠物养。原因主要有两个：一是我连自己都快养不活了哪有精力照顾它的生活起居？二是我一旦抱它进屋了，就不能让它自由地出去了，主要是卫生原因。以我以前在国内养猫的经验，这些猫在外面玩惯了在室内就待不住了，尤其是在发情的时候母猫浪叫、公猫乱尿，谁能受得了？到时是被关的猫疯了我也疯了。

这一觉睡了十一个小时，睡得再久一点儿估计还真有饿死在睡梦中的可能。我习惯性地打开窗户，果然DK正蹲在那个墙角里盯着我，嘴里含糊地哼了两声，那语气里明显有点儿埋怨。

我准备去做个三明治，顺便切点儿午餐肉拌点儿面包给DK改善一顿。现在我觉得分期付学费是个很明智的选择，不但夏婷看不出来，连DK的生活也没受到很大影响。只是一个暑假过去了，许晓佳到现在都没提还钱的事，不过……也可能是先拿钱去还高利贷了？

一开客厅门一股烧焦的味道扑面而来，但并没有烟。我仔细检查着灶台烤箱橱柜，最后竟然在橱柜的门把手上发现了一块黑色的鸡蛋……这估计是小雯今天凌晨煮的鸡蛋……的尸体。那锅呢？果然一口面目全非的糊锅躺在垃圾桶里。肯定是她把鸡蛋的事忘了，从冷水煮到开水，从开水煮到没水，再煮到鸡蛋爆炸，还好现在的学生公寓里的灶台炉子都没明火，要不我们公寓极有可能上BBC。

有时在想，我整天这么贪睡是不是和营养不够有关系？在国内一顿饭至少两碗米饭配一荤一素，可现在自己拿两片巴掌大的面包夹一个煎蛋、两片午餐肉和一片生菜叶就完事了，也算是有荤有素有面食了。我感觉不愿做饭的原因是因为自己做自己吃，没动力。还好晚上那顿有夏婷，两个人做还好点儿，不得不说女生在生活起居上还是比男生做得周全，即使一个人也能把生活过得有模有样。在国外像我这样能做到饥一顿饱一顿的男生已经是不错了，像强子那样的混子大有人在，还不如我们家DK吃得好。有一次我发现强子买了很多番茄放在冰箱里，还以为是超市番茄大减价，后来他告诉我说番茄生吃既可以当蔬菜又可以当水果，放锅里一煮就是番茄汤，加个蛋就是番茄蛋汤，营养丰富并善于操作……不知道像他这样吃上一段时间，上大号会不会也和番茄一个色？

手机短信声又响了。

强子：天哥，还需要我带英文简历吗？

他提醒的真是时候，否则我还真把他这档子事忘了一干净。我没回他短信，而是先给店里的总经理打了电话。

“Hello!”(你好！）总经理标志性的沙哑嗓音，

“Hi sir, I’m Tony （我的英文名）.”（嗨先生，我是Tony。）

“Hi Tony, good morning!”（嗨Tony，早上好！）

“……Good afternoon, how do you know I’ve just gotten up?”(……下午好，你怎么知道我刚起来？）

“Ha, your sleepy sound.”(哈，因为你那瞌睡的嗓音。）

“Okay……one thing, my friend, a Chinese guy, wanna be a part time sales in our shop, could you do a interview for him?”（好吧……有一件事，我的一个朋友，中国人，想在我们店做个销售兼职，你可以面试一下他吗？）

“Chinese guy！He got any experience before?”(中国人！他以前有

什么经验吗？）

“Ah……Ye……he has been insurance sales before, so should be good at communicating with customers.”(呃……是的……他以前做过保险销售，所以应该很善于和客户沟通。）我总是这样，在想做好的事情面前产生间歇性的情绪冲动，鬼听说过他做过保险，可当感觉这事有一点点可能性的时候，我总会冲动地抓住这个缝隙顺着往里说。其实大部分时候是说完又后悔。我是不是太实在了？明明就不看好他，但既然答应他了……

“Good, bring him to here tomorrow afternoon then.”(不错，那么明天下午带他到店里来吧。）

还好经理没在保险问题上继续往下问，否则我肯定越编越离谱。

“Thanks!”（谢谢！）

“By the way, Tony, you are out of the top 5 sales this month. You should grab more student customers; otherwise you can’t share the reward of bonus scheme anymore, clear? ”(顺便说下，Tony，你这个月的销售业绩已经出了前五。你应该抓住更多的学生客户，否则你将不能再分享奖金，明白吗？）

“Sure……I will……”（当然……我会的……）经理这突如其来的一棍子让我有点儿措手不及，老外经常是蹲着说go、笑着说no，让人捉摸不透，可这绝对不是因为我工作不努力造成的。刚开学的时候是高峰期，新生都忙着买手机签合约，而且一来都是一群一群的。因为一个朋友圈子里的人都喜欢签同一家电信公司的合同，这样打起电话来不跨网，特别便宜。那阵子我都快成利兹华人圈里的明星了，好多华人学生来到店里不是先看手机，而是直接问：“Tony在吗？”当时我还真有不小的成就感，很多女生都是主动留给我电话，只是通过这样的方式认识了夏婷之后，我再也不敢和这些女粉丝互动了。可如今这些曾经的辉煌已经没有半毛钱的价值了，我真不知道去哪里再找那么多的客户。

我正准备给强子回短信告诉他明天的时间，手机的短信铃响了。

婷婷：晚上给你做的排骨汤要煮久一点儿，你七点以前过来就行。

……

唉！有人关心真好！

我情绪大好，脑门儿一热，立马回了信息：到时我要你裸穿围裙给我做饭！

“嘟嘟”手机短信。

强子：天哥，为啥我要裸着？

……

第三章 身边的她

这一锅排骨汤真是给力，不但汤味鲜美、肉量十足而且连骨头都可以嚼着吃掉，这顿饱餐后的直接后果……只有身边眼睛微闭面色红润的夏婷最清楚了。一锅排骨汤真有这么猛的效果?其实是一种久违的茶足饭饱后的惬意情绪。我一个人的时候做饭吃完最多是感觉不饿，只有在夏婷这里我才能真正体会到什么叫“饱”。

“婷婷，婷婷？”

“嗯……”她转过身来靠着我，但眼睛还是闭着。

“别睡着了，这才十点啊，要不要喝点儿水？”

“让我睡会儿吧，好困。”

看着她的可爱样儿，实在不忍心再叫她。我把她的脑袋轻轻地扶正在枕头上，把她的胳膊放进被窝里，然后起身进了厨房。刚才情绪亢奋时连碗都没洗就去“睡觉”了。

夏婷住的房子是两层民居，上下楼格局一模一样，她租了二层最靠里的一间，但面积略大，其每周房租比其他房间的贵了十镑。当时她是和语言班的中国同学合租的，女生在外，为了安全，总会找几个熟悉的朋友合租。她们一起找房时特别合拍，在地理位置和整体房租上没有任何分歧，但等到选房间时，女生之间特有的小算计就出现了。夏婷为了大家的融洽，主动提出了要最贵的房间，虽然表面上大体，但委屈了半个月，为此我没少安慰她。

房间有二十多平方米，右边靠墙是衣柜，靠窗的位置是书桌，上面摆放着很多书籍，小本的在下，大本的在上，这是她的习惯。除了专业课参外，其余大部分是英文小说，这和她报名参加的文学社有关，她说这是提高英文的好办法。

夏婷是真的喜欢这个社团。无论功课有多忙，都从不缺席每周的社团活动，而且总是认真地完成文学鉴赏作业。有次她带我参加活动，那是在一家小酒吧里，一群老外和一个她，那个画面特别萌。她的英文不够好，老外们耐心地给她解释每句话的意思，而她没有一丝的拘谨，甚至还会主动要求上台参加小场景模拟表演。看着这些，我不得不佩服她的大气，只是面对地道的小说语言，我完全在听天书的节奏里恍惚着。

The Catcher in the Rye（《麦田里的守望者》）、*Gone with the Wind*（《飘》）、*Hotel*（《旅馆》）、*The Final Diagnosis*（《最后的诊断》），一本本书里夹满了夏婷的笔记，这些书是从图书馆借来的，不能涂改，她只能把每个陌生单词记在便笺纸上。

我随意翻开了一本：

“If you really want to hear about it, the first thing you’ll probably want to know is where I was born, and what my lousy childhood was like, and how my parents were occupied and all before they had me……”

头三行还是挺简单的。

“……and in the second place, my parents would have about two hemorrhages apiece if I told anything pretty personal about them……”

有点儿恍惚了。

真不明白她是怎么看下去的，我竟找不到丝毫乐趣。把书丢在一边，我拿起放在桌角的相框，这是夏婷和姥姥的合影，姥姥是她最亲的人，也是她最关心的人。小时候夏婷是由姥姥带大的，特别宠她，上初中后父母离婚，她跟了父亲，后来父母又各自组建新的家庭，可她从没忘了照顾姥姥，即使在英国，她也会每月给老人汇钱。能做到这点的学生凤毛麟角，我打心底里佩服。

我起身走进小厨房，说是厨房，其实只是一个拐角设计，大概只有三平方米，最多只能站两个人，和一楼的格局完全一样，只是一楼有院子，房东为了住户做饭方便，又加盖了一段玻璃房。夏婷的主房和厨房之间没有门，细心的她买了单面胶的挂钩帘子用来隔开厨房，再加上厨房的墙角上有个小排风扇，这样做饭时油烟就不会进到主房里了。

拉开帘子，边洗碗边看着熟睡中的夏婷，心里总有点儿不是滋味。平时她比我累，她是会计系的，每天的课都比我多，两千字的论文一个月一篇，号称比例假都准时。再加上每周三、周五、周日要去酒吧里打工，主要工作是点单、上酒、把每个桌子上和角落里的空酒瓶收集到仓库里去，一到周末都要做连班，忙到凌晨才能回家，而且还一有空就给我做饭……

如果换成是我，估计早就把工作辞掉了，而她只是一个才来英国半年多的本科生。

“嗯？小天？人呢？”夏婷迷迷糊糊的。

“在洗碗，你先睡吧。”

“都说了我洗，好不容易有这么舒服的一觉。”

我放下手中的碗，倒了杯柠檬水，这是她的餐后最爱。

“来，喝点儿水。”说着在她额头上吻了一下，“婷婷，要不咱别打工了。你瞧你累的，不至于这样，我工资挺高的，不用你去挣钱。”这是实话，虽然我现在还欠着学费没交完，但是一看到她疲惫的样子我就有种要保护她的冲动，可万一许晓佳到年底还没还钱该怎么办？明年2月交第二期学费该怎么办？我心里没谱。这可能又是打肿脸充胖子式的直男想法。

“我累还不是你折腾的，和打工什么关系？怎么？你打算包养我啊？”

“对，我就打算来个男朋友包女朋友。其实人在情绪紧张的时候看不出有多累，比如工作的时候，只有在放松后才会把紧张时的疲惫显现出来。”

“打住，又给我上理论课。我可不要花你的钱，靠自己有成就感。”

“成就感？太假了吧。”我说。

“就算这很假，那么如果真是我们两个花你一个人的工资到底够不够？你算过吗？我们可不是富二代，而且我还要给姥姥汇钱。”

“她老人家不差你这点儿。”

“我知道，但我要的是她老人家开心。心情好了身体才好，都七十多了，没有什么比她的健康更重要的，这是多少钱也买不来的。在国内时，我有时间没经济条件；在这里，我有经济条件没时间。总之，我必须有一个办法让她开心才行。”

“这……”

“还有啊，女生平时总会喜欢买点儿东西逛逛街什么的，可不像你饿不死就成，这样的开销并不小，我赚点儿钱奖励自己不是挺好吗？”

“……”我竟无言以对。

“嗯？你最近是不是发财了？”

“发毛财了？”

“不对，你肯定有事，一看你这表情就怪怪的。”夏婷坏笑着盯着我，“把你的卡拿来。”

“……”我突然后背冒汗。

“我上网银查查看你打算拿多少钱包养我啊。”说着把手伸到我面前。

我没辙了，只好把银行卡给她。夏婷登陆上银行的网站：“来，自己输密码。”

“你的生日。”

“嗯？这么乖。”

夏婷输入密码后，浏览器读着条，我却拼命地在想下一步该怎么回答，她不会看我的明细吧。

“啊？四千四百一十三镑？这么多？”夏婷转过身来笑着看着我。“小天，你真的发财了？”

“……呃，还行吧……”说完这话我的脸都红了。可夏婷这时竟真点开了‘交易记录’。

“咦？你的学费只有两千六百多镑？”

完了，可别再往下翻了，瞬间，额头渗出汗来，这是种马上要被捉奸在床的感觉！

“是，我学费还没交完呢……”

“……”夏婷一愣，“什么意思？”

“我申请的分期，现在只付了三分之一。”铁证如山，我再怎么编也混不过去，只能刻意保持住平静。她的脸色瞬间由晴转阴：“你个猪头，还不想让我工作，这四千多镑你全拿去交学费都不够，光靠你的薪水你想让我们俩吃土去？”

“……”我语塞了。

“哎，这个三千多镑被提走是怎么回事？”夏婷指着屏幕问。

“这是我以前欠的朋友的钱，那时还不认识你呢，老大啊，你学的审计练到我头上了啊。”我悟出了“急中生智”这个成语的精髓所在。

“这就不耐烦了？算了，我不看就是了。”夏婷把网页关了，银行卡也放在了一边，不再说话了。

“好了好了。”我拍拍她的肩膀，“我是担心你的身体。”

“嗯？手怎么这么凉？”

“刚……在洗碗啊。”

“你自己学费都是问题还担心我？今天如果不是你先提出来这事，我还真不知道你还是个负二代呢。”

“不不，负一代负一代，我爸不欠钱。”

“还不想让我工作了，幼稚吗？我们两个的薪水能吃饱就不错了，弄得我连逛街都有压力了。”

被女朋友说“幼稚”，真是失败。

“都是我的错，我不会不让你工作了，但是咱换个工作行吗？你那酒吧我早就去过，其实应该算night club，就是个跳舞的地方。我去玩过，音乐一放，对着耳朵喊话都听不到，回到家后连觉都睡不着，一闭上眼睛脑袋里全是那摇滚声，做时间久了肯定得精神衰弱。”

“这个倒是真的，每次回来都失眠，感觉头一直在震。可找个工作好难，我当时在job center打了几十个电话才找到这么一家要我的，真不明白为什么那些公司明明在那里做了招工登记，打过去电话就说让我等消息，然后就没下文了。”

“这太正常了，因为你的竞争力没有本地人高，其实中国人在这里打工最方便的还是经其他中国人介绍，尤其是体力活。”

“嗯？你什么意思？是不是想拉我去你们手机店？我可不去，我不想活在你的阴影下。”

“别臭美了，听懂没？体力活。就你那英语，连语音信箱的提示都听不懂……”

“你欺负我！”说着夏婷揪住我耳朵。

“哎！好好！说正经的！”那叫一个疼啊，“我帮你找个中餐馆的活儿吧，我有朋友在那边打工，可以帮你介绍。”

“可那边没办法练英语吧。”

“晕死，你在酒吧里就能练英语？别人说话你听不到，你说话别人也听不到；点单都靠比画，你在专业课和文学社练英语就够了。”

“好吧，你帮我问下吧。这样确实睡不好，影响第二天的课。”

“嗯，真乖！这样晚上下班回家还可以免费给我带一餐，这就是在中餐馆打工的实惠啊！”

“啊！原来你是这目的！好奸诈！”她说着又要揪我耳朵，还好我早有防备，直接按住双手把她压在身下。

“我吃饱了有力气了还不是都给你了。”我顺着她的耳垂吻下来。

“不要了啊，我好累了。”

我没理会。

“啊……别吸出来小草莓，会被人看到……”

……

今天是周日，我终于在中午十二点前起来了，因为有心事我就睡得不踏实。心事一是DK，夏婷家离我家有点儿远，怕睡到下午会把DK饿跑了；心事二是强子的面试，虽然我并不看好这货，但既然答应了就得再坚持这一下午，面子上也好过得去。

夏婷去参加文学社的活动了，但午饭都已经准备好了，看着桌上的一荤一素一锅米，我真不知道哪里来的运气找了这样的女朋友。洗完脸，我海吃了一顿，然后刷完牙，带了一口米饭和剩下的几块肉打算回去给DK来个拌饭。

回到公寓，强子正激动地在客厅里转圈，一看到我进来，差点儿乐得送上花来。

“天哥，您看我这身打扮还行吗？”

“你可真有心思，还把西装领带都带来了。”我上下打量着他，脸上的痘子也不是很明显了，看来他还真的用心了。

“刚出国时怕英国这边有什么正式的场合，比如开学典礼之类的，所以带了西装备着，谁知道这哪有什么典礼，都是自助一顿吃，连老师都穿着大裤衩。不过还好今天用上了。”

“如果你被录取了上班也用得上。不过……你还专门从国内带来了‘石灰’盖你的痘子？佩服。”我仔细地盯着他的脸。

强子不好意思地摸了摸自己的脸。

“没，没有，我刚从小雯那里借来粉底用了下。”

“呃，真行。”

看来人都知道自己哪里不够好。

喂完DK，我便带着强子上路了……

这一路上他只是低着头跟在我后面，一句话没说，这和平时那个能扯淡的他完全不一样，和当时我找第一份工作时的状态也完全不一样。那时我是一个人去面试的，心里特没底，总想找个人问问老板通常会问的问题，这样我就能在脑子里提前用英文组织好，默背几遍。那时我也是刚来英国不久，英语不怎么好，但很快总结出一个规律，那就是如果我第一句英语说得比较顺，后面的话也就能发挥得较好；如果第一句就结结巴巴，或者对方回了句："sorry? Say it again。"（对不起？再说一遍。）那我后面便会紧张得语无伦次、胡说八道甚至越说越乱。这明显就是自信不足，所以我特别需要开头第一句给我自信。就为这第一句，我想了不少办法，比如开口要大声说，需要我主动开始对话时，必须要在脑子里把第一句的词组织一遍等等，只有这样才能把尴尬率降到最低。后来我一路上想了半天才想到一位经常打工的学姐，于是立刻打电话向她取经，结果她的回答是："你把你的个人资料给他就行了，清洁工哪有什么问题可问？"

"……"

走了将近十分钟到了手机店门口，这时强子突然有点儿动静了："天哥，老板会问什么问题？"

"你刚才干吗去了？跟个背后灵似的屁动静没有。"

"我刚太紧张了，把这事忘了。"

"你看那秃瓢，他就是经理，正瞅着你呢，我没法给你说了，赶紧跟我进来。"

强子一下呆掉了。

"Good afternoon Tony."（Tony下午好。）经理给我们打招呼。

"Good afternoon Sir, this is my friend I told you yesterday."（先生下午好，这就是我昨天告诉你的，我朋友。）

"Hi, I' m John, glad to see you!"（嗨，我是约翰，很高兴见到你！）经理首先伸出手给强子打招呼。

"啊，Hi, my…… English name is John, g……glad to see you too."（嗨，我的英文名是约翰，也很高兴见到你。）强子赶紧握手。

……我一愣，第一次听他说自己的英文名，竟和经理重名，不过这事也不能怪谁，John这名字在讲英文的国家里太普遍了，在马路上一喊，连狗都会回头。

“Oh my god, my twins brother is here.”（我的天，我的孪生兄弟在这里。）经理开玩笑说。

强子尴尬地笑了笑，看看经理又看看我，估计是想不出什么词往下接了。

“So lucky you guys get together here.”（你们真有缘啊。）我赶紧帮强子接了句。

“Sure, so……my friend, don’t be nervous, we would have an easy interview, follow me please.”（当然，所以……我的朋友，别紧张，我们将会有一个很轻松的面试，请跟我来。）经理说着示意强子去里面的办公室。强子临进办公室的时候还用一种略带可怜的眼神回望了我一眼，那感觉跟“羊入虎口”一样……

十分钟过后，两个约翰一前一后都耷拉着脑袋出来了。老约翰没等我开口就把我拉到旁边：“Damn! Tony， you’re kidding with me?”（该死！Tony你是在跟我开玩笑吗？）

“What hell?”（什么意思？）

“No matter what I asked, the only respond from your friend is ‘yes or no’, cos he can’t understand any question at all. I’m afraid he can’t survive here even by this English ability.”（无论我问什么，你朋友的唯一回应就是‘是或不是’，因为他根本就不明白我问的任何问题。我恐怕他靠这种水平的英语甚至都很难在这里活下去。）

“……he told me he got high IELTS points……”（……他告诉我说他雅思分很高……）

“You believe that?@#$#% Maybe it is fake!”（你相信那？可能是假的！）（乱码是我也没听懂的话。）

“Sir, he is just over there, that is not polite if you doubt……”（先生，他就在那里站着呢，如果你这样质疑……不太礼貌吧。）

“No matter, he can’t understand it at all. Don’t bring anyone like this anymore, I wouldn’t waste any time of my holiday!”（不要紧，他听不懂。不要再带任何这样的人来了，我绝对不会再浪费任何我的假期时间！）说完，经理板着脸走出了店，原来今天他是特意为面试来的，看来最近店里销售额下降也直接影响到了他的奖金……

强子还在原地发呆。

“你的英语不是很好吗？”我走过去问。

“天哥，这真的和国内考雅思的时候不一样，我在突击班里觉得提升挺快的，考试时相当有效果，怎么到这里就完全迷了？”

“怎么还突击班？你考雅思前是不是背机经了？考试时还真把题猜中了？”

“是啊，这么多年了国内好多培训雅思的都这样，提成绩快谁不背啊。”

“是，机经确实厉害，但就你这样的上课能听懂吗？”

“猜得差不多。”

“……行了，背机经能把口语考到七分的也真算中彩票了。”

“不是我不会说，是我听不懂就不知道怎么回答。其实刚才还是有点儿紧张，听力的感觉没找到。”

“你刚来就找和语言有关的工作是有点儿着急了，其实开始还是先从清洁工干比较好。”

“扫地？”

“是啊，去学校工作中心申请下，特简单。”

“行，只要有钱赚就行。不过……接触不到这么多女客户了。”

“你小子以为我的工作就那么风光啊？实话告诉你，我现在销售业绩下降，连奖金都快拿不到了。”我还真有点儿激动了，昨天被老约翰喷了，今天又因为小约翰拖累，被老约翰二次喷……本来就是想帮个忙结果我成背锅的了。

“哎？天哥你想找客户是吧，要不要让我试试？”强子突然来了精神。

“你？你怎么找？”

“这个我也不知道，但是如果你能给点儿提成让我有了动力，我肯定能尽全力想办法，你又没什么压力，只要在店里等就行，只要是我带来的就从你的提成里分我点儿辛苦费不就成了？”

“行啊，无孔不入啊……”

“这不也是在帮你吗？”

“帮我好啊，要不你先给我提提业绩，把你那Pay as you go的号码（手机储值卡）改成月租的，我绝对给你选个最合适的合同。”说着我指着售货架上的手机。

“呃，也对……天哥，咱慢慢来……等我解决温饱了保证给你捧场。”强子耍起滑头。

其实如果换成是我，刚来英国时做这样的销售的面试，估计还不如强子。什么紧张不自信都只是个状态，最根本的原因是很清楚自己的英语有几斤几两，明明没有这能力不紧张才怪。强子是学商科的，我不信他听课时能猜得差不多。夏婷也是学商科的，虽然雅思成绩没有强子好，但感觉语言能力要比他好很多。除了她比他在英国的时间长以外，夏婷平时的课外活动也很多，特别是那文学社，绝对是“硬菜”。但即使这样，她每次下课回家后都要重新硬啃讲义才能做作业，何况像强子这样的“yes or no混子”呢?

强子没跟我一起回去，而是直奔菜市场买他下周的番茄去了。进入秋季的利兹很冷，而且是湿冷，穿再厚都觉得寒气还是往衣服里钻，这感觉有点儿像冬天的上海。我哆哆嗦嗦地回到公寓，一进屋迎面的暖气让人一下子放松了许多。脱掉大衣躺在床上，呆呆地看着天花板，又是一个周末就要过去了。自从上小学，我就觉得周末过得特快，现在周末都是两天假，可依然觉得不够用。明天中午还有个小作业要给老师看，可这折腾了一下午，现在房间里又暖和，一身的懒劲儿让我一点儿做作业的心思都没有。这作业的要求也够无聊的，是要我在3D环境中做一个人物从起跳到落地的动画……看着天花板，在脑海里设计着动作：人从起跳的一刻开始，腿部逐渐弯曲，逐渐伸直，脚后跟逐渐离地，脚掌逐渐离地，脚尖逐渐离地，腿部逐渐……

一睁眼已经是晚上六点半了……

这一觉几个小时过去了，我那设计的人物还没落地呢。

不得不说自然醒的感觉真好，自然睡的感觉更妙。我挣扎着爬起来去洗手间用凉水冲了下脸提提神，然后强迫着自己打开电脑准备做设计。可鼠标却鬼使神差地点到了游戏，反正夏婷不在，要不玩儿一会儿吧，已经有几天没上线了，大家都说AFK（长期或永久不进行游戏。）几天后运气会好，我正好试试手气，然而三个小时过去了，并没什么卵用。已经玩了三个小时了？良心又让我想到了作业，可肚子很准时的饿了。

刚开始感觉饿的时候做设计是很多师哥师姐传授给我的诀窍，因为这时最容易集中精力，而且也不疲惫。如果先吃饭，身体的供血会集中在消化系统里而导致大脑缺血，这时会让人犯困，吃得越多困得越狠，所以吃完饭不适合做太多的脑力活动。设计属于消耗型工作，饿着肚子做设计，肯定越做越饿，当饿到快啃电脑时就必须要吃了，海吃一顿然后倒头便睡，睡到自然醒，起来饿着肚子再做，做到再饿……不过，这个诀窍循环不好很可能会把自己废掉，现在我明白了为什么很多设计师要么骨瘦如柴要么肥头大耳，特别极端，原来有的是饿过头了熬的，有的是吃饱就睡养的。

可能是头天晚上做设计太晚的原因，周一上午我按了五遍闹钟才爬起来，结果十一点的seminar（小组讨论课）我还是迟到了十分钟。一进教室，十几台电脑屏幕上显示的是一片“尸跳”，这都是昨天的作业闹的，只是每个人跳的姿势和幅度都不一样，但都挺瘆人的。其实如果我给老外说你这做得跟僵尸似的，他们大多数人不会懂，因为跳着走的僵尸貌似只有从我们中国的电影里才看得到，有的还穿着清朝的衣服……而西方的僵尸都是以扭曲的姿势走路，有时身上还掉点儿腐肉什么的。

导师Neil正在一对一地指导学生的作业，看到我进来后四处张望，就知道我在找出勤表格，他让同学传给我，我还是很不好意思地和他打了个招呼。在英国的学校里出勤率管理特别严，像在我们系里超过三次没请假的缺勤就可能导致挂科。很多时候大家是冲着签名而不是听课去的。这一点中英两国学生惊人的相似。

我边开电脑边拿笔准备签到，仔细一瞧“Tian Cheng”赫然在目！有“仗义”的哥们儿竟然帮我签了。我推了推旁边的Jeff，他正和邻桌的黑妞聊得火热。

“Hi, hi, 姐夫！”我使劲儿拍了他两下，他这名字的发音太像“姐夫”了，我都这样喊了一年多了。

“Hiya! I thought you would miss this seminar. That’s great, I’ll show you my sexy model then, It takes me two……”（嗨！我以为你不来了。这可太好了，我给你看看我的性感模特吧，它花了我两个……）Jeff 很兴奋，操着一嘴苏格兰口音打开他的3D界面。

“So you sighed it for me?”（所以你就帮我签名了？）我打断他。

“Yep.”（是的。）

“Bullshit, this is not lecture. You see? Only 14 students here, you think Neil is blind or stupid?”〔屁，这里不是大课（大课一般都有40人以上）。你看不到吗？这里只有14个学生，你觉得Neil是瞎还是傻？〕

Jeff拿过名单又数了数周围的同学，“Cos you are blind, here are 12 students till now, but 14 names on the list. Come on mate, Neil’s been never care of that, he is our tutor not room auditor.”（因为你瞎了，到现在为止这里才十二个学生，但是这名单上却有十四个名字。行了吧哥们，Neil从来不会关注这些的，他是讲师又不是查房的。）看来代签的不只我一个。

“Okay, okay, but please please don’t do me the favor again in the seminar, alright?”（好好，但是求你别在小课上帮我这种忙了，好吗？）

“No problem, see my girl?”（没问题，看到我的模特了吗？）Jeff还是没忘记秀他的模特。

“Good job! This is the first time she got the underwear, right?”（干得不错！这是她第一次穿内衣了是吗？）这时Neil恰好走到他的电脑前。

我记忆中这确实是第一次，以前Jeff的3D模特都是全裸的，而且从建模的肌肉纹路到皮肤的材质都做得特别细，渲染出来后跟真人照片差别不大。其实系里能做出这种高仿真的模型的人很多，但是大家在项目没有要求的情况下都不会花时间做这东西，因为占用的空间大，渲染也慢，而且人物越细致，做起动作来越难控制，所以Jeff也就经常因为动作做得不真实而被老师喷。

像我们这专业的学生，男生用女模特、女生用男模特是很正常的事，如果男生用男模特反而让人觉得怪怪的，我刚来英国时就遇到过这种尴尬。可像Jeff这样总是把自己的模特当女朋友一样感觉更少见，只要是和人物有关的项目，他都会只用这一个女模特。他可以通宵坐在电脑前雕琢他的“女朋友”，好像这就是他心目中的完美形象。设计师如果在设计过程触碰到了自己的某种欲望那就会变得异常狂热、专注、一发不可收拾。像Jeff这样触碰到的欲望种类很可能是性欲……或者在现实中缺少爱……再或者是变态?

Neil在旁边叽里呱啦地说个不停，Jeff完全没了刚才的兴奋劲儿，估计又是动作设计得失真了。他被喷了五分钟终于完事了。Neil转过身，该轮到我了。

我打开自己的3D界面。

“Ah……a typical Chinese girl, your girl wears most of all, I’m sure.”（啊……一个典型的中国女孩儿，你的女孩儿是穿得最多的，我确信。）他笑着说。

这是肯定的，这模型是我最近以夏婷为模特做的，露得多了我不就吃亏了吗。

“This’s the oriental tradition.”（这是东方的传统。）我开玩笑说。

我点开了播放键，动画从各个角度播放了三次。

“Great! You’ve never let me down!”（太棒了！你从来没让我失望过！）Neil说完拍拍我的脑袋走了。

Jeff把脑袋伸过来看了一会儿："Oh shit, It is made by Nurbs or Poly?"（这是用曲线建模还是用多边形建模做的？）

"Of course Nurbs."（当然是曲线建模。）

"But I prefer Poly, cos I'm quite confused by the line-creating in Nurbs mode."（我宁愿选择多边形建模，因为我在曲线模式下对布线很迷糊。）

"Nurbs is more practical on dynamic muscle stress-strain relations, this's why your animation is always stiff like a mummy."（曲线建模在动态肌肉应力关系上更实用，这就是为什么你的动画总是僵硬得像个僵尸。）

"Maybe, but my design is quite sought after by many companies as well."（也许吧，但是我的设计对很多公司来说还是很抢手的。）

"You are still taking outsourcing business now?"（你现在还在接外包的活？）

"Why not? The reward is not bad. Do you need that? I can share some projects to you, by any chance."（为什么不？报酬很不错。你需要吗？我或许可以分一些项目给你。）

"No thanks, I'm not motivated to do that, anyway you'd better focus on coursework firstly, Neil is not fool."（不用了谢谢，我对这没兴趣，不管怎么样你最好先把作业专心弄好，Neil可不是傻瓜。）

Jeff没理我，而是专注地重新检查着每个关键帧上的活动点，估计我刚才说的什么他完全都没听到。以他的个性，我每次质疑他的时候他必定会反驳我，一直辩论到我实在听不懂他那既带苏格兰口音又掺杂着苏格兰语的英语为止。最后我只能说"Okay! You win! I 服了you!"（好！你赢了！我服你了！）他不明白我最后说的是什么，但听到

‘you win’也就很满足了。不过，他肯定以为最后我在骂他，因为他平时就是满嘴“shit”（脏话）的人，在他的熏陶下，我和他说话时也就经常会带点儿英文里最初级的脏词了。

第四章 苏格兰的传说

留学生活总是在激情和平淡之间切换，激情时好像每天都是偶像剧，平淡时和朝九晚五相差无几。平淡久了想激情，激情久了想平淡。人性啊，总是有那么一点点“贱”。

经历了开学、适应课目、熟悉新朋友的三部曲后，我们都进入了平淡期。朋友间的聚会少了，想法少了，连交流也少了。同住一个屋檐下，大多是各买各的菜、各做各的饭。开学初期因为“志同道合”而组建的“搭伙吃饭小团体”们也基本解散完了，不是同系的室友每天的对话差不多就那么几句：

“哦，来做饭了？”

“嗯，随便做点儿。”

“我这刚做好的，要不要尝尝？”

“不用了，谢谢。”

坐在客厅里，吃着玉米虾仁，这是夏婷刚给我带来的，可只是把菜放下便走了。我说让她等会儿，游戏马上完事，可她说太累了要回家休息，十分钟后收到了她“到家了”的短信。

“哦，来做饭了？”我看强子进来了。

“嗯，随便做点儿。”

然后……他走了过来。

“天哥，这是吃的什么？”

“玉米虾仁。”

“玉米杀人？”

“杀你？”

“好吃不？”

“来尝尝？”

“好嘞！”

“……”我撇了撇嘴，强子不按套路出牌啊。我把剩下的全给了他，回到房间一屁股坐回在椅子上，无聊地在设计和游戏间切换着，看着3D程序里夏婷的模型，心里空落落的，为什么就不能多等我十分钟？做了一会儿设计，已经凌晨一点了。躺在床上，只庆幸隔壁的小雯没有任何动静。

平淡的生活一天接着一天，每人都习惯于自己的规律。我的生活是上课、和夏婷吃午饭、喂DK、打工、自己做/吃晚饭，玩游戏、等夏婷的夜宵、做作业、睡觉；夏婷的生活大概和我差不多吧，只是有一条改成“送夜宵给我”。有时上课时间相差太远，白天见不到彼此，晚上那顿夜宵便成了我的期待，毕竟不只是一顿饭那么简单。

“嗯？今天没玩游戏？”晚上十一点，夏婷准时回来了。

“怕你又跑了。”

“真，的，吗？”

她笑着打开我电脑的屏保，游戏最小化的图标被发现了，我一阵挠头。

“小天，你能少玩会儿游戏吗？”

“我是学3D的，玩游戏有助于学习。”

“你少来，每次都拿这理由，明明就是给贪玩找借口，不把作业熬到最后都不看一眼，还有助于学习？鬼才信你的话。”

“玩会儿游戏怎么了？不吸烟不喝酒不出去鬼混，这是留学生最环保的娱乐方式了。”

“别学他们好不好？留学那么大的成本，最后变成了换个国家玩游戏？多少留学生上了几年学连成句的英文都说不清，我可不想看到你和他们一样。”

“那总得有个娱乐方式吧，难不成看电视剧？”

“看书啊，你英文比我好，多看看书多有意思，还可以提高英文水平。”

“得了吧，有什么意思？特费劲，我英文到不了那水平，失眠的时候看两眼保证两分钟内安详地闭上双眼。我宁愿看英文字幕的电视剧。”我赶紧摆手。

“看书时你可以每句话仔细地品，遇到生词可以挨个儿查明白，但看电视剧时遇到不懂的词，你总不会边暂停边看吧。”

“哎！还有一个娱乐项目不错，既开心又锻炼身体。”

“嗯？”她好奇地看着我。

我坏笑着。

“啊！你好污啊。”她突然明白了。

“等吃完饭，看我怎么收拾你。”我吻了她一下。

“不要了，我好困，回家睡觉了。”

“又急着走？”我直接把她按在床上，“那就现在做。”

“你……”

夏婷有些抗拒。

“乖，别动，就两下。”我边哄她边脱衣服。她确实没什么感觉，连肩膀都紧绷着，但我很自信一分钟之内就会让她软在我怀里。

“啊，好痛。”

“我轻点儿。”果然，没几下她就不再反抗了，我肆意地抱着她，可她只是侧着脸，胳膊只是平搭在床上。看她这种状态，我又试着更猛烈一些，想给她更多的刺激，可做了好一会儿，依旧没什么起色。

“我真的好累了。”她声音很小。

我只好作罢。

“赶紧去吃饭吧，我回家了。”她小声说。

“哦。”

她整理着衣服，我转向电脑。

“怎么了？生气了？”她问。

“怎么会？”我笑了笑。

“乖，等到周末好吧。”

“既然累了就在这睡吧。”

“不了，我们谁都睡不好。”

“呃，到家给我发信息。”我吻了一下她的额头。

夏婷走了，我深叹了口气，我没有生气，只是有些失望。

已经好几次这样了，因为累或者困，没有情绪，只是机械地配合着我。累是因为打工，打工是为了物质，“物质”是个很现实的词，甚至有时感觉有些轻浮，但它总能影响我们的方方面面。

我苦笑了一下，没能力，方方面面都受影响……

今天轮到我工作轮休，约了Jeff去打篮球，但竟被这货一口拒绝，他说周末要办个聚会，这几天要筹备。老外真是特别喜欢办聚会，再局促的环境也要办，只要有音乐、有酒、有人就是一场聚会。这如果放在中国，我们第一反应就是："好玩的多着呢，这有啥可乐的？"

晚上我收到了Jeff群发的邀请，随后又收到他的手机短信：

"Bring your GF and other Chinese friends."（带你女朋友和其他中国朋友们来。）

"Others? I know you want females only."（其他人？我知道你只想要女的去。）

"Lol，up to u."（哈哈，你说了算。）

"How many u want?"（你想要多少人？）

"up to u."（你说了算。）

竟然这么拽？不多废话，我直接在"利兹大学华人学生群"里发出了邀请。这是一个两百人的群，大部分是在读生，也有一些毕业生和老学长。果然，没出两分钟，好多人私信我。可过了一会儿，看着不停跳出的聊天窗口，我竟紧张起来：这邀请是我发出去的，也不知道Jeff的party是什么样的，我没去过他家，万一是个屌丝水准的尬会，那不是丢我的人吗？我这事办得……太不靠谱了。赶紧给Jeff发了个短信，他又回了我一句："Lol，Up to me."（哈哈，我说了算。）

这二货……

不过让我松口气的是，临近周末时联系我的近二十人里大部分都以各种理由放了鸽子，最后确定的是七人，其中包括夏婷和强子。

聚会的地点是他爷爷家，在利兹的西区，和利兹联的球场离得很近。那是一片独立别墅区。其实当Jeff告诉我地址时，我心里就基本踏实了，他之前是在故意给我卖关子。一起来的中国学生里有两位是我当年语言班的同学，一位是卖手机认识的，一位是打篮球认识的。我们之间不算熟，平时在学校里偶遇了会聊上几句。学3D设计的中国学生很少，我的华人社交圈全靠工作和休闲时拓展，不像夏婷学的商科，一堂大课放眼望去半数的华人面孔。

留学生的社交很直接很简单，由陌生到相识只是需要打个照面或说几句话，这很大程度上取决于我们同是华人的身份，这在国内是不可想象的。不要小看了这种萍水相逢，大家会因此形成一个圈子，一起上课、吃饭、旅游等等，彼此间会建立一种简单的信任。就像现在，他们竟然会跟着一个不算熟的人去一个陌生的地方参加一个陌生人的聚会。

Jeff的爷爷家是一间酒吧，这听起来有点儿奇怪，但在英国，这种家庭式酒吧比比皆是。这座别墅是老式青砖尖顶楼，中世纪风格，地面三层外加一间地下室。正门外有约三平方米的双柱门廊，正上方挂着一块黑底黄字的字牌“OLD LIGHT”，三层的玻璃窗外都装饰有鲜艳的花簇，不大的院子由青石砌成的矮墙围着，草地上摆着两张木桌。听Jeff说这是座维多利亚时期的老房子，他爷爷用退伍抚恤金买了下来。一楼的房间全部打通用作酒吧，二楼三楼是私人住宅；赚钱、会友、生活、自娱自乐，老人的全部心血都倾注在了自己的城堡里。

我们到的时候吧里已经来了不少人，Jeff乐呵呵地迎了过来：“Welcome to my house party。 Wow! This your GF？”（欢迎来到我的聚会。哇！这是你女朋友？）

我一脸得意。

相互介绍了一遍，我相信谁也没记住谁，随即我们便海吃起来。空心粉、薯条、甜点、培根、香肠，这些都是酒吧厨师做的，强子像饿红眼的狼，端了整整一大盘。陆陆续续地，人越来越多，中间的小舞台上，一支三人乐队演奏着乡村音乐，人们三五成群地围坐在一起，聊着天喝着酒。这就是整个聚会的节奏，自然且随意，没有嗨爆的DJ，更没有舞池的疯狂，大家和老朋友叙旧，和新朋友寒暄，拎着一瓶啤酒串着桌。大概一小时过后，吧里已经没有位置了，不少人倚在墙边。我目测了一下，大概有五十多人，而且还有不少华人。真的挺佩服Jeff的好客热情，现在我冒出个好奇心，这顿得吃掉他多少钱?

“Where is your grandpa？”（你爷爷呢？）我问Jeff。

他指了指墙上的老照片：“The most handsome one.”（最帅的那个。）

那是一张五人合影的黑白照片，其最下方有一行字“THE 6TH AIRBORNE DIVISION”（第六空降师）。

“Died？”（死了？）

“What f**k？”（胡说八道什么？）他指了指吧台，“Over there！”（在那儿。）

只见一位个头不高，戴着眼镜的老人正在认真地调酒。

“How old is he？”（他多大年纪了？）

“86.”

“Second World War hero.”（二战英雄。）夏婷看着照片。

“Come on guys，show you something.”（跟我来，给你们看样东西。）

跟着Jeff，绕过厨房有一扇铁门，推开进去踏着盘旋石梯便进了地下室，好像电视里看到的古堡地窖。

这是间画室。里面摆满了各式油画，其中还放着两幅半成品。全是风景画，山、海、森林、道路、城堡、岩石、麦田；色调较暗，除了“光”。阳光、灯光、火光、烛光等，只要是“光”都是暖黄色调，在冷色背景下显得格外亮眼。

我们默默地欣赏着，好像探秘在老人自己的世界里。“油画”“退伍老兵”，把这两个词放在一起能感觉出主人的独特格调。

“Uig Bay。”（乌伊格湾。）夏婷驻足在一幅竖画前。

“Aye.”（是的。）Jeff的爷爷扶着石梯走了下来。虽然已经八十六岁，但身板笔挺，精神十足。“How do you know？”（你怎么知道？）

“The letters on the beach.”（沙滩上的字母。）夏婷指了指。我看到半月形的海岸沙滩上有鹅卵石摆成的字母。

“So，you know the legend.”（那么，你知道那个传说。）

“Not detailed, but I read *The Other Seaside*,there is a verse: ‘The wishes passed by waves……’”（不是很详细，我读过《*The Other Seaside*》，有一句诗：‘由海浪传递的愿望……’”

“……grant light to the dreams。”（赋予梦想光芒。）爷爷看着画微笑着。

“What kind of place is it？”（那到底是一个什么样的地方？）夏婷问。

“A tunnel to somewhere.”（一个通往某个地方的隧道。）爷爷给我们每人倒了一杯格兰菲迪，并配上Irn-Bru（苏格兰饮料）。

“Kenneth，one of the 7 paladins in the Dalriada……”（凯尼斯，达尔里阿达王国的七位圣骑士之一……）

那是个传说：在古苏格兰，达尔里阿达王国建立后和东部联盟长年对峙，凯尼斯是王室宗亲，他的骑士团负责在高地南部守卫边界。那时东部联盟对达尔里阿达有很强的敌意，他们认为达尔里阿达的最终目的是要消灭东部联盟并占领整个苏格兰。两大阵营摩擦不断，时有冲突发生。在边界线的附近有一些小镇，是归属东部联盟的，由于不是军事重地，所以并没有要塞和驻军，凯尼斯经常以布料商人的身份进城，享受着短暂的平静。

一天，在小镇达尔威尼，他遇到了酒馆画师米娜，很快他就被米娜的美貌和优雅气质所吸引，同样米娜也对他一见钟情。沉溺在爱情中的他们每周都会相约在达尔威尼小镇，时间越久，他们爱得越深。凯尼斯想把米娜带回达尔里阿达并娶她为妻，没想到却被米娜断然拒绝，他并没有放弃，并要等到她回心转意。

凯尼斯和米娜还是和往常一样每周在达尔威尼相见，时间就这样过着，但突然没有任何征兆的，凯尼斯不再来了，好像消失了一样。米娜从疑惑到失望再到伤心，时间一天天地过去，她才明白自己有多爱他，但却无所适从。万般无奈之下，她派人去达尔里阿达打听，这才知道了凯尼斯的真实身份，并了解到前不久凯尼斯的兵团被东部联盟的军队包围，上千士兵被围剿，只有二十多人侥幸逃脱。这些士兵是随凯尼斯征战多年的死忠，他因此而怒不可遏，并率余部疯狂报复。米娜随即写下亲笔信派人送去，劝他停止行动，否则可能连他自己都会葬身沙场。但凯尼斯只是把信藏于盔甲之内，并没有听劝，愤怒早已让他失去理智。果真不久后，在斯佩河附近的森林里，凯尼斯和他的兵团被东部联盟的第五剑士团围困，三天三夜死伤无数。凯尼斯也在突围中身负重伤，在他昏迷前看到了米娜，一个身穿盔甲的米娜，原来她就是第五剑士团的首领玛尔维娜。

看着奄奄一息的凯尼斯，玛尔维娜泪如雨下，她发誓再也不要和他分开。她暗自把凯尼斯护送回了达尔威尼并细心呵护，经过一段时间后，凯尼斯终于醒了过来。看着玛尔维娜，回想着生死经历，他知道是时候改变了。他们决定远离军政纷争，去过普通人的生活。于是，他们在最初相识的达尔威尼隐居了起来。可平静的美好很快就被打破了，东部联盟将玛尔维娜列为头号叛徒并四处追杀，他们不得不走上逃亡之路。经过奥古斯都横穿高地再到天空岛，军队刺客们紧追不舍，最后把他们逼到外赫布里底群岛的乌伊格湾，那里有最广阔的海滩，最莫测的海浪，那里是世界的尽头。面前是大海，背后是追兵，他们却很淡然。两个人把各自的佩剑插在沙滩上，凯尼斯在其中间用鹅卵石摆出X叠A的符号，这是圣骑士特有的祝福符语，意思是“守护终生”。天亮之时海浪带走了那两把剑和符语，他们也消失了，没人知道他们去了哪里，有传言说他们辗转回到了达尔里阿达，有人说他们一起走进了大海……

听着这凄美的故事，一瓶格兰菲迪已经耗下大半。回到酒吧大厅，大家都已略带酒意，乐队演奏着风笛，好多人手握酒瓶随曲跳起舞来。在英格兰，坐在苏格兰风格的酒吧里，领略着古典英伦的气氛真是别有一番味道。以前也经常去酒吧，但只是或喝酒或发呆，几个华人朋友围坐在一圈，抱团自娱自乐。这是没办法的事，我们的语言达不到随意交流的水平，很难融入本土的社交圈。但今天不一样了，有Jeff带着我们玩，对于我们几个留学生来说，算是第一次深入感受了英国本土文化。

聚会到十点，大家陆续散去，临走时爷爷把乌伊格湾的油画送给了夏婷。她开心坏了，即使走路有点儿不稳，但还是把它抱在怀里。

“去我家吧。”我揽着她的肩膀。

“Real dream is the other shore of reality.”（真正的梦就是现实的彼岸。）她读着画的背面上的一句话。

“哎，着迷了？”

“嗯？你说什么？”

“呃，今天在我那住吧。”

“不，好累了，我还是回家吧。”

这冷水泼得我有点儿晕，我不再说话，只是揽着她，她也沉默着，好像这尴尬也会心照不宣。到了她家，她把油画摆好，我倚在桌边。

“喝点儿水吧。”夏婷给我倒了杯柠檬水，“陪我看会儿电视吧。”

我还是没说话，阴郁的情绪全写在脸上。

她背对着我换着睡衣，看着那一件件褪下的衣物，我突然脑门发热，直接上前抱起，把她压在床上。

“啊？别这样！不要！”她挣扎着推阻着我，力气很大，我能感觉到这是真的在抗拒。而我并没停止动作，刚才的郁闷和现在的冲动让我更难控制自己。

“不要啊！走开！”她在竭力地反抗着，最后竟然流下了眼泪。

我懵了，至于这么抗拒吗？只是普通的一次需要而已。我停下了，一脸不解地看着她。

“你走吧。”

“为什么？”

“你每天想的就是这事，我都说了，不想要不想要，可你……”她哭着说。

“我不是想这事，我是想你，这也有错？”

“想我就一定要做那个？陪我看看电视说说话不好吗？”

“你知道最近我们才做过几次吗？你只要说累我从没勉强过你，今天难得你不上班，就不能体谅一下我？”

她摇了摇头：“你回家吧，我们说不到一起。”

我没再说话，拿起大衣起身离开了……

这到底是谁的错？我爱她想她，是因为她而想到性，并不是因为性而想到她，可她……

第五章　微笑着，也纠结着

在英国，每年圣诞节前的学期是我最喜欢的，因为压力很小，作业少，而且没有考试，我们的正式考试都是在1月中旬，所以这个时间是学生们旅游、打工的最好时期。

快到12月了，天气越来越冷，整个城市的气氛却因为临近圣诞而变得越来越热。大小商店都把圣诞用品摆了出来，就连我们手机店里都会用红绿色的饰品作为装饰，这让我感觉特别亲切，因为从圣诞树到手机，所有东西都是中国制造。

每年这个时候利兹City Council（市委会）前的大广场上都会举行娱乐嘉年华活动，这里会有临时搭建起来的摩天轮、碰碰车、弹簧蹦极等游艺项目，还有很多小吃，每天从中午到晚上都有很多人在这里玩。去年的时候我是一个人在这里逛的，看着别人一对一对地又玩又吃，真是让人羡慕。虽然现在我有了夏婷，可自从我帮她找到中餐馆的兼职后她反而更忙了，每天晚上至少要十一点才能回家，一周只有两天晚上不用上班，可还不是周末。走在嘉年华广场上，我的感觉还是和去年一样。

平时下晚班，中餐馆会为员工提供一顿福利夜宵，有了这顿饭，夏婷就不用像以前那样给我买外卖了。自从上次闹得不愉快后，我注意了很多，即使再想要也尽量克制自己，再没强硬过。她也没有刻意躲着我，有时太晚太累也会在我的公寓过夜。

看着她现在的样子，我真后悔帮她找了这份工作。刚去中餐馆的头两天，她的右胳膊疼得抬不起来，这是由于端的盘子太重。在英国的中餐馆打工，所有服务员无论男女都必须要会一个技能：没有任何托盘的情况下，一只胳膊必须要同时端起至少六个大盘子，这需要把盘子从手掌一直排到上臂的位置，相互叠加相互卡住才能做到；另一只手负责往上放，放完后，这只空闲的手再把餐桌上最大的一两个餐具端走。每次在中餐馆吃饭时，都会看到很多瘦弱的女生可以一个人一次性地把桌上所有的餐具清走，确实很让人佩服。表面看上去很轻松，没想到这么累，而且还是落在夏婷身上。

“婷婷，咱别做这工作了，如果你非要打工，我再帮你看看别的，这个实在太累了。”我吃着夏婷带回来的鱼香茄子煲说。

“嗯？又来了？赶紧打住。不要再忽悠着说要包养我，我可不信，再说这工作可比在酒吧捡瓶子好多了，那个是回来睡不着，这个是回来倒头就睡，挺好的。”她躺在床上看着小说。

我们的话题又转回到打工上，我知道再往下聊只能让自己尴尬，既没底气又无奈。

现在我们只是学生，从没想到会被“钱”牵扯到那么大的精力。

趁着夏婷看书的时候我来到客厅，偷偷地拨通了许晓佳的电话：“大姐啊，我现在缺钱用，学费都还没交完呢，你什么时候能还我钱啊。这都半年了。”

“我的钱先还贷又交学费了，所以……你再等等吧，我圣诞回国后再向家里要一些，回来后立即还你行吗？”许晓佳这种可怜兮兮的声音确实很要命。一听到这声音就好像是我对不起她……其实这结果我在打电话前就想到了，如果她真能还钱还需要我催吗？不过许晓佳倒是提醒了我：实在没辙了只能问家里要。

每次给家里要钱我都有种负罪感，总觉得有点儿名不正言不顺，所以每次开口前我都是先试试老爸的口风，比如问问最近心情怎么样，饭店的生意怎么样等等。我家是开饭店的，只是很小，就是路边常见的那种家常菜餐馆。就因为我知道老爸的家底有多少，才觉得开口要钱特有压力。但是负罪感是和要钱的频率成正比的，上次要钱是半年前，所以现在心里还算踏实点儿。

现在这个时间是国内早上七点，老爸一直起得很早。我拨通了他的手机。

关机……

怪了，我又拨了家里的座机。

“喂？哪位？”一个女人的声音。

“……”我愣了一会儿，这是什么情况？“你，你是谁？”我有点儿紧张。

“哦，是天儿吧。”对方听出了我的声音。

“是我，你是谁啊？”

“我是你姑啊，听不出来了？”

“是您啊，您怎么这么早过来了，我爸呢？”

“他前几天检查得了脑梗，需要休息，所以我来照顾他一段时间。”

“什么？”我脑袋一片空白冲着手机喊道，“怎么会得这病！？”

“大概就是累的，而且吸烟，都快六十的人了。”

姑妈说这次我爸病得挺厉害，已经挂了五天的水。大夫的建议是至少要休息两个月，戒烟戒酒。

“孩儿啊，你也有两年多没回来了，现在你爸身体不好，如果有时间，这个假期就回来看看吧。这人老了尤其在身体不好的时候最想见的就是孩子，你爸倔脾气自己不说，还不让我们告诉你，其实是怕你在那边分心。”

“嗯，好，我一定回去。”

老爸还没醒，我就没让姑妈叫他。挂了电话，我独自在客厅坐了一会儿，让情绪平复下来。刚才还为钱而着急上火的我，现在被这事一冲，突然觉得“钱”都不是事了。我明白了以我现在的能力，无论是对家里还是对女友，我哪边都很难照顾到，现在唯一能自己决定的就是“放假回家”。

回到房间，夏婷还在看着书，只是姿势从躺着变成了趴着。

“小天，来帮我按按腰，总觉得有点儿酸。”

“胳膊疼完又轮到腰了？”我坐在床上用大拇指慢慢地沿着她的脊椎两侧上下推着。

“体力活儿是有点儿累，但和其他工作相比已经很不错了，今天还有个朋友说要帮我找个会计专业方面的兼职做做，你觉得怎么样？听说收入不错哦，这样对以后在这里找工作也是个很好的经验证明吧。我听说申请绿卡对工作的要求很高的。”

“什么绿卡？我们以后会回国的。”我声音突然大了起来，连自己都吓了一跳。

“……怎么了？这么激动？”夏婷也一脸茫然。

“哦……没事，我的意思是你不知道非欧盟的人在这里拿到工作签证有多难，更别说绿卡了。”

“我知道，但至少毕业以后可以试试，实在不行再回去也不损失什么。”

“好好。”

我现在满脑子都是‘回国’，如果这样继续讨论下去我真怕会情绪失控，所以就赶紧敷衍着答应了。

“嗯！你的饭还没吃完呢，快吃，别凉了。”夏婷笑着吻了我一下。

“哦，我去客厅吃了，免得弄得房间里一股味道。”

坐在客厅里，我长舒了一口气。从没因为“工作、绿卡”这么敏感过。在国外能吃到有专业水准的免费中餐是件很幸福的事，可我看着这鱼香茄子煲竟一点儿食欲都没有。

一个小时的时间里，我又和姑妈通了两次电话，详细问着老爸的病情。我知道问得再多也没用，帮不上一点儿忙，最后反而成了姑妈不停地在安慰我。

再次回到房间，夏婷已经抱着书睡着了，灯没关，连衬衣都没脱。我轻轻帮她盖好被子，但没敢帮她脱衣服，怕把她吵醒，看着熟睡的她，我脑子里还是那两个字——“失败”。打开网页，输入“脑梗”，第一条解释：脑梗是中风的一种类型……

第二天店里轮到我和几个老外同事值班，我趴在桌上，无聊地看着门前走来走去的人们。现在的市场这么差，我是没希望分到下个月的奖金了，能有一小时十几镑的底薪就不错了。这工作不像在中餐馆打工，可以直接领现金薪水。我的学生签证和National Insurance No.的备案限制一周工作不能超过二十小时，否则无论是在所得税还是续签上都可能遇到麻烦，这样的工时如果没有奖金是不可能拿到高收入的。要不要换个工作？也去中餐馆？从零做起，多劳多得？晚上还有精力做设计吗？真不好说。总之，都是因为那闹心的学费。一个人静下来的时候总会不自觉地想起那些烦心事。

正当我看着电脑昏昏欲睡的时候，一阵凉风从大门串进来。强子带着三个人走了进来，按经理定的规矩只要是我值班期间，黄皮肤的客人都由我来接待，其他色的由本土销售接待。我一脸好奇地迎上去。

“你小子想通了？来签手机？”我问。

“天哥，你可别激动啊，我给你带来三个中国客户。”强子指了指身后的三个中国人。

“是吗？来来来，快请，快请，看看这边的最新货，这些全是签合同就送。”我一情绪失控就会在某些动词上重复。

三个中国哥们儿仔细地看了看，再经过我连环炮似的一介绍，每人用了不到十五分钟就签下了合同，其中的两个签了14.99镑的月租合同，另外一个签了19.99镑的。按照公司的奖励机制：销售可以拿到客户年合同一个月的月租作为奖金。也就是说不到一个小时，近50镑进账，乐得我直搓手，看得旁边的同事直眼红。

“强子，你可以啊，哪里找的这仨财神，我可两周都没开张了。”我笑得合不拢嘴，这还是头一次对强子有了敬佩的感觉。

“嘿嘿，天哥，利兹的学校可不只一所，你知道光语言学校有几家吗？”

我摇了摇头。

“所以啊，市场大得很，就看怎么开发啊。”

“……”他竟然卖起关子来了。

“天哥，今天我其实有点儿事想跟你商量下。”强子把那三个财神送出门，然后把我叫到一边。

“有事就说，我还得谢你呢。”我也客气上了。

“今天这事你别谢我，算是上次你帮我找工作我谢你的。你还记得上次我给你说的咱俩做买卖的事吧。”

“什么事？”

“就是那个……我帮你找客户，你给我提成的事。”

“哦，我以为你说着玩的，没在意。”

“现在就可以在意下了，我还是那意思：我拉来的客户，你从你的奖金里分给我点儿，也算是你吃肉让我跟着喝喝汤吧。”强子一副奸商的表情。

我考虑了一会儿，强子看我不说话了，他接着说：“今天这三个算是见面礼，让你也了解下我的实力。签这手机合同打国际长途或打英国国内都有那么多免费时间，还送手机，很实惠啊，只是市场广告做得不给力。可公司搞不搞广告又不是你能决定的，但是会直接影响你的收入，所以，你现在就缺一个跑市场的人，而且是专门为你跑市场的人。”

“对啊，这么实惠，我先帮你签个？”

“天哥，你别老盯着我啊，你应该把视野放宽点儿。做市场就是得有韧劲儿，那个谁不是说……”强子越说越往理论的高度上爬。

“行了，行了，别磨叽了，你打算要几成？”

“这……这个三成怎么样？”

“我给你四成，只要是你拉来的就分一个月月租的四成给你，一个月结一次，满意吧。”

“谢谢哥！我，我这太出乎意料了，真大方，您就看我的吧。”强子激动地把‘你’都改‘您’了。

“其实你这样还不如做清洁工一天赚得多。”

“这可不一定，要看我能拉多少单了，主要是我也找过清洁工的活儿了，但现在都不缺人，说到圣诞假期了再联系我。”

“没错，到时回家回国的很多，你小子假期打工可以拿三薪了。”

“我就等着到时候狠捞他一票呢。”

看着强子兴奋地走出店，感觉他身上的那股劲儿和夏婷很像，他们打工为了赚钱是肯定的，但在他们身上还有种“天高任鸟飞”的状态，冲劲十足。可能在国内无论是学校还是家长对他们束缚得太多了，所以突然来到这个相对自由的环境里，让压抑许久的激情得到了爆炸似的释放。

如果强子真是卖力拉客户，我下个月还真有可能继续分到团队奖金。今天这天上掉馅饼的一单让我最近郁闷的心情好了不少。我看店里不忙，便揣着两份手机宣传单串到马路对面的旅游中介里，正好问问机票的事。

一进门便看到一个戴黑框眼镜的华人美女坐在接待桌前。

“Hi, you speak Chinese?”（嗨，你说中文？）我迎上去问。

“可以啊，您好，有什么可以帮您的？”

“我想问下回北京的机票价格。”

“好的。”美女拿出一张宣传单递给我，“这是圣诞假期最新的学生特价票介绍，都是往返中国的，给您看下。”

“呃，好。”我看了一会儿，“不会吧，曼城到北京只要三百四十九镑？还往返？”

“是啊，加上那些什么燃油费还有税什么的也应该不会超过四百五十，我们经常可以拿到这种票价的，暑假还有两百多的呢。”

“是吗？还真不贵。”

“帅哥，你是不是很少回国啊，不知道行情？现在这特价票都是一个月内往返的，咱们圣诞假期也就三周左右吧，正合适。寒假要回国的学生在开学的时候都已经订好了，这都快放假了很难有这么便宜的票了，您要尽快确定啊。”

“我还从没回去过……”

“您真强，需要订票就打这广告上的电话或者直接在这里订都行。”

“行，我回去再比较下。”

临走前，我没忘记把手机店的宣传单塞给她，没想到美女脸色大变，肯定以为我刚问了半天都是在忽悠她，随即皱着眉头指了指门口挂的牌子：“No Soliciting”（谢绝推销）……

下午五点多我下班了，这时的天色已经很暗，一个人蜷缩在大衣里在大街上走着。街边的店面都已经被装饰成各种各样的圣诞格调，过节的气氛一天比一天浓了。我在这里已经两年半了……

前年九月份我来到英国，到十二月过节时自然是充满了好奇。从小就听说西方的圣诞怎样怎样，当时觉得在这里过圣诞肯定是件很梦幻的事。可刚放假，班里的老外们便全消失了，就连周围的中国朋友大多数也回国了。他们中有很多是和我一样，只在这里待了三个月的时间，我当时特别不能理解，才三个月不会这么想家吧，而且短短的三周假期太不值得回去了。后来我和几个打工的朋友挨到圣诞时还真傻眼了。路上的行人非常少，学校里也没什么活动，几乎所有酒吧都停业了，我们圣诞前夜本想叫一桌子菜，可没有一家外卖的电话有人接听，最后大家不欢而散各自回家煮泡面去了。透过窗子看到公寓旁边的居民区里灯火通明，各家门窗上张灯结彩，我才感觉到自己和这个社会的距离有多远……第一次明白了“孤独”的感受，这可能就是想家吧。

圣诞结束是新年，新年过后是春节，这一个个喜庆的节日却一次次冲击着我们这些没回国学生的情绪。也就从那时起，我养成了一周至少给家打三次电话的习惯。有时聊得长点儿，有时就几秒，但打过了心里就感觉不是那么空了。

现在又到了这个时候，只是这次不是只有想家这么简单。一想到我爸，心里就觉得沉沉的。我一直都还没和夏婷说过这事，因为从来不愿拿自己家里不好的事和别人诉说，即使是对女朋友也一样。这恐怕是和性格有关，我总觉得说的次数越多，心烦的次数也就越多，完全没有那种“宣泄情绪”的感觉。

回到家感觉有点儿饿了，但一想到夏婷晚上会带来好吃的，我也就懒得做了，总想着什么都靠那一顿，就像窗户外的DK一样。可夏婷至少要十一点才能回来，我从冰箱里翻出中午喂DK时剩下的午餐肉，夹了两片面包，这一口饭绝对可以让我撑到夏婷回家。正吃着，强子提了一袋子番茄进客厅了。

“你瞧你这肤色越来越像番茄了。”

“天哥你又拿我开涮，我这是被冻的。”

“今天准备怎么搞番茄？”

“番茄蛋汤。”强子整理着灶台准备做饭，“嗯？天哥，你这锅里还剩下一口米饭呢，什么时候的？”

“昨天下午的。”

“你不吃了能给我吗？我正好做个蛋炒饭什么的。”

“昨天的还能吃吗？”

“能，三天以内没变味的都行。”

“行行，你说你至于吗。”我把DK剩下的那午餐肉的渣都舔了。

“说这话真不腰疼，每天有婷姐这么养着，就连现在都还能吃上午餐肉，至少也是个肉啊。等我跟你发了财就每天都可以开荤了。”强子打开冰箱拿了两个鸡蛋。

“哎，哎，你拿的那是我的，中间的是小雯的，你的栏在最下面，你说你小子……什么时候买过这么大个的鸡蛋，自个儿还装不认识了。”

“呃，也对……”

“你还真别给我哭穷，你现在住的这公寓八十镑一周吧，咱们都一样的，你穷你会住这个？”要不是今年四月份续签下一年的租房合同有折扣优惠，我也不会那么早做决定，结果现在是拿到优惠了，但钱也被许晓佳借走了。“你知道我刚来英国的时候住的什么吗？三十镑一周的民房，楼上的打喷嚏放屁我全能听见，五个人共用一个浴缸，那家伙里面长的短的弯的卷的什么毛都有。浴室在二楼，有次有个小子洗澡不拉帘子，溅出的水溜着地板顺着我房间那灯泡电线就下来了，烧得直冒火星子。那才是真为了省钱啊。”

“呃……我其实也想找便宜的，这不是来得晚都找不到了吗？”

“屁，这么大个利兹还一个都找不到？其实你就是懒，吃住都懒，对了，还有一条：爱贪小便宜。”

强子被我喷得嘿嘿直笑。

“我只是在吃上比较懒，其他都还行。”

他一说这，我反而觉得我和他也差不了多少……

强子噼里啪啦地炒着蛋，翻着饭，那架势还是很专业的。没一会儿饭和汤都好了，再加上他的每顿必备开胃菜：“老干妈”辣酱，吃起来还是很香的，引诱得我刚才那点儿午餐肉瞬间就消化光了。

“天哥，你说这几天小雯怎么那么安静了。”

“‘大姨妈’来了？或者根本就没回来住。”

“我同意‘大姨妈’，因为小雯冰箱里的东西每天都在少，所以她肯定没出去。”强子边吃边说……

“你还真是明察秋毫啊。”

“嘿嘿，听了那么多次的‘半夜鸡叫’，现在突然没了我还真有点儿失眠了。”

“……”

十点左右夏婷哼着歌回来了，而且还带了我爱吃的椒盐排骨。我饿得两眼发红，对着她的小脸儿猛亲一下就开吃了。

“别光顾着吃了，我今天有好消息告诉你。”夏婷揪着我的耳朵说。

“是吗，我今天运气也不错，你……你先说。”我还在拼命地榨干骨头上的每个角落。

“我不用端盘子了，老板让我站在大厅口带客人入座。”

“有那么好的事？”

“当然了，我可是我们店里最有人气的服务员了。这工作非我莫属。要不我能回来这么早喂你这头猪？”

“那薪水涨了吗？”

“这个倒是没有，又想轻松又想赚钱，哪有这么好的事？快说说你的好事。”

“嗯，今天强子帮我拉来三个买卖，我不到一小时就进账五十镑，发财了！”

“哈，看来他还是很厉害的嘛，别老说人家这邋遢那小气的。”

“哦，对了，我有个机票的广告给你看看。”说着我翻出了下午拿到的那张广告递给夏婷，“现在机票好便宜，我们一起回去吧，我都两年半没回家了，想回去看看。”

她接过来看了一眼便丢在了一边：“可我才来了不到一年，最主要的是寒假打工有三倍薪水，况且刚刚算是找到个相对轻松的工作。我如果一走，回来肯定又要从零做起。”

没想到她和我以前的想法一模一样。不过，这真是给我泼了一头冷水，本来很不舍得把她一个人放在这里过节，但我爸又身体不好，所以想着如果我们能一起回去是最好的了，可她的回答竟这么干脆。两个人都不说话了，一遇到这种尴尬的时候，保持沉默是我们最常用的方式。

我在想是不是应该把家里的事告诉她。

过了一会儿，夏婷说：“你如果想回去就回去吧，我和你不一样，我才来了半年多，我挺想抓住这次假期工作的机会的。你看有多少学生都不走的，不都是为了打工吗？这两年你不是也没走吗？现在我们的花销这么紧张，你还有学费压力，不回国的话不但省了机票，而且还能赚不少。对吧？”

我想说的话全被憋回去了……说多了只有无奈。看我没再说话，她指了指窗外：“你看如果我们都走了，这大冷天的，咱家的DK怎么办？”

“那我要不也不走了，这是你在英国的第一个圣诞，好好陪你。”

夏婷一下子笑了：“哈，这可是你说的，不要勉强自己哦！”

我生硬地一笑。

“看，还说不勉强，你是怕我一个人在这里无聊？难道你忍心你爸想你？”

“这两年我是知道一个人在这里过圣诞是个什么滋味，所以……”

“那是你，我可不会那么无聊，我和朋友都说好了圣诞期间全英购物大血拼，好多顶级品牌都是对折啊；怎么排队，怎么分工，按什么顺序买，我们都计划好了。”夏婷兴奋地说。

“……”女生和男生真不一样啊，或者确切地说是和我这样对购物没感觉的人不一样。看来无不无聊还是要取决于人……她的回答总是这么一针见血，又把我给憋了回去。“你真厉害，看来你真是跟餐馆的老华侨们学了不少。”

“嘿嘿，我本来想带上你的，但我总不能让你爸再等上一年半载吧。”她调皮地说。

“其实他确实很想让我回去，毕竟时间太久了。”

夏婷突然揪住我的耳朵：“哈，你少来了，你就是被这张特价机票勾引的，还给自己的找理由。如果现在的票是七百镑，估计你连想都不想的。”

“……哎呀！婷哥，真是什么都瞒不过您老啊，求您松手吧。”我疼得嘴都歪了。看她这么期待圣诞，我也只好放弃尝试。

而夏婷笑得厉害：“哼哼，以后看你还敢给我兜圈子吗？”

“其实不是全因为机票，是好多方面的勾引才让我最后决定的。”

“嗯？还有什么，快说。”她坐在我腿上说。

“你看我给你总结下：爸想我、我想爸这是一个，你又这么乖还很大度，再加上机票便宜……”说完我瞄了她一眼。

“你就知道忽悠我。”夏婷又要揪我耳朵。而我的手直接从她的睡衣领口伸了进去。

“啊……你干什么？你……饭还没吃完呢。”

我没理她，拉她进怀里，并把C-CUP翻了起来，吻雨点似的落在她白嫩的皮肤上，她用力想挣开我：“讨厌！还没洗澡呢。”但力气越来越小了。

“这样才刺激。”说完便把她抱起来，掀倒在书桌上……

“小天……啊……”夏婷紧紧地抓着我的胳膊。

很久没有听到这个声音了，那是发自心底里的，很亢奋，却又略感陌生，好像和以前不太一样，也许是好久没这样的缘故吧。真的很久吗？只是她在我面前，而彼此无所适从。

从书桌到床上，房间里一片凌乱，我们做了很久，爆发似的宣泄着身体和情绪。

“爱我吗？”

“爱……爱……”她的身体颤抖着，已不记得是第几次了。

我把她压在怀里，痴醉地吻着，一滴眼泪从她的眼角渗出……

投入、疯狂、炽热，我们都在享受着彼此。最近我们之间有了一些间隙，总是在某一刻把原本的自然收成了小心地试探，或许是情绪的错位？还是频率的不搭？无论是什么问题，此刻都不是问题了。夏婷依偎在我的身边，喘息平和而放松。

“别着凉了。”我帮她盖了一下被子。

“小天，你回国前，我们去一次乌伊格湾吧。”

“去许愿？”

“嗯，我好想去。”

“好，我陪你。”

夏婷深深地吻了一下我的脸颊。

第六章 海边的誓言

沿着A1公路一路向北，穿过爱丁堡进入苏格兰高地。不知何时，我们的车已经由高速转为山间公路，中世纪的画风逐渐进入视野。这里的高纬度高海拔仿佛让天幕掠过发梢，天空蓝得很透彻，远远望去，只有地平线才是世界的尽头。巍峨的山脉起伏于公路两旁，山坡上鲜有树木，只是被草和岩石覆盖；不算高的山腰处已经穿过云层，在阳光的照射下，云朵的影子在岩壁上浮动，边缘清晰；山顶上积有薄层白雪，天然的溪流顺着碎石断壁一直流至公路旁。天和山虽有无尽的神秘却又让人触手可及。

经过威廉堡后沿途的小镇多了起来，每座都布满了古堡风格的建筑。这是一种以石砌为主的建筑形式，其起源时间远早于罗曼式和哥特式，这是苏格兰乃至英国的标志，到了近现代，很多新房子也被设计成了这种风格，这让我们想起了Jeff爷爷的酒吧。这里没有高楼大厦、宽阔的街道，更没有大型购物中心甚至机场，围绕着我们的是一座座装饰精致的民居、鲜花、小店、酒吧、湖边的游艇、人们的笑容、橱窗里的格子服饰、不知哪里传来的风笛曲子……整个小镇从每个角落里都散发着安逸和幸福。这是现实中的世外桃源，而且这只是“桃源”的入口。

通往天空岛的路上，除了感受内陆湖的静谧还可以偶遇古堡废墟，它们在这里静守千百年，中世纪的文明由繁盛到衰败再到遗迹，这些西方古典魔幻电影里的背景好像让我们穿越至那个神秘而厚重的骑士时代。

“这里好像另一个平行世界。”夏婷已经开了几个小时的车，但仍然精神十足，周围的景色让她很享受这个过程。

我们从利兹坐长途巴士到爱丁堡，然后租了一辆甲壳虫一路自驾北上。Jeff的爷爷告诉我们通往外赫布里底群岛的线路上没有直达的火车或巴士，只有一条冷门的航线，那是个连英国人都很少涉足的地方，所以自驾是最好的选择。还好夏婷有中国驾照，在英国被允许使用一年，而我只能享受地坐在车里。

“如果我们在这里定居生活，你愿不愿意？”她问我。

我紧攥着她的左手。

进了天空岛，公路离大海很近，我们没有看到沙滩，海岸线大部分是由岩壁断崖构成。这片岛屿和英伦主岛仅由一座桥相连，虽与苏格兰近在咫尺但城镇风格大相径庭。这里的小镇更接近现代的英格兰风格，民宅设计简易，但色彩亮丽，没有苏格兰老式建筑的厚重感。我们一直开到邓塔姆堡，坐渡船到斯托诺韦然后继续向乌伊格湾行驶。

“小天，醒醒。”夏婷揪了揪我的耳朵。

“嗯？”我迷糊地睁开双眼，她的侧脸很美，我忍不住吻了她一下。

“看云朵会画画。”她指着夜空。

眼前晶透的夜空让我瞬间清醒了。现在是夜里十点，但夜空里的云朵清晰得好像在面前抚过。

车速不快，她打开了一截车窗，虽然已经是十二月初，虽然这里几乎是英国距离北冰洋最近的一个岛，但气温却很舒适，窗外清新的空气让人痴醉。这里是苏格兰最边缘的公路，右边是北大西洋，海浪拍打着断崖，在左边宽阔的草原上一眼可望穿天际，我们仿佛天地间唯一的存在。

"我们快到了。"夏婷指了指正前方，那是一片白色的沙滩，在月光的照射下格外耀眼。沙滩内侧的悬崖边有一块石牌，上面刻着"The wishes passed by waves grant light to the dreams"。（由海浪传递的愿望赋予梦想光芒。）

"Uig！"夏婷开心地喊了起来。

我们手牵着手走上沙滩，这里没有灯光却如白昼，这是我见过的最宽阔的沙滩，从最内侧到海边要走好远，白色沙子细腻而一尘不染，柔和的海风、海浪和宝石般的繁星让我们怀疑真的身处现实之中，难怪人们都说，这里是被阳光遗忘的天堂。

夏婷望着星空。

"天秤座在哪里？"

"不清楚，好像在两颗很亮的恒星之间。"

"在他们之间……"她自语着，"所以才会犹豫不决吧……"

"这是天秤座的特点。"

"你不是不信星座吗？"她看了看我。

"是不怎么信，尤其是不信我的星座。"

"被黑得太惨？"

"简直是被黑得片甲不留。"

"哈哈。"她俏皮地笑着，"看，这些星星离我们好近。"

"不只是近，还摸得着。"

“骗人。”

“不信？来，闭上眼睛，把手伸向天空。”

她很乖地照做。我轻轻握住一点儿细沙，随着海风撒向天空，一阵银色粉粒飘进她的掌心。

“嗯？”她好奇地睁开眼睛，“哼！你骗人。”说着要来揪我的耳朵。我撒腿就跑，“站住！”她在后面追着，无尽的海滩上只有我们两个人的身影，我们尽情地在这里享受着每一秒。

“小天！快看！”夏婷指着大海的方向，“我看到了光，是灯塔的光！”

我顺着她指的方向望去，但并没有看到任何光源。

“哪有？”

“真的，在海的另一边。”她靠在我身边还是指着同一方向，可我看到的还只是一片大海，更没有什么海岸。

“我们许愿吧。”她拉着我的手。

“嗯。”

“来，跟我捡一些鹅卵石。”

传说在这里许愿要用鹅卵石拼写成愿望里每个单词的首字母，然后嵌入在白沙里，等待凯尼斯海浪的到来，这种海浪很特别，其地理学中的名字叫离岸潮，它有很强的反吸力，普通的海浪会有向岸的推力，而它是有反向岸边的吸力，就好像漩涡一样把岸边的物体吸入大海。这是一种自然现象，很多海滩偶有出现，但在乌伊格湾却经常出现。在凯尼斯和玛尔维娜的传说中，海浪带走了他们的佩剑和符文，当地的人们视此为一种祝福，把效仿凯尼斯用鹅卵石拼摆符文的方式视为祈愿，并把这里的离岸潮命名为凯尼斯海浪。相传如果鹅卵石被凯尼斯海浪一次全部吸入海中，那么许愿或誓言便会成真。

我们用鹅卵石拼摆出四个字母："B I T L"， 这是Be Immutable To Love的首字母缩写，中文意思是"永远爱下去"。然后静静地坐在字母旁等着凯尼斯海浪。

"它真的会来吗？"

她依偎在我的身边看着潮起潮落。

"会的。"

"小天，你看那边。"

顺着夏婷指的方向，我看到在不远处的石崖岸边有座房子，这里的空旷让它格外显眼，房子里有灯光，门前的屋檐下坐着一位老人。他一直望着大海。

"这么晚了，那老人为什么不回房间？"我好奇地望着那边。

"他好像在等待着什么。"

老人凝望的方向只有天和海，神态平静得和海平面一样。

"海和天离得好近。"我把视线转了回来。

"可再近也触碰不到彼此。"

"他们终会走在一起，只是需要走很远很远。"

"他们也许会走在一起，只是谁都不愿主动牵住对方的手。"

我吻了夏婷一下。

她微笑着看了看我。

"什么时候变得文艺了。"

"我是一个被颜值耽误的文艺青年。"耳朵突然一痛。

"来，让我看看有多少颜值？"她揪着我的耳朵，我被扯得直撇嘴。

"我错了，错了，好痛啊。"

"再演？我就没用力。"

“以后能不能左右轮着揪，这时间长了弄个一大一小，别人还以为我从小缺钙。”

“别胡扯了。”夏婷指着海面，“快看，是不是要起海浪了？”

这时的浪花比刚才高了许多，沙滩的吃水线也在层层加深，空气里的安静逐渐被海浪声取代。离岸潮的吸力非常强，在很多度假海滩出现过游客被卷入海里的险情，为了安全，我们挪到沙滩较内侧的地方。没过多久，海浪已经冲击到我们鹅卵石的位置。

“这只是普通的涨潮。”她有点儿失望。

海浪一次次地漫过鹅卵石，但因其嵌入在沙中，所以丝毫不为所动。她抱着膝盖，对着海面望眼欲穿。

“凯尼斯海浪并不是一定会来的。”

“肯定会的。”

“为什么？”

“因为我们来了。”

夏婷看着我，那双晶透的大眼睛好像会说话。慢慢地她闭上了双眼，我们轻吻着，深吻着，唇间的柔动让彼此沉醉，整个乌伊格湾的白沙和海风环绕着我们，好像和现实脱离。这里不仅是海边，还可以吻着夜空的飘霏；双手触摸着白沙的牵绊，全世界在我们周围；你侧脸的弧线，你长发的美；海浪轻语着走过时间，天在等，海也不想再让他流泪……

第七章 回国后的节奏

12月15日一大早，我踏上了从利兹去曼城机场的头班列车。虽然很早，虽然昨天晚上激动地失眠了，但我毫无困意，因为这是我留学后的第一次回国之旅。本来利兹也有航班，和曼城一样都是从荷兰阿姆斯特丹转机，但价格竟然比从曼城出发贵了两百多镑……夏婷怕影响到我休息，头天晚上帮我收拾好行李便回自己家睡了，我把公寓的钥匙留给了她，否则窗外的DK会恨死我的。

从利兹到曼城机场要一个半小时，我拿出讲义装模作样地看着。这段时间我给家里打电话的频率比以前高了很多，从电话里听到我爸的声音时总觉得他的身体并没有我想象中的那么差，不过我更相信他是为了让我少些担心故意顶着劲儿大声说话的，他这样报喜不报忧是我们这些留学生经常对家长用的办法。但无论是真是假，听到老爸很有劲儿的声音确实很有效地减轻了我的心理压力和焦躁情绪。

这次回国，我专门带了各科的资料回去复习，按照系里的规定，我们1月7日开始要有长达七天的考试周，包括机考在内要考三科，而我的返程机票是1月3日，如果不在国内复习一下，那么回来后的时间就太紧了。

列车上的人很少，看上去大都是中国人，他们个个都像我一样拖着大箱子，肯定也是去赶航班的。我看着讲义，但心里想的是到家后吃什么。和英国的价格相比，同档次的北京菜就跟白送的一样。如果不是这段时间夏婷把我养得这么好，我估计都可以扎翅膀自个儿飞回国了。回去后去哪里玩呢？泡澡！这在英国只有大宾馆里才有……窗外的天色渐渐亮了，我的脑袋也开始混乱了，一边是想见到老爸的急躁心情，一边是初次放假回国的激动和兴奋，无论是哪种情绪我都很难控制住。混乱之余我还不时地摸摸屁股兜，确认护照还在，生怕出什么意外。回国都能有这种失控似的亢奋是我以前很难想象到的，一点儿都不亚于我第一次从北京飞曼城时的感觉。

到了曼城机场，我托运了那个满载礼品的大箱子，十七公斤……这是夏婷给我出的主意，说那么久回国一次一定要给亲戚朋友带礼物，给一个人带了就要给另一个人带，一视同仁。最后我不得不列出张清单，上到爷爷奶奶级别的长辈，下到老哥那一个月大的儿子，总之除了当年的青梅竹马，我能想到的全带了，虽然这里面基本上全是Made in China……除了这份清单，夏婷又给我列了另一份清单，她是不会让这么个大箱子空着回来的，从干香菇到卫生巾、从时尚杂志到铁皮罐头，她完全是看着淘宝列出来的。

从曼城到阿姆斯特丹的小飞机上没有正餐，只有小袋的零食和饮料，这时我那空荡的肚子有点儿感觉了。但是能忍就忍，到时从阿姆斯特丹到北京的大飞机上有好几顿在等着我。此时我想起我喷强子吃饭时的情景，我们真的差不多，都是能凑合就凑合的主儿……

在阿姆斯特丹等了不到两个小时，终于上了回国的飞机。航班上的乘客绝大多数是中国人，我办登机牌的时候要了靠走廊的位置，为的是上厕所方便，而且可以把腿伸开，我认为这是经济舱里性价比最高的位置。旁边坐的是一位五十岁左右的大婶，在机舱内换气通风这么频繁的环境里，走到厕所门口都能闻到她身上的香水味。她不会英语，每次点餐点饮料时都要我帮忙翻译，几个回合下来大婶便开始和我“唠”了：

“小伙子也是留学生哦？”

“是。”

“什么学校？”

“华威的。”我发挥着自己的想象力。这是我以前在国内火车上和陌生人的胡扯套路，没几句靠谱的。

“哦，这个学校我倒没听说过。”

“呃……”我如果说利兹（荔枝）估计她会以为是水果。

“我给你讲哦，我女儿是伦敦政经的硕士，现在在汇丰做兼职。那一口英语说的，哈哈，我这做老娘的都需要女儿领着我逛街喽。哎呀，伦敦真好啊，我女儿还和同学们拍了一部城市短片，哦呦，跟个小明星似的。”大婶讲起来眉飞色舞，乐在其中。我还以为这是在给我介绍对象。

“呃，厉害厉害。”我赶紧迎合道。

“哪有，还有更厉害的呢，这不刚刚交了个英国男朋友，说要一毕业就结婚拿绿卡，你说我这不当了英国人他妈了，哈哈！”大婶眉毛已经笑成了“八”字。

“……”

“你看这是女婿带我去买的，巴巴瑞（BURBERRY）的包包哦，哦呦，中国人真有钱啊，那专卖店里的中国人多得不得了，每人拿一个篮子跟逛超市一样，我好不容易才抢到这个的。”

这抠门的女婿竟然糊弄准丈母娘逛工厂店……

大婶一直叽里呱啦地没完。实在受不了了，我叫来服务员要了两瓶威士忌。“阿姨，荷航的威士忌可是最有名的，我也给您叫了一瓶，我们都尝尝吧。”

“是吗？不是只有头等舱才有好酒吗？”

“威士忌不分舱位的，头等舱也喝这个的。”我竭尽所能地编，只要能让这瓶酒进她肚子里就成。

“那我倒要试试了。”

这是小瓶的，差不多一杯就倒完了，没等我继续忽悠呢，大婶一口就把这“头等舱”的酒闷了……

“怎么样，口感不错吧。”

“嗯，是蛮不错的。哎，小伙子，一会儿你再帮我多叫几瓶好不啦，我带回去给家里人尝尝。”

“呃……行！”我硬着头皮把那杯喝完随即又叫了两瓶，我们二话不说全干了，然后我直接去了厕所。本人还是很实在的，我是真喝而不是跑厕所里又吐出来。在饭桌上这几两酒是不可能让人睡着的，但是如果人在放松的状态下，酒精的作用就更加明显了。

我在厕所里蹲了好久，算计着大婶差不多酒劲儿发作了才出来。可是，反而是我感觉越来越困。回到座位，大婶正直愣愣地盯着座位屏幕上的小游戏玩得正酣，看我回来了竟立刻放下不玩了。

“小伙子，你知道我女儿的公寓那可是……”

“等等，阿姨，我昨天晚上没睡觉，刚才又和您喝了点儿，有点儿困了，等我醒了咱再聊呗。”我一点儿也没装，大婶啥事没有，我的酒劲儿真是上来了……

“唉……跟我女儿一个毛病，晚上不睡觉，你们这些……”

这一觉睡得我浑身难受，躺也不是坐也不是，我不记得期间被这扭曲的姿势累醒了多少次，但每次迷迷糊糊醒来的时候总能看到邻座的大婶还在打游戏……飞机飞了九个半小时后于第二天上午抵达北京首都国际机场，降落前屏幕上显示北京的天气为晴，地面温度为三摄氏度。我伸长了脖子拼命地往窗外望，看了好久也没找到北京在哪里，一片灰蒙蒙。直至飞机降落后，我在客运通道里才确定刚才的屏幕没撒谎，的确是晴天，因为我抬头看到的天的确是蓝的，不过也只有头顶的这片天是蓝的。

对于我们这些普通人要判断一个地方的空气污染怎么样有个很简单的办法：首先看看正上方的天是不是蓝的，如果是，那么便可以排除其他天气因素的影响了；这时你逐渐把视线从垂直往水平移动，直到看到地平线的方向为止。如果这里的空气质量好，你看到的所有角度的天空都会是以蓝色为主的，从头顶的天蓝一直到地平线的浅蓝，色调基本保持一致；反之，那就是从头顶的天蓝逐渐变成白色直到地平线的浅灰色……

拿好托运的行李，我刚走到出口，直听一阵喧哗：

“哎！小天！这里！”接客人群中传出欢呼声……

“嗨！虎子！（我的外号……）”我的两个发小也在那里叫。

“天儿来了！”我姑、堂哥都在那里……

好家伙，明星走红地毯也不过就这阵势吧。再看看和我一起出关的其他乘客，但凡是我这个岁数的也都有亲友团前堵后拥。本来焦躁的心情竟突然变成了衣锦还乡的满足感……没等我咧开嘴挨个儿打招呼，两个哥们儿就把我的大包小包接了过去。我挤出人群，没想到老爸“完好无损”地站在那里。

“臭小子，瘦了，但脸色还可以。”他还像以前那样捏着我的脸，两年半长吗？时间上不算长，但情感上算是很长了。

“爸，您这身体情况不至于来这里接我吧。”

“这不是没事了吗？又不是什么大病，人老了都这样，你看我的脸色不比你的差。”

“您还是少累了，咱赶紧回家。”

看着老爸现在的精气神，我心里的顾虑瞬间少了一半。

“国外生活还习惯吧？”姑妈问。

“还行吧，就是开始吃得不好，后来学会自己做了就好了，其他的都和国内差不多。”后来我才知道这样一句话的回答真是过于认真了，因为“国外生活还习惯吧？”这个问题，在国内这段时间里平均每天能听到五遍以上。逐渐地，我只以两个字“还行”加一个傻笑作为统一答案。

打开英国的手机，满格信号，二话不说直接关机。以手机店销售的专业经验，我确定这英国的手机卡到了国内就自动转成国际漫游了，估计看几张网页，我那可怜的英国银行卡便会被抽干。为了和夏婷联系，我从路边的小店里买了个国内的手机号，这样她就可以从英国直接打给我，换算成人民币只要几分钱一分钟，绝对划算。

作为一个留学生回国后最想做的是什么？

吃！

说实话我在英国饿的时候最想吃的还是家里饭店的炒菜，主要是从上中学的时候就吃，吃习惯了。那时每天放学后从来没回家吃过饭，都是直奔饭店，家人亲戚都喜欢在那里吃。但这次我爸说先让我补补嘴，吃点儿带有中国特色的……

从全聚德吃到炸酱面吃到狗不理吃到东来顺，总之就是一个字：

“吃”。人在心情好的时候就是吃得多，人在心情由差变好的时候吃得更多。

吃的目的主要是把我这两年半的油水补回来。像我这样在国外有女朋友照顾已经算是很好了，如果是强子那样的，肯定能把全聚德的桌布都给啃出个洞。不知道这几周的假期过后我能胖多少，男生都是在国外瘦国内胖，而女生正好相反。这是因为在饮食上，我发现中国的男生不如女生在英国吃得适应，什么芝士、黄油、汉堡、薯条都很容易受到中国女生们的欢迎。这些东西一下肚，那就跟吹气球似的，稍微管不住嘴就变成了小炮弹。而男生是回到国内后大鱼大肉加喝酒，同样的时间里那肚子大得比孕妇都快。不过我倒觉得这是一种能量储备，就像骆驼一样，在国内吃好喝好，到了国外再逐渐消耗。

在国内的这些日子里，档期被安排得很满，顿顿有人请吃饭，除了家里的亲戚和我的哥们儿外，还有好多我以前听都没听说过的爸的、大爷的、姑妈的朋友。我从来没想到自己这么个还没毕业的留学生回来后竟会这么“红”，说不清为什么，但在大家的眼里，好像我能在国外读书是件很了不起的事，这确实让我感到心虚……

本来是回国探望老爸的，结果还是一天两餐不着家。老爸忙完就在床上躺着，虽然每天我都会做点儿极其简单的杂务，但他总是以“太笨”为由把我支走。我很清楚老爸这是看我难得回趟家，想让我好好放松一下。不过最能让我安心的还是他的精气神，这些天里，他的状态很好。看到老爸每天开心的样子，我才发现其实家长要的幸福真的好简单，简单到每天能看到孩子出门、回家就够了。

夏婷在圣诞期间比平时上课都忙，因为中餐馆缺人，她要替别人代班，再加上和国内有时差，所以她只能在上班前给我打个电话，但很不幸的是一般这个时间我总是喝得醉醺醺的。

“你又喝多了？”

“嗯……”

“你回国后还没陪我好好聊过天呢。”

“嗯……”

“算了，早点儿睡吧。”夏婷叹了口气，把电话挂了。有的时候我醉得连这三句都记不住，能记住的只有接电话这事，再后来便是第二天中午起床了。

我曾经听别的同学说回国后倒时差很难受，总是睡不好，一到凌晨三四点钟就倍儿精神，比卖早点的师傅起得都早。可我完全没这感觉，自从那天下飞机，一到晚饭就至少半斤白酒，别人是海量，我是沟量，饭局刚开始不久就得去厕所主动抠出来一次，吃完饭回到家再自然吐一次……倒头便睡，什么时差感压根儿就没出现过。就这酒量还不懂得推让，按哥们儿大黄的话说我这是“实在得和脚后跟子一样”，可我总觉得亲戚朋友都是因为我才聚在一起的，我这么大一小伙子把个小酒杯子推来推去的实在是不好意思。就连对飞机上那位大婶我都没耍滑头，何况是对这些人呢。

说起大黄，这哥们儿年纪轻轻便当上了他们单位领导的助理，那绝对是“酒精”考验的老手，他常教育我说：我这种“玩命喝法”根本就不算是会喝酒，真正厉害的人是能把别人劝过来的酒反劝到对方的嘴里，并且还让他心服口服。就算到了非喝不可的酒桌上，比如面对领导、客户这样的人，也要在上战场前做好充分的自我保护。

“呦！黄哥，今儿这又是上哪儿喝去？两瓶葡萄糖够吗？”药店的服务员拉着长腔。一看便知大黄是这里的老客户，葡萄糖放哪个药架子上比导购人员都清楚。

“给哥们儿买的，两瓶够了，这东西喝多了也会中毒。”

这次是圣诞前的高中同学聚会，大黄知道这顿饭局又是一场“血战”。对于他的那些理论，我是不可能在短时间内领悟透彻并用于实践的，所以他怕我还是太实在，来酒不懂得推让，直接先让我灌一瓶葡萄糖下肚，这叫先给胃打个底。

“这玩意儿行吗？这可是药啊。”我从没喝过这个，还是有点儿顾虑。

“这就是解酒用的，见过酒精中毒的吗？抬到医院就是挂这个。喝，没事，甜的。”

“……”喝了，果然是甜的。

“行了，今天就是喝二锅头你也不用怕了，一会儿喝到一半你再出来把第二瓶喝了。”

“呃……”

果然被大黄说中了真是二锅头，十多个男生找着各种理由轮番灌我，灌到后面连女生都上来给我补刀……虽然这一场下来，我靠着葡萄糖的劲儿没被整趴下，但是上完厕所后忘了提好裤子却是事实……

时间在“醉生梦死”中过得飞快，还没等我醒酒就快到元旦了。能喝的人都喝过了，饭局也越来越少了。

眼看着就要到回英国的日子了，我又打开了那臃肿的行李箱，里面的东西很少了，除了压在其底层的复习资料。

这几天我闲着时常带着夏婷列的那张采购单子，看到了就买一些，最要命的就是那卫生巾，她在单子上明确注明要“少女型”的。我到了超市的卖卫生巾的区域，那叫一个眼花缭乱，五颜六色的什么样的都有，但又不好意思找导购员问，只好跟小偷似的拿一包瞟一眼然后赶紧放回去。这时我总是很纠结于一个问题：到底怎么样才算少女呢？包装上写了吗？

突然手机响了。

"婷婷，你这电话来得正是时候，我正想问你。"

"什么？"

"卫生巾为什么非要少女型，还白天黑夜的分那么细，我一来这里就出汗。"

我郁闷了半天的情绪终于得以发泄，可是声音有点儿大了，旁边正好站着一对母女。小孩儿问："妈妈，什么是卫生巾啊？"那母亲答："就是餐巾纸。"

……

"当然要啊！你！不！懂！你按我写的买就是了。"

"好好。"我尽量压低嗓门儿。

"我还有件事，这次你在家带点儿钱过来吧，你的钱虽然够交第二期学费，但肯定不够第三期的，还差好多呢。"

"嗯，我问问，应该没问题。"

现实的问题还是不得不面对，又是这闹心的"学费"，不过看着老爸的身体一天天好了起来，我也就有了开口要钱的勇气。

临要走了，家里人也帮我买了好多日常用品和衣服，我这一走估计至少要到毕业了，所以把能带的都要想周全了，反正在哪里都是中国制造，不如都在中国买，还便宜。

"小子，什么时候把你英国的女朋友带回来？"我爸在帮我整理箱子时发现了大量卫生巾。

"呃，没，那是帮同学带的。"我还是不想承认，因为我不想让他们知道太多我在国外的生活情况，知道得越多操心就越多。

“是嘛，现在的女同学都这么奔放啊。”

“……”我没接话，言多必“死”。

“你都二十多了，我们不会管你了，男孩子就要多经历下，你看隔壁的‘狗子’都三十了和中年妇女一说话腿都哆嗦。”

“爸，您放心我哪里都不会哆嗦。”

“和女孩儿相处首先要注意自己的卫生，别跟以前似的两三个月不洗澡，洗一次体重能掉个两三斤，没有女孩儿喜欢那样的。”我姑也开说了。

“洗啊，天天洗，反正电费不要钱。”

“行了，我还不知道你？我最近和你爸商量着带你去看看房子，这房价越来越高了。”

我一下呆住了。

“不至于吧，这么几包卫生巾就能引诱得你们想给我买房子？”

“这是我们早就商量好的，别管你结不结婚，这房子都要先买好，房价不等人啊！你最快也要半年后才能回来吧，知道吗？现在房价一天一个样，到时看着那房价你哭都来不及。”

“您有钱可以投到饭店里啊，比如开个分店什么的。”

“正好说反了，咱家还真没多少钱，你在国外太不了解这些了。现在做生意的辛辛苦苦这么多年，有几个能比那些炒房的赚得多啊？房价太贵了，我不但不想开分店了，还想把现在的饭店关了，闲出来钱给你买房子，我现在岁数大了，也没那么多精力弄饭店了。”

本来想着找个机会要点儿钱，这下我是彻底没想法了。

“如果到时我能在英国找到好的工作呢？”我试探着问。

“这没事，你到时留英国了我们就把新房子租出去，也算个投资吧。”

“……”

第二天上午我们来到五环附近的一个新楼盘，说是楼盘其实就是一个地盘，一眼望去只有售楼处一座房子在那立着。不要小看这售楼处，那里面跟菜市场没区别，我真是OUT了，听老爸说现在国内一线城市的楼盘都是这样。不过拨开杂乱的看房客，售楼小姐们的形象还是不错的，个顶个的紧绷在制服里，个顶个的前凸后翘，一看就是经过精挑细选的。不要说我俗，这是长期3D设计中形成的专业直觉。客人太多，小姐姐们非常忙，等了好久才轮到我们。我不明白为什么要浪费这么多美女在这里，这么好的市场就是来几个大妈也一样能把房子卖出去。

“您好！这是我们小区的整体规划，中间那几座白色的楼已经卖光了，这边是我们的几种户型。”小姐姐带我们挤到一张大桌子旁，指着上面的模型，听说这东西叫沙盘？

“这是多少钱一平？”老爸问。

“三万四。”

“这么贵啊，还是期房。”他嘀咕着。

“这还贵啊？大叔您不看看现在什么行情，一天一个价啊，等明年交了房四万一平都打不住。”

“比曼城的都贵。”我也嘀咕了一句。

“您是外地的吗？确定不在限购范围内吧？您要知道那些三线城市怎么能跟北京上海比，就连省会城市都不成。”小姐皱着眉头直摆手。

“……”我没词了。

老爸也没说话，只是看着那模型，估计想事呢。小姐姐看我们没答话，“您要不再考虑下？想好了叫我。”说着便消失在人群里了。

老爸仔细地看着小姐姐给的户型广告，嘀咕着什么贷款之类我完全听不懂的东西。不过我却发现，这售楼处里除了小姐姐们好看外，就这沙盘最吸引我眼球了。里面的模型做得确实精致，每个角度每扇窗每件家具……

“哎，哎！干什么呢？帅哥这个可不能碰！”一位小姐姐冲我喊道。

“啊！？”我这才缓过神来，就是刚才那位，还冲我翻白眼。

回家的路上老爸打着电话继续嘀咕着什么，我们时而表情凝重时而若有所思。他想的是房子，我想的是学费……

第八章　考试期里的疯子们

从北京到曼城，无论是在天上飞的时候还是在阿姆斯特丹转机的期间，我都在抱着讲义看。如果说回中国时是激动的，那么现在要回英国就是抑郁了，真是有种节后上课如上坟的感觉。而且更要命的是马上就要考试了。

我晚上十点多到了利兹，夏婷这时还没下班。回到公寓，一开门，有点儿怀疑是不是自己走错了房间。从书桌到地毯，整个房间都变整洁了。床被平整，书整齐地堆在一起，小本在下，大本在上。书桌上摆了一沓信，我泡了杯茶，然后一封封地拆开看着。有手机账单，大部分是广告之类的垃圾信件，还有一封写着："From：T.R.JONES LAW FIRM"（T.R.JONES律师事务所）。

我纳闷着撕开信，里面是中英文两封。但搭眼便看到了中文信上的最后一句：

您所担保的AC.0897425如果没在1月31日前还清所贷款项及利息总共1762.34英镑，BKONG FINANCE GROUP将委托律师通过法律途径来追究您的相关责任。

眼前一片发黑……我赶紧拨了许晓佳的手机，但直接转入了语音信箱。真没想到刚回来就是当头一棒，本来去年出于好心的事现在竟成了给自己挖的坑，再加上我那学费问题，真是一个事接着一个事。首先我想到的是赶紧上网去查自己的信用卡有没有被扣款，因为当时我就是用这个卡给她担保的。当看到所有交易记录都是零时，心里稍微踏实了一些。这时我的脑子急速运转着，反复地看着信并回忆着去年借钱给许晓佳的事。我记得很清楚，当时许晓佳还有2000镑没还，我记得更清楚的是财务公司里的那人说的是每天千分之四的利息按月算复利。而现在信上说要还1762.34镑，那就是说明许晓佳曾经还了一些，否则现在的数额应该远高于2000镑。

这时我听到外面的大门有动静，于是我赶紧把律师函顺手塞进了书架。果然是夏婷下班回来了。

“猪头，你真的吃成个猪头了，瞧你胖的。”夏婷一见面便揪住我的耳朵。我尽可能地把刚才的情绪往回转，硬堆上了一脸“笑容”。

“想我了吗？”我抱住她。夏婷的双肩一紧随后又立即放松了下来。

“这句话该我问你，瞧你在家都疯什么样了，脑袋里的酒精快顺着耳朵流出来了吧。”

“哪有，我一天到晚都在想你。”

“我只相信你到晚上想我。”

我的手脚不老实起来。

“等等，我去卸妆。”夏婷起身去了洗手间。

以前这个时候我是肯定不会让她打断剧情的，总会用一些非常规的办法找点儿非常规的刺激，但现在我的专注力明显不够。

她卸完妆，在我面前换着睡衣，看着她一件件地脱掉，随着荷尔蒙的急升，我的专注力突然回来了，将近一个月“积压”真的容易把任何烦心事冲淡。没等她换上睡衣我便把她压在了身下……

“啊……我说了吧，你……你想的就是这。”

我并没有说话……

一段冲动之后……

“小天……”她微闭着眼睛。

“嗯？”

“你今天是不是累了？”

“有点儿，坐了十二个小时的飞机。”有心事绝对影响质量。

“那就睡觉吧，否则对身体不好。”

“呃……”我叹了口气躺在一边。

“最近我们快考试了，我觉得这个星期我还是回我那边住吧，免得分心。”

我想了一会儿：“好吧，我回国的这段时间也没怎么复习，还有四天就考了，时间是够紧的。”

第二天，我睁开眼第一件事便是给许晓佳打电话，但还是进入了那个该死的语音信箱。我在房间里站也不是坐也不是，完全看不进去任何复习资料。人最大的恐惧就是对未知的恐惧，现在我是真的体会到了，我完全不知道这个坑到最后是个什么结果。实在没办法了，我便给学生会里的法律援助处打了电话。他们给我的答复是如果当事人找不到了，其债务责任肯定要转移到我身上，但一般并不会直接从我信用卡里划账，而是通过法院来执行还贷，这样一来我的信用度……

听到这些我直冒汗，我在手机店里碰到过不少这样的案例，即将毕业回国的留学生用信用卡担保签高价手机，当时签的时候什么都不说，一旦签成功了他们就把信用卡销户，不花一分钱骗个手机就回国了。我们手机店和网络服务商都没办法，也只能向移民局和法院报案申诉下，一旦备案，这些带有不良信用记录的学生以后再想办信用卡，甚至申请英国签证就很难了。现在英国有很多地址都在网络服务商的黑名单上，就因为有些欠款不还的人曾经在签手机的时候用过这些地址，导致不但自己的名字被黑，而且连带地址也被黑。这在国内可能觉得很不可思议，但在欧美这些联网诚信系统很发达的国家里，任何污点都有可能影响到未来的生活，尤其是那些要从法院过堂的事。

一月底前，要么她还，要么我还，总之不能过堂，否则我不但钱赔进去了，连信用记录都可能搭进去。想到这些，我现在真有去曼城贴寻人启事的冲动……

“淡定”，现在我只能用这个词安慰自己了，还有近一个月的时间，说不定能找到许晓佳，说不定……我现在都不太指望她能还欠我的那三千多镑了，只要别被她拉下水就行。

复习，除了复习还是复习，我们专业除了编程科需要背些编程语句以外，其他考察的主要是逻辑设计能力和模型绘制。虽然复习的压力不小，但每次考试前我都特庆幸自己不是商科的学生，因为他们总要生硬地背很多材料，什么会计准则、案例分析等等，总之文字题占了70%以上的考试内容。夏婷为了能专心背材料，也把饭店的工作交给别人代班了。

每个人都有各自的复习特点，强子人缘好，最近几天是每天晚上拉着一票人在我们客厅里复习。从晚上八点到早上八点，通宵完直接去考试，考完后回来睡一天，然后晚上再来一遍通宵准备下一门……可能他的专业和金融有关，大部分都是计算题。我在客厅吃饭时听到他问得最多的是：

“哥们儿，这个数是怎么来的？”“那个数是怎么算出来的？”

等他的同学耐心地讲完了各个数字的出处后，强子就把整个题再重新做一遍，夏婷是背文字，他是背题。不过这种办法似乎在商科考试里很有效。按强子的说法，很多老师出题的时候只是会把平时作业里的数字改下，只要把作业里的数字搞清楚是怎么算出来的，就万变不离其宗了。

可能是因为强子太吵，考试期间我们谁都没有看到小雯。就这事，强子几乎每天都向我打听小雯的下落。原来，这小子是承诺我们这里有美女才把他班里的高才生们引来的。结果熬了五个通宵，都快成熊猫了也没见到一个异性出没过我们公寓。

经过三天的复习，终于到了第一门机考的时间。早上七点我就起床了，一开客厅门一股浓烟冲了过来，强子和他的同学们又熬了一个通宵，光烟屁股就插满了整整一个海碗，客厅像是刚刚经历了一场火灾，云山雾罩，还好防火报警器被罩上了。我煮鸡蛋的时候看到他们在仔细地裁剪着什么，靠近一看才知道竟然是被缩印的“小抄”。强子仔细地压在左手下比量着，他的意思是把这比巴掌还小的字条压在左手下，然后从中指和食指间的缝隙中一行行地看，一行行地往上挪，这样不但不耽误右手写字，而且整个人的姿势不变形，动作小，不容易被老师察觉。真是绞尽脑汁啊……

“我不明白你们怎么知道出什么题的？这每个题的文字答案都那么长，准备错了不就完蛋了？”我问。

“天哥，你瞧，这是老师给我们划的范围，就这八道文字题，考试时从中选四题，我们准备了六题放在小抄里，就算运气背到家了有两题没押中，我们只要把另外两题做完就完全可以及格。这叫概率学。”

“……对啊，咱们是五十分及格。”

八点半我来到考场，Jeff和几个同学已经在考场门口坐着了，我和他们相互打了个招呼便各自专注于手中的讲义，谁都想用最后的二十分钟再多看两眼讲义中的代码语句，虽然这是些我们半年都不会看的东西……

八点五十分，我们进了考场，大家对号入座。每台电脑前都有张白纸，其背面是试题，只是我们现在不能翻过来看，要等到九点开考时才能看，否则谁看就算谁作弊。监考老师挨个儿检查着准考证和字典。带双语字典进考场是被学校允许的，算是对非本土学生语言上的照顾，只是字典必须是学校规定的版本和出版社的，而且考前要去系里检查并盖章。

九点，老师一声令下，我们都翻过来那张纸，题目很短，是让我们为一家滑雪俱乐部设计一个带有数据库的内部管理网站。我傻眼了，滑雪俱乐部是什么样的，我从来没去过，这设计题目的太不在乎学生的地域性差异了，难道在英国的学生就一定去滑过雪？

我看了看周围的同学，各个都在纸上忙着画着设计图，而我却拼命地回忆着我曾经去过的篮球俱乐部、羽毛球俱乐部、台球俱乐部，试着从中找到一些相似性，但很显然都不靠谱……

“收费”是必需的，而且应该是按时间的。

“租赁器械”这是我从游泳俱乐部里想到的，但滑雪的那些器械叫什么？我翻着字典，问题是我连那些器械的中文名字都不知道，瞬间背上冒出了汗。硬着头皮找“滑雪板”三个字竟然还真的有，对应的是：snowboard。于是我又找“滑雪棍”，没有，“滑雪棒”，还是没有……没招了，我只好用snowstick，也不知道英文里有没有这个词，这种机考的电脑上没有WORD软件，否则还可以把词放在里面看看有没有被划红线。本来这考试的重点是在逻辑关系设计上，而我的所有精力都放在了这滑雪领域的单词上。考到后半段，我逐渐地产生了查字典强迫症，就算是平时熟悉的单词也要查下才能踏实……这真是要命的考试，还好我在程序调试中都是一遍就过，没有出现BUG报错。

九十分钟过后，考试结束了，同学们走出考场都很有兴致地议论着刚才的试题，各个看起来都很轻松，我没勇气和他们讨论，怕了解滑雪的事越多越发现自己设计的网页不靠谱。

我快步走回家，进屋后做的第一件事就是打开电脑里的WORD，哆哆嗦嗦地输入“snowstick”，红的……

这时门外传来一阵欢呼声，是强子回来了。我迎了出去：“你小子这么爽啊，没被抓到？”

“天哥，瞧你说的，我就这点儿追求啊？爽是因为今天我押中了三题，怎么样？”

“真牛……那能上七十分了，行啊，first class。”

“至少是个upper-second保底，还不错。”

这时小雯的房门突然开了。

“你们两个能小点儿声吗？天天这么吵，我下午还要考试。”小雯终于现身了。

“……你在家啊？”

“啊，小雯妹子，对不起对不起，你看这样好不好，后天我们都考完试了，我请客，请你吃饭算是赔不是，好吧？”强子说。

“算了吧，我还有事。”小雯说着又要进屋了。

“别别，我说的是认真的，我们班上的几个哥们儿都听说咱宿舍里有个大美女，仰慕已久啊，到时我请大家一起去，不是只有我们两个，别这么紧张啊。”

小雯想了一会儿：“到时打电话再定吧。”

“好好。”强子笑得合不拢嘴，小雯回房间了。看着他高兴的那样，我问：“你不是还有一门吗，怎么现在就兴奋得跟考完了一样？”

“下门我更有把握。”

“不会又是抄吧。”

“抄？太没技术含量了。后天再告诉你。”

“……”

后天是考试周的最后一天，我和强子他们一样都是在这天考完，最后考的这门是3D动作设计。试题是要求在给定的人物模型上完成一次完整的跳跃过程，分数是根据动作的流畅度和复杂度给的，这是我的强项，和平时的作业差不多，完全没有压力，并且我在考试结束前的十五分钟就做完发呆了。考完后Jeff最后一个走出考场，只见他皱着眉头，耷拉着脑袋，我问他怎么了，他说刚才结束的时候他的人物还在空中没落地……原因就是他为了拿高分把起跳动作设计得过于复杂了，貌似加了个三百六十度转体什么的，结果导致后面的时间不够了。

这时我电话响了：

“天哥，一会儿五点，我们去婷姐那饭店吃吧。”强子有气无力地说。

“好，怎么我听着你有点儿不对劲儿啊，没考好？”

“唉，别提了，一会儿见面说。别忘了让婷姐帮我们订个位置。”

“要是心情不好就别吃了，反正有的是时间。”

“那可不行，难得能把小雯叫出来，我吃饱了就没事了。”

“我带个同学去行吗，他也没考好。”我看了看身边的Jeff。

“行，没问题，我看到没考好的，心情就好了。”

“……”

第九章　吻痕

夏婷昨天就考完了，今天在饭店是我这几天来第一次见到她。她站在门口，穿着一身红色的旗袍给客人带位子。这次我们一共来了七个人，如果不是夏婷给我们提前订好，现在肯定要拼桌子。在英国的餐馆里单间特少大桌特少，像这家饭店所谓的单间也只不过是用一个大屏风围上而已。

自从坐好位置，Jeff和强子的几个同学就没把目光从小雯身上移开过，都跟多少年没见过女人似的，而且Jeff不停地在我旁边嘀咕“hot girl”。我本来以为Jeff和我们审美眼光不一样，现在看来真正的美女是东西方通吃的。

除了我和强子外，小雯和其他人以前从没见过面，所以她和我们说话比较多。尤其是强子就坐在她身边，这让这小子特有自信和成就感。平时在宿舍里见到小雯时，强子总是畏畏缩缩，再看现在，那高谈阔论跟自己和小雯有多要好似的，这一会儿说的话比我们三个半年说的都多。

“强子，现在心情好了？真是美女效应啊。”我说。

“哪有，你别提今天这考试有多倒霉了。”

“被抓了？”

“比被抓好点儿，是这么回事。我们这科的讲师也在纽卡大学那边代相同的课，而纽卡那边的考试比我们这里早了一天，所以我让我纽卡那边的同学把考完的题记下来告诉我，我好准备……”

“难道你以为两边的考题会一样？”我大概明白点儿他的意思了。

“是啊，同一个老师同一个专业，都说英国人单纯。”

“结果呢？”

“没有一道一样的……”强子叹了口气。

“你是当老师是傻子，还是你自己是傻子？这烂招都能想得出来？”

“天哥，你还别笑我，这事以前在别的学校发生过。千万别拿中国人的思维来分析老外。”

我们正聊着，夏婷端着几笼粤式点心过来了。

“来，大家尝尝，口味绝对正宗，特别是这虾饺哦。”她招呼着我们。

强子凑到我耳边说：“天哥，你真行啊，最近考试这么紧张你都能保持火力旺盛啊。”

“嗯？什么意思？”我问。

“还装，刚才我都看到了，婷姐脖子上的吻痕还没消呢。”

“什么？”我瞪大了眼睛吃惊地看着强子。愣了一会儿，赶紧起身去了门口。夏婷这时在招呼排队的客人，并没有注意我过来了。我跟着几位要离开的客人走到她身边，果然看到了她左侧脖子上有两个很明显的红印。因为她的皮肤白皙，所以根本不用靠近便可以看得很清楚。我脑门一阵充血，有点儿眩晕。

我知道夏婷的皮肤很敏感，很容易被吸出吻痕，但我们已经近一周没见过了，怎么会这样……

这时她转身看到了我。

“咦？小天，你怎么过来了？上菜慢了？”

“哦，没有，我来吧台要点儿餐巾纸。”我支支吾吾，尽量控制着自己。她给我拿了一叠。我不知道自己是怎么回到座位上的，总觉得有点儿晕。

期间，夏婷又过来了几次，招呼着我们。他们边吃边聊边笑，他们点头，我跟着点头，他们笑，我也跟着笑，但我完全没听到他们在讲什么。我像个木偶一样，思维一片空白的木偶。

不知道过了多久，我逐渐回过神来，这时桌上的饭菜已所剩无几。我刚才空白的脑袋逐渐地被一个个问号填满，她怎么会有吻痕？一周前和我在一起时肯定没有，难道是皮肤过敏？难道她和其他人？

我有太多的问题想问她，但现在大家都在，不是时候，虽然我只想得到一个合理的解释。

吃完饭，夏婷把我们送出门口，我把她叫到一边：“今天晚上去我那边吧。”

“还是明天吧，你也刚考完，今天就好好休息下，明天中午我就过去找你。”

“哦，好。你进去吧，太冷了。”我低着头说。

外面空气清爽，大家有说有笑地走在路上，这让我的心里的压抑少了一些。一路上强子和小雯聊得很开心，回到公寓他们还去客厅继续喝茶扯淡，而我只打了个招呼直接进了房间。本来是想自己一个人静一静，可在这种纠结的心情下，一个人独自发呆是件很要命的事。刚坐下五分钟，各种猜忌、各种怀疑、各种结果一下子涌向脑门，这真叫如坐针毡，胸口感觉很紧，浑身上下没有一个舒服的地方。随着压抑情绪的急升，我感觉自己等不下去了，今晚我一定要问出个答案，否则真不知道这个晚上该怎么熬过去。

想到这，我马上穿好大衣出了门，直接朝夏婷家走去。到了她家，我看到她房间没有灯光，但我还是抱有侥幸心理地敲了敲门，开门的是和她一起租房的朋友Kelly，她说夏婷还没回来。因为以前我经常来夏婷家，和Kelly也算是混熟了，可这大冷天的，她却没客气一下让我进屋去等。她不说，我也就不好说什么了，毕竟现在里面住的全是女生。

随后我给夏婷打了个电话，但没人接，应该还在上班，手机留在了更衣室里。这些我都知道，但我还是想试试，算是对情绪的一种宣泄吧。最后我只能坐在她家对面的草坪上等着。现在是晚上八点多，夏婷通常是十点多下班，可我宁愿在这里冻两个小时也不想在家里坐两分钟。

这时，一辆宝马X5开了过来，停在了夏婷家门口。我突然心跳加速，赶紧站起身来并悄悄地走近了一点儿。我清楚地看到夏婷下了车，然后车熄火了，一个华人面孔的男人也下了车，并且手里提的是夏婷的包。接着两个人开门进了房子，再接着夏婷房间的灯亮了……我的腿有点儿软了……脑袋空了……

我半张着嘴，不知道在原地定了多久。现在能证明什么了？这时我手机响了，我一下子从恍惚中惊醒过来，屏幕上显示的是“婷婷”。我心里的一丝侥幸又迅速膨胀起来。

“喂，小天，你刚才给我打电话了？我上班的时候身上不能带手机。有事找我？”她的声音还和平时一样。

我擦了擦被冻出来的鼻涕：“啊，是，没什么事就是随便打个。”

“哦，没事你就先睡吧，刚考完挺累的，我这边还挺忙的，手机也马上没电了。”

“……你，你还没下班？”

“没呢，我下班时间你还不知道？这才几点啊？你今天怎么听起来怪怪的？”

“哦，没有，没事，你忙吧。”我说着继续擦着鼻子。

“嗯，早点儿睡吧，我明天过去找你。那我先忙去了，拜拜。”

“拜……”

听着夏婷挂断电话我才把手机从耳边拿开。今天是不是着凉了？鼻子特不舒服，我使劲儿地擦拭着，但这时才发现原来是眼泪……

我拖着两条灌了铅的腿往家走着，路上经过一家超市，便买了箱黑啤酒打算靠它过夜。啤酒很沉，我把它扛在肩上，虽然很累但这确实很有效地把我的注意力从脑袋上分散了不少。

回到宿舍，我直接推门进了客厅，把强子和小雯吓了一跳。我把啤酒箱子往沙发上一丢，一下子瘫坐在地毯上。

“程天，你这是怎么了？”小雯问我。

我没说话，只是大口地喘着粗气。

“天哥这是要请我们喝酒啊。”强子笑着说。

我慢慢缓过来了，“对，就是要请你们喝酒！”我爬起来，从灶台上拿了把菜刀把箱子划开。“今天晚上，我们，把这一箱弄完。”说着我给强子和小雯每人拿了两罐。

“还真请我们喝啊？我开玩笑的，我酒量不行。”强子有点儿为难。

“不喝咱就不是哥们儿，赶紧回屋睡觉去，我和小雯喝。滚蛋！”

强子尴尬地看看小雯，她没说什么。

“天哥，你到底是遇到什么事了。刚才吃饭的时候也没看出来你哪不对啊。这是为啥喝啊？考完了想放松？”

“为啥？”说着我已经打开一罐开始往肚里倒了。强子没再往下追问，他们两个看我大口大口地往肚里灌，也都各自开罐喝了起来，但黑啤酒太苦太稠，两个人刚喝了一口便皱起眉头来。只是因为顾及我的情绪，所以也就没说什么，继续硬着头皮一口一口地喝着。

就这样默默地喝着，直到喝到第二罐：

“程天，有什么烦心事就说出来吧，宣泄出来舒服点儿。”小雯说。

“对，是有烦心事，夏婷和另一个男人……”

强子和小雯都呆住了。

我苦笑一下和他们碰了碰易拉罐，一口气把第二罐干了。

强子叹了口气：“我明白是怎么回事了。”说完也干了。

我曾听说过“喜酒不醉人”，那么愁酒呢？只是两罐而已，我已经感觉晕了。但现在真的很舒服，就好像酒精在把失控的情绪逐渐麻醉住一样，让它们不再刺激我的神经。

我们继续喝着，黑啤酒的后劲儿在我们全身迅速扩散着，身体和意识也都随之松弛了。松弛了真好，松弛了可以放下戒备，说出真心话，视对方为真朋友。朋友……我在这里有几个真正的朋友呢？

“你们……你们知道看着婷婷和另一个男人进屋的感觉是什么吗？你们根本体会不到。”我结巴着说。

“体会不到最好，天……天哥，为你长了见识干杯。”

“别带‘们’好不好？我和强子可不一样，我……可知道那滋味。”小雯说。

“是吗，我们漂亮的舍花也被欺负过？快快……说说。”

“强子，要不我说你小子彪啊，哪有八卦女孩儿这事的？不过，话又说回来，我也想听听。”

“哈哈哈哈。”三人笑成一团。

“好，我说，但先喝完这罐。为了‘神马都是浮云’干了。”小雯举起手中的酒。

“神马都是浮云！”我喊道。

“对！‘神马都是浮云’！”我们三人一起喊了起来。

这个晚上我们聊了好多自己的事，可能在说的时候其他人并没记住什么，但至少说出来有人听，总会有点儿舒服的感觉。我只记得我们都哭了，为过去和现在哭的。

不知道喝到了几点，我们三个的脸色早就从红变白……慢慢地，只剩下强子在说，小雯早已开始打瞌睡，而我只是托着脑袋坐着。胃里感觉很不舒服，有点儿想吐的感觉，最后连强子也说话带流口水的了。

酒精的作用已经完全出效果了，我本来酒量就很差，现在这胃里跟翻江倒海似的。此时小雯趴在桌上睡着了，我和强子搀扶着把她送回房间，然后各自回房。一进屋我便直冲进厕所，跪在地上吐了起来，吐得浑身都在抽搐，马桶真是太亲切了，抱着它坐在地上，一种从没有过的安全感……醉了真好，至少在这个时候我可以把周围的一切看淡。

“小天？”

迷迷糊糊地听到有人在叫我。我使劲儿睁开眼，是夏婷。她泡了杯茶放在我旁边。“你怎么喝成这样？房间里全是酒味，来，先喝点儿茶。”

这画面很贴心。我努力回忆着昨晚的事，但随着意识的清醒，我逐渐发觉现实不是原来的样子了……

我没有说话，只是把头转向了墙壁。夏婷看DK已经在外面等了，便弄了点儿猫粮在窗口喂它，仿佛一切还和以前一样。

喂完DK，她回到床前：“起来，你个猪，快喝点儿茶。你昨晚是不是又和他们去酒吧喝多了？”

我费了好大劲儿才坐起来，但头还是涨涨的。夏婷端过来杯子，但我又放回了桌上，然后慢慢把她揽入怀里。一切还是和以前一样，那么熟悉的感觉。

“你怎么了？”她问。

“婷婷，我们分手吧。”说完这几个字，我的眼泪下来了。

她吃惊地看着我：“为什么？”

“因为我都看到了。”

听到这些，她沉默了，慢慢地低下头，避开了我的目光。就这么僵着过了好久……

“对不起。”当夏婷抬起头来的时候，她的眼泪在眼眶里打转。

“……这到底是为什么？”

“我不知道，只是因为感觉。”

“他是谁？”

“这个不重要了。都是我的错。”

“我到底做错了什么？我不相信你是为了钱。”

夏婷没有回答，而是抱住了我，默默地哭着。我一直在问着为什么，可她只是哭。也许真像她说的那样，什么理由都不重要了，因为这些已经发生了。闭着双眼，闻着她身上熟悉的味道，可这也许是最后一次了……

感情永远都是这样，无论以前有多少累积，分手都只在一瞬间。一瞬间就能把心里最重要的那部分强行地掏空。

“你要好好照顾自己。”她站起身来，从包里拿出我房间的钥匙放在桌上，转身走了。我就这样看着，甚至连一句话都没说出来，就看着她这么离开了。随着走廊大门关合的声音，我一下子哭了，第一次放声地哭，第一次失控地哭，哭到胸口都在痛……

我宁愿你找个借口为自己开脱，我宁愿你说这一切都是我无理的猜测，可最后，你就这么轻描淡写地走了，留下的只是满满的过去和一个麻木的我。英国的冬天，很容易让人感到孤独和失落，同一条街道，我们却在不同的生活中穿梭，熟悉的路口、熟悉的音乐、熟悉的夜色，但不熟悉的生活。现在我很怕回家，怕看到房间里的一切而去假设那些没用的“如果”；现在我更怕打开电脑，怕看到画面里的形象而去猜想你现在的生活。也许只有酒精才能让我从现实中暂时摆脱，在残留着你味道的枕边，梦着曾经彼此间的承诺……

十年后……

跟做梦一样，虽然过去多年，但是每当翻开日记本读到这里时，程天的眼角总会湿润。那时的他反复地对自己说，“不再爱夏婷了，一切都过去了”，但眼前无法回避的是她房间里的灯光，她离开时的背影，走廊的关门声……总之，那天一切都在记忆中，一切都那么清晰。

机舱内的灯光很暗，大部分人已经睡了，只是有个别座位的乘客开了小灯在看书。程天叫了瓶威士忌，这让他想起那次回国的时候和那位大婶在飞机上喝酒的情形，想到这他忍不住笑了笑，但又叹了口气，“上次在飞机上喝酒的时候我们还没有分手”，他默默地对自己说……

日记本里的一张照片滑落在地板上，照片里的沙滩上，鹅卵石拼摆出字母：B I T L……

第十章 我，怎么了？

飞机在欧洲的上空……日记的那一页还在手中……

又是一个阴暗的下午，四点左右天色暗了下来，我已经记不起这是第几天没看到太阳了。耷拉着沉重的脑袋来到客厅，强子和小雯在做晚饭。

“天哥，你这是去哪儿了？头发上全是水。”

“水？”我摸了摸头发，“没有啊。”

强子走了过来仔细看了下：“啊！全是头屑，灯照得都反光了！”

小雯直撇嘴：“你这是几天没洗头了？”

“差不多四五六七天了吧。”我说着挠了挠脑袋，果然有很多东西慢慢地飘落。

“这些啤酒罐子都是你扔的吧。”小雯指着垃圾桶问我。

“啊，是我的。”

“完了，天哥颓废了。”强子摇着头说，“你是不是最近也没上课没上班？”

“啊，最近刚考完没什么课，我也给店里请病假了。”我边说边翻着冰箱看看还有什么余粮。

“别翻了，你那格子里就一瓶咸菜了，强子，今天咱俩把菜拼起来和程天一起吃吧。”小雯说。

“好好。”我和强子异口同声地说。

没想到我现在都蹭上强子的饭了，虽然他做的还是番茄蛋汤，但我觉得特香。

“你这样醉生梦死的，你家DK的饭点也跟着改了？”

“DK！？”我这才突然想起来窗子外面还有张嘴等着吃饭。赶紧放下筷子冲回屋里，打开窗子，可它并不在，可能是等得太久了去别的地方找吃的了。最近真是全乱了……

“天哥，你这样整天在房里喝闷酒有什么意思，要不要晚上我带你去夜店喝喝？”强子看我都成宅男了。

“夜店要人多去才好玩。”

“人多啊，我有好多朋友都常去的，你现在最重要的就是要转移注意力，一个人在家闷着老想着分手的事肯定不行。”

他说得有道理，我现在太封闭了，也就是靠着酒精能让自己睡得踏实点儿。吃完晚饭，洗了洗反光的头发，竟然涂了两遍洗发水都不起沫……然后刮干净胡楂子，找了件仅存的干净衣服换上，就这样跟着强子上路了。

夜店位于市中心，门口不大，但排队的人真不少，都是等待买票进场的。大冬天里各路美女帅哥裹着大衣，哆哆嗦嗦地站在路边排队。看来强子是这里的老熟人了，十几米长的队伍里凡是华人面孔的，强子都认识，看到熟人就打招呼握手，直接从头握到尾，甚至连门口卖票的老外都和他寒暄起来。

队伍虽然长但是不压人，我们排了五分钟便进场了。整个夜店分地下三层，每层都以不同的风格装修，放着不同风格的音乐，以便让客人有多种选择。每层的格局相似，方形的场地，卡座围在四周，中间凹陷的区域里一半是吧台。随着音乐的节奏，吧台的外壁变换着色彩，其中心被各类酒品堆砌成金字塔形。凹陷区域的另一半是舞池，其边缘处是领舞台，上面有一套打碟设备，后面配有大屏幕，在其两侧还有两根钢管。这间夜店是利兹较大的一家，早有耳闻，但从没来过。整体感觉和北京三里屯的差不多，只是奢华程度上略逊国内一筹。

我和强子各叫了杯可乐加冰的杰克丹尼。随后我们来到一个有中国人的座位上，就是刚才在门口排队的那几位。在外面的时候大家都裹得严严实实，原来里面都没穿多少，尤其是女生们，脱了大衣竟然都是热裙小蛮腰。

我们相互客套地介绍了一下，音乐太吵，大家只是点头哈腰，实在听不清对方的名字。不过，这些人里竟然有两位美女认识我，是我以前签过的手机客户。我不得不佩服强子，在英国短短的半年，这朋友圈子混得比我强。很显然现在我成了他的跟班。

原来这几位中国人也是刚刚相互认识的，这样凑在一起人多，玩得热闹。

“来！朋友们走一个？”

“很高兴和大家认识，第一个必须干了。”

“干了！”

大家举杯，一口闷，加了冰块的威士忌顺着喉咙滑过，一阵冰爽。

“来吧，接着来第二个！热身开始。”强子举起杯，大家二话不说又是一个。这杯是纯的，虽然加冰有了稀释作用，但接连两杯下肚还是感觉有点儿呛。没有酒意就会拘谨，这就是热身的作用。大家天南地北地聊着，虽然环境嘈杂，但每位说起话来都中气十足。达到一定的兴奋节奏，聊得也就放松了，也不必劝酒了，刚才只是人手一杯，但没多久桌子上的杯子瓶子就摆满了。

晚上十一点左右，中间舞池里的人越来越多，音乐的节奏也越来越快，并且在台子上还有几个丰满的英国大妞在领舞，这确实把整场的气氛都调动了起来。随着酒意渐浓，我们也都站起身晃了起来。没有什么舞步，也没有什么套路，大家只是跟着节奏凭着感觉跳着晃着，音乐从Lady Gaga到Michael Jackson，再加上DJ的打碟，场里的每个人都享受其中。我尽情地跳着，胡乱编造着歌词跟唱着，在这个刺激的环境中，我感觉很放松，好久没这么宣泄过了。

“每人一杯。”刚才同座一位女孩子端了一托盘的酒杯走了过来。“加油哦，深水炸弹。一口！”

女生都发话了，大家只好捏着鼻子一口喝完。二两酒，一口进肚全身立马打了个寒战。喝酒就怕喝急酒，没过多久，我便感觉到酒劲儿猛增，再看看旁边的几位女孩子，虽然还在跳着，但脚下明显有点儿不稳了。我头晕晕地尽量保持着平衡，不过却很舒服，不在乎周围的一切，有种天不怕地不怕的感觉。服务生快速地收着桌上的空瓶子和杯子，以防我们醉酒后出危险。看着她们，我突然想到了夏婷，曾经她也这样工作过……这时旁边的一位女孩儿没站稳，直接倚在了我身上，我下意识地把她抱住，虽然不小心吃到了豆腐，但她已经完全醉了，双腿瘫软。我把她抱回到座位，可她竟然靠在我肩膀上睡着了。

好尴尬……我挺腰挺胸，上身板直，像个木桩似的持续保持着同样的坐姿，生怕把她弄醒了。就这么僵硬地坐着，余光一扫，竟然看到笔直的“事业线”，这……得有D，没一会儿我竟然醒酒了。

不知过了多久，其他几个人也都跳不动了，强子更是醉得连眼睛都肿了起来。大家回到座位上抽着烟喘着粗气，每人都是很满足的样子。这段时间里，我无聊到单手玩着手机游戏，整只右臂已经麻木，这女孩儿整个上半身柔软地压在我右臂上，可能以为我是她家的抱枕……这时浮肿的强子还不忘给我使眼色。

大约到了凌晨两点，我们都玩不动了。几位有车的男生把喝醉的女孩子送走了，我和强子则是步行往家走。

“这几个小子太不仗义了，也不知道问问我们要不要顺路一起回。”我裹得严严实实但还是有点儿哆嗦。

“你这都没看出来？这是他们泡妞的好机会，怎么可能让我们做电灯泡。至于送哪去，谁知道呢？还有啊，天哥，刚才那大波女孩儿明显是在暗示你，你怎么跟个木头一样？”

“哪个？靠在我肩上睡着的那个？”

“是啊，多明显啊，你跟个死鱼一样，你还打算让人家一个女生主动到什么地步啊，再主动点儿就成小姐了。”

“算了，我现在这状态可没心思找女朋友。”

“土了吧，你以为人家真要找男朋友？来夜店酒吧是为了什么？刺激啊，男生女生都是来找刺激的，搂搂抱抱亲亲，懂吗？就这一会儿就够了，你见的世面比我多，怎么这个还用我教？”

我被强子“教育”得特……“你牛×，你找到刺激了吗？”

“当然了，就刚那个穿黑裙子的，那腰部弧线啊，手感真好。”

“真的假的，那你怎么不带回家？”

“天哥啊天哥，你怎么就还不明白呢？找点儿刺激也只是在夜店里，出了门各走各的，还带回家？你太认真了。”

“……”

他怎么说都行，一套套的逻辑把我堵得实在够糗。

“天哥，我知道，你现在刚失恋，玩得也不会太投入，但是治疗失恋的最好方法就是再找一个女人，即使只有那么一会儿也是很有效的，这叫用鲜货治旧伤，一治一个准儿。”

我笑了笑，没说什么。他说的这些，我早就想过，可短暂的刺激有什么用，就跟喝醉做梦一样，一觉醒来还不是得面对现实。现在的我就处于这样的尴尬时期，短暂的刺激我很排斥，找个新的正式女友，我又没那心思。有时我在试着用酒精让自己在一天中面对现实的时间尽量缩短，让自己尽可能地处于半昏迷或完全沉睡的状态，当梦境与现实在一天中的时间比例被颠倒后，所谓的现实也不过只是另一个梦境罢了。

最近我经常跟强子混在一起，多接触外界确实是疗伤的好办法。如果还像以前那样总是一个人闷在家里，我真有可能得抑郁症。强子的计划是今晚一起去赌场玩，其实我是很抵触去这种场合的，刚来英国时为了图个新鲜去过几次，可逐渐地，听过的、见过的、因为沉迷于赌博而栽跟头的学生越来越多，尤其是许晓佳那堆烂账到现在都没着落，我现在是一听到“赌”就直冒汗。不过以强子的话说，赌场里也是有大便宜可占的，比如每周三天的特价晚餐。这个确实很有诱惑力，自从夏婷走了后，我好久都没有闻到肉味了。

晚上七点多，阿铭开车来接我们了。这小子是强子的朋友，那晚在夜店里的几位之一。这哥们儿最大的特点就是胖，没脖子。那天晚上就是他抢着开车送那D-cup美女回家的，听说最后只是要来了手机号码，并没实际泡到手。在国外留学，比面子就看车，尤其是在女生面前，再矬的人只要最后来句“我开车送你”都比帅哥磨破嘴皮子聊一晚上有用。每个人买车都有自己的标准，阿铭的理论是：车不一定是新车但牌子要过硬，他这辆十几年的老奔驰就是最好的证明。强子告诉我坐这辆车一定要穿好大衣，因为它到处漏风，开快了容易感冒。

从我们宿舍到赌场一共用了十分钟，我坐在后排，本来我是从左边上车的，结果下车时我已经被位移到了右车门。阿铭的解释是四个轱辘不一般大……

这是一家规模较大的赌场，门外有很大的停车场。赌场里规定只有注册会员才能进，这和我一年前来的时候不一样，以前是每个会员可以带一个客人进来玩，现在不行了。不过，注册后赌场会给每个新会员十英镑的代金券作为礼品。

一进大厅，果然有种“回家”的感觉，超过八成的华人面孔。我们装模作样地转了一圈就直奔赌场餐厅。今天的特价餐是牛排，每份只要二点五镑，确实便宜，在外面叫个KEBAB（烤肉）外卖都要四镑。点餐的时候我本来打算把那代金券用掉，可仔细一看才发现这扯淡的东西竟然规定只能用在轮盘赌上，真是太抠了。

“要不要试试手气？”强子问。

“算了，我抵触这东西，你们玩吧。”我边吃边说。

“至少把那张券花了吧，反正是白送的。”

“行，不用白不用。”

“放心，新手总是赢。当初我第一次来那可是#￥@%！……”阿铭高谈阔论起自己在赌桌上的辉煌历史。

“那你今天干什么来了？”我问。

“翻本啊。”

“那不就得了，本都没了……好汉不提当年勇，今天你不再往里投就不错了。”强子笑。

“我想好了，今天我只带了一百，输完了，多一分都不玩。”阿铭拍着他那抖动的双乳向我们保证。

牛排吃完了，阿铭和强子一脸严肃地向Black Jack（二十一点）的桌子走去。而我只能搓着那张代金券往轮盘桌上凑。围在这里的大多是女人和老人，各个都表情专注地看着旁边屏幕上的数字。这些数字是今天出数的历史记录。我实在不明白看这些记录的意义何在，难道还能看出什么概率不成？所有的决定还不都取决于Dealer（荷官）那手吗？我的观点是每盘都是那三十多分之一的概率（我不知道轮盘上有几个数），每盘的概率各不相干，不会因为哪个数出得多了就说明哪个容易中，都是马后炮。

我不知道该怎么和Dealer说，就直接把那十镑的代金券递给了她。这位金发微胖美女很明白我的意思，马上给我换了十个面值一镑的筹码，只是颜色看起来和其他人的不太一样。为了风险低点儿，我把这一摞筹码全放在了红色的区域，因为押颜色只有两种结果，不是红就是黑，1∶1的赔率赢的概率有五成。

“Sorry sir, you can make a bet on numbers only.”（对不起先生，你只能在数字上下注。）

我面瘫般地看着这美女，这赌场真是算计到了极点，这样赢的概率太低了，这不明摆着非让我把这十镑吐回去吗？我只好凭着感觉把筹码押在了数字“7”和“10”之间的线上，这样两个数中一个就算赢，但有三十多个数字呢……

“帅哥，你不用全押在一个位置的，可以把十镑分开多押几个数字的。”旁边一位女生用中文提醒我。

我的脸上又是一阵热。“没事，就这样吧。”这就是“装”，其实我是把这事忘了。

Dealer把钢珠往轮盘里一转，赌局开始了。所有人都伸长了脖子盯着，最后钢珠弹了几下竟落在了“10”上。

“哇！帅哥，你中了耶。”刚才那华人同胞叫了起来。我突然觉得脑充血……Dealer拿着耙子一样的东西把输家的筹码大批大批地往桌洞里扒，只留下了我那一摞。

“Sir, do you wanna continue or cash out?”（先生，你想继续玩还是兑现？）

“啊，ca……cash out。”（兑现。）我不会计算能赢多少，但很确定押中数字的能赢不少。Dealer拿出正式的筹码堆成一摞推给我。

“160, the cash point is over there, thank you.”（一百六十镑，现钞兑换处在那边，谢谢。）她指了指大厅的最内侧。

我并没有去换钞票，而是捧着这摞筹码找强子和阿铭炫耀去了。他们两个还在二十一点的桌子上奋战，强子一脸严肃，而阿铭的脑袋已经成了鸡窝。

“行啊天哥，这是几个PONY（面值二十五镑的筹码）啊。”阿铭数了数，“六个！我说什么来着？新手就是猛，第一把就搞了六个黑PONY，我什么时候能进账两个也行啊。”

“今天真兴。”我笑着说。

“这么兴那就快上桌，来带带我们的运气。”

“别扯淡，我不玩这个。”

“这些都是你白赚的，怕什么？你那不是还有十镑的零头吗？就玩这十镑，你信不信你用中数字的手气肯定分分钟把Dealer撑爆。”强子硬拉着把我按到最左边的位置上，Dealer看了看我们，他肯定听到了刚才强子说“Dealer”这个词，看那表情以为我们在骂他。

阿铭看我上桌了，很开心地一次投了三十镑，标准的赌徒情结，特别看重周围各种因素的运道。强子也信心大增押了十镑，而我只用了最低的两镑投注。Dealer发牌了，果然红运当头，我起手就拿到了张花牌，而更让全桌玩家兴奋的是Dealer拿到了一张“5”，标准的半调子牌。再发第二轮的时候我还是花牌，已经稳拿20点，因为庄家是“5”，其他闲家就算是手里只有13、14点也都不再要了，大家都暗喜着坐等庄家爆炸。果然不出意外，Dealer连给了自己两张花牌，25点，爆了。乐得阿铭仰天长叹：“终于有机会脱贫了！”

可是好景不长，没过几把，我就很难再拿到花牌了，桌上除了强子还比较兴，其他人都不怎么样。最要命的是庄家兴起来了，运气好到堆小牌都能堆到20或21点。阿铭的脑袋是越输越往下垂，眼看着就快进裤裆了。还好我是玩两镑的，进进出出差别不大，心态比较平稳，而其他闲家也早就郁闷地不说话了，但还在逐渐地加注，都想着一次翻本。

这把我起手是个“4”，而庄家是花牌，看到这样的局面就基本上可以投降了。其他闲家的牌也都是小牌。第二轮发牌后，有两家正好堆到11点，而我是尴尬14点。到了第三轮的时候，由于其他人的牌偏小所以都往上要，可运气差到竟然连续五张都发出了小牌，一张花牌都没看到。最后轮到了我这里，我看了看自己那14点，稍想了一会儿，还是摆摆手不要了。剩下只剩庄家了，Dealer给自己发牌，花牌，20点，全桌被秒杀。

“五张小牌了都不要，尾家要顶庄家啊，不会玩就不要坐在那位置上，损人不利己。”在隔着强子和阿铭的右边座位上，一位女生对我一顿劈头盖脸。

这声音听起来很耳熟，我转过来一看：“许晓佳！”

许晓佳看到是我，顿时傻眼。我立刻把筹码收好，一手把她揪下桌。

“你……我找你找得好苦啊。”我瞪着她，感觉眼球都快爆出来了。

“我现在手头紧，实在没办法还你钱。”许晓佳一脸无辜样，好像是我在欺负她。

“没钱？没钱一注玩个十镑二十镑的？你向我借钱的时候不是保证不来了吗？这倒好，竟从曼城赌到利兹来了，你真是死性不改啊。”

“我是转学了，在这边读College。”

“还给我编？行，咱不在赌场里吵，跟我出去，把事弄清楚。”

“别，我男朋友就在那边看球呢，我们就在这里说吧。”许晓佳指了指吧台那边。果然有个帅哥正往这边看，我们客气地点点头相互打了个招呼。

“厉害啊，过得挺好，我还以为你手机不通邮件不回是潜逃回国了呢。你那财务公司的贷款还了吗？”

“还没呢，不着急。”

“不着急？难道你没收到律师函？”我真没想到她这么淡定。

“啊？你怎么知道的。确实是收到了，但无所谓啊，他们要告就去告好了，我早就咨询过了，英国法庭效率特慢，开个罚单都要半年多有结果，更别说这种民事案子了，到时我早就考完了，回国去等毕业证，他们找谁去？”

我听到这真想给她一巴掌。

“你是跑了，那我呢？你难道忘了用了我的信用卡给你担保的？我也一样接到律师函了！”

许晓佳一下瞪大了眼睛，这才有点儿慌的感觉。

“我当时好心帮你，给你担保借钱给你，就因为这，到现在学费都没付完，你不但拖着不还我钱，结果还让我也接到那该死的律师函，还要吃官司，你有点儿良心好不好？”

“我不知道你也接到律师函了，可我真没钱啊。”她一脸委屈。可这次我心里一点儿感觉都没有了。

“没钱没事啊，我看你男朋友挺体面的，那我去给他要。”说着我便往吧台走。

许晓佳一把拽住我的胳膊：“你疯了！？你一个大老爷们儿好意思啊？”

听到这话我感觉要炸：“我好意思？我做得已经够意思了，你都不要脸了，我还要脸干吗？我要的是我的钱，为了那点儿面子谁能帮我把学费交了？”

她没话接了，但就是死命地不松手。

“求你，千万别过去，如果让他知道这些我们就完了。”

“许晓佳啊许晓佳，你真是既想做那个什么还想立那个什么。我可管不了这么多了，没几天就到还贷的最后期限了，不是你们完就是我完。放开！”

“好好，求你了，我把那贷款还上行吗？明天就还。”许晓佳真的慌了，看起来她的确很在乎现在的男朋友。

“别忘了还有我的三千多呢？”

“我现在真的不可能一次拿出五千多，你的，咱分期好吗？我会尽快还的，求你了，看在我们过去的份上给我点儿时间吧。我保证尽快。”

“分期？好，你先把财务公司搞定，我再相信你最后一次，但是我的那三千，你在月底前至少要先还我五百，我要交学费！”

“五百……”

这时我们都看到她男朋友朝这边走过来了。我使劲儿瞪了瞪许晓佳。

“好，好，月底还你五百。”

当她男朋友走到我们面前时，许晓佳马上来了个阴转晴："Peter，这是Tony，我们在国内读语言的时候是同班。"

"你好，晓佳早就告诉过我她在利兹有同学，没想到这么巧在这里碰到，今天手气怎么样？"Peter很客气地和我握手。我立马挤出一脸笑容："还不错，把下个月的生活费都赢出来了。"我边说边看着许晓佳，她皱了皱眉头。

"哈哈，你真会说笑。有机会也带带我的手气啊。"

"没问题啊，以后有时间约好一起来玩。你手机多少？平时多出来聚聚。"

"好啊，大家都不是外人。"

我们拿出手机相互交换着号码。这时，我又瞪了一眼旁边呆滞的许晓佳……

今天的运气确实不错，至少要回来了一些本来属于我自己的东西。可我却一点儿都高兴不起来，夏婷跟着宝马男跑了，虽然我不知道她是不是嫌我穷，但我确实没宝马而她也确实是跑了。而许晓佳更是烂到底了，甚至有种无赖的感觉。我不停地问自己，怎么这些女生这么不靠谱，还是不靠谱的都那么"幸运"地被我遇到了？还是因为我自己本身就是个不靠谱的人？女人……真是浮云，曾经我自以为多了解她们，现在看来只不过是我幼稚罢了。看着赌场里的女生们，一个个靓丽的外表背后到底藏着些什么，现在的女孩子最想要什么……

"要钱！"强子说。

"要房子！"阿铭说。

"要富二代！"强子说。

"要富二代的钱！"阿铭说。

"要你大爷……"小雯说。

我和许晓佳那两口子扯完后就没再玩，阿铭和强子也输了个一塌糊涂，我们三个买了点儿酒和印巴人的烤鸡，一起来到我家消夜。小雯在家，于是她也贡献出音响和CD加入了我们的“PARTY”。

“谁不想要钱啊？你们男生就不想要钱？那你在这里读书干吗？工作干吗？”小雯一顿连珠炮。

“赚钱可以，但要看用的什么方法，傍大款玩包养？总不能靠这些吧。”

“那是因为生理上决定的男人没这种致富渠道，虽然在某些地方也有，但市场接受度要比女人少得多吧，所以不能说明男生在心理上就不比女生贪婪。”

我们三个大眼瞪小眼：“小雯，你都上升到哲理高度了。”

“你们还真别不服。”她喝了一大口酒接着说，“男人有做小白脸的，但是看看包男人的都是些什么样的女人，都是些肥头大耳的大妈级娘们儿，没错吧。而包养小女生的也不是什么帅哥，但是！记住，但是！”小雯又是一大口，“但是！男人对女人的外形要求要比女人对男人的外形要求高得多。你们男人看到那些老娘儿们不吃药能硬吗！？”

我们都呆住了：“小雯疯了……”

“这是绕口令吗。”

“胖子闭嘴！”她指着阿铭。

阿铭的脸“唰”得红成猴屁股。

“你们是猪吗？还不明白我的意思，我是说在生理和天性约束下，包养女人的市场要比包养男人的市场大得多！你们只说人多的，没说人少的，所以别动不动就拿‘女人’两个字说事，谁也不比谁强到哪里去！”

我们算是见到了标准版的咆哮体，只是出自这样的美女之口实在有点儿雷。

“我说完了！音乐放大点儿！”她接着喝。

喜力的味道太苦了，我们实在喝不习惯，但小雯明显好这口味，状态极好，把我们教训完又挨个儿地说教。这下可乐坏了强子，不但耐心地听着还不时地和她相互探讨着，其实这小子是在往小雯的睡衣领口里偷瞄……

我们喝得正开心，客厅的门突然开了，进来一个彪形大汉和一个彪形胖妞。我们全被吓蒙了，看着跟要抢劫似的，但大汉穿的是我们公寓工作人员的制服。

“Excuse me guys, I am the apartment officer. I have knock the door about ten minutes, but no responds, so I unlocked it.”（不好意思伙计们，我是公寓管理员。我刚才敲了大约十分钟的门，但是没有反应，所以我自己开门进来了。）

“额……So……what……”（那么……）我们被这一吓弄得结结巴巴，几乎忘了怎么开口讲英语。

“This lady complained to me about #@$!^noisy from %^&$ flat. You @#$!& lower down @##%.”

这地道的一串英文让我们有点儿懵，但我们明白大汉的意思，大概是那胖妞嫌我们太吵，来投诉了。在酒精和高分贝音乐的作用下我还能听懂个大体意思，这都要归功于国内英语老师教我抓“key word（关键词）”的技能。

“￥%##@%&*&*%%@!@#$&”胖妞一顿叽里呱啦，这次我真是一个“key word”都没抓住……

“Ok, ok,都ok。”强子连连点头。我们把音乐关小了。

“alright #$@%”（好。）大汉和胖妞又说了两句不知道什么东西后便都离开了。

大家被这么一吓顿时清醒了很多，但小雯已经躺在沙发上睡着了。

“强子，快送小雯回屋睡觉去。”我说。

“遵命！”这小子乐得浑身直哆嗦。只见他卷起袖子，深吸一口气，把小雯抱起来进房间了。

我看了看表，才晚上十点。

“这酒我喝不习惯，我们再去超市买点儿别的吧。”我说。

“行啊，时间还早反正也无聊。”

话音未落，强子满面红光地回来了。

“这么快？”

“切！天哥，瞧你这说的，我哪有这胆啊。换成你，你敢吗？”

“不敢，走吧，一起买酒去。”

这个时间大部分超市都已经关门了，阿铭因为刚才喝酒了不敢开车，我们只能步行去比较远的印巴人超市。这次我们没买那些熟悉的酒，而是买了三瓶B字开头的洋酒，（整个名字都是英文艺术字体写的，后面的字母实在弄不清是什么），中等价位，看瓶子还不错。没等出超市门强子就打开了一瓶。我们向店主要了三个一次性杯子，就这么边走边搞了。

这酒味道挺不错，除了主要的威士忌味道还有点儿淡淡的奶味混在其中。

三个人走在阴暗的马路上，顶着寒风，拿着酒杯，自言自语，歪歪斜斜，绝对没人敢靠近我们。在路人看来这不过是一群酒鬼而已，但我们自己却感觉很爽，说得恶心点儿，现在这是：天不怕地不怕，酒杯在手中，装×闯天涯。

我光顾着在自己的世界中潇洒了，竟然不知不觉地走了条途经夏婷家的路。我突然感觉特别别扭，很怕经过这里但还忍不住往那边看两眼。

她房间的灯是亮着的，还是那袭蓝色窗帘，看起来和以前没什么两样。我长叹一口气。

“这不是Allen的车吗？”强子指了指停在夏婷家旁边的一辆车。

我一看，原来他指的就是那天送夏婷回家的宝马。

“谁是Allen？”我赶紧问。

“一个BBC，是鸿德楼老板的儿子。”（BBC：在英国出生中国人的简称。）

而鸿德楼就是夏婷打工的那个中餐馆……

我脑门一热，在地上找了个小石块用全力在这辆漂亮的宝马前盖上写下了‘SUCK’，然后把这石块塞进了它的排气筒里……

阿铭和强子在旁边看傻了：“天哥，你这是喝多了还是Allen得罪你了？”

“对啊！这特么算什么男人，有种弄死他啊！”我自语着。

“啊！我明白是怎么回事了，天哥，你别冲动啊！”强子劝道。

我抢过他手中的酒瓶，仰头猛灌了两口，握着瓶子径直冲着夏婷家的大门去了。

强子和阿铭突然从身后抱住我，但我还是在尽力地挣脱着他们并往前挪着。阿铭太胖了，他拖着我的一条腿，即使全身都趴在了地上也不放手，我脚下一滑也摔倒了，朝着阿铭踩了两脚，但又被强子压在身下。

“哥，值吗？为了个女人你什么都不顾了，值吗？这可是英国啊！”强子朝我大声地喊着……

值得吗？去他×的，我拼命地想站起身来，可阿铭爬起来又压在了我的肩膀上，我完全动弹不得，耳边全是喘息声。

值得吗？不知挣扎了多久，他们始终不松劲儿，我的脸贴着冰冷的地面，逐渐地，冲劲开始退去，我感觉自己清醒了一些。值得吗？夏婷和我分手时的样子还是那么清晰，她坦然地连一个借口都没找就这么走了，这毕竟不是一个人的事……当时我问不来的答案，现在至少让我知道了这是个“移二代”，有钱又有英国的身份，虽然我始终都不愿意承认我眼中那个勤奋的夏婷是个物质女生，但发生的这一切又看起来是那么的顺理成章。她到底是为了物质还是为了感情而离开我的？有些问题一辈子都不可能找到答案，或许相信前者会让我的心里更舒服一点儿，至少这样可以给我个“不值”的理由。

我们三个喘着粗气坐在地上，冷静后剩下的只有尴尬。我把强子和阿铭从地上拉起来，说了声：“对不起。”头也没抬地转身走了，我真没脸看他们……

第十一章 另类的每一天

最近心情差到极点，虽然我还在行尸走肉般地上着课，但还是把手机店的工作给辞掉了。对于辞工作的事强子没少抱怨我，因为这直接掐断了他帮我拉客户的收入。可我还是特别感谢他，在这几个月里他确实帮我拉了好多中国学生客户，不但每个单子我都有提成，而且还保证了每月的奖金。另外，许晓佳这次没放我鸽子，不但把债还上了还还了我五百镑。如果没有这些，我现在连交第二期学费都费劲，更别说有底气辞工作了。

经济上的压力小了一些，我也就不用硬着头皮工作下去了，主要是因为现在做什么都没兴趣、都很疲惫，不想勉强自己做任何事，不想被生活拖得太累，够自己用就行。另外还有个原因，就是我现在特别怕去和夏婷一起去过的地方。手机店就是我们认识的地方，并且我也总是绕着夏婷打工的饭店走，一到这些地方我便会不由自主地想到她。很多事越是强迫自己不想就等于想得越多。利兹的市区并不大，走来走去总会让我看到以前的影子，想躲都躲不开，如果不是因为签了一年的租房合同，我真有心把公寓都换了。

心情这个东西总是一阵阵的，有时想通了自己的心态就会轻松点儿，有时不定什么时候就钻上牛角尖了，钻得心窝子痛，怎么都转不过这道弯，连吃饭、玩游戏的心情都没有，最无辜的还是DK，我真的是经常忘了它的饭，两三天能准点喂它一次就算不错了。

现在最能让我提点儿兴趣的也就是和朋友喝喝酒或去赌场了，阿铭的肩膀被我踹得肿成了猪后腿，但是一提到“玩”，那可从来都不含糊，即使龇牙咧嘴地拖着那猪腿肩也会单手开车来接我们，真是敬业。

在赌场里玩得多了便自然和很多中国人混成了脸熟，认识不认识的都会打个招呼。赌场为了更好地为中国人服务，还专门招了一些会讲普通话和粤语的女服务员。这种做法很像我以前在手机店里的角色。另外，为了充分地照顾东方文化，赌场还在二楼设了麻将桌……真是煞费苦心。

在这家赌场里玩，总的来说我的运气还不错，第一次来就中轮盘数字，还碰到许晓佳，了了我一大心事。逐渐地，我也就有了心理暗示，那就是感觉这个地方比较顺，就不会再换其他场子了。据我所知，阿铭和强子也是开始时赢了点儿钱而对这里产生了“感情”。但是自从上次以后，我再也没在这里遇到过许晓佳，不知道这位神仙妹子是戒了还是为了躲我而换战场了。

今天阿铭又是没洗手来的，刚来没半小时就输了五十多。他直接缴枪不玩了，而是跟在我后面押。

“你别跟我啊，这么衰还要抱着我一起死。”我这一会儿手气不错，赢了有十多镑。

“哪有这么龟毛的，你玩你的就是了。”

果然人品大爆发，直接出了Black Jack（A+花牌）。阿铭乐坏了，把赢了一点五倍的钱又直接押上了。而我却还是保持着最低的两镑一注。

“天哥，瞧你这点儿出息，兴的时候就得多押点儿。”

我犹豫了一下，狠了狠心又拿了一镑押上……

一晚上玩下来进进出出不超过二十镑，比北京胡同里玩麻将的老大爷们赌得还少。数目虽然不大，但是如果连输个五六盘也是很掉情绪的。除了刚才那个Black Jack，我是一盘没赢，阿铭的衰神果然灵验了。我除了骂还是骂，最后阿铭被我骂得只好去抱强子的大腿了。没到一个小时，我二十的本钱便全部搭了进去。再看看强子他们，各个都跟中了彩票似的。

“输完了？”强子看到我桌上什么都没了。

“算了，今天都是因为那衰货。”

“那再买二十镑翻本啊。风水轮流转懂不懂啊，扛过去这一阵就好了，输钱的都是不懂得扛的。”

“你懂，你哪次不是输红眼啊。”

“看，今天不是轮到他们赌场还我了？又是个二十点。瞧。”强子像打了鸡血一样，就差没上桌子了。

我是有点儿想翻本的，但冷静了一会儿还是忍住了。于是点了杯啤酒坐在强子身后观战。强子赌运再好，也扛不住两个衰人坐在背后，从我看的第一盘开始，他已连续“爆胎”三次。这确实使我的心理平衡了很多。霉运当头，强子开始挠他的鸡窝头，光看掉在赌桌上的星星点点便知道至少有三天没洗过了。阿铭看到势头不对，果断收回了所有筹码。

这时一位黑丝袜华人美女服务生端着我点的啤酒过来了。

“Sir, this is your Carling. 3.50 please.”（先生，这是您的Carling啤

酒。3.50镑。)

直直的黑发，S形身材，黑色的半透上衣，两条肩带若隐若现，弯下腰放杯子的时候，低胸领口处一条很明显的沟…… 如果不是胸前挂着赌场的标志，真看不出这是位服务员。

我掏出正好的硬币给她，突然又心血来潮拿了强子一镑的筹码作为小费塞给了她。“Thank you, enjoy it.”（谢谢，好好享用。)

“哎，哎，人都走了，还看。”阿铭用手在我面前晃了两下。

“你说她是中国人吗？”我还在盯着她的背影。

“不一定，可能是BBC。”

“……别给我提BBC！”

“还想着以前的那点儿破事呐？别装了，来了这么个美女就跟没魂似的，还是那句话：鲜货治旧伤。”

“怎么的？失恋了就不能多看两眼漂亮的女人了？失恋了就不能看黄带了？失恋又不是自宫。不过我算是看透了，女人，唉……都浮云。像那种妹子，”我指了指刚才那女服务生，“好弄，只要有钱。”

“这都被你看透了？”

“废话，不想钓凯子能这么穿吗？”

“行了，你们两个别闹了，走人，不玩了。”强子突然转头对我们吼道，“我看明白了，你俩看我赢就眼红就在这烦我，趁现在我还没都吐回去，都走人！”

“别走啊，我这啤酒刚上来，还没怎么喝呢。”

“喝毛，打包。”

“……”我赶紧拿起酒杯猛灌了一大口，一股气呛得我差点儿吐出沫子。

“快走吧，我回家请你们喝还不行吗？”

强子今晚挺怪的，说什么也要走，才八点多，跟有心事似的。我和阿铭被强子死拉硬拽着回到家，一进门他便从冰箱里把所有啤酒都抱了出来。

“就这啊，我还以为你要请我们喝什么好酒呢，这里面有几瓶是我的。”

强子没吭声，直接走出客厅。过了一会儿，小雯也被强子拉到客厅。然后他又打开冰箱，小心翼翼地从里面端出一个纸盒子放在我们面前。打开一看，是个巧克力蛋糕，上面写着“小雯，生日快乐”！

我和阿铭傻眼了，原来这小子是这心事。

“哎，我的生日是明天好不好？”小雯吃惊地看着强子。

“这不，这不是怕你明天档期满了吗，所以才……”强子刚才在我们面前的那股酷劲儿荡然无存，完完全全回到了正常的猥琐状态。

“傻子，你不会提前给我说？”

“说了就不叫惊喜了。”强子猥琐地笑着挠着头。

“强子，你说你有多二，人家小雯的意思是要你约她啊。这蠢货……”我说。

“约你个头啊，别瞎起哄。蜡烛呢？”小雯笑了。

“有，有。”

看到小雯笑了，强子刚才的试探才算踏实了，这矬人乐得像条脱缰的疯狗，跳着回房里拿蜡烛去了。

这就是“初恋癫痫症”，不过，看到强子这种状态我特别羡慕：有点儿害羞，有点儿怯懦，但更多的是幸福。我以前也有过这样的体会，只是……

“你俩啥时候勾搭上的？”

“死胖子，你信不信再胖我也能把你塞进垃圾桶里去！”

阿铭也是个矬人……

“这你都看不出来？这明显是强子单方面的炒作。”我说。

话音刚落，强子就跳着癫痫步蹦进了客厅。

“你明天应该是二十岁了吧。”

小雯点点头。强子从个小盒子里抽出两根蜡烛插在蛋糕上。

“你说你这抠的，那些蜡烛留着干吗？晚上看书用？跟小孩儿过家家似的，你多大了？”我说。看着强子插蜡烛的认真劲儿把小雯给乐坏了，现在的强子可以用“萌”来形容，有时这样的男生是很招女生喜欢的。

“我？我比她小三个月。”

“好啊，女大三抱金砖啊。”阿铭话音未落只听小雯“啪”的一巴掌扇在了胖子的后脑勺上。

这个晚上第一主角无疑是强子，连放的音乐都是些平时小雯房间里传出来的，可见他真是用了心。小雯只是在跟着我们笑啊闹啊，虽然我们都在冲着他们两个起哄，但谁都不知道她是否真的对强子有感觉，更不好意思去八卦。其实我是因为对强子没信心才没敢多问的，怕万一问出个尴尬的答案来，会让强子下不了台。我感觉以小雯的外在条件，很难看上强子这样的，这根本不是般不般配的问题，而是纯粹的人与兽……

正当我们喝着酒、听着歌、玩得开心的时候，客厅的门突然开了，应该是‘又’突然开了。我们‘又’被吓呆了。这次进来的除了上次那位公寓管理员外，后面竟然还跟着两位腰间挂棍的警察，最后面进来的还是上次那位胖妞。

“Guys, this lady complained about the noise disturbing from your flat, I warn you to close windows or mute speakers in the night, otherwise you guys might be charged.”（伙计们，这位女士向我们投诉了来自你们公寓的噪声干扰，我警告你们在晚上要么关好窗子要么关掉音响，否则你们可能会被起诉。）一位警察严肃地对我们说。

虽然这次我们缓过神来的时间要比上次快得多，但真是够扫兴的，这还不到十点呢。强子无奈地点点头，只能骂骂咧咧地把音响的声音降了下来。警察又转身对着那胖妞叽里呱啦地说了一通，胖妞还不时地边点头边往我们这边看。强子则狠狠地瞪了她两眼，貌似要用眼神杀死她……

他们说完后就走了。强子立刻打开窗子望着楼下，过了一会儿他喊道：“看，就是那胖妞！我×！就是门口挂着个鸟笼的那家。”

我们也都凑了过去，只见那胖妞走进了马路正对面的一座两层的民宅。马路很窄，对面是一片居民区和树林，但这胖妞的家的确是离我们的窗子很近。肺活量高的人可以一口痰吐到她家门口……

连续两次被投诉了，但感觉是这胖妞故意找茬，因为我们并不是很吵，而且时间都不是很晚。不过，事实证明喝酒听音乐的最佳地点还是应该在酒吧或者夜店。但那里的酒都比超市的贵了好多，我们曾经想过自带啤酒去酒吧里喝，因为英国的酒吧里从来不会看到“谢绝自带酒水”的字样，如果翻译成英文的话，我猜可能是“don’t bring drinks from outside”，但是感觉这事太龌龊，有时会看到爱窜酒吧的人手里拿着酒进进出出，一瓶也就无所谓了，如果我们打算搬一箱的话，那就有点儿……

我们现在的夜生活逐渐形成了两个规律：一是从赌场到夜店，二是从夜店到赌场。我们的娱乐三人组也在不定期地增加着外援。利兹不算大，华人圈子更小，总之都是一回生、二回熟、三回桌上一起赌。

去赌场太频繁了，感觉自己的手气变得越来越差。虽然还是保持着两镑一局的最低押注，但经常在十分钟左右就能输个二十多镑。貌似好赌的人都难摆脱这个怪圈。今天又是这样，十分钟里，我只赢了一次。

“天哥，你这手直接剁了得了，换成个猪蹄过来也不至于是这样。”现在强子嘲笑我的次数越来越多，就像我以前笑他们手黑一样。

我把二十镑的筹码全输没了，只好在旁边呆坐着成了看客。但我真的很不服气，都是运气的事怎么可能一直走背运？到底要不要再买点儿筹码试试？很纠结，因为这和我刚进赌场时给自己定下的原则相冲突：“休闲二十镑就完事”。最近不知道哪只手碰到了衰鬼，唉……我越想越坐不住，于是在赌场里挨桌地转悠着。上次看到的那个美女服务生也没来，否则，说不定，也许……

溜达到轮盘那里，我又想起了这张桌子才是我捞到第一桶金的地方，在这里我肯定有好运，不如拼一次。没人知道我做这个决定有多艰难，我总是在尽力地找着各种借口让“再赌一把”看起来更加的合情合理，就好像做了亏心事而找着各种理由让自己心安理得一些一样。

我把手伸进屁股兜里，摸到一张皱成蛋状的钞票，五镑。桌边的人很多，轮盘一次次地转动着，大把大把的筹码被Dealer扫进桌洞里。我幸灾乐祸地看着，手不停地把钞票一点点搓平。

当几盘结束后，我把被虐的五镑递给了dealer。

“One pound for each please.”（请给我面值一镑的筹码。）

接着我拿了一镑押在了红色位上，反正有百分之五十的赢率，看人品了。

“Sorry sir, the minimum is five pound for the colour.”（对不起先生，押颜色的话最低赌注是五镑。）dealer指了指桌面的公告牌提醒我。

“呃……”突然我感觉脸上一阵烫热。纯爷们儿最怕的是什么？在众人面前被揭穿抠门小气。我赶紧从尴尬中缓过神来，把剩下的四个筹码也摞在了上面。Dealer把小钢珠往轮盘内壁上一滑，所有人都把视线从我身上转到了轮盘上。这真够紧张的，虽然只有五镑，但对于抠门的我来说这可是孤注一掷，怦怦的心跳都快把我震到桌子底下去了。第一次玩的时候也没这么紧张，因为那次不是我的钱，这次可不一样了，这次是来翻盘的。钢珠的速度越来越慢，渐渐地变为在格子上蹦来蹦去，大家的脑袋也跟着蹦上蹦下。最后钢珠落在了数字21上，红的！妥妥地赢了五镑。我心里乐坏了，但还是装着很淡定的样子把全部十镑挪在了黑色位上。这比Black Jack的赢率大多了，我盘算着再赢一把，二十镑就回来了。

“你跑这边混了啊，怎么样啊？”阿铭像鬼一样出现在背后，给我吓了一跳。

“滚蛋滚蛋，就知道祸害我。”

“走啊，去夜店，一会儿有几个妹子也要过去。我都约好了！”

说话间，钢珠扎扎实实地落在红色栏里……Dealer无情地拿着她那木头耙子把我的十镑扫进了桌洞里。

“你大爷！你个衰货怎么就知道祸害自己人啊，你怎么不去Dealer后面站着去？”我指着阿铭破口大骂。

“走啦，今晚夜店全我请，你尽情地喝总行了吧。”阿铭笑嘻嘻地硬把我从座位上拖了下来。他这脾气不知道是怎么练就出来的，怎么骂都没急眼过，男的骂，女的也骂，但是骂归骂，大家还是挺喜欢他这性格的，完全不拘小节没有负担。

第十二章　酒的味道

阿铭一路上几乎是癫痫着开到夜店的，我和强子都很好奇，但阿铭就是不说，一副很乐在其中的样子。按理说这小子又不是什么纯情小男生，约了个美女至于嘚瑟成这样吗？到了夜店之后我们才发现有位美女很面熟，仔细回忆下才发现就是一个月前的那位D-CUP妹子，当时是阿铭开车送她回家的。难怪这胖子这么激动，原来死缠烂打地终于有点儿回报了。不过这位D-CUP带来的几位朋友那真是个顶个的恐龙怪兽，我看到后赶紧主动让座，宁愿和强子挤在一起。

我们都说阿铭好色，这只针对他有点儿不公平，因为“好色”不能作为个结论扣在他头上，而且不好听。是个正常的男人都好色，只是看是怎么个好色法。有的在现实中付诸行动，有的只停留在想象中，有的只局限于硬盘上……

不过，看着阿铭这开心劲儿，我倒是觉得他不是个泡妞高手，那些老流氓泡妞都是很淡定的，他这状态一看就没什么城府，看起来更像是美女在泡他。

我们都坐在一个半圆形的沙发上，左边是三个男的，右边是三个女的，唯一的接触点就是阿铭和D-CUP。我和强子装腔作势地瞎聊着，对面那两位龙妹子相互不怎么说话，貌似她们之间也不熟，一会儿看看天，一会儿瞧瞧地，一会儿瞅瞅手机，这种场面真的很尴尬，怎么看怎么像县城相亲会。在夜店里玩得好不好有两个先决条件，一是看人，如果都是美女帅哥，自然有动力；现在帅哥是有了，但……二是看酒，喝够劲儿了也就可以把龙妹当哥们儿一样开聊了……

阿铭显然也注意到这些，于是给我们叫了几杯Bloody Mary，而对面的龙妹子们显然有着过硬的自我保护意识，拒绝喝较高度数的酒，怕喝醉了被人占便宜……所以只要了两瓶啤酒。

Bloody Mary这种鸡尾酒的味道真的好怪，里面还有股番茄味，我和强子相互碰着杯子拿着这种怪味道作为话题生硬地聊着，闷着头说着，谁都不敢往龙妹子那边看，怕尴尬。

“别不好意思啊，怎么今天这么腼腆啊？”阿铭突然转过头来对着我们开涮。

“腼腆你个头啊，你专心忙你的，别管我们。”我和强子狠狠地瞪着他。

“好好，还不让说了，脸都红了。”阿铭又转回去和他的D-CUP碰杯对饮去了。

“……”我们无语了，各自都盘算着回去后怎么收拾他。

把面前的女生当成透明物是对其极不尊重的行为，我深知这一点。尤其她们还是阿铭的朋友的朋友，于是我忽悠强子主动和她们搭讪，可强子却说：“爱咋咋地，我反正能坐到下班。”真是自私，一点儿都不照顾大家的面子。我冷静了一下，深吸了口气，看来这种脏活累活还得我来做。

我抬起头拿起那杯几乎见底的Bloody Mary站起身来，朝着桌对面龙妹子们喊道："美女，来一起喝杯！"

酒吧里的音乐太吵了，两位龙妹子仍然在低着头对聊着，完全不知道我所做的一切。我瞬间被速冻在那里……为了强行博回面子，我继续加大着嗓门："美女们！你们是什么系的？"同时我还晃动着酒杯以引起她们的注意。

两个妹子这才恍惚地抬起头，貌似刚刚走出自己的世界。其中一个也拿起啤酒，但把手括在耳边喊："什么？听不清你说什么。"而另外一个貌似还没弄清我是什么意思。

此时我已经确定额头冒汗了……我尴尬地点点头，强堆着笑容喝了一口酒，然后又生硬地向龙妹子们亮杯示意一下，终于坐下了。

坐下后，我用了足足五分钟才让自己面部僵硬的肌肉松弛下来。现在我更想做的是回家睡觉。但是碍于胖子的面子还是没好意思说。阿铭看大家把酒喝得差不多了，又把服务员叫来说了两句，过了一会儿，一位服务员端上来六小杯酒和一打啤酒，旁边竟然还有一小盘盐，这明显就是Tequila酒，但不知道为什么没给我们上柠檬。看阿铭这意思是要让大家往昏迷里喝，昏迷了才能乱，才有豆腐吃。三位妹子完全不知道这是什么东西，只是挺好奇这盐和酒的搭配。

阿铭帮着D-CUP把一小勺盐放在手背上，另外两位大妞也跟着做，然后让她们用舌尖舔了舔盐并含在嘴里，这动作……三位可能是舔多了，被咸到了，都皱起眉头来。接着阿铭端起酒杯，

"只有一Shot的酒，咱们一口，来干杯。"说着阿铭一仰脸，干了。我们也干了。

三位妹子看着酒很少，也没顾忌什么，都学着阿铭一口干了。接下来的情景就变成了鬼哭狼嚎，妹子们被呛得眼泪直流，跟吃了炸弹一样。我们也感觉很冲，只是有心理准备，而且还都紧锁着眉头，低着

头，硬撑着不在女人面前丢人。这时旁边一名路过的服务员急忙给我们拿来一叠餐巾纸：

“Need any help？”（需要什么帮助吗？）

“水！”龙妹子情急之下直接叫出中文了。

“哦，好的。”

这回答……我抬起头一瞧，原来是赌场里的那个漂亮华人女服务生。果然是中国人，地道普通话发音，只是穿着和在赌场里不太一样，看着她那紧绷在制服下面的S曲线身材，即使是背影也够让人热血沸腾的……难怪今天没在赌场里见到她，原来是在这里还有一份工。以前夏婷在酒吧打工，我知道这种地方的薪水不低，只是管理方为了服务员的健康，要求她们不能每天都暴露在这种噪声环境里工作，所以从经理、DJ到服务员都是轮班的。看来这位美女也是位打工狂人，连轮休的时间都用赌场的工作补上。

别管我推测得靠不靠谱，看到这美女确实让我提起点儿精神，至少现在一点儿都不想走了。一会儿她肯定还会过来送水，我该找个怎样的机会搭讪呢？我努力地想着，意淫着各种可能的对话情景……

不一会儿，美女服务员果然端着一个大盘子过来了，上面放了一只大玻璃瓶子和六个杯子。只见她小心地放在桌上，我看到瓶里还专门加了冰块，然后她挨个儿把六个杯子倒好水，先拿了两杯放在那俩龙妹面前：“您要的水，请慢用。”

可那俩龙妹子只顾相互聊着天，连声“谢谢”都没有。

当她把杯子放在我面前时，机会来了。

“嗨，我见过你，你也在NALA CASINO工作，对吗？”

“嗯？”美女一愣，“是啊，难怪我看你们这么眼熟。”

这时阿铭叼着烟插话了：“缘分啊，美女是哪里人啊？”

“老板查户口啊？”

“看，你旁边这位才是老板，我是秘书，像查户口这样的脏活累活只能交给我了。”阿铭指了指我。

“来，美女，既然大家这么有缘，一起喝杯酒吧。”我顺着阿铭的话打开了一瓶啤酒递到她面前。

美女笑了笑，接过酒但又放回了桌上：“不好意思啊，我们规定上班期间不能喝酒。”

这时舞池台子上有人现场秀起了RAP，伴随着节奏感很强的打碟声，又响又震，震得我血管直哆嗦，但我感觉机会来了！

“你几点下班？”我对着美女喊道。

“什么？”美女皱了下眉头把头转向我，很显然没听清。

我顺势靠近她的脸庞，几乎是嘴贴着她的耳垂说：“你几点下班？”一阵淡淡的香水味差点儿让我失控地直接吻下去。

“很晚的。”她也转头凑到我耳边这么说。

看来这美女不抵触我，有戏！

“你看，你这就太让人伤心了，我知道你们店十二点前会换次班，对吗？”

美女愣了一下，她没想到我还知道店里的工作时间。“是，我是十一点下班。”

“十一点不晚啊，我们在这里等你，过来喝杯吧。”

“好吧，但说好就一杯哦。我不会喝酒。”

“没问题。”说完，我拿起啤酒向她举了一下喝了两口。这几个回合下来已经让我顺利“预热”了。

看着美女紧绷着的背影，我暗自窃喜，今天晚上总算没白来。

“天哥，你这死缠烂打的功夫一点儿都不比胖子差。”

“要泡妞就要把她可能逃跑的所有出路都堵死，这样她就会老老实实地就寝了。”

“就寝？”

“就擒……”

开始喝酒时都在推推让让，一旦喝开了就无所谓了，女生也不例外。自从刚才那杯Tequila下肚后，龙妹子终于找到感觉了，啤酒更是不用劝，经常是一口小半瓶。而且直接变身话痨，叽里呱啦一顿接着一顿，有时还掺杂着几个英文单词，但至于说什么，我是一句没听懂。刚才桌上的尴尬气氛也随着酒劲儿的上升而降了不少。我聊上两句就看看表，这十一点来得真慢啊。

桌上的酒下得很快，阿铭刚才又叫了两打啤酒很快就没了。我不得不佩服龙妹子的酒量，感觉她们喝得比我多。在只喝不吃的情况下能喝成这样已经很厉害了。阿铭看酒喝得差不多了，又叫了三扎黑啤。一人倒了一杯：“来，今天晚上玩开心，干了。”强子喊道。只见三位女生二话没说又是一口闷了……疯女人赛张飞……

我脑袋胀胀的，已经记不清肚里有几种酒了，但是女生们都不嫌多，我和强子也只能顶着喝，再看看D-CUP已经处于半昏迷状态，小脸轻搭在阿铭的肩膀上。这就是这小子的目的，他为了看到这种效果都快让我们陪葬了。现在大家喝得已经完全瘫坐在沙发上，店里的灯光越来越暗，音乐更响了，舞池顶部的高台上两位T-Back美女领着舞，各种惹火的姿势把全场的暧昧气氛飙到极点。

强子迷迷糊糊地问：“几点了？”

我光顾着看领舞的了，差点儿把这事给忘了，看看手机：“已经十一点过十分了。”

“哈，你被放鸽子了。”强子幸灾乐祸。

“无……无所谓，这些女人多得是，想玩儿……哪……里都找得到。”

此时阿铭已经和D-CUP进入忘我境界，又是亲又是摸，可真把胖子忙坏了。而D-CUP闭着眼睛时不时地皱下眉头……这种现场直播真是让我们心里充满了“羡慕嫉妒恨”。千万不要觉得这是因为留学生太开放，当众就可以玩激情。……这其实就是青春配酒精的冲动。

“看来你是走出婷姐的阴影了，来，喝一口庆祝下。”

我拿杯子和他碰了一下。

“婷你妹，女人都是浮云，我以前那是什么，那是幼稚。”我说着，目光从未从现场直播上转移开。

“哎！天哥你看，你的妞过来了。”

“嗯！？”我腾地从沙发弹起来，果然那位美女走了过来，只是把刚才的紧身制服换成了T恤加牛仔裤的便装。

“来，坐这里。”我把强子推到龙妹子那边，然后招呼着她坐在我旁边。

“你们真能玩啊，喝这么晚。”

“要不是等你我早走了。”我说着给她倒了一杯黑啤。

“什么？我听不太清楚。”美女指着耳朵，音乐声太大了。我应该特感谢这么识相的DJ，始终这么配合。

“我说！要不是等你我早就走了！”果然美女长发里淡淡的香味又一次扑鼻而来……

“说好了，我只喝一杯的。”

“好好，都听你的，这么大牌让我等了几个小时，敢问怎么称呼？”我和她碰了下酒杯。

“Tina。”美女喝了一小口。

“果然大牌，问半天也只说了个英文名字。”

Tina笑了笑：“入乡随俗啊。”

“有道理，要这么说我们还是亲戚呢。”

“是吗？怎么说？”

“我叫Tony，都是T字辈的。”

Tina被我逗乐了。要不说泡妞都得有酒配合，人有酒意才放松，放松了才能发挥好，看看对面的龙妹子和强子也开始嚼耳朵根子了就是最好的证明。

“看，笑成这样，还不多喝两口？”我接着说。

她看了看杯子，犹豫了下，然后喝了一半，并向我亮了亮杯子。

“厉害！”我的手从她背后绕过去揽住其肩膀，顺势往我怀里一拉，嘴几乎碰到了她的耳垂。Tina触电似的往左边躲了一下。

“来，坐近一点儿嘛，不然太吵，说话听不到。”我接着在她的耳边说，并且左手揽住她的小蛮腰往我身边搂，竟没有一点儿赘肉……

“把手放开，否则我生气了。”

我喝了一大口酒，嘴巴又回到她的耳边：“这是夜店啊又不会亏待了你，你这身材做模特没说的，有没兴趣？”说着还在她胯部轻捏了两下。

话音未落，突然感觉满脸一片冰凉，一股酒味。缓过神来才发现是Tina拿酒直接泼到了我脸上。

“你以为这是国内的那种地方？你以为我是什么？有点儿钱就了不起啊！”她站起身来指着我喊道。说完头也不回地走了……

我恍惚了几分钟才缓过神来。“糗大了，头一次。”这是我脑袋里现在能想到的仅有的两句话……

这一下醒酒了。

阿铭还沉醉在他那忘我的境界里，但强子和另外两位龙妹子都看到了，最要命的是我发现那俩妹子在偷笑……

“天哥，出什么事了？刚才不还好好的吗？”

“给我拿点儿纸来。”我感觉脸上特黏。

强子给我拿了一叠纸也没擦出来效果。

“要不你还是去洗手间洗洗去吧。”

“洗毛！回家洗去，走了。”我冲着他们喊道。强子拿着衣服，但阿铭完全没听到。我拍了拍阿铭那胖脑袋：“行了，该走了，再摸能摸出个啥来？就这点儿出息。”

“哦？”胖子这才回过神来，“要走了啊？那你们先走吧，我要送三个妹妹回家。”

“……你……行，行，爱咋咋地！”说完我拿起衣服快速逃出了夜店。

我和强子快步走在回家的路上。他晃晃悠悠的，看来酒劲儿正猛。

“哥啊，到底怎么了？”

“别问了，我×。”

“我知道了，准是你搞得太着急了，把美女吓跑了。”

我没说话。

“看，默认了不是？哈哈哈哈哈！”

“……”

快到公寓时正好路过一座民房门口，这便是前段时间投诉我们的胖妞家。强子用手裹住嘴对着那胖妞家门口叫：“Bitch，Bitch。”（婊子，婊子。）

“……你小子有本事就大声骂呀，这点儿声谁能听得到？”

“你没看到她家门口的鸟笼吗？里面养的是只鹩哥。我是在教它说。”

“哈哈，你NB！”我乐坏了。

“每天路过时培训几秒钟，已经教了一周了。”

“话说这大冷天的在外面，这鸟不冷吗？”

“土了吧，这是电暖器笼子。”

“……”

第十三章 忘了吧，应该不难

赌和酒一样，一旦开始了就容易越玩越大越喝越多。自从上次我在二十一点和轮盘上连输了几十镑后，现在看着两镑一注的桌面，两眼直犯困，所以我现在都直接换五镑面值的筹码。在赌场经常还会遇到Tina，只是再也没讲过话，偶尔对视到了，她也会尽快把视线避开。看那转头的速度还是带着怒气的……后来想想那天在夜店里的事，我还是挺自责的，那样是不太尊重对方，但已经尴尬到这地步，也没什么非要讲清楚的，毕竟我们谁也不认识谁。总之都是空虚惹的祸。

赌徒的怪圈又出现了，越赌越衰，特别邪乎，让人完全看不到所谓的“风水轮流转”。后来我们提议换家赌场试试手气，阿铭的意思是要换就换个彻底的，出利兹，从现在的东海岸换到西海岸去……大家没人反对，因为谁输得最多谁是老大。阿铭是富二代，自己到底输多少心里没数，我估计这一个多月里他差不多输了有几千镑，这些还不算他在赌场遇到熟人几十几十镑借出去的，字据没有，就一声“谢谢”，有时还是直接拿筹码借的，根本就是死账。

好赌的人有个毛病，特别喜欢帮别人算账，尤其是喜欢帮那些比自己输得多的人算，这样可以很好地弥补自己的心灵创伤。但事实上我和强子也输得不少，只是我们的亏损和阿铭的不在一个级别上，因为我们穷。可对于亏损，我们心里也没数，很多时候又是喝酒又是赌，根本记不清自己刷了几次信用卡，甚至是赢是输都算不准。每次刷卡时总想着："反正是下个月还，还早呢。"

另外，我们几个花起钱来也分得不清楚，总之阿铭肯定花得最多，我和强子属于配角，但全是糊涂账，从没AA过。作为玩伴，大家这种大大咧咧的理财方式是不错的，至少玩得不累，更没有一些斤斤计较的麻烦事。比如这次去西海岸的Blackpool（布莱克浦），大家说好了谁赢了谁包饭钱，如果全输那就猜拳，输的请。至于油费，阿铭就没提过，虽然钱不是很多但也是单程将近三个小时的车程。

Blackpool是个海边的度假城，整条滨海大道边全部都是娱乐场所，赌场、剧院、鬼屋、游乐场、酒店、餐厅等等，一家挨着一家，只是由于国内很少看到它的广告，所以没在英国生活过的人是很少听说过这里的。阿铭提议来这里玩是有原因的：D-CUP被他泡到手了，这次算是第一次带女友出来潇洒一把。可是人一旦衰起来，无论带谁来或者去哪里都是衰。我们三个从晚上十一点坐在这海边的赌场里，一直到凌晨五点赌场下班，一共只拿到过七次Blackjack，我实在怀疑我们的手黑和这城市的名字Blackpool有关。

一个通宵，我输的是最多的，这不是发现运势不好就能及时收手的，总想再搏一下，每输一次都是想再搏一次，说不定下把就赢了呢？结果从五镑一注到十镑到三十镑，最后到我自己开两个闲家……在这里只用文字是很难形容此时的心态的，强子在旁边直感叹从来没见过我这么不要命过，我感觉自己的眼睛都是热的，这可能就是"输红眼了"吧。结果很明显，最后到赌场打烊，我手里只剩下了几个1镑和50P的零钱……

“你这剩下的几个要兑换成现金吗？”阿铭问我。

“这哪能换啊，你知道这些1镑和50P的筹码怎么来的吗？是中了Blackjack后一点五倍赔出来的，这代表着好运，把它们塞屁股兜里可以作护身符。”

“……完了，天哥走火入魔了。”D-CUP说。

“唉……”阿铭叹了口气，使劲儿揉了揉眼睛。

“去吃早饭吧。我输得最少，我请吧。”强子说。

“这才五点多，哪有这么早开门的店。我们先去找个汽车旅馆歇会儿。”阿铭说。

一出赌场大门，一阵清晨的凉风扑面而来，眼前就是广阔的沙滩、大海和微亮的天空，这视觉上的冲击让我们突然都精神了许多。Blackpool的大海很有特点，海水颜色呈暗灰色，纯天然形成的，所以我猜Black pool（分开理解就是黑色的水池）可能也是这样得名的。

“这么好的风景，我们先去沙滩上玩会儿吧。”D-CUP提议。

“好，咱们开车过去，别吹感冒了。”阿铭想得真周到。

现在沙滩上的人很少，我站在礁石上尽情感受着天与海的博大。在这样的环境里望着远方深呼吸，好像大自然的清新融入进了全身的每个细胞，让人觉得飘逸、透彻。此时总会不自觉地产生一些心灵碰撞，感慨人生的渺小，感悟自己的过去。上次站在海边时她还在我身边……

捡起几颗鹅卵石，我的思绪又回到了乌伊格湾，望着起伏的海平面，却望不到海的另一边……一切都过去了，我用力把鹅卵石抛向海面，“再也不会回那个地方了……”

“天哥！你是不是输多了想不开要跳海啊？”阿铭在后面扯着嗓门喊。

“……你大爷的！让我静静！”

阿铭他们已经把车开到沙滩上来了。

“外面那么大的风，来车上啊，我开了暖风了。”

的确，现在这季节的气温伴随着大风，站了一会儿便感觉冷了。身体不舒服了，什么感悟、人生哲理都成了扯淡。我没硬撑，哆哆嗦嗦地钻进车里。车内：暖风开着，音乐放着，风景看着……强子：香烟叼着，嘴里唱着，鼻毛揪着……后排：抱着，亲着，直播着……

每个人都在用各自的方式享受着这个清晨，突然车里的表盘有个指示灯在闪。

“胖子，你俩中场休息下，你看看这指示灯是什么意思？”

阿铭不情愿地把脑袋伸过来看了看：“哟，快没油了。”

“……你来的时候没加满油？”

“忘了啊，没事，路那边就有个加油站，咱们现在过去。”

我和胖子换了座位，刚刚看完直播，这又和D-CUP一起坐在后排，真是有点儿尴尬。

阿铭开车掉头，打算原路返回，可刚往右转了几米，车却越来越慢，不动了，等了好一会儿还是只听见轰油门的声音。

“怎么了这是？轰什么油门啊，还嫌咱家油多是吗？”强子问。

阿铭还是一遍遍踩着油门，左手不停地摸着挡位确定是否真挂上了挡。

“你手刹放到底了吗？”我问。

“放了啊，怎么回事啊？”阿铭已经把油门踩到了底。这时我们听到有啪啪的声音，好像是有什么硬东西不停地砸在车上，胖子左顾右看但都没找到原因。“你们下去看看是不是轮胎有问题？”

我打开车门，一股冷风吹得我倒吸一口气，温差太大了。一看轮胎傻眼了："胖子，轮胎陷进沙子里了！"

大家都蒙了，近半个车轮已经陷了进去……原来刚才那声音是源于车轮卷起来的沙子。

"别踩油门了，这样越陷越深。我们帮你推，你试试轰油门冲出去。"

可这毕竟是在沙滩上，我们三个在后面龇牙咧嘴地推，但沙子太滑，根本就蹬不上劲儿，阿铭这油门倒是踩得很足，可车不但一动没动反而陷得更深了。我们一屁股坐在地上喘着粗气……

"怎么办，叫打电话叫拖车吧。"我说。

"什么电话号码？"

"911吧。"

"毛，911是美国的，应该是999。"

"干吗啊，你们打算报警？"阿铭突然紧张起来。

"拖车都是交警的，他们又不要钱，你怕什么。"

"我这车的保险是假的，抓到了可不是小事啊。"

"……"我们全无语了，在英国的二手车里买假保险的人确实很多，所以我们对于阿铭的假保险也不是太奇怪，但至于抓到后会怎么样就不知道了，往往都是未知的结果才是最吓人的。

"报警就算了吧，这样吧，我有个办法，你们把四个车轮子周围的沙挖开，然后去那边找几块礁石垫在轮子下面，这样我再踩油门肯定不打滑了。"

"下来，死胖子！坐在车里说话不腰疼，要挖就下来一起挖。"D-CUP怒了。

阿铭屁颠屁颠地下了车。

"我×啊，你还开着暖风，你疯了？"

“哦，是，是，忘了。”

胖子这才想起来把车给熄了。

这看起来松软的沙滩一旦和手干上了也是够折磨人的，我们四个每人挖一个轮子。这时的D-CUP还是很让人佩服的，和我们一样拼命地挖，完全没有了女孩子的娇气，只是不知道怎么瞎了眼找了阿铭这么个矬人……

不知道挖了多久，我们个个都是满头大汗，凌晨的海风再猛也都没了杀伤力，慢慢地，每个轮子的周围算是有了一定的轮廓。

“差不多了，去找几块石头。”我叹了口气，也不知道是鼻涕还是臭汗沿着上嘴唇往下滴。

“咦？刚才那么多的石头呢？怎么没了？”强子看着刚才那些礁石密布的地方。

“……”大家相互看看，愣了。

过了几秒钟……

“我×，涨潮了！”

阿铭脸上一阵煞白。“我×，快上车！一会儿就涨到这边来了！”

“快快快！冲出去！”我们都逃命似的钻进车里，阿铭发动车，紧接着一脚把油门踩到底。

“冲啊！”大家一起喊着。可车往前只挪动了一点儿就又开始打滑了。

“光喊有个屁用，都下去推！”

于是我们三个喊着：

“一二三，推！”

“一二三，推！”

“一二三，推……”

“你们能用点儿力气吗？平时推妹子的那劲儿都哪里去了？”

“推不动！打滑啊！”我们真是没招了，D-CUP那一头秀发已被汗水浸成了麻花。

“报警求救吧，没辙了。”强子说。

“就没别的办法了？”阿铭弱弱地问。

“有啊，车丢这里不要了。”

“这车丢了就丢了又不值钱，但警察肯定能找到我，到时不还是麻烦？”

“那最好是你和车一起跳大海，毁尸灭迹！”

阿铭沉默了一会儿。

“……行了，报警吧，怎么罚我都认了。”

D-CUP马上拨了999，上来就是一句凄惨的叫：“We are trapped at the beach! Help! Help! And o……our car……sea is coming!”

Sea is coming……晕，这应该是想表达涨潮的意思……

D-CUP一顿哭腔，这真是在求救，好像在小树林里被劫财劫色一样。面对这么真诚的情感，如果我是999的人，不派架直升机过来都过意不去。

她的英语还不错，除了第一句惨叫，后面叽里呱啦的我是一句没听懂……

挂了电话，我们都围过去：“怎么样？说来救我们了吗？”

“嗯，来。”D-CUP还在刚才的电话情景中没走出来。

“几点？”我问。

“快了。”

“呃……”

“你确定你都听明白了？”阿铭问。

“差不多吧，就那意思。”

……

我们刚才紧张的情绪算是多少冷静一些了，刚才闹了一身的汗，现在就感觉冷了。为了省油，车是不能再启动了，也就没暖风了。为了取暖我们把车窗全部关好，四个人全部挤在后排。阿铭怕D-CUP被我们挤得太紧，被吃了豆腐，就用他那猪一样的肉身把我们隔开，我在最右边。即使这样，我还是觉得挺冷，因为这破车漏风，特别是车门附近，小风是嗖嗖地往里钻。

过了十多分钟跟过去半天似的，我冻得直打哆嗦。不知道一会儿会来什么样的救援队，我反复地想象着各种壮观的场面。可又过了十分钟，别说场面了，连个人影都没看到。但是海水可不等人，虽然仔细盯着是看不出什么变化，但一眨眼工夫就发现海滩线又被吃进去了一截。以前听说过在海边拍婚纱照的人被涨潮的海水困在礁石上的事，现在我是真信了，这水涨得是够快的。

“还有五米左右吧，哥几个准备弃车逃命吧。”我说。

“五米远着呢，怕什么？”

“但这水貌似是从五十米开外涨过来的……”

“……”我们都盯着一阵阵冲向沙滩的浪。

“看！那是来救我们的吗？”D-CUP突然喊了起来。

果然一辆大轮子的白色拖车向我们这边驶来。我们像看到亲爹妈一样冲出车子大喊：“Here！”这还没什么生命危险就激动成这样，现在我是特能理解灾区人民看到救援队时的心情，我们看到的不是人，是希望啊……

拖车停好后下来了两个壮汉，目测有一米九多，站在我们身边跟堵墙似的，特扛风。我们从来没感觉英国人这么亲切过，特别是阿铭，因为这两个壮汉穿的不是警服……他们指挥着拖车后面的挂钩，打算挂住车底盘的前端，可是车子陷得有点儿深，底盘和地面之间没有足够的空间下钩子。于是他们和驾驶员说了两句，随后走到我们的车头位置，左右两边各站一个，弯腰，双手抠住车头底边，“嗯！”一阵呻吟，一阵脸红，车头竟然被慢慢地抬起来了，驾驶员控制着钩子伸到抬起的空间里，顶住，完事。

震了，作为一个男人，看到这种情形剩下的只有挫败感……

拖车启动，我们的车一抖，顺利地爬出沙坑，一直被拖到硬地区域。

果然和传闻中一样的：不要钱。我们除了Thank you，还是Thank you。一直目送着恩人们离开了。

回到车里，终于松了口气。阿铭更是激动地骂自己竟忘了要张合影。这真是离谱的一个早晨，我们给车加满油，去附近的一家中餐馆吃了碗鸡粥，然后找了家汽车旅馆开了钟点房，天煞的竟只剩一间了，四人一屋，上下铺……

一觉醒来已经是下午一点多了，可我还是像摊烂泥，全身酸痛。他们几个倒是都挺精神：“天哥快起来了，去游乐场。”

“我可能着凉了，浑身没劲儿。”

“肯定是刚才做春梦了。”说着，强子过来摸了摸我的额头，“是够热的。”

“完了。”我泄了气一样又瘫在床上，玩是肯定没戏了。

他们也没心思玩了，怕我的病加重，大家便直接起身回利兹了。这一趟玩得，真是霉运当头，从头到尾就没顺过，各种突发状况，我在心里郁闷着……一睁眼已经进了利兹市区，此时天已经黑了。

“我们是送你回家还是直接去医院？”阿铭问。

“回家吧，就是着凉了而已，去毛的医院。”我发现身上还多了件有女人香味的大衣，是D-CUP的。

第十四章　可以清醒了吗？

我昏头昏脑地晃进屋里，在橱柜里找了好久，只翻出来两包板蓝根冲剂，这才想起来夏婷有一次感冒我把药全搬到她家去了，可她那里现在却住着另一个男人……这后半句本来不该想的，但这是惯性，一想到她就不得不顺带出这该死的后半句。我向小雯借了几片银翘、阿司匹林和头孢，一口气全灌进了肚里，然后直接钻进被窝自求多福了。

在国外最怕的是生病，心里的孤独感压都压不住。上次生病的时候还是一年前，那时就是想家，但是给家打电话的时候又不敢说，怕老爸惦记。现在倒是不想家了，也不想夏婷，只是多了份无奈，把现在的她和现在的自己对比后的无奈，到了现在，已经没有怨恨了。

捂在被窝里却睡不着，太冷，全身缩成蛋状也没用。这让我想起了刚来英国的时候带来的暖水袋，刚准备起身去找，又突然想起来这东西上次因为夏婷例假肚子痛也被拿过去了……没辙了。我在客厅里找到个以前喝完的黑啤酒的瓶子，这瓶盖是拧的，可以反复使用。我烧了一壶开水灌进瓶子里，可这玻璃瓶子太烫了，于是我又在床底下找到只数月没洗的袜子，长时间没人穿是不臭的，只是硬得都可以独自站立了，把它套在瓶子上，塞进被窝……双脚一夹，爽啊……

这时药劲儿也上来了，也出汗了，感觉舒服了许多……

可这一觉又是被冻醒的，脚边的啤酒瓶子早已凉了，被我一脚踢出了被窝。看了看表，才夜里十一点多，我试了下体温，三十八度多，这药劲儿也过去得太快了。我只好又灌了一通药片，倒头继续睡……

没过几分钟我又感觉肚子不舒服，只好硬着头皮爬起来钻进卫生间，五分钟左右，完事，清理，卫生纸上全是血……大姨妈来了？这不胡扯吗？转头一看马桶里全是血……我精神了，彻底精神了，这是怎么回事？第一次看到这么鲜红的阵势，不得不承认我还真是被这场面给镇住了。定了定神，穿好衣服打开电脑，百度：拉血……答曰：

便血

病因症状

便血又名“血便”、“下血”、“泻血”，以血便或便后下鲜为特征。多见于上消化道溃疡出血、胃肠息肉、小肠出血、肿瘤、肛周疾病下血，以及一些血液病、急性传染药、寄生虫等。此处指的是由于痔疮破损、肛裂、肛窦炎、直肠结肠黏膜损伤引起的便血。大便软而成形或硬结，鲜血附着于粪便表面，有的先血后便，有的先便后血，血色大多鲜红，也有的黯红混浊。血量多时淋漓不尽，大便后肛口疼痛加重。

“……”妈呀，这回玩大了。

觉是睡不成了，我盯着电脑发呆，脑袋里一片空白。反复看着这段话里的每个字，真是字字吓死人啊。我琢磨着应该不是痔疮，因为那至少会有点儿痛的感觉，而且根本不可能像我这样跟临盆大出血似的。再想想其他的症状，难道……想都不敢想，我现在多少体会到了一些绝症患者的感觉："病死没有吓死得快。"

既然睡不着了，我也不敢一个人在屋里待着了，越是独处越容易胡思乱想。我端着杯子恍惚地来到客厅。强子和小雯正在客厅搞夜宵，看我进来了：

"还烧吗？"强子问。

"烧，快成烧灰了。"

"天哥，你这脸色好差啊。"小雯说。

"都烧虚了能不差吗？"我一屁股瘫坐在沙发上。

"来尝尝我们做的银耳汤，补点儿营养。"小雯给我端过来一碗。就这么一小碗汤，让我心里突然特别的感动，这是只有在国外独自生活的人才能体会到的。当自己处于弱势一方的时候，别人的一点点帮助就足够让你感激涕零，所以这也成了众狼友们泡新生的速成宝典。

"你们发展得挺好啊，都一起吃上了。"我尝着这刚出锅的银耳汤心情好了一点儿，看来煮的时间够长了，汤已经很稠了。以前夏婷也煮过……

"哪有啊，是强子说他提供大点儿的锅，我提供的银耳才临时搭伙的。"

"呃……那锅是我的。"我瞥了一眼。

"……"

强子这人也算是龌龊中的战斗机了，我们都习惯了，除了一顿臭骂大家也没再多说什么。

"天哥你不是吃了药了吗？怎么还不见退烧。"强子装模作样摸着我的脑袋。

"是汗出得不够。"我说。

"出什么汗啊，要在额头和腋下敷上冷毛巾才有效果。"

“我知道，但那有个屁用啊，治标不治本，本来就冻得直哆嗦。”

“你不懂了吧，什么标本的，这是物理的疗法，国外都这么弄，降温快，只要温度降了就不会冷了。你就试下，受不了就拿下来啊。”

“对啊，是很管用的。”小雯也说。

强子说话不靠谱，但小雯也这么说了。我想了想，这药是没起什么作用，几乎没怎么出汗。

“那就试试。”

“来，你先躺在沙发上。”

我平躺在沙发上，强子去我房间帮我拿毛巾。可过了一会儿小雯也被他叫出去了。

“啊！”只听小雯一声惨叫。

我突然想起来刚才竟然忘记冲厕所了！

他们冲进客厅，脸色发白：“天哥，你，你吐血了？”

“……”我尴尬地看了看他们：“是……是拉血……”

“那也不行啊，这么多，赶紧去医院吧。”看小雯这脸色都快哭出来了，不知道是被吓得还是觉得我快不行了……

强子也在极力地劝我：“拉血可不是小事，我有个叔当时也是便血，总觉得是痔疮，不当回事一直拖着，结果后来一查是结肠癌晚期。”

“……”有这么劝病人的？我本来想等下次上厕所时再看看，结果他们你一句我一句地说得比网上的更要命。毕竟我是当事人，本来我就不懂这些，再加上这些周围的声音，越说越吓人，我也越听越怀疑自己，这不是别的事，这是病啊。我脑袋全乱了，只是默默地点着头。强子这个时候已经给阿铭打电话了：

"胖子，别睡了，快来我们家，开车过来！天哥快不行了。"

"……"

阿铭十分钟就到了，这段时间强子和小雯帮我整理着衣服、洗漱用品还有茶杯，看这意思打算是要彻底给我送走。我只是看着他们忙活着，完全傻了眼。阿铭到后，把我从沙发上架起来："来，强子，过来帮忙。"这是要把我抬出去……

"别，我能走啊！"我也有点儿急了，"哥几个能别这么紧张吗？我知道你们都够朋友，但能让我放松点儿吗？你们这阵势不如直接把我送太平间得了。"

"行，大家都收拾好了吧，赶紧地，去查清楚再说。"D-CUP也跟着掺和着……

"……"

到了医院，阿铭直接奔"Emergency"（急诊）开了过去。现在是半夜，急诊大厅里没有其他病人，护士们看到这么一大帮人簇拥着一个包裹得像木乃伊一样的东西便赶紧迎了上来。在这急诊楼里是不分科室的，护士把我送进病房后就把他们几个拦在了外面，这让我心里突然有点儿空荡荡，虽然刚才闹得厉害，但这第一次进英国的急诊没个熟人陪着还真有点儿……现在的我已经完全不顾什么男爷们儿的面子了，我承认我真有点儿尿了。

病房很大，有很多张床，每张床都有一条圆形的吊帘围着，以保持私人空间。这感觉特像国内新闻里记者暗访的洗头房……我坐在床上等了一会儿，很快一位戴着口罩的女医生拉开了帘子：

"Hello sir，what #$%#^&？"（先生你好，什么#$%#^&）

后半句我没听懂，但用脚后跟想想也知道她是在问我病情。

"I' m fever and shit blood a lot……"（我发烧并且拉了很多血……）说完这句，我的脸瞬间红到耳后根，我对医学英语几乎不懂，只能靠着生活用语描述了，"shit blood"这样的词都能被我想到，我都服自己了。

"So any of $%%^^@#$？"医生问我。

又是一段莫名其妙的单词，我这次可猜不出来了："Sorry，what？"（对不起，你说什么？）

医生没再说什么而是带着我来到验血室，这和国内的医院没什么区别，一看发烧都先验血去，但不同的是这里不用拿着验血单楼上楼下地找收费处，因为全都是免费的。

验完后医生又把我带回到刚才的床位，并拿出来一支棒状的仪器："I will be right back。"（我很快回来。）说完她掀开帘子走了。

过了一会儿她拿着一只小塑料瓶子回来了，然后一个词一个词地慢慢对我说："Take it, we need the sample of your shit。"（拿着它，我需要你的大便样本。）

"It is not you say shit I can shit。"（这不是你说拉我就能拉的。）说完我自己都想笑，这是什么破英文。在这状态下，我的英文能力连小学生都不如。

"Sorry？what you mean？"（对不起，你说的什么意思？）

看来这大夫也迷惑了。

"Ok……I，I will try later，thank you。"（好吧……我，我一会儿试试，谢谢。）我接过瓶子，为了不再继续这么尴尬的对话，我也不再较真了。

她示意我趴在床上，然后让我把裤子褪到一半，我有点儿发毛了，这难道是要打针？突然感到肛门一紧，我差点儿触电一样地跳起来，

“What……what?”（干什么？）

“Body temperature.”（测体温。）医生很诧异地看着我。

“……in the asshole?”（在屁眼里？）我更诧异地看着她。

医生没说什么，只是点点头。

这还没怎么治呢，先要被爆了……我只好重新趴好，但特别紧张，我真担心给它夹断了……还好这是电子温度计又细又快，我转头瞟了一眼，好像是一百多度，这……应该是华氏吧。

医生把温度计收好说：“Follow me please。”（请跟我来。）

我跟她来到一个写着大大的“B”的房间，里面坐着一位戴着口罩的男医生，女医生给了他一张纸，我猜应该是我的验血结果。他看了看，起身带着我继续往里走。整条走廊静得可怕，这又是和国内医院的差别：人少。从验血到现在，我没看到过第二个病人，好像全医院都在给我一个人服务一样，虽然这是凌晨，但在国内也不可能有这样的场景，我只记得在国内医院的走廊里，经常可以看到躺着的病人和加的床位。我们一直走进一个小房间，但看起来有点儿像浴室。

“Sir，please take off all of your clothes。”（先生，请脱掉衣服。）

“What？be naked？”（什么？脱光？）

“Ye，all of them。”（是的，所有衣服。）

“For what？”（为了什么？）

“For treatment。”（为了治疗。）

“……”我只好脱了，一种不祥的预感……脱完后，这医生把我往浴室里推。“Take the shower？”（洗淋浴？）我吃惊地看着他。

“Ye，your body temperature must be down for the further treatment，please get in。”（是的，为了下一步的治疗，你的体温必须要降下来，

请进吧。)

我打着寒战进了淋浴室，门关上了，水“哗”的一声喷了出来。

“啊！Too cold！”（太凉了！）我号叫着敲着门。医生透过玻璃窗说着什么，但我并没听清楚，我把门推开又被他推了回来：“You #$%@$#!”他说的话我完全听不懂了，但我明白了原来强子说的国外疗法是真的……这真是连退烧都玩硬的啊。

我抱着膀子，上下牙齿撞得“咯咯”直响，全身的肌肉只是在本能地颤抖着，我甚至感觉心脏都在一阵阵地抽搐。渐渐地，我顺着墙壁坐在了地上，任凭其哆嗦，任凭其抽搐，原来当身体到了极限的时候才真正能体会到这不过是个躯壳，活着不过是让这个躯壳能有反应而已……

究竟是怎么了？怎么会弄到这个地步？仰着头看着喷头上的水淋在眼前，一切都那么模糊，我怎么会变成了这样？我一遍遍地问着自己。水里有些模糊的影子，那好像是我以前住过的房子，那时的我还在打工；旁边这个背影应该是夏婷，那是她第一次去手机店；老爸在忙着饭店里的生意，上次给家打电话是什么时候，我竟记不起来了；赌桌边的那个人肯定是许晓佳，她真是死性不改，但仔细看看才发现那个并不是她而是我自己，真不知道原来我和她长得这么“像”，连我自己都快分不清了……我终于明白自己为什么会在这里了，原来我早已不是那个以前的我，原来眼前的混浊里还有很多的眼泪，这段日子我都在做些什么？自从分手后，我都在报复似的生活，我一直在靠着酒和赌找着情绪上的麻木和心理上的满足，可现在呢？这一切都在报复性地返还给我。

在这样的地方流泪可以毫无顾忌，就像被抛弃的孩子孤独地蹲在某个角落，一个不会被人发现、一个属于自己的角落。其实并没人抛弃我，而是我抛弃了我自己，面对着喷涌的冷水，慢慢地，全身的颤抖消失了，也不再冷了，这不是因为麻木了，而是渐渐地清醒了，是时候该醒醒了……

水流停了，大夫从门缝里塞进来一条大毛巾和一套睡衣。我穿好后走出来，这时我注意到浴室的门上有块仪表，上面的指针停在37的刻度上。原来这并不是真正的冷水澡。体温降下来后，我确实精神多了。医生让我坐在轮椅上，塞给我一支腋下体温计，然后推向病房，穿着这衣服坐着这轮椅，想不成病号都难。

我被推进了一间超大的病房，房间很暗，大概有几十张床位。由于是凌晨了，所以整个病房特别静，每张床也是由帘子隔离开来。到床边的时候，我发现我的书包都已经放在了床头柜上，这是他们帮我整理的生活用品。

“Sir，”男医生说，“This is remote control，the red button is for the emergency call only，the white one is for general calling such as meal，bathroom assistant or something like that。The bathroom is right there。”（这是远程控制器，红色按钮只在紧急情况下使用，白色按钮是用于普通的呼叫，比如吃饭或去洗手间的援护服务。洗手间就在那边。）医生指了指病房拐角处。

“Thank you。”（谢谢。）

“And take these pills before sleep，we will do further check for you tomorrow morning。”（并且在睡觉前把这些药片吃了，我们明天上午将会为你做进一步检查。）他递给我三片不同的药片，我完全不认得到底是什么药。

“Alright。”（好的。）

“One more thing，please keep your mobile be switched off from 9 pm to 9 am。”（还有件事，请在晚上九点到早上九点期间关掉你的手

机。）

“Okay。”（好的。）

医生看了看时间，然后取出我的体温计看了看。

“Good，so……good night and see you tomorrow。”（不错，那么，晚安，明天见。）

“Good night。”（晚安。）

医生走了，我看了下放在桌边的体温计，在摄氏度的一边显示37.2度，虽然还有点儿低烧，但已经在正常范围内了，我通常都会认为这个程度的低烧应该是某些炎症引起的。躺在床上，看到巨大的玻璃窗外有好多熟悉的建筑，平时经常路过这里，原来这座教堂式的建筑里面竟然是病房。我并没有很快睡着，因为一整天没怎么吃饭，而且晚上刚上完厕所，我在纠结怎么才能搞到那Shit的样本……

第二天我已经不发烧了，可接下来的身体检查是我完全没想到的：又被“爆”了！或者是叫灌肠？或者这就是医疗上的肠镜？我不确定名字，但确定的是我快疯了。老外的认真劲儿让人佩服，他们控制的那个仪器就在床边，屏幕上显示着我的内部，两位医生专注地看着，那眼神跟探宝似的……可问题是折腾了半天，我的检测报告里的所有数据都在正常区间内。不得不说当医生告知这结果的时候，我真有点儿如获新生的感觉，好像这个世界一切都变得那么美好……虽然听起来土得掉渣，但这确实只有病人才能体会到。然而，他们却不太想放我走，两个人不停地用着高深的医学术语说个不停。虽然我听不懂，但看得出来，这结果确实让两位“探宝人士”很失望，因为数据正常，可那变态的仪器退出我身体的时候真的带血……所以他们还不敢下定论。于是决定让我继续留院观察，并且一再地嘱咐要注意“get the sample”（拿到样本）。

这一下子又让我凉了一大截，但更让我头疼的还是“sample”，这真是太难了，一想到那恶心的仪器，连饭都不想吃，哪里来的sample……

住院的这几天里完全可以当作疗养，吃喝不愁，各种检查、药品全部免费，没有任何顾忌，最爽的是还可以用自己的笔记本在这里上网玩游戏，听说只有看电视是要钱的，但这只针对的是单人病房，因为公用病房里没有电视。其实在英国的其他地方看电视也是要收费的，即使是仅有的几个公共频道，用户每年也要交一百多镑。按这推理如果能住进单人病房估计跟度假没区别，难怪有同学说住院时被养得那叫一个舒服，根本不想走……

终于，在这里的第四天我来感觉了！我赶紧跑进厕所，五分钟搞定，转头一看又是一马桶的血，天……刚刚好了几天的心情又瞬间跌回谷底，人的情绪真经不起极好极坏的转变，太折磨了。我缓了缓神，这时才发现竟然忘了拿那个取样本的小瓶子，于是我直接按了厕所里的紧急呼叫按钮。刚提好裤子，两位护士便冲了进来。我很不好意思地指了指马桶，虽然他们都戴着口罩，但是看完后的眼神一点儿不亚于我第一次看到这些血的样子。

我又一次被送进了一个布满仪器的房间，然后对着我肠胃的部位做着检查，看来我的很多第一次都要献给这里了……那仪器很像电视里见到的孕妇产前检查用的东西，我是既紧张又好奇，要不怎么能叫作第一次呢……不知道是英国医生不喜欢和病人交流，还是压根儿就知道我听不懂，自始至终都是他们之间说个没完，完全没问过我任何问题，就连病情都没提过。可对于一个病人来说，这并不是什么好的感觉，因为坏的结果往往都是让当事人最后一个知道……尤其是检查完，我竟然被送进了令人羡慕的单人病房，但这时我一点儿“度假”的感觉都没有，而是在着急地等待着“审判”结果。门口有个大大的A字，我在走廊里瞄了几眼其他几间一样的病房，里面的人不是吊着的就是满身管子的，这里很可能是重症区……我倒吸了口气。

“等”是件很折磨人的事，特别是独自地等。着急、无奈、还掺杂着对未知的恐惧。在等待的这段时间里总会不自觉地想很多事：在心里找着各种理由来推理出好的结果，可还要做最坏的打算，否则万一是坏的结果，连个心理准备都没有的话会承受不住打击；另外就是后悔，后悔以前生活里很多的遗憾和很多没有付诸行动的东西，并不停地向自己保证如果好起来会怎样怎样；最后就是羡慕，羡慕以前那个健康的自己，羡慕走廊里忙碌的护士，甚至羡慕窗外飞过的鸟……这时我想到了曾经看过的一部港台恐怖片，里面有一句台词：“大病之后才会大悟。”虽然听起来有点儿瘆人，但自从进了那个浴室到现在，我多少有了点儿类似的体会。

折腾到现在，我想的东西真不少，可根本控制不住，所以说“人不遇到事根本不知道自己有多脆弱”。这时有人敲了两下门，一位医生进来了，虽然戴着口罩，但只看那眼神便知道他是那天给我冲澡的那位。

“Sir，this is the finalization，all of feedback is @##$!@$。”（先生，这是最终的结论，所有反馈都是@##$!@$。）

“Sorry，is what？”（对不起，都是什么？）我最关键的一个词没听懂。

“is normal，is okay，got it？”（都是正常的，明白了吗？）

我大松了口气，但又特奇怪：“So……why I got so much blood when I……”（那么……当我……为什么有那么多的血……）

“Well，don’t worry，actually I got some cases like yours，the possible reason is fatigue#$@^% irregular sleeping or can’t get used to @#$%@^ or weather。”（别担心，实际上我见过一些和你相似的病

例，原因可能是疲劳、#$@^% 不规律的睡眠或者不能适应@#$%@^或者天气。）

我又没全部听懂，但明白大体意思，可这结论怎么听怎么像老郎中嘴里说出来的，貌似模棱两可，貌似面面俱到，貌似跟没说一样……

“Anyway，nothing is more important than health，you should be care of that。”（无论如何，没有什么比健康更重要，你应该注意。）医生说完拍了拍我的肩膀。

这句我是完全听懂了，我应该理解成“什么问题在健康面前都显得微不足道”，那些心里的结，那些精神上的麻木，那些……其实都是小事……

就这样算是完事了，医生给了一份体检报告，上面标有很多项数据，并在其右边印有正常范围的参考区间，我仔细对照了下，确实每项数据都在正常范围内，这也算是这次住院之旅最让我踏实的东西了，总算没白来。

住院的时间不长，我大包小包的行李倒是不少，强子他们把能塞的都塞了进来，连台灯都没放过……这次出院我并没给他们打电话来接我，毕竟什么毛病没有，我直接坐着市中心的免费公交回去了。

第十五章　还债

公寓里静悄悄的，强子和小雯都没在家，我打开房间门，闻到一股清香味，整个房间被整理过了。这感觉很熟悉，好像和我前段时间刚从国内回来时一样。不过这次肯定不是夏婷，应该是小雯和强子帮我收拾的，无论如何踏踏实实到家的感觉真好。我坐在床边静了静神，想了想现在课程的进度，已经有一周多没上过课了，在住院的第一天我便给Jeff发了信息，让他别代我签名，因为有医院的报告所以不用担心出勤率。

走到久违的书桌前……有多久没坐在这里看讲义做设计了？自从和她分手后，这个房间里我唯一待过的地方就是床，进门就上床，下床就出门……桌角上有封信，是银行寄来的每月账单，我有点儿紧张，账单很长，我直接瞄到最后一行的本月总支出栏：一千一百八十九镑……

疯了，掩耳盗铃的效果也就是一个月的时间。这个数字对于一个好赌的人来说不算多。我都到这个数了，估计阿铭这个月的账单更是惨不忍睹，可他是富二代，而我充其量只能算个温饱级赌友。还有一期学费，我不自觉地又进了“愁钱”的循环里。这时我首先想到的还是许晓佳，她还欠着我一千多。赶紧拨了电话……关机……这女人不会又在玩失踪吧。还好现在不急着交学费，只好改天再打了。

现在已经是晚上十点多了，客厅里还是静悄悄的，强子肯定又出去玩了,我上网准备了些明天上课的资料。打开学校的官网，已经改版了，尝试着登陆了学校邮箱，还好密码没忘。一眼望去全是未读邮件，大部分是学校活动的广告，但有几封的标题上写着AG3901，这号码看起来是学分的代码，但我也没选过这门课啊。点开邮件：

"Mr.TIAN CHENG

According to the attendance record，you have missed 4 lectures and 4 seminars from 21 Jan to 20 Feb（0% attendance in this month），we regret to inform you that you might be failed this module by over 30% absence of whole semester。"

（程天先生：

根据出勤记录，从1月21日到2月20日你已经缺席了四节大课和四节小组讨论课，我们遗憾地通知你，整学期超过30%的缺勤率很可能导致你挂掉此门学科。）

……事情一件接着一件……我有点儿不确定了，赶紧在官网上找到我"个人资料"里所修学科的列表，那该死的AG3901果然在表中：Advanced Graphic Logic （高级图形逻辑学），我这才想起来这是去年九月份选修的一门半年制的课，开课日期是今年的一月底，虽然是选修但必须要过，否则就达不到毕业要求的学分数量。看来最近真是玩过头了，玩得连选的什么课都忘了……

现在已经接近三月中旬了，看来收到这个月的缺勤通知也是迟早的事，再过三周左右又是一个月的复活节假期，过完复活节就是考试月，然后就是暑假……上不了多久的课了，这出勤率该怎么刷得上去啊……

我在电脑前唉声叹气，怪不得别人，都是自己给自己挖的坑。不知道能不能靠那张医院的报告救急，可那该死的报告上显示一切都是正常的，要是真有病就好了……

早上九点我醒了，虽然是凌晨两点多睡的，但现在特别精神，因为有心事，完全睡不踏实。我把在医院里拿到的所有证明和报告都整理好，打算去AG3901导师那里“自首”，希望靠着医院的那点儿东西争取一个宽大处理。

这个时间学校里的人已经很多了，AG3901的课是上午十点开始，一个小时的课程，我提前到了阶梯教室，教室的门还没开，很多人都坐在门口的地毯上预习着今天的讲义。由于我从来没上过课，所以根本没有讲义，手里握着的只有去年发的这门课的简介，上面标着上课时间和讲师的名字是：Catherine SU。

“Hi mate! Never seen you in this lecture.”（嗨哥们儿！从没在这个课上见过你。）Jeff乐呵呵地蹲在我旁边。

“……you chose this module?”（你选了这门课？）

“Ye, but, you know, kind of boring for that.”（是的，但是，你知道，这门课有点儿烦。）

我现在真是后悔地摔头，早知道Jeff也选了这课，就该让他帮我签到，否则也不至于弄到现在这地步。不过话说回来，如果我知道自己也选了这课也就不会缺勤了……

没多久，一个老头儿把门打开了，我们都进去找位置坐下。老头儿……我记得Catherine应该是女人的名字，老头儿在讲台上调试着投影仪和麦克风，弄好后就走了。这时进来了位华人女老师，直接走上了讲台，我脑门儿一震：这是那位在酒吧里泼我一脸酒的Tina……她竟然是我的讲师！？

“Good morning everyone，we will have some analysis about the viewpoint computing by variable angles in 3D today。”（大家早晨好，今天我们将会对3D中可变角度的视角运算进行分析。）

她竟然是我的讲师……

我没讲义，只好看着大屏幕听着天书一样的东西，脑子里却想的是下课后该怎么去解释。刚开始我确实有点儿惊喜，因为我和她之间至少也算是认识，可冷静一会儿再想想就不是这么简单了，吃她的豆腐……另外，无论是在赌场还是酒吧，她都比较了解我是怎么混的，这住院的证明有个毛用？这可真是冤家路窄。

讲台上的Tina穿的是普通的白色衬衫加一条深色的制服裤子，长发也被扎了起来，和夜店赌场里那个性感的她完全不一样……现在不要说“性感”了，我甚至有了一种压迫感，句句铿锵有力，毫不拖泥带水，苗条的身材却有镇住整间教室的气场，而且她竟然能在晚上兼职打两份工，这可不是一般的女人能做到的。我越想心里就越发憷。这时签名表格传到我手里，这个才是关键所在，我该用什么办法才能混过去这一关啊……

挨到十一点，下课了。Tina快步走出教室，我哆哆嗦嗦地尾随其后，打算到了她的办公室再说。可她直接去了餐厅，叫了一杯咖啡然后打开笔记本弄着什么。我定了定神，走到她旁边：“Hi！Tina！这么巧！”我装着一副偶遇的样子……

“是你？”她抬头看了我一眼，但声音里明显还是带有敌意。

“是我，真没想到你也在这里读。”我拉开一张椅子正准备坐下。

“不好意思，我现在正在赶个程序，如果没什么事，麻烦你可以去那边坐吗？或者我去那边。”

囧死。

“不不不，我主要是想就上次的事给您道个歉，那时我喝多了，有点儿醉了，所以才……”

“好了不用说了，那天本来也没什么，还有其他事吗？”Tina一直盯着自己的笔记本屏幕连看都没看我一眼。

这样一副拒人千里之外的架势，让我一点儿说正事的信心都没有了。我只好躲开了，坐在旁边的座位上，边想着对策边偷瞄着她，刚才真不该一上来就那副油嘴滑舌的腔调，她肯定最反感这样的男人，可我一带笑脸，那种腔调经常就会不自觉地跟了出来。一位导师对学生的主观印象有多重要？这个真难说，像这种最后靠毕业设计过关的科目，本来就没个统一的评判标准，所以导师的主观决定肯定会占一定比例。如果我今天真的不慎搞砸了，别说出勤率了，就连后面的设计都可能受到影响。

我重新定了定神，清了清嗓子，总之这件事今天必须要解决，是死是活肯定要有个结果。于是，我又拿着准备好的医院证明走到她的桌前。

“你到底想干什么？这是学校！”Tina没等我开口就是一顿劈头盖脸。

“SU老师，您好，您能让我先说两句吗？”

Tina听到我这样称呼她好像有点儿吃惊。

“什么事？快说。”

“我是您AG3901课的学生，我叫程天，很抱歉没请假就缺席了前段时间的课，我有些身体的原因，这是我的住院证明。”我一紧张就不自觉地带很多“我”，但我确定说这些话的时候是严肃的，皱着眉头的。

Tina用着怀疑的眼神看了看我，接过那张医院证明。

“我看你住院住到夜店去了吧。”她看完后往桌上一丢。

“我真的住院了。”

“我没说你是假的，这证明上写的是住院时间是五天，五天里一共有一节大课和一节讨论课，这两节我可以不算你旷课，没问题，其他的缺勤怎么解释？”

“那其他的……我昨天才发现选了您的课，那都是去年的事了……”

“……按学校的规定，在没有正当理由的情况下，所有的缺席都算是旷课。”

“这学期剩下的课不多了，我的出勤率很难刷到70%，那样的话我是不是肯定就会挂掉这科？”

“有可能，你所有coursework加最后的设计，拿到平均分后减去你缺勤率的数字就是最终成绩，而我们这科没有其他的小作业只有最后一个设计，你自己算吧。”

我仔细地琢磨着，如果是30%的缺勤率，我的设计要拿到80分才能到50分的及格线。80分……在国外的大学里70分以上是第一等级，这种分数在任何系里都屈指可数，更别说80分了，而平均分能过60就可以申请到全英排名前十的大学读硕士，我在英国读了快三年了才拿到过一次71。这和国内的分数完全不是一个概念，恐怕现在不是想平均分的问题了；按校方规定，挂一科将会失去荣誉学士学位:BSc（HONS），挂两科就没任何学位了，只有结业证。也就是说万一这科真的挂掉，只能拿到普通的学士学位，这样的学位，还不如全部课程都刚过及格线的Pass等级的学位有含金量，找工作都低人一等。这次可麻烦了，虽然还有时间，但最主要的是我到现在都不知道这门课在讲些什么。

“您看，我住院前就病了，能不能多算几天。”我㞞了。

“程天，你以为这是国内？想讲人情套关系？这里的所有缺勤都要有证明的。”

“没，我没那意思。”

Tina一脸的铁面无私，堵得我没一点儿商量的余地。我向她要了套讲义便回家了。如果因为这毁了学位我可就是彻底废了。看来这两个月欠下的债不是说清就能清的。

我去超市买了点儿菜，太久没来，超市的老板都由白人变成了黑人。这个时间正好是DK吃午饭的时间，我又多买了两盒午餐肉，它也同样被我遗忘了好久了，不知道瘦了没。还有多少没忘的事情？我也说不清了。

背着一大包东西，走在回家的路上，边走边纠结着这门要命的AG3901，我现在感觉一点儿奔头都没有，长远的不说，就连这学位我都没看到太多希望，没奔头就没动力，感觉自己再怎么努力都是扯淡。

不知不觉快到家了，又一次路过那胖妞家门口，发现那只鹩哥已经不见了，估计是被强子调教得毕业了。

现在是中午十二点多，我煮上米饭，打开了一盒午餐肉，然后回房间打开窗子等着DK，为了给它补偿，今天不再往肉里掺米饭了。可等了半个小时也没看到它的影子，窗外阵阵凉气，它去哪里了？一盒午餐肉反而被我一点点地啃掉一半。可能它早就找到更好的地方蹭饭了。唉……猫都是恋食不恋家的主。

回到客厅，找到久违的炒锅，准备做蛋炒饭，可那锅里不单全是油渍，还有一些硬硬的条状物贴在锅底上。这可能是我一个月前做完炒面后剩下的产物，现在成化石了。

“呦！天哥什么时候出来的也不通知一声。”强子推门进来了。

“昨天刚出来的，查了一遍，屁毛病没有，我就没叫你们。你的炒锅借我用下。”我用力抠了抠那黏在锅底上的面条，差点儿把手指甲掀起来。

“行，随便用，只是好久没洗过了。”

“……”我看了看他那锅，跟从粪坑里捞出来似的。

“天哥！”小雯穿着一身睡衣突然闯进客厅。

“怎么了？”

“我听见有只猫在窗外叫，叫得好响，都把我吵醒了，是不是你家的DK？”

“DK！？”我赶紧拿起那半盒午餐肉冲进房间。打开窗子，它果然在窗台外侧的老地方趴着。

“来，过来。”我边唤它边拿着午餐肉在它面前晃。可DK只是叫，就是趴着不动。这和以前完全不一样，以前它看到午餐肉眼神都发直，吃起来跟吸毒上瘾似的，可现在只是在叫，而且带着哭腔。我抓不到它，只能比画着引着它往房内走。

“啧，啧，过来，过来。”我还是这样唤着。

过了一会儿，DK终于动了，但走得很慢，而且四条腿并没完全站直，是弓着身子爬过来的，我感觉它应该是受伤了。它爬到我窗边，面对着午餐肉没有任何反应，只是低着头叫着，但声音比刚才小了很多。我把它抱进来放在书桌上，想看看到底哪里受伤了，这是DK第一次进我的房间，我摸了摸它脑袋，它特别乖地趴在桌上，就这么趴着，脑袋放在自己的前爪上，看着桌面。我去客厅给它倒了碗水，回到房间时它已经不叫了，就这么看着桌面一动不动，我轻轻地晃了晃它，没任何反应，我突然觉得后背一阵发麻，手一软，碗也掉落在了地上。

“K，K！”我冲着它不停地喊着，可依然没什么反应，这时我明白了，眼泪不自主地流了出来，它走了……可它的眼睛还在睁着，就这么看着桌面。

“醒醒！”我不停地摸着它的脑袋，歇斯底里地喊着，小雯和强子听到后都跑进我的房间。小雯看到这情景后捂着嘴哭了起来，强子也呆住了。

“快，强子打999！快点儿！”我喊道。

“天哥，DK已经死了，打999有什么用啊。”

“你怎么知道它死了？”

“猫死了是不闭眼睛的，我家以前养的猫就是这样。”

听到这，我一屁股坐在地上抱头痛哭起来，这是最近第几次哭了？我记不清了，已经麻木了，这些天我不但还着自己欠下的债，连DK也成了牺牲品。我脑子里不断地重复着它临走前的样子，它那低沉的叫声说明它很难受，肯定是在外面误食了什么有毒的东西，而这些正是我这么久对它的疏忽大意造成的。有些事情真的很邪，平时我都是满不在乎地对它，可今天我特意买好了吃的等它，没想到竟是最后一面，没想到它把这里当成了家。

DK是我和夏婷刚在一起的时候遇到的，之后我们轮番喂着它，现在它走了也等于带走了我和夏婷之间最后的一点儿回忆。看着DK的眼睛，我的心像被针扎一样，特别的愧疚。我试着把它的眼睛合上，可是没用，它还是那样专注地看着……我确信它现在一定能看到这个狼狈不堪的我……

下午阿铭开车过来，带着我们到郊外的树林里挖了个坑，埋了，一起埋的还有我专门给它买的午餐肉，坑很深，这样下再大的雨也不会打扰到它……这次我没再哭，因为再怎么哭我还是得去填那些给自己挖下的一个个坑。

坐在窗边直到天黑，我想了很多，似乎又不记得想过什么，拨了老爸的电话，已经记不得上次是什么时候拨过这个号码了。

“喂？”

听到老爸的声音，想说点儿什么，但又不敢多说什么，本来的情绪在克制中变成了故作镇定和强颜欢笑。老爸不停地重复着要我照顾好自己，遇到事把心放宽之类话，难道真的是知子莫若父？难道我的话语里露出了破绽？但我还是乐呵呵的，嘴硬着死扛着，而眼泪已经不自主地在眼里打转，匆匆挂断电话，我忍住了……

第十六章 熟悉的感觉

坑有好多，学分、学费还有漏掉的课，哪个都足够把我活埋了。但说什么都不能坐着等死，毕竟还有时间。我这几天都在考虑着该怎么去填这些坑。看着阿铭和强子还是玩得昏天暗地的，就特佩服他们的心态，人家就没把上学当成个事，哪会有什么压力。而我是玩也玩不好，学也没学到，还整天活在各种“纠结”中，除了要啥啥不行，就剩吃啥啥不剩了……现在我有点儿怀疑自己是不是得了抑郁症，有时很自暴自弃，有时还很不甘心。我听说心理矛盾的人容易抑郁，而生活态度比较偏激的人是不会得的，阿铭和强子就是最好的例子……或许许晓佳也能算上一个。

这些天我每天都给许晓佳打电话，可都是清一色的关机。我现在几乎可以确定这位活神仙不会再有任何消息了，就当自己被人抢了一票算了。可学费的事该怎么办？打工？可这将近三千镑的数不是随便找个体力活就能在短时间内能赚出来的，难不成再回手机店？

“Hey, Tony!”Jeff在旁边用胳膊顶我，我突然缓过神来。

“What?”（什么事？）

“Catherine is asking you.”（Catherine在叫你。）

“Catherine?”谁是Catherine？我不明白地看着他。

Jeff指了指讲台上的Tina，我恍然大悟，Tina在课堂上就叫Catherine！我赶紧抬起头来，这时Tina正在瞪着我。我尴尬地和她对视了两秒，她也没说话。我急忙小声问Jeff：“What she asked?”（她刚问了什么？）

“To wipe the broad.”（叫你去擦讲板。）

我赶紧站起来向讲台走去，Tina一直瞪着我。我不敢正视她的眼睛，低着头走到讲台上，拿起板擦大力擦了起来。背后学生们的嘈杂声越来越大，还有人在笑……

“你造反啊。”竟然是中文，Tina声音不大，但语气咄咄逼人……

我呆呆地看着她：“不是您叫我擦讲板的吗？”

“我？……回去，马上给我滚回到座位上去！”Tina指着我。我不知所措，转头看了看Jeff。他正趴在桌子上笑得发抽……我×！这小子玩我！我囧囧地往座位上走着，教室里的所有人都在看我，唯独Jeff还在那趴着笑得浑身发抖，我恨不得直接跳过去掐他。

“You should be concentrated on the lecture, otherwise get out of here as soon as possible.”（你应该专心上课,否则就尽快滚蛋。）没等我坐下，Tina便冲我喊道。班里很快静了下来。她看着辛辛苦苦写了一板子的代码被我擦掉了一半，无奈地直摇头……

“Jerk, you dare kid me here, you wanna die? ”（混蛋，你敢在课上玩我，你想死了？）

“Sorry, I was doing design just now， actually I didn’t hear what she asked to you either.”（对不起，实际上我也没听到她问了你什么。）

“So why you bullshit ‘to wipe the broad?’ ”（那你胡说什么“擦

讲板”？）我揪住他的衣服领子。

“LOOOOOL……”Jeff又是一阵抽筋的笑。

“What hell you are doing now？”（你在做什么？）我看着他的屏幕。

“Outsourcing business for Leeds City Hall 3D model.”（对利兹市政厅3D模型的外包项目。）

我转着鼠标从各个角度看着模型，Jeff真不愧是我们系第一包身工，连上课都不忘记干私活，不过，整个模型上的岩石材质都是实地取景拍摄的，确实做得很专业。“For what company then?”（那么你是给哪家公司做的？）

“VH Travel, they plan to install the 3D animation in the multimedia guide.”（VH旅游，他们计划把3D动画安装在多媒体导游器中。）

“How much they paid?”（他们给你多少钱？）

“Come on man, you are auditing?”（得了吧哥们儿，你是在审计吗？）

“Seriously, I wanna take some business like this, so I need to know the details, especially for the rewards.”（我是认真的，我也想接点儿类似的活，所以我需要知道一些详细的东西，特别是报酬。）

“Great! You can join me, I’m sure we @#$%^! perfect team.”（太好了！我们可以一起做，我确定我们肯定是最好的组合。）

我想了一会儿，Jeff看我没反应接着说：“I’ve been doing it over 1 year, which means I built strong cooperative relationships and good credit with those companies. You know, these are intangible assets to get order. And the key point is you have skill, but know nothing about this market, here is UK.”（我已经做了超过一年了，也就是说我和那些公司建立了很好的

合作关系积攒了好的信誉。你知道，这是可以拿到订单的无形资产。还有最重要的是你有技术，但对这里市场一无所知，这里是英国。）

Jeff说得没错，如果我一个人搞确实是无从下手，即使是在网站找到订单信息，由于是新手也很难拿到好的单子，更别说讨价还价了。

“So……how much they paid for this contract and any time limitation then?”（那么……他们到底为这单子付了多少钱？时限是多少？）

“……800 pounds, done it in 2 weeks.”（800镑，两周内完成。）

“Good deal! I’ll join you.”（好买卖！我们一起合作。）我抓到了救命稻草。

Jeff先把这个做3D导游动画的活分给了我一部分，我负责灯光特效和诸如喷泉之类的动态建模，而且我们定好了，所有订单都是五五分成。虽然这看起来像是我把他的钱抢走了一半，但是我们的效率提高了一倍，而且他手里从来都不缺订单，从十秒左右的广告特效到一分钟左右的CG动画各种各样的都有，有时真是忙不过来，难怪这小子连上课的时间都不放过。

和他合作很省心，我要做的只是根据客户的要求做建模调帧，而所有外部事物，比如联系客户、讨价还价、和客户沟通，全由Jeff负责，毕竟他是英国人，既有利于细节上的沟通又不会被忽悠。

这段时间自从做了包身工，感觉生活也充实多了。这就是天性，付出了有回报就觉得特别满足，反之，当付出没回报时，便会有心理上的掏空感。靠着一件事把情绪提起来了，做其他事也就积极了很多。比如我最近就特别喜欢下厨，搞个一荤一素加米饭弄得有滋有味，只是一到吃饭的时候还会不由自主地想到DK，特别是睡觉前，一闭眼就能看到它那可怜的眼神，特扎心。不过这个时候……

“啊……啊……快点儿……”

隔壁的小雯又玩上了，不得不说我现在真羡慕强子，就像强子半年前羡慕我一样，小两口住在同一屋檐下，真是天时地利人和。好久没听到这么悦耳的现场直播了，主要是前段时间我们都玩到很晚回来，强子也就没时间发动攻势了。为了不让自己上火伤身，我去客厅泡杯茶。没过一会儿强子顶着黑眼圈也进来了。

“哈哈哈哈！你个𡱁人这么快就完事了！太矬了！”

“什么？我？你以为屋里那人是我？”

“！”我突然感觉事情很复杂……

强子不再说话了，只是对着窗口抽着烟。又过了一会儿他说：“天哥，咱们出去喝点儿酒吧。”

我点点头。

其实最近强子老叫我出去喝酒，但我都没去，理由是：“厕所里还有点儿红。”强子一听这个就不再说什么了，事实上我已经好多了，只是偶尔有点儿红……而且我不知道是这种情况。但这次我无论如何也不能耍滑头了，我也算是个“过来人”，想想当时我失恋的时候，现在强子的脸色就好像几个月前的我。

到了酒吧里，强子叫了一打啤酒，只是喝，当水一样往肚里灌，什么都不说。只好我先开口了：“哥们儿，你这还好，毕竟还没追上，感情投入肯定比老夫老妻少得多，过几天就没事了。”我实在不会劝人，只好想到哪说到哪。

“我想搬家了。”

“……她以前什么样你不记得了？别放心上，不值得。”

“我从没在乎过她的过去，但我是真的……天哥，你知道听着自己喜欢的女生在隔壁被人整得嗷嗷叫是什么感觉吗？”

这听着真瘆得慌，只是想象一下就够扎心的，我不知道该怎么说了，只好闷了一大口酒。现在的强子像个熟透了的脓包，一碰就炸，我反倒觉得炸了对他更好，因为闷在心里的都是毒素，所以如果像我当时在夏婷家门口那样发泄一下，其实对自己走出这段郁闷是有帮助的。现在强子不但有着强烈的“心理掏空感”，而且还被刺伤了。平时我都能看到他是怎么为小雯顾这顾那，见缝插针献殷勤的，当时我们还以为他只是空虚想泡妞，没想到还真动感情了。小雯也有点儿过分，她又不是不知道强子的心思，还好意思这么张扬，完全不顾他的感受，不过女人在床上玩HIGH了有些反应也是不自主地发出的……

每当哥们儿遇到烦心事的时候，陪酒陪赌陪聊的三陪哥非阿铭莫属。只是最近我没参加，我自己现在的烂摊子能收拾好就不错了，再放纵一次就真的万劫不复了。在随后的几天，我再没见到强子和小雯同时在客厅里出现，偶尔遇到小雯时我总会莫名感到尴尬，不知道该说什么，大家心照不宣，僵硬地打个招呼便各做各的饭。而强子在阿铭的精心呵护下，凌晨一点前没回过家，每次回来的时候总是一脚重一脚轻地冲进走廊。这不就是以前的我吗……

“Tony, we got a great deal!”（Tony，我们有大买卖了！）Jeff在电话那边兴奋地说。只听那颤抖的声音就足够让我引起共振。

“W……what?”（什么？）

“Tomorrow morning 10 o’clock I will pick you up to ACTLUFOR company, don’t forget to take your laptop, maybe we need do a presentation about 3D engine design.”（明早十点我会接你去ACTLUFOR公司，别忘记带你的笔记本，可能我们需要做个关于3D引擎设计的报告。）

“3D engine? Oh my god! I love you! This must be a big deal, surely.

How much they will pay?” （3D引擎？天啊！我爱你！这肯定是大买卖。他们给多少钱？）

“Not made yet, but I can guarantee 10,000 pounds at least. I’ll bargain for that.” （还没定，但我保证至少10000英镑。我还会给他们讨价还价的。）

“10,000? Ah……哈哈!”我有点儿不敢相信这个数，真的是时来运转了，如果真能拿到这个数，我的经济问题也就迎刃而解了。

“So, be ready for the presentation, we can use the demo code done for the coursework last semester as an example.” （所以，准备一下报告，我们可以用上个学期作业里的演示代码作为例子。）

“Alright!” （好！）

“Okay, see you tomorrow, don’t say ‘love me’, mate, I’m not gay at all.” （好，明天见，别说‘爱我’，哥们儿，我可不是同性恋。）

“……Jerk.” （……SB）

今晚不用睡了，像强子备考一样准备一个通宵，直到第二天上午全完事了再回来睡。还好今天小雯很安静，是个工作的好日子……这时，我听到强子踩着没规律的步点进了走廊，一阵急跑到了房间，随后一阵狂吼传了出来，这声音那叫一个撕心裂肺啊。我赶紧放下手中的事，这时小雯也出来了，我们一进他房间，一股“佳酿”味道扑面而来，强子正在抱着马桶狂吐，全是红的，跟我那时有的一拼……

“他吐血了！”小雯叫道。

“是红酒，看来阿铭又花了不少银子。”我给强子拍着后背。他狂叫着，这感觉是要把胃吐出来。吐到后来成了干呕，每次都伴随着一阵抽搐，好像胃都吐抽筋了……小雯给他端来了一杯水，强子半眯着眼，喝了一口，嘴没兜住流出来一半，一屁股坐在地上，脑袋侧枕着马桶喘着粗气。

我死拉硬拽地把他拖起来，直到拖到床上。

“他怎么喝成这样？”小雯问。

“你懂的……”

“我？我懂什么啊？”

“你还装傻……如果不是追你未遂，他哪会这样。”

“哦，我是拒绝他了，我和他这型的不来电也没办法啊，没感觉就拒绝是很平常的事，我又没伤害他什么。”

“……呃。”我实在不好意思说她是怎么伤害强子的……“算了，你们俩的事我也插不上嘴，顺其自然吧。”

强子的洗脸盆里除了长茧的内裤就是站起来的袜子，我硬着头皮捐献了个盆放在他的床边，以免夜里来个二次翻菜谱。

第十七章 说不出的心酸

今天早上我和Jeff一身西装革履，准时来到ACTLUFOR公司。这公司看起来是不小，进了大厅，好多人，可我怎么看怎么像学生上课前在门口等着进教室一样，但和学生不同的是所有人也是西装革履的一身。Jeff也没想到有这么多人，看了看手机里的短信通知，是G08房间，找了一圈才对上G08就是埋在人堆里的那张门……

"They are all here to do presentation?"（他们都是来做报告的？）Jeff问我。

"You ask me, I ask who?"（你问我，我问谁？）

"……Good English."（……英语不错。）

这时G08的门开了，我们跟着人群挤了进去，门口有个牌子：Training Room（培训室）。

里面是个阶梯教室，和学校的差不多。我们找了个位置坐下，每个座位上都有一份资料，台上站着一个胖老头："Good morning ladies and gentlemen, welcome to ACTLUFOR, I' m Joe, senior manager of network department. I know all of you here are masters in graphic software area."

（早晨好女士们先生们，欢迎来到ACTLUFOR，我是Joe，网络部高级经理。我知道你们在座的都是图形软件方面的专家。）Joe边说着边低下头弄着桌上的电脑，“Now I would like to show you something.”（现在我给你们看样东西。）

这时台上的大屏幕上投出来一个很眼熟的场景。Joe点了两下鼠标，里面的枪响了两声，并由他控制着前进或后退。

“This is Counter Strike, I’m sure you know this game better than me.”（这是《反恐精英》，我确定你们比我更了解这个游戏。）Joe笑着对大家说：“but we want it to be on the webpage, sounds crazy? Don’t worry, we just plan to simulate the view and manipulation system of this game, so that would not be big size anyway.”（但是我们想让它在网页上实现，听起来很离谱吧？别担心，我们只是打算模拟这个游戏的视角和操控系统，所以那将不会是太大的程序。）

Joe把大屏幕上的CS画面切换成了PPT：“Our planning project is named as Web3D view System. We want this system to get the same visual effect and direction control as CS, but the entire programme must be based on the website. In other words, customs just need to open our website to have 3D view about museum or house or city etc., without downloading and installing anything into the hardware. The job for you is to create this kind of Web3D engine with proper interfaces to import 3D models. The price is 35,000 pounds and done it in one month. Whose better, who get the order. Therefore, all of you here could bid by tech but not price. Alright ladies and gentlemen, this is the overview of our project, more details and data are on the handout given to you just now, any questions?”（我们计划的项目叫网页3D视觉系统。我们要求这个系统有着和CS一样的视觉效果和方向控

制，但是所有程序必须是基于在网站上的。换句话说，客户只是需要打开我们的网站就可以对博物馆或者房子或者城市等等进行3D效果的浏览，而不需要下载和安装任何东西在硬件上。你们的工作就是创建这样一个带有导入3D模型接口的网页引擎出来。价钱是35000英镑，要在一个月内完成。谁的程序好，谁就可以拿到订单。因此你们是靠着技术投标而不是价格。好了女士们先生们，这是我们这个项目的概述，更多细节和数据在刚才发给你们的资料上，有什么问题吗？）

台下的人们一阵交头接耳，这时后排的一位女士举起手："35,000 pounds for the programme only or the code included?"（35000镑只是程序的价格还是要求包含源代码？）

"The programme only, you can transfer all core code into class if you want, cos it is your copyright. We just need the interface for models, colours and manipulation."（只是程序，只要你愿意，你可以把所有核心代码写成'类'，因为它是你的版权。我们只需要模型，颜色和操作的接口。）

"You said that customs would not have to install anything into hard disk. So how is add-on? It is a good way to improve quality, sometimes."（你刚说客户不用在硬盘上安装任何东西。那么插件呢？有时这是提高质量的好办法。）

"You can do that, but not over 20MB."（你可以做，但是不能超过20兆。）

……

下面很多人在踊跃提问。我和Jeff仔细地翻着刚发的资料，只是要求的各种数据和逻辑图表就有六页多。

"I' m afraid we are short for this one."（恐怕我们这次够呛。）

Jeff说。

“In fact, there are many Web3D site online now, which are based on JS or AS or something like that. However, all are mini programmes, simple models, simple controls; quite different with this one, you know why?”（实际上，现在有很多用JS或者AS代码或者类似代码做的网页3D网站。但所有都是小程序，简单的模型，简单的控制；和这个可不一样，你知道为什么吗？）

“Cos Web3D renderer cannot drive graphic card as Client/Server programme, but CPU. the Web3D model must be simple; only by so doing, CPU could be released as much as possible.”（因为网页3D的渲染器不能像客户端程序那样驱动显卡而是靠着CPU。所以网页3D模型必须要简单；只有这样，CPU占有率才会尽量被释放出来。）

“This is the point, detailed model looks better but not smoothly on the webpage. Simple model is okay but short for visual effect, we must find the best way to render and balance them.”（这是关键，精细的模型看起来更好但是在网页里运行不流畅。简单的模型是可以的但是视觉效果又不够好，我们必须找到最好的方法去渲染，并且找到他们之间的平衡点。）

“Exactly.”（确实是这样。）

“By the way, do a presentation here? Who told you?”（顺便问下，谁告诉你的我们要在这里做报告？）

“……a jerk, forget it.”（一个混蛋，别提这事了。）

专业知识告诉我们这的确是个难度不小的项目，但是35000英镑的报酬太诱人，而且不要代码，这就意味着技术的所有权仍然是我们自己的，我们可以利用同样的代码去做其他产品。为了能专心弄好这个程序，Jeff暂停了其他接单。把3D移植到网页上并不难，用FLASH和Javascript都可以做到，由于我们这专业平时用FLASH的AS编程更多一点儿，所以打算以FLASH为基础开发。

这种效果的网页已经有很多了，可是如果是两个以上的3D模型被同时加入网页就会有问题。首先是简单模型之间的连接处会出现破面、拉伸扭曲，看起来跟烂柴火似的，细致的模型不会有这问题，但是运行起来特别卡；另外一个问题就是多个3D模型在网页中的位置关系，物体A如果挡在了物体B的前面，转了一个角度看后，本来正确的应该是物体B挡在物体A前面，可是网页里不识别这些，仍然是A在B的前面……绕口令，绝对是绕口令，连我们这些专业的都迷糊。

只是为了找出这些技术难点，我和Jeff就在图书馆里泡了五天，除了睡觉是回家的、上课是在教室的，其他的像吃喝拉撒都没出过图书馆的门。难点是找到了，为了能提高效率，我和Jeff分工，他研究破面的问题，我研究位置关系的算法。我不知道那天在ACTLUFOR里有多少是正规的公司，有多少是包身工，现在真是感觉有点儿力不从心，还剩三周多的时间，也不知道够不够。程序这东西和干体力活不一样，如果找对方法了几分钟便可实现效果，反之也很可能在死胡同里卡死，虽然写程序不是个“人多力量大”的活，但人多点儿，思路就多点儿，卡死在死胡同的可能性就少了很多，这就是大公司的优势。

我建议Jeff再多找几个人一起做，但他不同意，说“more people, more problems”（人多事多），原来老外也懂这些“东方哲理”……

无论是多么周密的定位关系，都会涉及一些非常基础的数学知识，像这个位置算法的问题就会涉及角度和距离的关系，也就是三角函数，所以无论是基础的还是高等的，都需要重新复习。为了这，我在网上下了套几何课本，包括高中和大学的，因为除了最基本的sin cos tan cot

外，其他的都基本还给老师了。上高中时，我看着这些图形就在想这些公式有什么用？实在和生活找不到任何的联系，没想到竟然在这个时候用上了。不过，仔细回想下当年学过的那些数理化知识，用不上的还是超过九成。我在网上找几何课本的时候，无意中看到了一道高中物理题：

从同一高度自由下落的玻璃杯,掉在水泥地上易碎,掉在软泥地上不易碎,这是因为（　　）

A 掉在水泥地上,玻璃杯的动量大。

B 掉在水泥地上,玻璃杯的动量变化大。

C 掉在水泥地上,玻璃杯受到的冲量大,且与水泥地的作用时间短,因而受到水泥地的作用力大。

D 掉在水泥地上玻璃杯受到的冲量和掉在软泥地上一样大,但与水泥地的作用时间短,因而受到的水泥地的作用力大。

我想掀桌子……

看到这题，我就特别佩服自己当年的精神承受力。正所谓不同时期有不同的看法，高中时的我认为这是道物理题，现在的我感觉上面这段东西更像是对精神病人的催眠疗法……可惜我没在英国读过高中，没办法作比较，不知道老外学生们会不会了解到这类神题的真谛。

强子又在客厅边做饭边唱歌了，之所以用“又”，是因为最近老是能听到他半夜鸡叫。我真有心把这物理题给他温习下，不就是追求失败了吗，至于这么精神失常吗？当年在这种题的折磨下精神都没崩溃，还有什么坎过不去的？

“哎，哎，别唱了，你还想让对面那娘们儿来投诉你？”我冲进客厅，再这样唱下去很可能把我们那35000镑唱跑，请明星唱专场也没这个价啊。

“天哥，你在家啊，我正有事求你帮忙呢。”强子的状态看起来并不是很异常。

“还求？跟我客气个毛线，什么事快说。”

“今天啊，我，我在交友网站上认识了一女孩儿，身材特棒，我约了她明天下午见面，想让你跟我一起过去，给我壮壮胆。”

“你一个大老爷们儿和女的见面还需要我壮胆？”

“毕竟这是我的第一次啊，而且还是……付费的，确实有点儿紧张。”

“！付费？”

“唉……最近心里闷得慌，而且人家价格公道，只要99镑一晚上。是学生妹做兼职的。”

“还99？玩数字心理营销？”我算是长见识了。

“你别管这个，这次你一定要帮兄弟一把。”

“我不去！丢不起那人。”

“你丢什么人了，只需要你坐得远一点儿看着就成，万一被人家看到我们这边是俩人说不定还要加价呢。”

“滚你的蛋，还俩人？你小子真该去来个电疗什么的。”我骂道。

“天哥，我可没求过你什么事，你失恋的时候再怎么犯病，兄弟我可都是二话不说陪着你吧。现在只是让你在旁边站个木桩都不愿意？”

我一听这还真没话了。以前听说过有女学生兼职做这个的，但从来没见过，现在竟然还有可能光顾我们的公寓……

“不是我小气，是我感觉这事有点儿太……竟然让我帮你去招……你大爷的。”

“不是帮我，只是旁边一站壮壮胆，就当不认识我。第一次都很紧张的。”

“……你是处男吗？”我问。

“是。”

“……处男去找这个？到底谁给谁钱啊，唉……你真是稀有品种。”

感情受挫后的短时间内特别容易对某些事产生强烈的兴趣或依赖，我那时是对酒精和赌场特别迷，但是酒精只是用来麻醉自己的感官，赌场才是情绪发泄的通道。现在想想一个月前的我，心理已经够扭曲的了，但今天和强子一比那真是不值得一提。我觉得追求失败只是一小部分的原因，多半是被隔壁小雯的叫声刺激的，可这里也是小雯的家，她有自己的私生活也很正常，恐怕小雯自己都不知道她的两个邻居听到了什么，要怪就怪这木质结构的隔音太不靠谱。

回到房间，好奇地在网上搜了下“英国交友”，资源还真不少，一些域名奇怪的网站我不敢点开，怕有毒，我们做程序的特别注意这个，有时就是因为一点儿小冲动而坏了大事。我在大型社交网站上也找到一些本地的交友信息，但没看到什么奇怪的，个顶个的“良家妇女”，不知道强子是怎么把人家“逼良为娼”的。不过我不得不承认看着网上这些火辣的照片和信息，一个人的感觉是有点儿空虚，如果再有隔壁的小雯叫上几声，那可真是火上浇油……好奇心害死人，现在这么一搜，我一点儿做程序的心情都没了。

躺在床上，想想前段时间在夜店里泡Tina的事，那时我也就是因为空虚，看见辣妹就精虫上脑，说白了和现在的强子没本质区别，只是运气不好撞枪口上了。或者应该叫她Catherine，这女生真不简单，竟然懂得两种生活两个名字，正好给自己定义了两个角色，虽然我还是觉得Tina比较顺耳……不过，我到现在都猜不透她的年龄，从外表上一点儿都看不出“妇女”的样子，但怎么就成了我的老师呢？很好奇，但从来不敢问。

第二天下午我下课回家，强子已经打扮得人模狗样的在客厅里等我了。

“说好了，我站得远远的。”我再次提醒他。

“没问题。”

“你说你这何必呢？我去不去不一样吗？”

“不一样，我就要这感觉。”

“……行，行，就这么一次。你们到时可别认错人了，免得人家甩你个大嘴巴子。”

“和照片上一样，穿黑色紧身T恤，蓝色的牛仔短裤，白色的腰带。”强子边说边意淫着什么。

“你真厉害，从哪个网上找的？”我问。

“一个交友论坛上。”

“小网站？”

“小到我连名都记不住了。”

“真行，也不怕中个马染个毒什么的。”

“十年前不是很流行超强纠错的VCD吗？干什么用的？就是看盗版碟用的。现在杀毒软件是干什么用的？就是让你放心看网站啊。”

“……”

我们正聊着呢，小雯进客厅了，手里拿了件大衣，给我们打了声招呼，随手打开冰箱在找着什么。刚才还叽叽歪歪的强子突然不说话了，而是半张着嘴直直地盯着小雯。黑色紧身T恤，蓝色的牛仔短裤，白色的腰带……

小雯找了瓶饮料又给我们打了声招呼便出去了。我们都相互看了看对方。

“这么巧？”我赶紧问。

强子坐在沙发上像丢了魂。

“你不是有照片吗？给我看看。”

“那，那论坛上的照片只露身子，脸没拍到。”

“……”我无语了，“不看脸你也敢上？”

“哥啊，看来你真不懂这些事，在网上公开发这些信息的女孩子没有敢拍脸的，特别是中国的，你想想整个利兹才有多大？华人又有多少，低头不见抬头见的，还都是在这里上学的，谁敢拍脸？实说吧，能有身材的照片就不错了，一般都是留个联系方式就完事了。走，赶紧去Student Union的咖啡吧，约好的是在那里见面，去了就知道了。”

我们赶紧出门了，但是远远地看到小雯就在前面走着，我们也只好压着步子跟着。只见她果然进了那间咖啡吧，很悠闲地找了个座位坐下。看到这些，我们谁也没敢走进去……

强子一屁股瘫坐在路边的草坪上，呆若木鸡。我突然想明白了一些事：难怪我们感觉小雯换男友那么频繁，难怪隔壁的叫声时而中文时而英文……强子在地上坐了好久，我想问他怎么办，但实在不知道该怎么问，看得出他对小雯还是有感觉的，今天这事属于生理上的饥不择食，可现在却掉进了个很乱的循环里。就连我这个局外人一想到自己的美女室友在隔壁接这种生意，感觉也挺闹心的。

“强子，我觉得这事吧，每个人都有自己的选择，你明白她是什么样的人不就完了吗？再说了，你既然打算付费了还不允许人家做啊。”可这话一出口我就想打自己的脸了，这都是什么乱七八糟的。

这时他突然站了起来：“天哥，我打算搬家了，我确实不是什么好东西，但我更受不了三天两头儿听到小雯那边……”

强子卡住了，我拍了拍他肩膀，这事怪谁呢？一股说不清道不明的滋味。我努力地想着安慰强子的话，可他却突然拼命地向家跑去。我又看了看咖啡吧里的小雯，她在神情轻松地玩着手机。唉……乱了，全乱了。

这些天来我没有再见过强子，为了赶项目我和Jeff几乎是没日没夜地泡在工作室里。程序比我们想象的要难得多，基于FLASH的网页3D有很多平衡性的问题，只能通过反复的测试来找到最佳的平衡点，一遍遍地测试，一个问题一个问题地出现，让我们的脑袋看起来像鸟巢。由于工作室和图书馆都是二十四小时开放的，我们平均三天回家一次，确切地说是回Jeff的家，因为他有车，而且家里有大量的口粮。在这段赶工的日子里，完全省去了我自己买菜做饭的时间和精力。最主要的是我和Jeff大大咧咧邋遢惯了，除了项目上的事其他都是不拘小节，结果弄得整间工作室里都弥漫着一股脑油味。本来工作室里有二十多个机位，平时要靠预约才能订到位置。但自从我们来了这里，工作室的接客数量日益下降，现在就剩下我们两个，偶尔能看到有学生推开门往里探一下头，但立马就撤了。

经过两周左右的煎熬，我们的程序终于写完了，Jeff很细心地做了一个视频演示光盘，并连同打包好的程序U盘封装在一个蓝色的文件夹中交给了ACTLUFOR技术部。

“What do you think?”（你感觉怎么样？）走出公司大门时我问Jeff。

“Terrific!”（棒极了！）他很自信地捋了捋那一头稻草。

“……Why?”（为什么？）

“Convenient. Most explorers have packed Flash, in other words, no add-on is our strong point; this is very convenient to publics."（方便。大多数浏览器里都有Flash，换句话说，没有插件是我们的亮点；这将对用户非常方便。）

"How do you know this is not used by others?"（你怎么知道其他人就没用FLASH做呢？）

"Come on Tony! What we' ve done in these weeks? Broken graphics surface and dynamic positions, all this is done by us. We never imitated anything of others; cos there is no such a case online so far. This is our core competencies and this is the key we can compete with others at all; you should be confident."（得了吧！我们这两个星期都做了什么？破面和动态定位，这些都是我们自己做的。我们从来没有模仿其他人的技术；因为目前为止网上还没有这样的例子，这就是我们的核心竞争力并且这才是我们能和其他人竞争的关键；你应该自信点儿。）Jeff越说越亢奋，唾沫星四溅，不知道哪个点被刺激到了，肾上腺素明显飙升。

"Okay! Easy easy. Just talk. You are too touchy, no one gonna doubt your ability, alright?"（好！放松，放松。我只是聊聊。你太敏感了，没人怀疑你的能力，好吧？）

"Alright."（好。）

"I will go home for a rest, I suggest you'd better go to find……ah……girls or something like that to release your GODDAMN pressure!"（我要回家休息会儿了，我建议你最好去找……呃……女孩子们或者其他什么的去减减那该死的压力！）

"……Ye maybe, I' ll call you later, Seeya."(……也许吧，再打给你，再见。）我们各自回家了。

现在只能等着，到了两周后的定标会上，一切结果就都清楚了。

第十八章　Tina

十几天没回家了，我一进门就感觉有点儿怪，走廊的鞋架子上空了不少，客厅里没什么明显变化但感觉还是少了点儿什么。难道强子真的搬家了？我敲了敲他房间的门没有反应，打电话也没人接。看了看冰箱，没番茄了，我确定他搬走了，看来这次他是真的“受伤了”。一想到以后只有我和小雯同居在一个屋檐下，我也真有点儿想搬走的冲动，这太没安全感了。

“嗯？天哥回来了。”

背后传来小雯甜美的声音。

“呃，是。”我看着眼前的这位美女突然觉得特尴尬。

“强子前几天找你呢，说你电话不通。”

“哦，我在学校忙项目，手机没电了都不知道。他搬走了？”我接着话茬问。

“对，上周搬的，说是搬去和女朋友一起住了。”小雯整理着刚买回来的菜。

“女……女朋友？你见了？”

“没，他是这么说的。”

真是要面子的男人啊，连离开都要在女人面前装一下。不知道她清不清楚强子搬走的真正原因……我又拨通了强子的电话，还是没人接听，他和小雯之间的事虽然有点儿怪异，但也属于感情的事，这次我只顾忙自己的事，哥们儿搬家不但没帮一点儿忙，竟连电话都没接到。想想当时我感情受挫时他所做的，真有点儿愧疚。再看看眼前这位伸手拿东西都露出性感小蛮腰的女孩子竟然是……真是再小的圈子也有自己的故事。

头发不洗就长得特别快，我琢磨着可能是因为脑油里有什么东西可以给头发供养分。我到学校的理发店里理了发，挂着鼻环的美发师美女一嘴的美发专业术语，我是一头雾水似懂非懂，最后只能说：“shorter,just shorter!”结果给我整成了“劳改头”。不过这倒也省事了，至少三个月不用理发。在国外，中国人理发最麻烦，说不清道不明，好多学生宁愿去中国城找贵的华人理发店也不敢在老外店里破相。虽然我心宽，但走在学院大楼里还真没自信抬头。

Tina从走廊的另一端走了过来，她那魔鬼身材一进入我的识别范围就立马认得出来。还是一身干练的制服套装，尤其是那紧收的腰臀部位。由于上次在喝酒时我有幸碰到过那里，所以每次看到她时，我的视线总是不自觉地往那个部位移。女人很敏感，男人的视线瞄她们胸部时总会察觉到，但是如果是微皱眉头把视线放低瞄小蛮腰的话……她们不但不会察觉，反而会有种忧郁男的闷骚感。

随着Tina越走越近，我很快从意淫中清醒过来，转而努力想着该怎么尴尬地打个招呼。

“程天！”她竟然先开口了。声音很响，整条走廊都能听见。

“啊？”我有点儿慌乱，下意识地应了一声。虽然Tina跟我说话的次数不多，但总感觉带着火药味。从一开口那个“程”字便能感觉到热量……

“现在都什么时候了，到现在你还没定下来毕业设计命题？”这时她已经走到我面前。

“快了，就最近吧，您怎么知道的？我的导师貌似不是您吧，我怎么记得是Neil……对吧？”我说什么都有点儿心虚。

“……是Neil，因为他也是我的导师，他手下的四个学生都已经把提纲交给他了，可你连题目都没定，连他的邮件你也不回。”

“您现在还是他老人家的学生？您现在不是老师吗？”和命题比这个事更能提起我的兴趣。

“我现在是Research学位的硕士生，跟着教授和博士生们做学校的项目，一周只是给你们代两节课而已。”

“我说呢，我就说我们的老师怎么看起来这么年轻，原来和我们差不多大，难怪还去夜……”我突然卡住了，感觉有点儿说多了。

“去夜店打工？我现在也在做啊，有什么问题吗？欢迎来我们店喝酒。”Tina的话明显是反的。

“不，不，我不是那意思，您误会了！我意思是只有年轻的美女才适合去酒吧夜店打工。打工挺好的，对吧，哪个留学生不打工的？啊？……”

Tina只是看着我，任凭我语无伦次而不说一句。她这样子只能让我更加尴尬。等我胡说八道了好一会儿，她终于发话了：“尽快把命题交给Neil，我不知道你最近在搞什么，上课时跟吸了大麻似的，总之尽快交。另外我告诉你，你面前不只是Neil的毕业设计，还有我这科的，上课不好好听，我看你到最后拿什么分数补你的出勤率。”

“我前段时间和Jeff在外面接了个项目，一直在忙，现在刚做好，我一定尽快把该补的都补上。”

“忙项目？”她竟突然来了精神，“什么项目？”

“这……这个……是网页3D程序的……”我支支吾吾的。

“不方便说就算了，你们这么做也算是做生意，保守商业秘密很正常。”

“嗨，还行吧。”我不好意思地笑着，喵着Tina的腰，“都是瞎……瞎忙。”

“前段时间一直在工作室的是你们两个吧？”

“是啊，老师连这个都知道？”

“系里的都知道了，工科这边只有两台测试型服务器，你们两个就霸占了一台那么多天，现在正是做毕业设计的时间，好多学生都向系里投诉了。”

“哦。”

“不要只把精力放在外包项目上，如果有可能的话，最好把自己在实践中的成果融合到毕业设计上来，这样经过实践检验的代码更会给你加分的。”不知不觉中她的口吻缓和了很多，不但没有火药味，还让我觉得有点儿鼓励的意思。

“对，您说得有道理，”我继续盯着那小蛮腰，始终让她看到一张深沉淡定的脸，“好，我一定好好考虑下。”

“嗯。”Tina微笑。久违的微笑……

“那……如果毕业设计做得不错，您能在出勤率上通……通融下吗？”

“不可能！别在这上面打主意！”她马上变脸，音调又提高了数倍。说完便走了。

这女人真是说翻脸就翻脸，准确点儿应该叫“女生”吧……

程天看着机舱外的夜空，合上了日记本。Tina在他的心里是个矛盾体：严肃，冷峻，但又让人想入非非。这就像中学里的小男生们看着明星的照片一样，除了想，还是想，只能遥不可及地想。男人的成长过程中多少都会遇到几个这样的对象，保持这种状态至少可以给自己在睡前酒后留下些许想象空间，但如果多迈出一步的话……

Tina……已经过了十年了。

第十九章　她的空间

程天记得那次是在警局，一位叫“晓晓”的女生来接Tina。在她还没录完口供的期间，晓晓把程天叫到一边，像审犯人一样上下打量着他。这是他们第一次见面，这种奇怪的眼神让他很不自在。

“你就是程天？”这是她的第一句话。

“好好对她。”这是第二句。

随后晓晓写了一个QQ号码给他，并提醒道，只看内容不要加好友。程天一头雾水，回家后搜到了这个号码的空间，ID昵称叫：“兔子丢了”，没有设置访问权限。直到现在，这些文字还在，只是近十年间再没有更新过。

“兔子丢了”的空间：

2011年：

4月2日

我怀疑自己是不是得了幻听症，每天晚上睡觉前总是感觉耳朵里都是音乐声。这样时间久了身体肯定受不了，可我又不敢辞职，都是为了这高薪水。快到复活节了，学生们的课少了，店和赌场里的生意一天比一天火爆，而且中国学生特别多，哪里有大学，哪里就有中国人；哪里有中国人，哪里的GDP就高。每天晚上只是小费就能拿到上百镑，这样的美差多少人在排队等呢。

但是累的时候真是想有个人依靠下，虽然我不看好那些在这里谈恋爱的学生们，可看到他们出双入对相互照顾，真有些羡慕……

4月5日

今天有个老外，借着音乐太响的理由贴到我耳边说话，结果话没听清楚，却脸贴脸地被吃了豆腐，还好我赶紧躲开了。这种小伎俩让我想起了程天，那混蛋当时也这样做，手还不老实，比今天这鬼佬还过分。当时要不是看着都是中国人的份上，我一定会叫保安的。就是到现在我一看到他，首先想到的就是他那天晚上的流氓样，虽然表面上装得很沉稳，但一张口保证三句话内就带出流氓口气。

不过，当我今天看到他提交上来的设计提纲时，确实让我吓了一跳，真是下了功夫了。这种设计思路不是靠凭空想象能编出来的，我感觉这应该和他上次提到的那个网页3D项目有关。Jeff的设计提纲也是网页3D方面的，虽然命题范围不同，但如果组合起来就能搭建成一个初级的引擎，这说明他们接的项目肯定就是这方面的。只可惜这么一个不错的设计方案被出勤率拖后腿了，那混蛋的出勤率实在差太多了，只能看他的命了，没人能帮他。

4月10日

今天早上是程天和Neil约好早上开会的时间讨论毕业设计，可那混蛋竟然把老头儿晾了二十分钟，结果火冒三丈的Neil给我打电话，搞得好像我和他关系挺近似的。自从有了上次让我联系他定毕业命题的事，老头儿就把我当他的保姆了，一找不到他，第一个想到的就是我。老头儿也固执，标准的英国式的古板性格，只知道用学校的内部邮箱给他们发邮件，连个电话都不留，现在有几个学生会看这邮箱的？但像Neil这么认真的导师也真的很难得，这么把学生当回事，一般的老师才不会管那么多，你爱来不来，根本不会找你。

中午在学校的快餐店里又碰到那混蛋和Jeff了，两个人看起来很疲惫，原来是他们的外包项目没中标。难怪早上会迟到，是去参加定标会去了，我不知道这是个怎么样的项目，但从他俩的情绪来看，确实受了不小的打击。原来流氓也有认真的时候。

4月11日

复活节假期开始了，昨晚在MLADY酒吧里竟然看到程天和Jeff了，他们不知道这家酒吧和之前那家夜店都属于一家公司，我们这些服务生时常会根据客流量在两家店之间临时调派。我没让他们发现我也在这里，不知道是不是怕遇到我才换到这边来，我也不想再吓到他们，希望他们真能借酒消愁吧。

4月12日

他们又来了……

4月13日

果然是死性不改，天天来。

4月14日

昨晚四个老外在酒吧里对我动手动脚，正当我和他们理论时，被程天看到了，两句话没说完就和那几个人打了起来。真是喝多了，竟然想一个打四个，结果被他们按在地上揍，我都吓傻了。都是一米九的壮汉，我下意识的反应就是去挡住他们的腿，现在想想真是笨啊，当时脑袋一片空白，竟然把叫保安的事都忘了。结果拼命地趴下身子要去护他，让我肩上也挨了一脚，还好没一会儿就来了好多个保安，这才算把他们控制住。这次我也算开眼界了，竟然跟着那混蛋去了警局录了口供，足足录了两个小时。还好这是为了保护我而起的争执，而且有监控录像，所以被起诉的是对方。

他这次是一个人来的，我说呢，Jeff怎么没露面，要不也太不仗义了。不过这次的事让我挺不好意思的，从警察局出来的时候说话都有点儿尴尬。我不知道他伤得怎么样，他只是说没事，还抡起胳膊给我看，一副满不在乎的样子，但脸上的那块瘀青没十天半个月是消不下去了。从没想过我和这流氓之间还有这么一段花絮。在国外，在这种孤立的环境中，竟然有个男生是为了保护我……

4月15日

手里还有两篇论文没完成，但总是写不下去，写两句就卡住了，一点儿感觉都没有。

4月15日

刚给他打了个电话问问伤势，居然还没起床，都已经下午三点了，真是懒。我把我一个华人律师朋友的电话给了他，让他咨询下赔偿的事。不知为什么感觉今天打电话时，我和他说话都有点儿放不开，说两句就会冷几秒，感觉还是他以前痞子似的口气更自然一些……

4月15日

……

4月16日

今天科研组里开会，Neil把他也叫来了，可能是因为很看好他的能力。组里最近要定明年课题的人员名单，所以叫大家讨论下。可程天开口就泼了老头儿一盆冷水，他说毕业设计交完后就要回中国创业，做3D相关的开发。当时我听了后，只是下意识地点了点头，天知道我为什么要点头。这个消息有点儿突然，我承认这盆冷水也泼到了我头上。虽然我们认识的时间不长，而且是从不愉快开始的，但他身上那种有时坏坏的、有时特认真的样子就像两个极端，总让人捉摸不透，但感觉上还很神秘。我这是怎么了？

Neil很认真地听完他的想法后，竟然鼓励地拍了拍手，并更认真地给出了一串建议，老头儿真是绅士。但是等程天走后，他还是深深地叹了口气，老头儿的失望之情终于溢于言表了。反而是程天没心没肺的，他可能一点儿都没感觉到老头儿是多想好好栽培他。这年头想找个真心带自己的师傅太难了，真可惜……

说心里话，我还是很看好他的，他分析的点很对。中国在3D方面的应用起步晚，竞争少，有好技术的人更少，这样创业还是很有市场先机的，而且这种路子和老头儿自己在校外工作室的模式差不多，成本少风险低。还是在英国的大学里自由，好多老师和教授都在大型公司里或者其他大学里有职位。

5月2日

好久没看到他了，自从上次打架后，我再也没在酒吧见过他，应该在忙着准备考试，或者又是在躲着我换其他酒吧了。

5月4日

今天在老头儿的seminar里见到他了，老头儿对他的设计进展很满意，我都从来没受到过这种肯定。看来他这设计的分数低不了。

5月5日

我在他面前总是会不自觉地摆出个老师姿态，他也是不自觉地甘为学生，这都是几个月来我们之间逐渐形成的相处模式。这种感觉一旦成型，距离感自然也就有了，有时我挺想刻意地改变一下说话方式，可越刻意反而越不知道该怎么开口……

6月10日

我已经请了几次假了，再不去就要被炒鱿鱼了，可手上还有两篇论文没完，只能硬顶着。好累……

6月16日

他要回国了，打算把东西暂存到我这里。今天帮他搬家，我算是开了眼界了。男生的房间真是不能进，里面除了满地的薯片袋子就是薯片渣。角落里还有个脏衣服堆成的“山”，足足有一米多高，开始我还不明白他怎么会有那么多衣服，扒开才知道里面埋了张桌子。但他的衣柜里很整洁，还有好多女生的衣服，他还在等她回来?

他没说什么，但我知道他的事，利兹很大，但华人圈子很小……

6月18日

他真的要走了，好快……

第二十章　另一个开始

回国已经一周了……

一切如预料的一样，喝，吃，玩，乐，白天看不到白天的白，夜里总能拥抱着黑。为此，老爸没少唠叨我，而我却不以为然。在英国什么样的灯红酒绿没见过？我清楚我并不会沉迷于此，因为我还没资本去沉迷。

况且还有那该死的出勤率像只苍蝇一样，每当我酒兴正酣时便冷不丁地在心头挠一下，想沉迷都难。有时，我会寄希望于Tina的高抬贵手，因为她喜欢我，虽然并没有捅破那层纸，但这个逻辑是可以说通的。可我又担心她那死忠于原则的性格，就算我是她亲爹都不一定会放我一马。

当今什么资源最重要？关系，圈子。这是连我这种刚毕业的社会呆都明白的道理，这也是堵住老爸嘴的最好理由。说到国内的圈子，肯定少不了大黄，或者说他就是我的圈子。上次放假回国他只是带我吃吃喝喝，其实我们并不只是酒肉朋友，应该叫“老铁”。我们一起打过架，一起洗过澡，他比我清楚我老爸喜欢抽什么烟，喝多少度的酒。这样的铁哥们儿我没有第二个。他进入社会早，圈子广，跟着他在国内学社会学套路，在我看来绝对是一条捷径。

这是第几杯皇炮了？不记得了。大黄随着旋律拍着手，给面前几位嫩模妹子的热舞助兴。

“哎，说点儿正事。”我叫了叫他。

“等会儿，来，哥几个先把这杯干喽。”

妹子们很有眼色，又挨个儿给我们“斟”上一杯。

“我想创业，需要你帮一手。”

“这个给你。”大黄说着从钱包里取出一张银行卡，“这里有六十来万，是我这几年的积蓄，你要创业是吧？行，这卡里的一半当我入股，剩下的一半我得留着养咱老头儿老太太。”

“我还没说我要干什么呢？”我把他的卡塞回去，别管是不是酒后胡言，但我心里确实有点儿小感动。

“不用问，再怎么地你也不可能拿钱跑喽。”

“为啥？”

“因为你舍不得我啊，哈哈哈哈。婷婷，你还在那破教育机构上班？”

婷婷……听到这名字让我心头一紧。

“还能怎么样？能有这工作您知道我费了多大劲儿吗？”

“我有一朋友开模特经纪公司的，平时会议、典礼、车展那叫一个忙啊，就忙着数票子了。要不要做个兼职？不然你这小脸儿加身材真是白瞎了。”

“真的？行啊，怎么不早说？来，黄哥，我敬您一个。”

“来来来，我干了你随意。哈哈……”

我无奈地叹了口气，死胖子一笑，全身的肉都哆嗦，说话都不忘了吃豆腐，和阿铭一个德行。

“得嘞，咱的事儿明儿再说吧。”

我挺佩服大黄的，整天大鱼大肉加酒精，真不知道那大肚子里能装进去多少东西。一周七天，两天陪我，两天陪领导，剩下的陪女朋友甲乙丙丁……人长得跟沙皮似的，但就是招人待见。男人缘就不用说了，我和他就不是一个档次的。无论是否是熟人，只要场合允许，说话聊天只需五秒，全桌的注意力必将在他身上，这是本领，我打心眼里嫉妒。他的话语总能莫名地吸引着听者，他会用很简练的句子说出一个轮廓，然后让人不自主地跟随着他的引导想象出一个个画面。以至于我最引以为豪的女人缘，只要他在场，我便能感到自己的地盘在被他逐渐蚕食。我的颜值不能算爆表，个头一米八三，也算是顺眼型的，但再怎么“收拾”，也不如大黄那张嘴。从小在女人面前累积的那点儿自信最多维持几分钟，真不知道有多少女人栽在了他这张嘴上，还好上苍是公平的，如果他再帅一点儿、瘦一点儿、高一点儿，那真是无敌了。

中午十二点了，今天起得“真早”，但这还要归功于昨晚忘了给手机静音。

“干吗啊？这个点儿打电话，还睡着呢。”我一听到是大黄的声音，心里特别烦。

“还睡着呢？大爷啊？你不是让我帮你找投资的事吗？合着我比你都急？”

“啊？”我迷糊着睁开眼，“什么情况？”

“我有一朋友在一风投公司做高管，专门做项目评估的，我都跟人约好了，赶紧地，收拾收拾，一会儿跟我见面去。”

“哎，好好。”我拼命在梦与醒之间捋着头绪，“不对啊？我还没告诉你我要做什么，你朋友就答应见面了？”

“不就是做3DCG动画特效吗？”

“你怎么知道的？”

“昨儿个你小子自个儿说的，真喝断片了？赶紧地。”

我摇了摇头，怪不得这小子泡妞有一手，如果我是女的，也会有和他约一段的冲动。

洗澡、穿衣服、打车到光华路整整一小时。此时大黄正站在写字楼门口抽着烟。

“我×，这是要相亲去？”大黄一脸鄙视地上下打量着我。

“有毛病吗？这是我回国后的第一个正式场合。”我被他这么一瞅心里有点儿虚。

“得得得，等我抽完这支。”

“走啊，边走边抽。”

“里面不让抽啊，你这又着急了，先想想怎么介绍自己的项目。话先放这，哥们儿只能帮到这，剩下的得靠你自个儿了，成不成是人家说了算的。”

我点了点头，重新看着自己的策划书，可心跳确实在加快。

凯信康德是一家颇有名气的风投公司，在我印象中，它参股上市的公司至少有五家。酒桌上的圈子不叫圈子，面前这才是实打实的干货，大黄真够可以的。

一进公司大门，前台一位知性系美女微笑着站起身来：“黄哥，您来了。”

“谁不知道你那大长腿啊，求你了，老实坐着吧。”

美女红着脸忍俊不禁，还往我身上扫了一眼。看得出，她的笑是因为大黄，但脸红是因为我，这点儿洞察力我还是有的。说来奇怪，刚才的紧张感烟消云散了。

顾总目测五十多岁，说是大黄的朋友，应该比他爸都大。他稳稳地坐在老板椅上，仔细看着我的策划，除了翻纸声，房间里再没有任何声响。时间一分一秒地过去，越是没动静，我越发自信，一般来说，没兴趣的东西一两秒钟就可以被PASS掉了。

“老弟你现在还没有公司？”

一句话把我从意淫中拉回到现实。

“对，所以才想找您的投资组建公司。”

“来，喝点儿茶。”他向我们让了一下，自己也拿起茶杯，“你的想法很好，要做高质量的CG动画，这年头确实在国内很少，但你没提到为什么在国内这类公司很少。”

“费时，费人工，缺技术。”

“你说到点子上了，国产电影和游戏现在还在快消品的产业链上；快速生产，快速回本，所以精品极少。有多少公司愿意花钱在CG上？按你的描述，你这质量的CG成本比他们的主体成本都高，那你的客户人群肯定特高端，市场怎么保证？”

“现在中国的影视业和游戏业是全球最大的市场，我相信快消品之后就是精品，所以这里早晚会出现像‘美国传奇影业’那样的公司，这是我们的目标，我们要做就做精品，我懂技术，现在缺的是硬件设备和人工预算，只要资金到位，我不会让您失望的。”

“怎么开发客户？”

“我打算先做出几段高质量的CG作为宣传片，然后有针对性地向影视游戏制作公司发广告，拿他们的外包单子。”

顾总又喝一口茶，微笑着看着大黄：“现在的年轻人都了不得啊，啊？呵呵。”

“我这兄弟特实在，在国外待过的人都这个性，但做起事来绝对没说的。”

沉寂了一会儿。

“老弟，你的想法很好，海归想法向来都很独到。但我们公司的原则是只投现运营的公司，投资方向很简单：聚人气或者聚财气。意思是只要你公司有人气，就算是亏钱我们都投，包装上市，社会接盘，现在都是这么搞；如果能赚钱，我们更愿意投，助其加倍扩张。而你现在还仅停留在想法上，所以呢，我建议你先走起路来，做几单像样的项目，也好让我在董事会上讲故事。”他把目光转向大黄，“黄老弟，你说对吧。”

“没毛病，说得够透的了。有老大哥说话，上董事会的项目十拿九稳。”

“对对，您说得有道理，我也多少了解过风投公司的套路。”我突然意识到用词有问题，“哦，不不，策略策略。所以我一定按照您指的路做出点儿成绩给您看。”

“对喽，这才是实干型的脑子。”顾总用力拍了拍我的肩膀，“我看好你，哈哈。”

出了顾总办公室，我备感轻松。

“你小子行啊，哪里认识的这大咖？”

“平时经常跟领导应酬，一来二回的就熟了，和他们公司有什么具体事都是领导让我去办的，你说这关系能外了吗？”

“那我更得说正事儿了，怎么着，入个股呗。”

“你当我昨天在酒桌上是放屁？说三十就三十，赔了算我眼瞎。”

“行，真爷们儿，公司有你一半，剩下另一半我回去公关我爸去。”

“真孝子！”

“滚，我一刚毕业的屌丝学生哪来的钱？”

“说不定拿着你老爷子的养老钱还真能激发出你的暴击。”

“爸，我要创业，需要三十。爸，我要创业，您给点儿赞助吧。爸，我有一个特好的项目，现在什么都谈好了就差点儿钱。爸……”坐在地铁里，我反复斟酌着措辞，感觉比刚才见顾总还紧张。老爷子辛苦一辈子，虽然我不知道他有多少钱，但心里大概还是有数的。一盘京酱肉丝三十六，一串烤羊肉两块……好在他的脑梗没再复发过。上学时不好意思开口要钱，因为那是消费；现在一定得开口了，因为这是投资。

出了地铁站，步行五十米便能闻到炒面的香味。果不其然，老爸又在热火朝天敲着勺端着锅。三分之一勺油，一个鸡蛋，十秒炒碎，包菜丝，五秒，下面，二十秒加酱油，四十秒加盐，一分四十秒出锅，十三块一盘。

“不用洗锅，这锅只炒面，高温不停，不串味也干净，嘿嘿。”

“生意还行啊，附近有一家职高，学生挺多的。”

“行啊，来，我请客。”

“点关注，不迷路，谢谢。”

老爸冲着手机屏幕一顿聊。他又在开直播了。自从听说有人用直播软件赚钱后，他便不再是以前的他了。直播做菜、炒面、烤串、喝酒、扫地，总之只要是在店里的活动他都直播。可毕竟年纪太大，又不帅，人气从来没上过三千，每天收到的虚拟礼物能有一百多块的进账，实在和那些直播睡觉吃饭月入百万的网红没法比。以前我挺不屑网络直播的，为了人气和礼物各显神通，玩套路，卖萌，搏出位，打擦边球，特浮躁一事。可现在我从没反对过我爸直播，因为没权利反对：饭店直播两不误，打开手机一个月就会多三千块的收入，而我一个子儿不赚，没资格在他面前指指点点，唯一能说的只是“直播的时候别把镜头对着我”。不得不说，在赚钱这方面，老人家的思维特灵活且与时俱进，就算再小的钱，只要让他闻到味的都跑不了。另外，特让我踏实的是，通过回国这一个多星期的观察，我发现老爸的精气神恢复了，熟悉的大高个儿又回来了，完全不是半年前那位虚弱的老人，一进饭店就跟明星走红毯一样，满面春风……

我在他旁边坐了快半个钟头了，他竟丝毫没察觉。

“什么？说我伙计这么闲？”老爸看着手机上网友的弹幕，这才恍然发现我在旁边。

“哦，这不是伙计，是我儿子，哈哈。”

“他不愿上镜，害羞，哈哈，谢谢ZH989的赞。”

“他刚毕业没几天，找工作呢。”

“那哪能让他跟我炒菜呢，好不容易培养个大学生，得干点儿技术活，是不是？”

我赶紧起身帮他擦擦灶台，扫扫地，否则太拉仇恨。

“今儿个怎么过来了？有事儿？”

“没事儿，就过来看看。”

“谢谢李老板的赞。”

……

今天是我回国后第一次在店里帮忙，生意真不错，但人也真累。我二十多岁的体格，忙到打烊双腿竟像灌了铅一样，可老爸还能边打扫厨房边和网友互动。

终于熬到他和网友们说“拜拜”，我总算松了口气，可是在老爸抽着烟的苍老背影面前，我脑海里计划的所有开场白都显得那么的滑稽可笑。

“今天收成怎么样？”这是我能想到的最自然的“搭讪”。

“哦，刚到四千，还成。”老爸的目光一刻也没离开手机。

“不都关直播了吗？还聊着呢？”

“我算算直播的钱，嗯，六十二块，还成，这个月一共……”说着，嘴里还念叨着加减法。

老爸的注意力全在算账上，我一时愣神，一肚子话尴尬地卡在喉咙里。没办法，既然没有感觉搞前戏了，只好硬来：“爸，我想创业，需要三十。”

“哦，去包里拿。”

“……”我瞅了瞅他的腰挎包，鼓鼓囊囊的，应该全是晚上收的零钱。

“爸，您老等会儿再看，我有正事儿。”

“嗯？怎么了？”他终于抬头看我了，“我就觉得你小子今天不对劲儿，说，是不是又想要钱了？那一千块一周就花完了？”

“您既然什么都知道，我就不藏着掖着了，我要和大黄合伙开公司，做特效的，需要三十万。”

“多少？”老爸似乎觉得自己幻听了。

“三十万，R，M，B。”

“你看你爸值不值三十万？”

“哎，爸，我这是做正事，回国这几天我就为这事忙活了。”接着，我把策划和下午见顾总的事仔细地讲了一遍。

“人家那是给大黄面子，其实就是把你轰出来了。”

这冷水泼得让我有点儿措手不及。

“那是大黄的朋友，他们之间有业务关系，人家那么大一公司忽悠我干吗？”

“你们这些留学生，在国外混了几年就了不得了，各个觉得自己想法好，赛乔布斯，其实屁都不懂。想创业是吧，行，去这行业的公司打工半年再给我说创业的事儿。”

“爸，您怎么还不懂？现在咱国内没这样的公司。”

“那你凭啥？”

“凭技术，凭专业。”

“你去哪里找生意？”

“先做出来几段短片，然后投放给那些影视游戏公司。”

“扯淡，你以为是送快递啊？”

“您又不懂我这行业，您怎么知道不行的？”我的火气上来了。

“我是不懂你专业的东西，但找客户那就是跑市场，这个我比你懂。我告诉你，应该是你在别人公司打工，手上积累了一定数量的客户，然后私底下偷着给客户做生意，成了几次后再说辞职单干把客户拉走，这才是道，懂吗？”

我竟无言以对……

“你小子早着呢！”

“我说了国内没这样的大公司。”我终于找到了漏洞。

“我不信，你造飞碟啊？”

“爸，您这是抬杠，我没法和您辩，就这么个事，您能不能支持吧？这是投资，我加倍还您！信不信，我一定能做出个样子出来。”

我爸沉默了，我也不再说话，屋里静了下来。片刻之后，他先开口了：“你怎么算的能花六十的？”

“除我之外初期需要六个人，俩手绘，俩建模，俩修图，平均月薪八千一个；租小区里住宅作办公室，一个月一万左右，中高配电脑平均一万一台，租渲染计算机一天三千……”

“打住，我这里就十万块钱，多了没有，爱要不要。”

“爸，您就别忽悠我了，怎么可能呢？”

“五环给你买的婚房三百来万，现在月月供房贷，全是我扛着。怎么地，你以为你是富二代啊？你总不能把你老子的棺材板钱拿去押在你嘴皮子上吧？”

“为什么您就不能对我有点儿信心？这点儿钱真不够。”

“我说了，爱要不要，你要想让我有信心就一步一个脚印地做出个像样的事儿来，到时我把我这条老命押给你都乐意。”

……

最终，大黄成了我的大老板。

第二十一章　老练的同龄人

又打开了久违的3D建模软件，里面一条条的日志仿佛就是那些曾经的日子。

2010年10月13日：记得那天Neil的心情不好，对我们特没耐心，我在“灯光渲染”上一个失误招来一顿数落。

2010年10月29日：Jeff和我在图书馆做动画，结果快做完时死机了，气急败坏地他猛踹了一脚机箱，竟然把管理员都引来了。

2010年11月10日：那天早上我迟到了，Jeff帮我签的名。

……

虽然日志上只有一个日期和一个模型，但没想到我还能清楚地记得那每一天的小插曲，只是所有的这一切里总能找到她的影子。那精致的轮廓、性感的身段、逼真的动作，每一帧都经过了我的精雕细琢。那时的她就依偎在我身边……

“程总，这是您要的声效素材。”

我的思绪被拉了回来，张立峰把移动硬盘放在我面前：“程总，这模型是您做的吧，我看咱也不用纠结宣传片的主题了，就做人物的，您这不有现成的吗？”

我立即把编辑器窗口最小化。

“谁让你看我屏幕的？”

立峰尴尬地杵在原地。

“绝对不能做人物的，皮肤渲染曲面太多，太耗时，有一点儿偷工减料就会显得质量很糙，就做机器的，你们手绘的多下点儿功夫。”

“好嘞。”

立峰是一所二本大四的在读学生，也是我这公司的顶梁柱。说起来真寒酸，公司六个员工，五个实习大学生，月薪三千，一个我英国同系同学小志入股五万，百分之十的股份。没办法，资金太紧张，只能省吃俭用勒紧裤腰带。为了省钱，连公司都没注册，这是大黄教我的办法。他说我们这公司的注册资本怎么说也得一百万，否则营业执照拿出去太丢人，不好谈事。这样就必须找代理公司垫资，最少一万块的垫资利息。注册地点必须是工商局批准的可用于注册的楼盘，这种办公室租金高，如果在我们这样的纯住宅楼里开公司，就还得找代理公司搞个所谓的虚拟注册地点。具体怎么操作我不懂，但那代理肯定能让工商局顺利地审批通过，这就是国内的神奇之处，可这笔虚拟地址的租金是一年六千。注册完成后必须有会计每月给税务局点个“赞”，兼职会计一个月三百，一年一付三千六，什么都没干，小两万没了。最主要的是正规“公司”的那三个大本子对我一点儿用没有，我们现在卖的是技术，不是品牌。等真有生意了可以先借别人公司的资质，发票也由他们开，到时按比例给他们钱就行，省事舒心，所以等订单稳定了再注册公司也不迟。

在国外待过的人法律意识都很强，大黄的方法确实省钱，但我总觉得自己跟骗子公司一样，心里不踏实。招人的时候，始终咬定公司在注册中，刚开始我还会面红耳赤，别人一叫“程总”，脑神经哆嗦心里发虚，后来慢慢也就习惯了。现在我才知道是自己多虑了，学生们最缺钱，只要能按时发工资，他们才不会管你有没有营业执照签不签合同。

自从开工，立峰他们就很有干劲儿，起早贪黑一周休一天，为的就是第一个片子。这让我的信心越来越足，可大黄却不以为然：“你以为呢？不是冲着这份工钱谁会那么卖命，哥们儿，三千块啊，滚烫的现金，还是实习，他们在学校可有的吹了，哪里找这么好的老板？要不说你们这些生鲜海归就是傻子。”

“现在刚起步不能抠。”

“你说得轻巧，我占百分之六十，我是大股东！你说发就发了，好人都让你做了，发的是我的钱！董事会在这呢！”

“行了行了，听我的没错，赚了也是你的，对不对？”

“我就是上辈子欠你的，一时冲动怎么成了我创业了？越想越想不明白。”大黄拿着吸管把可乐里的冰块捣了个稀碎。

“怎么样？产业园区的渲染机能租到吗？这个可不能出岔子。”

“放心吧，平时谁用那玩意儿啊，都一层灰了，你要乐意抱着它睡觉都成。”

“就等你这句话。”

“话先撂这儿，客户什么的我可帮不了你，我的路子可够不到什么影视公司。”

“你就安心喝你的可乐吧。”

“哎，对了，你做的什么宣传片子，作为董事长我总得过问一下吧。”

“一个真实的停车场，一辆银白色的跑车变成一机器人，也就是变形金刚，然后再变成咱公司的LOGO砸在地上，同时还要砸瘪旁边的一辆车，总共十八秒。”

“行，有点儿意思。”大黄终于把可乐喝完了。

每秒三十帧，十八秒，五百四十张图，每天工作十小时，六周，渲染了三天……当看着“SKY MAGIC”从天而降时，当我激动地把视频分享到朋友圈时，大伙儿的眼泪都快出来了，而这只是第一步。

短短半个小时收到了四十多个“赞”，而第一个“赞”是Tina点的。看到她，我又想起了那闹心的毕业问题。回国两个月了，问过她三次，可每次的答复都是系里放假没人，面对着她的嘘寒问暖，我始终不冷不热。我知道现在这事已经不是在出勤表打几个钩这么简单了，AG3901的最后设计我拿了62分，这是我在学校官网上查到的，远低于所期望的80分，所以这个分数减去缺勤率的总分是不可能让我及格的。而出勤率在学期结束时便已录入系统做了备案，她说她能做的只有通过病假证明向系里申请特殊处理。我相信她会尽力帮我争取，但我并不想捧她求她，说白了，我就是拿着她对我的好感当作了赌气的资本。特别是在创业后，毕业证在我心里的分量越来越轻，再加上工作忙，最近我连和她闲聊的时间都没有。女人都很敏感，她肯定感觉到了我的冷漠，除了偶尔生硬地鼓励几句，也就识趣地沉默了。唉，从没见过这么轴的女人……

这个时间点赞，英国那边应该是凌晨三点了吧，估计又是刚下班。我看着手机摇摇头，一个女人独自在那边也真是不容易。想到这，我心里突然有点儿软了，于是发了条微信：“还没睡？”

“刚到家，准备睡了，你的片子做得不错，挺用心的，加油。”

“晚上回家注意安全。”

“嗯。”

立峰把我们的潜在客户做了张清单传了过来，一百多家，国内主流影视、游戏公司都在此列。该怎么公关？我心里有了大致的眉目。

“所有人来我房间开会。”我在群里说。

这时，Tina又发来一条微信：“对不起，你的特殊申请没能通过，所以这次你没办法按时毕业了。但系里同意让你明年2月重修我的课，只需一个月的出勤外加一个小设计就行，而且是作为PART TIME（兼职）学生；这样你只需交四百镑的学费就可以了。你也知道国际学生在英国是不允许读PART TIME的，所以这是系里能给你的最大尺度的处理结果了，如果顺利的话，你明年9月可以拿到学位证。”

我无语。

“我知道你还有一年的签证，应该是移民局给的一年在英国找工作的时间，其实你只需再来英国一个月就行了。这是上周系里给的结果，我怕影响你工作就没敢告诉你，对不起。”

当时只是需要动一下笔，在签名表的名字后面打个钩而已，却硬是不帮忙，结果弄成这样……大伙儿陆陆续续地来到我的房间，我把手机丢在一边：“现在我来说说下一步的营销计划……”

一周过去了。

一本精美的设计宣传彩页、一张精美的CG演示光盘、一张精美的名片，什么都是精美的，至少我们这么认为……然而一百多套发出去后，等来的是：什么也没等到，甚至连个电话咨询的都没有。我曾仔细预想过所有可能出现的困难、可能遇到的冷眼，那些在创业初期必经的场景我心里早有了准备，但可怕的是我连经历这些场景的机会都还没有。

一套宣传包送进别人的公司，准确地说是送到别人公司的前台。

迄今为止我得到的最多的反馈是一个疑惑的眼神，听到的最多的一句话是“谢谢”。坐在办公室里，我不遗余力地鼓励着大家继续做着模型，编着CG，在网站上发着视频，在贴吧里发着广告，但我知道我是在硬扛。我不能让他们看到我的慌乱，这是一个团队领导的基本素质，但在心里，我开始怀疑这份精美的作品也许只是别人眼里的垃圾广告而已。

大黄几乎每天都会打来电话，我知道作为大股东的他很希望听到一些好消息，但我不能骗他。唯一能用的伎俩就是编一些无法查证的好话让他保持着希望：“有几家打来电话问过，他们说要根据实际需求再考虑考虑。”

这句话我也常用来应付我老爸，其实我心里比谁都急……

一个月过去了。

我从失落变成了失望，看着一张张表格一堆堆模型，我不知所措。账户里还有三十多万，但却不知道怎么花，也不敢花，用这点儿钱拿去做广告或找公关公司的话连炮灰都算不上，只能拿来硬顶日常成本。一个月的工资水电房租等各种费用加起来有四万，如果这么耗下去，还能撑大半年。想开点儿的话就是认赔了，想郁闷点儿的话就是毁掉了老爸、大黄、小志和顾总对我的信心。我的圈子里就这么几个人，以后还想靠他们起势就更难了。

小志也坐不住了：“天，咱们得换个思路了，这样下去不行。”

他是我们系出了名的宅男，平时沉默寡言精力全在设计建模上，可现在连他都慌了。

“我一直在想办法，别着急，创业初期总是很难的，熬过去就好了。其他人的情绪怎么样？”

“他们？工资一分钱没少，能和我们一样？闷头干活儿就行了，我一直没让他们闲着。”

“嗯，不能让他们闲着，闲下来也得慌。”我随意地划着手机屏幕，“现在没生意，我想让他们几个去拉活儿，谁拉到了，给订单价格的百分之三作为奖金，你看怎么样？”

“他们？一个个的技术宅，让他们做销售？还不如专门招销售，搞底薪加提成，又省钱还比他们强。”小志直摇头。

“我不记得法定底薪是多少，应该在一千五左右，咱们如果找仨这样的人，平时成本太高。而且我们不是推销油烟机抹布的，咱需要懂这行的专业销售，这种底薪能招到吗？我觉得咱还是应该把公司的人手最大化地利用起来。”

小志沉默了，他没提花钱做广告的事，因为我们都有自知之明。

最近我不太敢回家太早，怕老爸问。做宣传片的那段时间，每天起早贪黑，虽然老爸没说什么，但我能看得出他的欣慰，因为他看到了儿子做事的状态，可现在连个加班的机会都没有……我不知道他会是什么反应，以我对他的了解，总归好不了。我已经够烦了，不想再听他唠叨。

又是一周。

小志现在在我办公室的时间越来越多，他说他看着电脑屏幕就心慌，和我分析分析严峻的形势反而会舒服一些。我明白，其实就是闲的。可再分析又能怎样？那一百多家“潜在客户”都至少收到了我们的三份广告；在贴吧论坛里的广告帖发了就被删，网管删多快我们就补多快，删完被封号，换号接着发，只是注册的“僵尸”ID就有好几百个；发布在视频网站里的宣传片只有两千多点击率，其中一千九百多是我们自己点的……还能怎么办？我和小志大眼瞪小眼，满眼的困惑，多少有点儿坐以待毙的感觉。

“呦，哥儿个都在？”

发呆间，大黄手插裤兜慢慢悠悠地走了进来。我们真愣愣地朝他望去，其实是在看他身后的女孩儿。目测一米七，目测巴掌脸，目测C，目测A4腰，目测没见过。这是标准的美女数据，但这女孩儿一身素装打扮，白色运动T恤、牛仔短裤、粉色跑鞋，更没有浓妆艳抹。我和小志面面相觑，真活见鬼了，这样的清纯女孩儿怎么会和大黄出现在同一画框里？

“这，位，是？”

“我女朋友馨儿，高中老师，教语文的。”他身后的女孩儿害羞地朝我们点点头，以示礼貌。

老师？Tina的身影在我脑海里闪了一下。

“你着什么急介绍职业啊？跟哥们儿在这炫耀上了？”

他的女朋友甲乙丙丁等等我基本上都见过，今天带来一正经人，我确实有点儿惊到了。

大黄一屁股坐在我办公桌上。

“没啥事，就过来看看咱这项目怎么样了。”这胖子故意冲我得意地使了个眼色。

“还在努力，你当大老板的真是放心啊，大半个月都见不着一面，够忙的啊？我看你忙得都瘦了。”

“滚蛋。”

“哎？美女怎么还站着呢，坐啊，甭客气。”我们这才发现馨儿还在那站着，“不是当老师的吗？怎么还这么腼腆？这还不得被学生欺负坏了？”

“瞧瞧，这叫礼貌，这叫素质。”

“美女，你这么年轻都当上高中老师了？了不得啊？”

“哎哎，别变相打听女生的年龄，实话告诉你，比咱们都小，而且还是高才生，中学还跳过级。”大黄点上一支烟。

“厉害厉害。”我和小志异口同声，每个字里都充满了嫉妒……

“叫馨儿是吧，馨儿，你在哪教书，胖子你别说话啊。”

“普鸿中学。”轻柔的声音让整屋的空气都酥麻了。

“行了，你们先忙着，我带她去里屋看看咱公司的技术活儿。”

馨儿跟着大黄出去了，出门时我听到：“你这两天嗓子不好，少吸点儿吧。”

办公室的门刚关上，小志终于忍不住拍了桌子：“黄胖子这是在祸国殃民啊？”

“别说了，这叫本事。你看馨儿那眼神儿，从进门到出门就没离开过那张猪脸，这得是多有爱啊？我也是真看不懂了。”

“越会玩的，越不缺女人；女人越多越不珍惜。瞧人家这日子过的，如果我现在有个这样的女朋友，也不至于天天往你屋里跑。”

“玩不玩也得看找的是啥样的女人，就他以前那帮女友，我估计十个里面有八只鸡，剩下那俩也是找提款机的，他又不傻，能不懂？能不玩吗？也许这次人不一样了，他也就认真了说不定。”

小志又沉默了，唉声叹气直摇头，我可以理解大龄处男的心情。

不一会儿，大黄和馨儿回来了。

“你们做得挺棒的。”馨儿微笑着，竟主动说话了。

“还凑合吧，但市场不好做。”

“我们学校现在正在找动画公司，如果可以的话，给我份资料，我给你们引荐一下。”

“真的吗？做什么动画？”我们一下子来了精神。

“做一个考试须知的动画，三分钟左右。”

“有素材剧本吗？”

“什么都没有，全由你们做，多少钱？”

“我算算，我估计这类动画不需要什么粒子特效，光影细化要求也低，那就按一帧一百块吧。”

“一帧是什么？我不是很懂，你们不用要价太便宜了，九中的已经做完了，他们是一分钟六千，和他们差不多就行。”

我和小志瞬间懵圈……

“九中的那个动画在网上有，我给你们看看。”

当馨儿打开时，我们仿佛看到了一段童年的回忆，怎么看怎么像老版的《大头儿子小头爸爸》系列。难怪一分钟六千，这就是儿童版的平面FLASH。

大黄看我们卡壳了：“三分钟有一万八了，可以了，别嫌苍蝇不是肉。”

“这些人物形象不用专门设计，网上随便找找就一大堆，倒是好做。”小志看看我。

“呃，好。”我尴尬地笑了。

我溜达着走在回家的路上，晚上七点多正是下班高峰期。四惠桥上下左右都变成了停车场，地铁站口的人流只出不入，眼前这些人便是这座城市的中坚力量，每天的此时，他们要出城休息了。走过地铁站没多远，又闻到了扑鼻的炒面香味。远远看到老爸的店门口排起了很长的队，辛苦了一天的“中坚力量”外带一份炒面回家算是对自己肠胃最便捷的安抚。站在店的不远处，我可以清楚地看到老爸穿着背心，炒得热火朝天，高大的身形旁边架着部手机，时不时地和网友观众互动几句。不知道今天能有多少收成，但再怎么样也比我强。那些进出地铁，为生计奔波的人们，每天拿着一份踏实的收入，再怎么样也比现在的我强……

想到这，我不由得想笑，想笑那一万八的片子目前也只是靠馨儿问问，“八”字都没一撇。站了一会儿，我没进店里，而是继续漫无目的地走着，我只想自己待一会儿。不知不觉，又走回了公司。我们这里虽然是公寓楼，但里面入驻了不少公司，看着大厅里快步走过的人群，忙得真让人羡慕，唉……好久没加班了。上了楼，打开大门，客厅里一片漆黑。

“啊……”

办公室里传来一阵阵撕裂般的呻吟，灯光顺着门缝溢进客厅。我轻步走近，直觉已让人心跳剧增。把门推开少许，只见衣物散落在地上，办公桌边，一双白皙玉腿架在男人厚实的肩膀上，纤细的指尖深深地嵌入他浑圆的上臂内侧，是馨儿和大黄。娇小的胴体，蛮横的兽躯，清脆的碰撞声，薄汗的色泽，两个人在忘我地侵占着对方，生怕遗漏一寸肌肤……

“不要停，不要停……”

“呵呵。”胖子坏笑着，桌子在共振中微移着。

……

各种体位，各个位置，我的办公室没有了一点儿“隐私”。这货不但功夫好，还不时地用言语刺激，甚至其中不乏羞辱，这反而让馨儿更加的兴奋和享受。今天我算是见识到了，这种现场带来的视觉冲击是任何小片都取代不了的，半小时过去了，两个人不但没有丝毫倦怠，反而愈发疯狂……

我看不下去了，裤子里实在胀痛难忍，只好轻轻闭紧门，溜了出去。走在路上，馨儿的声音仍在耳边，“不要停，不要停……”，眼前尽是那小蛮腰尽情扭挺迎合的画面，这是刚见到的那位端庄清纯的美女老师……

学校动画的项目谈得异常顺利，但奇怪的是我们的客户是一家叫新光瑞的公司。这家公司很小，目测也就十来个员工，听馨儿说，他们是上级指定的投标公司，普鸿中学的所有采购都只能来自这几家公司。没想到三分钟的动画也得有资质，这就是国内的规则。不过，反过来一想，我们公司连个牌照都没有，这样倒是省了我们挂靠其他公司开发票的佣金。

从新光瑞出来后，小志激动地向馨儿连声道谢，馨儿还是一脸腼腆，好像有点儿受宠若惊的样子。我偷瞄着她，总不自觉地想起那天晚上的情景。大黄一脸不屑："你们知道为什么这么顺吗？你们这一万八的要价，他们转手卖给普鸿中学至少十万，信不信？"

我们三个一脸懵圈。尤其是馨儿，不解和尴尬瞬间挂在了小尖脸上："怎么会这样？我们报价少了？"

"这都不懂？在学校待傻了吧？咱们没得选，人家赚的就是这个资质钱，咱不做，想做的人多的是，哪行哪业不是这套路？"

"我真的是听同事说的这价格，怪我怪我，我现在再去找他们说说吧，我同事和他们认识，应该可以的。"馨儿竟像个犯了错的孩子。

"行了行了，这事由不得咱们，就这样了，如果咱真有资格给人家谈价，我刚才会不说话？我还会在这事后装×？别招人嫌了，哄好他们只要能顺利结账就成。"

馨儿只好默默地低着头，不再作声。我又一次心生嫉妒，哪里来的运气泡到了这么乖的女孩子？

为了庆祝一下第一桶金，我提议大伙去大餐一顿，但小志着急要回去写片子的分镜剧本，而馨儿说身体不舒服，最后只剩下我和大黄。这下便可全然不顾场面上的东西了，二话不说，直奔我爸饭店。今天老爸特开心，只让我们安心吃烧烤喝啤酒，客人再多也不用我们帮忙，可能是因为听到了我和大黄的聊天，可能是以为我们大干了一票。

喝开心酒的状态真是不一样，还没上齐肉串，每人三瓶下肚了。大黄的酒量是没得说，而按我平时的状态此时应该微醉了，但今晚没事。

“馨儿是不是被你骂得不高兴了？”

“她？屁事没有，大姨妈来了，肚子疼。”

“不是哥们儿说你，麻烦完事后把桌子归位窗户打开。”

“呦，你什么都知道啊？”

“呵，何止知道？哪天不看场直播我都睡不着觉。”

大黄笑了笑，喝了一口啤酒，面不改色甚至还露出一丝得意。

“能有这艳福就好好珍惜，别整天对人家女孩儿呼来喝去的，谁还能屋里屋外都给你做奴隶？知足吧。追她的人肯定多了去了，到时你哭都来不及。”

“屋里做奴隶，才能屋外做奴隶。”

“你可拉倒吧，对那玩意儿这么自信？比你强的多了去了。”

“咱还真有这个自信，你又不是没看到。”

我笑着看着他，琢磨着他这话。如果不是亲眼所见，还真不屑他这牛皮，近两百的体重，做起来跟疯了似的。

“你吃药了吧？”

“呵呵，你这是在骂我。”大黄把我的杯子倒满，“来，干了它，哥们儿手把手教你。”

“成。”这一杯啤酒灌得绝对冰爽，一个大嗝差点儿把我的肉串勾出来。

“好嘞，听着，咱绝对不吹牛，男人……

第一，你应该知道感性和理性是相克的，做那事是个感性的过程，做的时候越沉醉其中，越容易缴枪，所以同时要做一些理性的事，来延缓自己的身体被感性驾驭，比如想个数学题什么的……

第二，不要追女人的感觉，不要看她兴奋了，你就忘乎所以了、提高频率了，其实你那是被女人的节奏带走了，到最后先缴枪的总会是男的……

第三，男人要冷静，要保持稳定的节奏和有氧的状态。因为兴奋会在不经意间让有氧变成无氧，无氧会让人的大脑失去理智，会把身体的节奏打乱，到时也就快完蛋了……

第四，男人对同一个女人HIGH的次数越多，会对这个女人的兴趣降得越快；而女人对同一个男人HIGH的次数越多，会对这个男人迷得越深；所以，所以……”

他就这么滔滔不绝地讲着，十分钟过去了，半小时过去了……

大黄是个善于动脑筋的人，也够聪明，在好多事上都看得出来，但我没想到连床上的事都能自创一套理论。虽然我嘴上还在不停地损他骂他，可心里还真起了佩服。别管这套理论管不管用，就凭他这善于思考、善于总结的劲儿，我也得服，同样是男人，我怎么就没想到过呢？

酒杯一次次地碰，酒瓶摆满了桌底。喝嗨的大黄畅谈着自己的风流韵事，说他炫耀也好，说他无聊也罢，但眼前这个花心的胖子并不是天生如此。没有谁天生风流，要么是条件太好被太多女人惯的，要么是感情受过伤的，显然大黄属于第二类，这我再清楚不过了。

当年大黄也是纯情小胖一枚，高中时便凭那三寸不烂之舌搞定了全班最丑的妹子之一：豆豆。当时班里有不少人在谈恋爱，由于大黄和豆豆无论在长相还是家境都特别门当户对，所以只有他们是我们公认的最有前途的一对。我记得很清楚，那时的大黄几乎把学校当成了家，连本该有的双休也不例外。虽然成绩常年无悬念的倒数，但为了陪豆豆学习，他就是趴在桌上睡觉也会把时间熬完。每天书包里鼓鼓囊囊的，不是书，而是零食，就因为豆豆有课间吃零食的习惯。至于钱的问题对大黄来说从来不算问题，又是靠那三寸不烂之舌把校门口杂货店的大婶哄得要认他作干儿子，零食、文具自然都是随便拿。我可以看得出，那时的他很幸福，每天，书包里都藏着豆豆亲手给他编制的手链，一看到他的女神，满眼都闪烁着灿烂。

但是所有的美好都在高中毕业后发生了逆转。在全国考生眼里，在北京考不上大学的人已经不单单算是落榜生了，那是要上升到世界观和脑回路层面上被讨论的一类人群。而大黄无悬念地作为其中的佼佼者进了一所职业中专。豆豆的成绩虽然不是很好，但也无悬念地考上了一所全国重点大学。本以为在同城，距离不是问题，但无奈思想上渐行渐远。其实走远的是豆豆，大黄从没变过，始终还是那么痴痴地呵护着他的女神。可豆豆不以为然，渐渐地，质疑、轻视、厌烦都显现出来。其实谁都清楚，矛盾的根本原因在于她瞧不起大黄的学业。在英国时，按时差算是国内的凌晨，我多次收到大黄的语音信息，每次都醉得口齿不清，内容无非就是又被豆豆鄙视了，只是每次鄙视的内容不尽相同。从开始的穿着、举止、谈吐到后来的前途、收入和背景，总之发生没发生的都鄙视了一遍。我对他说的最多的一句话便是："现在看你哪都不顺眼，早干吗呢？"大黄没辙，他明白自己要想提高素质得到女友赏识也不是一两天能办到的，现在能做的只有无条件地对她好，感动她。然而，不到半年，大黄终于迎来了尊严扫地的那一天。

他告诉我说，他几乎是被豆豆轰出来的。理由很简单也很老套，豆豆和别人谈了，不要他了。尽管他不愿去相信，尽管他仍想试图挽回，但那个纯情的小胖子确实在众目睽睽之下被钉在了校门外，豆豆对他吼出的最后一句话是："别再来烦我！"我曾不止一次地想象这是何等心酸的画面，如果按肥皂剧的套路，不配点儿电闪雷鸣瓢泼大雨实在对不起男女主角的真情流露。

我这么说可能会给人幸灾乐祸的感觉，但对于他们的分手，我的确是打心底里为大黄高兴，因为乞求来的感情是不会有好结果的。大黄确实没什么硬件优势：没颜值，没钱，没学历，没背景，除了那颗痴情的心真是什么都没有，为了感情甚至连尊严都可以不顾，可到头来又换来了什么？这是我时常在想的问题。那时的我甚至成了大黄的偶像，因为我至少比他有颜值，至少家里有钱供我留学。然而，几年后，夏婷在相似剧情里甩了我。那天我才明白，我和大黄都是屌丝，只不过是品种不一样罢了……

没经历过感情的男人只能算男孩儿。大黄带着颓废和茫然熬过了失恋期的例行病态反应后，他终于变回了自己：那个曾经满嘴跑火车的胖子。在电话中我能明显感觉到他语速的提升，思维的敏捷，好多时候我完全跟不上他的节奏，这和分手前那个恍恍惚惚的他形成了鲜明的对比。更让我吃惊的是，以前他只是动嘴，现在连手也动起来了。在中专那段时间里，他倒过手机，卖过魔术道具，在网上帮人刷过单，在四惠开过黑车，他说这都多亏了豆豆对他的刺激，没办法，这就是个现实的社会。毕业后，花了五万多托关系在政府部门当了个没编制的驾驶员，虽然工资少得可怜，但凭着超高的情商，不到三个月便混成了领导的驾驶员。从此，领导的出入应酬会议全都是他鞍前马后地伺候着，整天哄得领导乐呵呵的。逐渐地，领导让他去跑腿对接一些具体的事，每件事都处理得滴水不漏，深得领导信任，那时很多老板就已经把大黄当成了领导的生活秘书，相当器重他了。没过多久，他被提升为办公室主任助理，虽然还是没编制，但说起话来有时比办公室主任都硬气。

圈子高大上了，妹子自然会聚过来。大黄很理性，从不在朋友圈里晒自己玩的照片，哪怕是一点点的休闲信息。他朋友圈里除了开会就是出差的路上，偶尔发些励志类的心灵鸡汤，纯粹正能量的套路。而我和他的私聊窗口里三天两头地被各种夜店、美女、好酒、会所的照片充斥着。在我和夏婷刚分手的那段时间里，这些浮华的轰炸多少带乱了我的节奏。他会把自己的事全部都告诉我，好的坏的，喜的悲的。时间久了，这便成了习惯，我已然成了他情绪的聆听者，即使这在旁人看来毫无意义，但他和我说这些肯定感觉特痛快。我明白他无论混得有多么风生水起、纸醉金迷，那不过是个自我保护的外壳，那个真实的他只有在我们的聊天里偶尔会闪烁其中。

“从今又死了一个濒临绝种的温柔，多一个爱情杀手”，这是王杰的一首老歌里的歌词。当我看到大黄换女朋友如翻书一样时曾这样评价他。在我看来，他始终没跳出“纯情男被伤害后玩世不恭最后又找到真爱痛改前非”的老套剧情。不过，大黄却笑我幼稚加土鳖：“什么爱情杀手？压根儿就没有爱情好吧？”

“我看那小华、莉莉，还有那几个，我忘了名字了，确实是挺喜欢你的。难道你这不算玩儿她们的感情？”

“感情？呵呵，如果我现在是四年前的我，但对她们说的话和今天一字不差，你觉得她们一样会喜欢我吗？切……”

一个“切”字，饱含了丰富的情感……

“人是逐利动物，人都想往高处走，男人喜欢结交高大上的朋友，女人也一样，只是女人的逐利性更露骨更直接。你以为我能泡上她们只是靠这张嘴？”

“还有你那身行头和借来的车。”

“更重要的是我微信朋友圈里那些有地址定位的会议照片，看看，Trump International Hotel&Tower New York（纽约川普国际酒店），Waldorf Astoria New York（纽约华尔道夫）这些代表着你的层次，不是暴发户开着辆大奔就能秀出来的层次。”

“那么有用？”

“对男女通用，比土豪秀个方向盘有用得多，你看看下面有多少评论多少个赞？”大黄秀了我一脸，“男人的成就对女人的杀伤力等同于美女对男人的杀伤力。女人天生会捕捉细节，在她不了解你的成就时，她们通过细节做出判断；衣服、车子、手表、鞋子、圈子等等，越老道的女人越不会被男人的嘴所忽悠，其实所有这些细节归根结底都和钱有关，‘钱’成了最直观的判定标准，也是男人用来泡妞的最简单的手段。像我这样靠养圈子设计细节泡妞的属于纯技术工种。所以，别拿感情说事儿，感情是有价的，没几个人想要亏本的感情，所以，在女人眼里盈利的感情才是好感情。”

“你直接说你抠门得了。”我回呛了他一句，但他的话似乎戳中了我心里的那块伤疤。

“我都看透这些了，凭什么还让她们占到便宜？是猫都爱腥，少点儿虚荣怎么会中我的套路？现在哪个女人找男友一点儿不看物质？就算她不看，她家长会不看吗？整天洗脑就能让傻子变成猴精，问题是现在也没几个女的需要洗脑，都是明白人，社会才是最大的洗脑机。讲感情和人品？也要在物质的基础上，你整天蹬个破三轮谈个感情试试？不能否认，那样也会有女人看上你，但这是因为这女人的综合水平还没机会摸到比你更好的层次。这个时代，女人的伸缩性是很强的，同一个女人，嫁入豪门能变成贤妻良母，嫁给穷人能变成刁蛮怨妇。有时，One Night的女人比这些女人更能让我尊重。”

“你才多大啊，悟得什么似的，在你眼里世上就没真爱了是不？”

“有啊？当男人每天只能吃泡面时，女人能为他准备好开水，这就是真爱。简单吧？但没几个人能做到。女人和生活一样，她不会因为你哭泣而变得温柔，但会因为你的强大而变得风情万种。”

“馨儿呢？”

“她？看到这堆啤酒瓶子没？她只是其中的一个。”

曾经的大黄和现在的大黄……

“自古深情留不住，总是套路得人心。”

第二十二章　现实？镜像？

在这个月里，这已经是我第七次坐在新光瑞的会议室里了，可惜不是开会，而是要钱。学校的动画两周就完成了，合同里规定一个月结清款，然而这都快年底了。前台的美女对我态度从友善、客气到现在的厌烦、不屑。开始时他们老板还会好声好气地给我哭穷，说学校没给他们结账，让我再等等，后来直接电话不接，人也不露面了，以至于我不得不堵到他公司来，谁知竟派个秘书来继续给我哭穷。我真不明白，只是一万八，这样一家正规公司，为什么偏偏要跟我们这样的小虾米耍无赖。

“程先生，我们下班了，唐总已经走了。”

“你刚不是说他在见客户吗？”

“他陪客户吃饭去了，您改天和唐总约好了再来吧。”前台美女的话语冰冷而不容商量。

瞬间，我的火气直冲嗓子眼，明明是你们不讲信用，还这么拽，像轰要饭的一样。但转念一想还是忍住了，和她急没用。

出了门我拨了唐总的手机，不出所料又是一句“对方不方便接听您的电话。”没辙了，我只好找大黄商量：“咱们起诉他们吧？”

“哥，你是我亲哥，就为这点儿钱去起诉？你以为这是英国呢？有句话怎么说来着：这，这还不够油钱。”

“那现在怎么办？当活雷锋全白送？就这么完事了？”

“要账是国内的特色，是生意上的重要组成部分，你确实在国外待得纯真了。”

“别装了，怎么办？直说。”

“要账是门艺术，你别动气，软磨硬泡，能要一万那就先拿着一万，能要一千就先拿着一千，把他们捧在手里哄着，哄得他们都不好意思不给你，你也就算锻炼出来了，以后这事多了去了。”

“我真不会玩儿这套。”

“兄弟，公司是我出大头筹起来的，第一个单子是馨儿帮你接的，这账你还不能拉下脸去要，你还能干吗？合着把你宠成大宝贝，饭喂到你嘴里才满意？别整天光嘴上抱怨，为了我们几个，您老也往前挪两步？成不？”

我接不上话了。

次日早上八点，我又奔向新光瑞。没想到前台美女翻脸不认人，说没预约不能进，直接把我顶在门外。我只好蹲在电梯口堵唐总，哪知这一蹲就是两个多小时。

十点多，唐总优哉游哉地出了电梯。

“终于把您老盼来了。”我一起身差点儿又蹲回去，腿麻了。

他一惊。

“您一大老板，就为这点儿钱躲成这样，您说您至于吗？”

唐总个头矮小，仰头看了看我，面无表情。

“您这包我认识，BV的吧，这都不止一万八吧，您何必为难我们呢？”

“老弟，我真没钱，学校不给我结账，我拿什么给你结账？要说账上连一万八都没，那绝对是假话，但就算有一百八十万那也都是贷款，老弟你放心，只要学校给我结账，我第一时间给你，这是行业规矩。”

“学校和你们之间的事跟我没关系，我和你签的合同，我就找你。”

“找我有什么用？我说了我没钱啊，不信是吧，来来，现在就给你看看我们账上有多少钱。”

我没想到唐总这么敞亮，便跟着他去了财务室。

“我还真不怕你看。”他边走边自言自语，似乎理在他那边：“看，这是我们公司的基本户，就两万七千六。”

我哑口无言。

“这是前天刚发完工资剩的，老弟，我看你是个实在人，给你抖抖底，不怕你笑话，现在我们除了搞贷款，就是要账。”

我心里竟掠过一丝同情。

“来，给你看看这个。”唐总从抽屉里拿出一沓票据。“这是去年给普鸿装修的视听教室的项目，二十万，拖到上个月才给，还是半年的承兑，这一年来我们求爷爷告奶奶请客吃饭，过年过节送券送卡，那点儿利润全搭进去了还得扛半年的息，现在哪敢贴息出来啊？非亏本不可，我打算哪天把这承兑直接转给别人。再给你看看这个。”他又抽出一张发票：“这是给亚洋中学做的项目，一百二十万，干完就把发票开给他们了，结果要了两年了，就给了十万，你找谁说理去？合同上写的三个月结清，哪个不是拖个半年甚至几年的？合同只是张纸。”

“为什么不告他们？”

“在中国讲究和气生财，我告他们就等于撕破脸了，棱角太多会把关系网扯破的，以后我在这个圈里怎么混？”

“只和信用好口碑好的学校合作不行吗？这样多闹心。”

“问题是现在全都这么玩，我总不能出家当和尚去吧，人家是老大。咱们杠不过潜规则。”

“这么没诚信？他们可是学校啊，整天把道理格言挂在嘴边……”

“呵呵，老弟。”唐总笑着拍了拍我的肩膀。

……

这次我没再把要账的经过告诉大黄，怕他嘲笑我，笑我中了唐总的套路，可我心里确实选择了相信他的话，甚至都不太好意思再去堵他。但账没要来是事实，我们仍是利益损失方。我觉得自己很失败，总在矛盾的两端摇摆不定，最后受折磨的还是自己。

最近，我的办公桌位置没动，没有异味，反而让我不太习惯。让我更不习惯的是馨儿，她最近常在网上和我说话，问我们最近应酬多不多，问那一万八要来了没有，说她和学校的财务大姐关系很好，只要学校给新光瑞结了账就马上告诉我等等等等。我一时觉得奇怪，莫非……一问大黄，果然，胖子把馨儿甩了，她这是想通过我试着了解大黄的情况。隔三岔五地看到馨儿的信息，看到她费尽心思地打听大黄，我心里真是一万个“F……K”。好几次，我一冲动都差点儿把胖子的老底和盘托出。不过想想也挺可笑，我一个局外人，跟我有什么关系。要说心里的感受，确实为馨儿不值，多好的女孩子，爱上这么个渣男，不知道会被伤成什么样；更不知道下个受害者会是谁……

参加动漫展会，这是我能想到的最直接面对“有效客户”的方法，虽然成本不低，但我还是狠下心租了个角落附近的展位。一共十平方米，从租金到装潢布置花了两万多。听着中央场区嗨翻天的音乐、DJ、电竞呐喊和ShowGirl秀，瞬间我们的屌丝气质暴露无遗。展会里人山人海，嫩模美女们玩着各种Cosplay（角色扮演），真是有美女的地方就有人气，这条规律在哪里都适用。另外，还有一条规律也挺准的：有美女的地方总有大黄的身影。胖子最近很少在我们公司露面，美其名曰：工作太忙。哪知，展会一开，立马现身。大脑袋下面挂着两件“宝物”：单反相机、参展商“狗牌”。小志是单反迷，看到武装到脖子的大黄仿佛找到了知己，然而胖子却一脸不屑：

“这相机是借的，撩妹用的。”

“怎么撩？”小志没想到单反还有这用途。

“看着。”大黄自信满满地扫视着人群，寻找着猎物。没一会儿，一位身穿蓝粉色短裙、半露上围、蓝色齐肩发、手持法杖的女孩儿走了过来，目测刚成年。不知道这是角色扮演的哪部大作里的法师，大黄二话不说，迅速起身迎上前去：“美女，我是NGAC的主编，可以给你拍个照吗？”说着，亮了一下“狗牌”。

“好啊。”好萌的声音，小志半张着嘴，口水都快流出来了。

“你把法杖立在地上，左手握着，双腿绷直，双脚分到和双肩齐宽，右手张开，右手臂伸直抬到四十五度……不对。”说着，大黄走到美女身边，帮她把手摆到正确的位置，“对，就这样，腰再挺一点儿。”他的手轻扶在美女的小蛮腰后部，轻轻地往前推了推，我们所有人的眼睛都直了……

“哎！好！”

“来，再来一张，朝这边看。”

“真棒，你的腿太抢镜了。”

“眼神迷离一些，对。”

“下巴真翘，你这脸型就是为镜头准备的。”大黄快速按着快门，各个角度地围着美女转，表情极其认真，但那股贱兮兮的气质还是在眉宇间散发了出来。

正当美女出状态之际，大黄却叫停了：“行了，我们先拍这些。”

“哦，谢谢，照片会上网站吗？”

“肯定的，但要精选，你把微信给我，到时把照片传给你，咱们一起选选，精选完让我们的技术做处理。你这么好的条件，找时间来我工作室，专门给你出一组，日点击量过十万没大问题。”

“真的吗？太好了，您扫下我的二维码吧。”美女低头弄着微信，大黄趁机给我们甩了个得意的眼神，贱透了。

展会上的人很多，但大多数和大黄的想法相同，只是差距在手法上。一天过去了，我们的展位鲜有人问津，于是我抱着自己的宣传页和光盘挨个展位上送，可得到的大多数反馈只是礼貌性地点点头，偶尔会有展位愿意把自己的资料回赠给我一份。也许这些宣传页不过是三天后的清场垃圾，我想。

会场太大，腿快走折了才发完了三个区。我无精打采地往回走，就连从身边经过的性感ShowGirl都无法让我提起精神。

回到摊位，看到小志正着魔似地盯着大黄。

“……男人不要每次以宣泄为目的去做那事，时间久了，男人的冲动越来越少，对双方都没好处。要掌控，不是只图自己HIGH，而是要让对方HIGH。”

“好家伙，照你这么说，我们男人就是伺候女人的命？咱不就图那两秒吗？”

“呵呵，这只能说你还在普通男人的层次上，当你有了掌控能力，才会悟出纯自然征服的快感。”

“纯自然征服……这词真新鲜。”

“不懂了吧，这种彻底征服感分泌的多巴胺能把一般的HIGH甩几条街。多巴胺懂吧？神经传导物质，天生就在咱脑袋里，这玩意分泌越多，人就越满足。这是一种贯穿身体和精神的满足。说多了你也不明白，自己度娘去。”

“是听说过。”

“记住黄老师的一句格言：宣泄后是空虚，征服完是满足。”

“所以馨儿就是这么对你死心塌地的？”

“死心塌地的多了去了，她算老几。”大黄一脸得意加嚣张。

我把剩下的宣传资料往桌上一丢，

“别扯了，你跟小志说这个干吗？”

“为了让他在不远的将来少走弯路。”

小志双手交叉，神情专注，似乎在消化着黄老师的精神食粮。

又是一天过去了，我连发资料的热情都在急速消退。小志一整天没抬过头，全程盯着手机，原来是通过微信“附近的人”加了几个妹子，正在加速相处中，可见他已经快被自己的处男身逼疯了。

“好看吗？”我凑了过去。

“超正。”这小子边吸着盒装牛奶边把照片亮给我看。

“可以啊。”一张知性美女的照片呈现在眼前，我往下翻着她的朋友圈相册：“行了，别聊了，删了吧。”

“为什么？”

“你看她的朋友圈，是从今年七月开始发的，标准的骗子，说不定和你说话的是个抠脚大汉。”

“你怎么知道？”

“没有一年以上朋友圈的基本上都是骗子，装纯要红包的，装穷在网上要饭的，忽悠你玩理财做原油的。你不要只看这些照片上是同一个人就相信，你还要看照片的解析度，像这么模糊的，十年前的手机都比这像素高，不知道被盗转过多少次了。这几年网络红包流行起来了，就有很多工作室注册了很多美女号，一个人控制多个号，专在网上骗你这样纯情男的小钱，他们养号，养得越久越容易骗到红包，警察都没得管。听听程老师的，错不了。”

小志又翻了翻刚加的其他几位“美女”的相册，一脸懵哔。

“全删了吧，你看看，真巧了，这几个都是半年左右的朋友圈，第一张照片的主题都是‘重新开始、新的生活、老号被盗了重新开号’这种套路，看来‘重拾人生’的悲情坚强女都被你碰上了。”

“你怎么这么清楚？”

“我也被骗过啊。”

“呃……”

这时手机响了，竟然是唐总，我的心跳立马提速。

“来我公司一趟，好事。”

“学校结账了？”我似乎感觉到第一桶金要到手了。

“来了再说，快点儿。”

原来唐总想邀我们参与和他们公司一起竞标。这是个物流园区配套系统的大包标，包括网络、监控、计算机、服务器的硬件耗材，软件管理系统和3D动画演示。二十八间普通库、五间速冻库以及低温库、冷藏库、保鲜库各两间。总标报价在两千多万，软件和3D给我们做，报价两百万。唐总把招标公司的资料和一杯茶放在我面前，资料封面一排醒目大字：海部实业。他拍拍我的肩膀：

“怎么样，这可是拨款项目，不用你垫一分钱。”

“我那一万八呢？”

“呵呵，我就喜欢你这样的。直说吧，你那动画我卖了四万，五千抽成给‘关系’，四个点的税，再去除你那一万八和乱七八糟的其他费用，我赚一万多，可能还没你赚得多，至少你不用开发票。昨天学校给我拨了两万，我现在给你转一万，剩下的，还是那句话，学校给我结，我就给你结，没毛病吧。”

“这次你为什么找我合作？”我看着资料喝了口茶，味道不错，应该不便宜。

“我看过你们的宣传资料，技术上没问题，这个标的软硬件要一起接，软件上我们没人，所以必须找个信得过的人合作，给谁做都是做，虽然只和你老弟接触过一次，但我发现了你的两个特质：执着、实在，这就够了。”

“3D的那个我们没问题，可那什么管理系统真不行，我的代码不专业。”

“要不说你实在呢？这是拨款项目你怕什么？等我们中了标，一期款下来了，你现雇人开发都成，但不准外包给别的公司做。回去好好准备一下，现在就按资料做3D演示动画，我知道这东西费时间，投标时需要这个；了解下仓储管理系统的设计，网上很多。”

“你这么有把握中标？”我反复翻着资料。

“老弟，我现在发现个你的毛病，疑虑太多，这个年纪不该有这毛病。现在给你吃个定心丸，这个标就是海部实业的朋友介绍给我的，投标价不能高于两千三，明白了吧？多了也不能说了。你那两百里赚个一百不是问题，其他的都不用你操心。”

听了这些，我心里踏实多了，真是东边不亮西边亮：

“我听说过这家海部实业，周边好多基础建设和绿化都是他们承包的，这是家私企？”

“你管这么多干吗？不该问的别问。后天海部那边开标书介绍会，竞标公司都会去，你也跟我过去走个过场。”

回展会的路上，寒风刺骨，好不容易叫到辆出租车，竟然四处漏风，跟阿铭的破车一个德行。我蜷缩在大衣里给馨儿发了条微信，让她帮我确认下，是不是学校真的只给新光瑞结了两万，没过五分钟便收到了她肯定的答复，我终于觉得自己的腰板直了。

到了展位，看到桌边围了几个人，中间坐着大黄，不用想，肯定又是黄老师开课了：“我不会在马路上看到个美女就随便上去搭讪，那叫流氓，会吓到别人的。搭讪是需要氛围的。首先得在一个悠闲放松的环境里，比如在咖啡厅，你看到一个美女，在几分钟的时间里看她，每次看十秒左右。女人都很敏感，你老是看她，她肯定会知道。如果她只回看你一次，可能她觉得你是色狼，随时都会离开；如果回看你两次，说明她对你有点儿好奇；回看你三次，说明她对你至少不反感；剩下的只需要你稳稳地站起身来，自然地走到她面前，自信地开口：美女，加个微信可以吗？记住，要自信，语速别快，不要紧张，吐字清晰，声音稳重，说话时看着她眼睛，眼神别飘忽，嘴角微翘，做出微微笑的表情，别凝重，别愁眉苦脸。只要美女答应加微信了，你就绅士地稳稳地回到自己座位，别贪心地想坐在她旁边，更别想直接聊天。因为你们刚认识，没什么可聊的，聊不出三句就变成‘美女，你是做什么的？多大？’这就成查户口了，刚建立起的一点点好感会瞬间崩塌。回到座位后，你要仔细看她朋友圈，初步了解她，找共同话题。网上聊天就是给了一个既不远又不近，还略带神秘感的距离，最重要的是社交软件给了你足够的时间考虑，这就可以把每句回复的失误率降到最低。泡妞泡妞，关键在于一个‘泡’字，细火慢炖。想玩急的找小姐去。”

所有人仰视着黄老师。

“行了，别扯了。”我再不打断他，自己都快被洗脑了。接着，我说出了这些天来最自信的一句话：

“撤摊！”

海部实业不愧是大公司，宽敞的会议室旁边还有间更宽敞的接待室，吧台、沙发、台球、室内高尔夫一应俱全，并且还贴心地为我们准备了自助点心。

听唐总说，今天前来参加介绍会有八家公司。会前大家都在跟自己人低声私语，即使同行间面熟，也只是生硬地寒暄数句，更没有人交换名片。已经到开会时间了，但海部的人迟迟没有出现，无聊之余我翻着新光瑞的公司简介。这是一本五十二页厚的简介，封面右上角订着唐总的名片，介绍文字只有一页，剩下的全是公司的各种资质和专业认证。除了我知道的教育以外，还涵盖了基建、网络、装修、安装等多个行业，好多资质听都没听过，没想到这样小规模的公司竟有这等能力，实在是令人匪夷所思。

“唐总，您这些资质真硬实。”

“呵呵，这可是花了一百多万才办下来的。”他毫不掩饰自豪感。

“呃……”原来这才是关键。

“有资质了出了问题只是修修补补的事，没有资质出了问题可就是领导责任了。”

我似乎听懂了：“这么多资质你都能用得着吗？”

“不管能用到多少，这些都是公司的无形资产，在公司估值上都有加分作用，估值高了好贷款，谈并购时好抬价。一会儿交简介的时候你就知道了，哪家都有这么厚的一本。”

十五分钟后，海部的人终于出现了，低语的声音瞬间消失。会议没有任何拖沓直奔主题，工作人员给每人准备了一份招标PPT的纸印版，其负责人则在台前指着大屏幕详细解释所有的项目条款。信息量很大，大部分人很专注地看着手上的资料，时不时地拿笔记下关键点。不过，也有几位呈半睡状态，单手托腮好像在听大学的公开课；对面败顶大叔更离谱，手机横握，双手按个不停，频繁地转换角度，应该是在玩游戏，而且是赛车游戏。

四十分钟后会议结束了，大家纷纷起身把自家的简介交上，临走时都不忘客气地和这位负责人握手道别，只是他连抬手的力气都很吝啬，没办法，现在生意不好做，海部的两千万就是大家眼中的财神，不供不行。刚才那几位半睡人士连简介都没交就走了，而那位败顶大叔则是把简介往他面前一丢，倒是这位负责人点了点头，我注意到那简介封面上连张名片都没留。看着败顶大叔扬长而去的背影，我不禁问唐总：“那人是谁？”

“拓威的吧，前段时间论坛峰会上见过两次，不熟，怎么了？”

“这个拓威公司怎么样？”

“刚入行的小公司，我不记得他们做过什么项目。”

回到公司，大家便投入到紧张的标书准备中。对于建筑类的3D动画我们轻车熟路，其难度和CG特效没得比。建模、贴图、设计镜头，这些工作交给他们几个做就够了，我则是在做仓储管理系统的策划。一连熬了两夜，在网上零零散散地找到些破解版的软件，但一看便知是地摊货，唬不了人。只好把这些软件的设计综合起来，再加上自己想象，硬编出一套逻辑设计策划。我知道这相当业余，我只能祈祷审标的人更业余。如果能雇个专业的软件设计人员就好了，我无奈地想着，可没定标之前哪舍得花这个钱？

“我帮你把我的课注册完了，下个月21号开始，你过来吧。”Tina发来一条微信。

我把手机调成静音丢在一旁。

一周过去了，我们已经熬得人不人鬼不鬼，小志把做好的3D演示带到动画制作中心渲染，结果吃了闭门羹。本来都已经预约好了，被一家叫拓威的公司加塞了。又是这家拓威，我心里不踏实起来。通过大黄的关系，我们进了渲染室，竟发现拓威渲染的3D动画就是海部的物流园区，但这不是演示动画，而是真正的产品。难道他们已经中标了？在去唐总办公室的路上，有好多假设在我脑中闪过。

“没有具体数据我们实在不好明确型号，您说对不对？只需半天的时间让我们去现场……”唐总挠着头，松着领带结。“这标书是做不好的，这……喂？喂？”他皱着眉头挂掉电话。

办公室门开着，我站在门口敲了敲门。

“哦，来了，坐吧。”

他不问我什么，继续盯在那厚厚的一叠资料上，叹气声一阵阵传来。

“我觉得我们被玩了。”

“啊？”唐总抬起头来，好像才发现我的存在。

“咱们才是陪标的，我估计海部那边早就内定了拓威，咱们就是个友情客串。”

“你怎么知道？”唐总瞪大了眼睛走过来，鼻尖上的汗珠清晰可见。

“那天介绍会上，那个拓威的人就和大家不一样，特自信，特傲慢，连海部的人都对他客气；今天我们去渲染3D演示动画，本来都约好了时间，他们竟能随意加塞。这还不是重点，最主要的是他们已经把园区的正品动画做出来，质量真不赖，我都看了，这么短时间内能做完这个的，肯定不差钱。而且不确定中标的话，谁会直接出正品？”

唐总点了支烟：“单凭这个有点儿牵强吧。”

“刚才你和海部那边谈标的事？”

“是啊，我要库房的运行数据，他们不给，我要求去园区实地考察下，我们自己去测，也不行，那负责人霸道得很，完全不配合。没数据，我怎么定设备？不同的型号价格差很多，他们的用量又大，真没法做标书预算。”

“你这标不是海部的朋友介绍过来的吗？问问他不行吗？”

“这孙子说他现在不管这摊子事了，调别的部门了，真的……”

我考虑了一会儿：“我有个办法可以诈他们，拿我手机号冒充拓威的人给他们负责人打电话，他不认识我的号，一诈就知道了。”可这时才发现我手机没电了。

“拿我另一个号打，平时玩流量的号码，一般不用。”

我打开“免提”拨通了刚才那位负责人的电话：

“喂——”这个字用了尽两秒钟才说完。

“我是拓威技术部的，你把普通库的温湿度数据和电路图纸传过来。”我略带着命令式的口吻。

“哎，好好，前几天我让小李给您那边传真过去了一份，您没收到？”负责人的声音里突然充满了激情，声调提高，语速加快。唐总紧皱眉头，不敢相信自己的耳朵。

“没看到，再传过来一份吧，对了，你们招标书里指定的那几个品牌的设备，有几个现在没货了。”

“这些都无所谓，只要低温摄像头是德国VRT的，其他的都没关系。”

挂掉电话，唐总直摇头。

“怎么样？信了吧？那边已经开始干活了。”

“等会儿，我还得确认确认，VRT这牌子在国内只有一家代理商，我有个很铁的朋友在里面，这次投标我这么有信心就是因为我能拿到VRT的底价货。”说着，唐总拨了手机：“你帮我查查最近有没有一家叫拓威的公司从你们公司订过VRT的货。”

稍等了一会儿：“没错，付完款了，两百个。”

他惊愕地看着我：“这货发哪儿去了？”

“海部物流中心。”

这个下午，唐总抽了很多的烟，我同样很失望，热情又一次被泼了个透心凉。

“真他×的，没个真事。”看着窗外，我自言自语。

“看来这里面的故事不少。”唐总拍了拍我的肩膀：“没事，很正常，咱又没损失什么，就当是被调戏了。”

“难。”我深深地叹了口气。

“你看。”他指着楼下，“这里的一草一木一砖一瓦后面都有一潭很深的水，懂了水性就好了。”

“也许我真不适合创业”，坐在出租车上，耳边不停地响起这句话。在这条路上，这点儿挫折不算什么，可我明知如此，却依然失望之极。有时，我连我自己都不懂……

又是一夜宿醉，喝了多少？我不记得，甚至忘记了在哪里喝的，怎么会睡在宾馆里，竟然断片了……天亮了，睁开干涩的眼睛，只有断断续续的梦在脑海中闪过，我梦见了夏婷，还梦见了在医院里……一个个不能衔接的场景搞得脑袋像炸裂了一样。虽然很乏但怎么都睡不着了，顶着一身酒气，刚走进公司，竟发现我爸坐在客厅。

“臭小子！你手机怎么搞的？”老爸起身冲到我面前。

“手机？没电了。你怎么来了？”我被老爸的怒吼搞得莫名其妙

“大黄出车祸了，赶，赶紧去他家！”老爸喊道。

瞬间没什么感觉，几秒后却感觉眼前一黑，我立即转身跑出公司。闯过红灯，跑过两个路口抢到一辆出租车：

“师傅，去十里堡，快。”话刚说完我才觉得不对，为什么老爸让我去大黄家，出车祸不应该去医院吗？手机还是没电，问谁都不可能，可一个不祥预感顿时让我浑身发冷。

下车后，我直奔大黄家，远远看到楼道口站了很多人，他们是大黄的亲戚和邻居，我认识，从小就认识……我明白了……

我放缓了脚步，静静地穿过人群，好久没来了，还是那栋六层的老楼。此时我异常的冷静、清醒，以至于我不相信为什么会来到这里。门口储物间的铁门有点儿凹陷，那是我们偷骑邻居的三轮车时撞的，那时我们上初中。

他是昨天凌晨出的事，喝完酒，醉驾，当场就不行了。我始终不相信这是真的。

房间里传来了大黄妈妈的笑声：“我有个零钱罐，平时都是锁着的，里面放的是我攒的一块钱硬币。他那时还小，我答应每三天给他一块钱作为零花钱，呵呵，这小子鬼得不行，拿这钱去买了个小镊子，用来夹罐里的硬币。你们猜我怎么发现的？有次我要拿零钱买东西，打开

罐子后竟发现里面有个小镊子，这小子不小心把作案工具掉里面了，哈哈，这让我给揍得……现在他长大了，我就是想早点儿看到我儿媳妇，早点儿抱个大孙子，他整天忙啊忙啊，忙得都没空回家看看。我懂，孩子大了都要出去闯的，我就是怕他太累了，天天在外面吃，那么油腻，那么多添加剂，他又胖，肯定不健康。在家里吃得多健康，我给他烙的葱油饼，他一口气儿能吃六个，从小就这么馋。你们知道吗？其实我最担心的就是他的睡觉。经常熬夜，一熬就是两三点，以前是玩游戏，现在是喝酒应酬。唉，我就让他平时少喝酒，他就是不听，你说他怎么就是不听啊？哪儿有那么多酒要喝，咱又不是大老板，非得喝不行吗？都多大了，找个媳妇，在家稳稳当当的，让我抱个孙子。整天就知道喝，我说了多少次就是不听，说什么都不听，哪个当妈的不想抱孙子，我要有了孙子指定不让他学爹，年纪轻轻就知道喝，有什么好的啊……”

她笑完又哭了，满脸的泪痕，哭完又笑了，就这么说着，不停地说着。周围守着很多人，没人笑，可能也没人听，就这么守着她。

“天儿，过来。”黄叔叫了我一声，“帮我收拾收拾这小子的房间。”

我傻站在大黄的卧室里，十平方米的空间里堆满的全是记忆，我突然感觉胸口一紧，眼泪瀑流一样涌了出来，一阵一阵，整个身体不停地抽搐着，肆意地宣泄着……

“有什么想拿的就拿着，你们是兄弟，叔知道你不会在意这些，剩下的明天全烧了。”黄叔收拾着衣柜，大黄的衣服被成堆地扔进纸箱里。

“明天？”

“就明天，他不等我们，我们也就不用等他了。”他掀开大黄的被褥，下面有个手链，我认识它，那是豆豆送给他的。

“胖子，你真是个混蛋，就这么走了……不作不死，你伤的是我们。你的那些宝贝，我全都收下了，怎么样？那些片子我问你要了多少次，今天说忙，明天又忘，这下可好了，连硬盘都是我的了，这就是命。我果真没看错你小子，收集的片子质量确实高，快进看了一通宵愣是没看完，眼珠子都快给我看炸了，没办法，不看完舍不得睡。

胖子，你也值了，命是短了点儿，但该见识的也都见识了，该玩的也都玩了，别人一辈子不明白的也让你给看透了，你这叫活出了效率。做人有时真不能悟得太透，老天爷都替你觉得没劲儿，不收你收谁啊？不过，我还得替广大男女老少们庆幸，你这一走，不知道有多少女人免于遭你毒手，又有多少名额空给了普通百姓男。”

“我那是在保护普百男免遭这些女人的毒手，没有我，也有高手去收她们，因为她们是猫，因为她们追腥不追人。”

“我知道你会这样反驳我，连词儿我都替你说出来了，这就是你的风格。你看得比谁都透，可为什么就看不透什么是实什么是虚？我告诉你，那些社交圈，关系网是虚的，你老爸老妈是实的。我们确实需要这些虚的往上爬，可是你陷进去了，你不理性了。你用虚的把实的伤透了。你看看送你走的时候，你的那些‘关系、兄弟、大哥们’有一个露面的吗？怎么样？胖子？我是不是看得比你还透？”

我打开第二瓶二锅头，给自己灌了半瓶，给他浇了半瓶。

“是你让我看透的，如果我是你，可能我比你还迷。你现在可以骂我装×，马后炮，可又有什么用？我现在很爽，以前都是你理论一套一套的，现在终于轮到我教育你了，说不出来话是不是很不爽？不让一个话痨说话还不如让他死，你应验了这句真理。

咱公司散了，你的钱我一分不少地退给了黄叔，你也只能靠这个钱尽尽孝心了。以后，我又多了一爸一妈，只要我不挂，一定把他们伺候好喽，放心吧。别说谢谢，忒恶心，托梦的时候给我安排俩明星就成……”

不知过了多久，我被零星的雨滴淋醒了，墓地里很静，只有我一人。背靠着大黄的碑，我打开微信，输入：“下周回去。”发送给Tina。

该醒醒了……

第二十三章 微妙的距离

飞了十一个小时，降落在曼城，我没有托运行李，出关后便去航站楼一层买了去利兹的车票。这是始发站，月台上寥寥数人，列车早已开着车门候在那里，几个老外却仍在月台上享受着最后几口香烟的快感。我找了个靠窗的座位，身子侧倚在窗边，紧了紧领口，英国的冬天总是透着一股钻心的凉意。

十分钟过后，列车开动了。窗外的欧式田园和慵懒的车厢交相呼应着，很容易让人不自觉地松弛下来。清晨的车厢里很空旷，零星的乘客各自沉浸在自己的情绪里，除了车轮与铁轨的碾压声，再无其他声响。从机场到Piccadilly站大约有十五分车程，乘客太少，以至于乘务员总是懒地出来查票。

Piccadilly上来了不少人，其中几个休闲装扮的年轻人有说有笑，车厢里的静消失了。我也不再困乏，留意听着他们的谈话。他们的口音很特别，应该是来自利物浦地区的。我的英文听力在这种口音面前被完爆，大概捕捉到的意思是昨天的足球赛太棒了，埃弗顿逆转拿到了三分。粗厚的嗓音像是整个胸腔的共鸣贯穿着整间车厢，这自然惹起了其他乘客的反感。有人起身去了别的车厢，有人拿出耳机，试图保护起自己的世界。

列车像位优哉游哉的老人，不慌不忙地走着，一站一站地过着。刚才激情的年轻人已经静了下来，各自手捧手机也进入了自己的世界。不知不觉中，咖啡的香气飘满了整间车厢。伴随着香气的还有一首《Bressanone》，我好奇地望去，那是一位光头小伙，手机挂在胸前，推着满载零食的售货车缓缓走来。没有叫卖声，也没有人买，他似乎在公园散步。

Huddersfield，Bradford，每一站都再熟悉不过了，没想到这么快又回到了这里。这几个月里我没搞清楚自己适合做什么，但我知道了自己不适合做什么。

下了车，远远看到Tina在检票口等着我，她没怎么变，即使穿着大衣，依然透着那一身的干练。看到我后，她微笑着迎了过来："累不累？"

"还好。"我也挤出了一个微笑。

"就带了一个背包？"

"嗯，以前的行李不还在你那存着呢。"

"嗯。"

真不知该说些什么，我们一起走着，沉默着。距离出租车候车区还有一个售票处的距离，但尴尬让这几十米异常难熬。

"没帮你找到一个月的短租房，这段时间你住我那里吧。"

"哦。"我不知道该怎么回答。

"二楼还有一间房空着，你就住那间。"

"多少钱一周？"

"房东半年露面一次，他不来就不用交钱。"

“哦，好吧。”我有些意外。

坐上出租车，穿过市中心，有一条大道直通利兹大学正门，即使在这个季节，仍有好多学生坐在图书馆的宽大石阶上享受着阳光。绕过图书馆，旁边是工程学院，司机不时地看着导航，这里已经是大学区域，道路变窄了，行人变多了。但在导航的辅助下，司机还是开得很犹豫，Tina帮他指着路，沿着Clarendon Rd.途径海德公园和商学院进了一片住宅区。这是第二次来Tina的家，但一进入这片区域，我便会想起什么，夏婷就曾住在附近。她，现在应该读大二了吧。

Tina住的是两层的民宅，一进门便看到晓晓在做饭。女生的家就是整洁，连厨房都收拾得一尘不染，整间客厅散发着清香。

“来了。”晓晓走出厨房。

“没想到你还有这手艺。”我调侃道。虽然和她不熟，但却没任何拘谨。

“补课能补到这种待遇，我怎么没那么好的命。”晓晓看着Tina笑着说。

“你把鱼做好就休息吧，我看着汤。”

灶台上的陶瓷罐在冒着匀称的蒸汽。

“你们不至于吧，我，这也太不好意思了吧。”我很尴尬。

“你把碗洗干净就可以了。”晓晓说。

“他？我可不信。”Tina摇了摇头。

晓晓笑着叹了口气。

跟着Tina上了二楼，我的房间在最里面，很干净，桌上放着一瓶空气清新剂，角落里放着我那支大箱子，被褥是铺好的。

“这被子？”

“都是新的。”她说。

“多少钱？”

“忘了，我找找单子再说，前几天Morrisons打折时买的，很便宜。你收拾一下吧，一会儿下来吃饭。”Tina把房门钥匙放在桌上下楼了。

房间不小，很静，有一扇窗子，正对楼下的院子，Tina和晓晓种植的花草都整齐地围放在正中央，她们有意搭设了一座小花坛。能在出租房里生活得这么精致的确很少见。躺在柔软的大床上，我一时间大脑空白。在这久违的安静中，我有些不知所措……

是Tina把我叫醒的，我有点儿尴尬，恍惚着下了楼，饭菜已经摆满了餐桌。

“我算是跟着客人沾光了。”晓晓笑着说。

沾光是占便宜的意思，晓晓是山东人，习惯这么说，虽然早已没了地方口音，但说话习惯很难改变。

“快点儿吃吧，吃好了再倒时差。”Tina略微低着头。

我机械性地应了一声。饭菜很香，Tina是杭州人，口味较北方人相比要清淡得多，晓晓不停地调侃说这是她在家吃到的最合口味的一顿饭，还说今天Tina终于舍得放盐了。我终于找到个笑得较为自然的机会。

“几个月不见，怎么成大家闺秀了？”晓晓把火力转到我身上。

“这不是在倒时差吗？有点儿懵。”我找了个最简单的理由。

“不对，女人的感觉很准的，少忽悠我，肯定有事。”

我语塞。

“好了，你就别拿他开涮了。”Tina给我解围。

“小天你知道吗？”晓晓故意把脸凑过来，“那天你从警局出来时真是帅呆了，男人就该是那样，我们Tina就喜欢那种火辣威猛型的。”

Tina的脸上一阵红。

“这我不信，怎么那天我挑逗她的时候会泼我酒？”

“什么跟什么？你那是耍流氓。”

“她那颜值加身材谁不想上……上去搭讪？”

“你们两个够了。”Tina瞪了我一眼。

“是不是知道她是你老师后，你更想……”

“行家啊，集岛国动作片之大成者。”

还好有晓晓在，气氛的润滑剂。我对Tina的不满，现在逐渐变成了一种尴尬，说到底，还是我自己挖的坑。

躺在床上，世界又静了下来。看着窗外的蓝天，一排排砖红房子，也不失为一种享受。英国的这种房子很难用中文描述，说它是别墅但感觉档次不够，说它是公寓但楼层太低；所以我们都入乡随俗地叫它们“House”，这词也成了好多中国学生口中不得不散装的英文。

这些房子整齐地排列着，由于地势倾斜，所以视觉中的层次感很强，我就这么随意地想着看着，可视线还是不自主地落在了夏婷家所在的方向。

翻看着手里的讲义，这些便是接下来一个月的功课，封面上赫然写着AG3901，这个刺挠了我半年的数字，最后我还是得为它买单。课时不多，我需要补的是四节大课四节小课，另外还有一段一分钟的模型控制设计作业。讲义上有很多红笔的标记，这些都是Tina帮我划的重点。真不明白她划这些干什么，补考勤只是走个过场，即使不听课我也可以完成这个设计作业，但不得不承认，她对我很好，可我该怎么办？

从英国到中国，我睡不着；从中国到英国，我睡不醒。浑浑噩噩不知道几时几点，除了上厕所就是在床上瘫着，恍惚间听到有人敲门。

“起床了，下来吃饭。”

“额。”我应道。又吃饭了……

软着双腿下了楼，客厅里飘来了煎蛋的香气。两碗黑豆粥，一盘烤面包片，一盘煎蛋，一小碟咸菜摆在桌上，壁炉台上的手机放着钢琴曲。Tina端着刚煎好的鸡蛋走了出来，宽松款的浅粉色T恤，淡蓝色睡裤，在卡通围裙的紧束下仍能尽显其身材的高挑。

“这么多？”我问。

“中午我没时间回来做饭，你早餐多吃点儿。”

“你这是在领养未成年呆男吗？”

“成不成年不知道，但肯定够呆。”

“这话有内涵。”

“好吃吗？”

“没得说。”我端起碗大口地喝着粥。

“北方人都不用勺子吗？”

“是北方男人不用。”

上午八点五十分，我和Tina一起走进教室，匆匆扫视了一遍台下，男生都在看她，女生各忙各的，我习惯性地走到后排找了个空位坐定。全班没有一个熟悉的面孔，果然，我是唯一的复读生。打开笔记本电脑，模型库里的“夏婷”又出现在眼前。我搜索出全部的“ting”开头的文件，点了下“删除”。是时候该清除下记忆内存了。

Tina还是那么有范儿，黑色的裤裙，白色的衬衫，黑框眼镜，简约又得体，在讲台上一站气场十足。前排的几个男生用手机偷拍着她的视频，猥琐得让人佩服。这是动画专业学生的通病，谁都想找个偶像般的模特，当时的我和Jeff也不例外。要说身材，Tina绝对有着模特一样的比例，整体上看，虽然只有一百七十厘米的身高，但臀部正在上身和腿的黄金分割点上。细化了看，腰臀比应该在0.67左右，性感的标准有个公式：腰臀比=腰围/臀围；黄金腰臀比例基本就是在0.67左右，比如梦露、维纳斯；虽然她们都是西方人的身材，但Tina的整体都娇小一点儿，所以比例不受影响。她背部、腰部与臀部的脊椎侧曲线在130至140度之间，这些数据完全逃不过我们专业3D建模师的眼睛。只是三围数据我没法确定，但视觉上的协调感告诉我，她肯定在3:2:3的完美比例范围内，我们称其为TTT女人（Three：Two：Three）。女人的身材不在乎多大的胸，多少的身高和体重，而是比例，TTT意味着三围比例都在黄金分割点上。那时夏婷也在这个完美的比例中，只是身高比她矮了4厘米。这样的模特站在3D数据男面前，其杀伤力可想而知。其实这些当我在夜店第一次见到Tina时便已经发现了。

“听得可好？”下课后我们一起往二楼走。

“还是去年那些东西，没问题。”

“和去年有些区别，技术更新太快了。”

“嗯。”

“按时来上课就好，但最主要的是那个小设计作业，不要拿去年的作业和素材顶替，被作弊督查组那边的人抓到了谁都没办法。”

“我会重新做的。”

到了办公室，Tina把作业的简介给我。满满一篇文字的最后赫然写着：“Upload it to A3 server by 1st Mar.（在三月一日之前上传至A3服务器）”我松了口气，还有一个半月的时间。

“家里冰箱里有菜，饿的话回去自己弄点儿。”

“不饿，我去图书馆了。”

“这么用功？”Tina笑着说。

“去睡会儿。”

“回家睡不好吗？”

“倒时差，白天不适合睡得太踏实。”

一周的时间转瞬即逝，不上小课就不知道Tina有多受欢迎。整个一小时的课时，她站在讲台上的时间不超过五分钟，剩下的全部游走于各男学生之间，真不知道哪来的这么多问题，都是一群属狼的。看着这情形，想着眼前这位大美女却是和我在“同居”，心里竟有些许得意。

周五晚上是利兹最热闹的时间，忙碌了一周的人们在疲惫的尽头用力宣泄着压力。市中心的各个酒吧夜店灯火通明，广场和民宅里也是聚会不断，即使在平时很安静的Clarendon Rd.住宅区里也可以清楚地听到劲爆的音乐声，不难想象一座座房子里的热闹High景。只是，我们家安静如常。Tina下午下了课没回来，径直去了夜店打工，今天特别忙，夜店会营业得早一些。我百无聊赖，窝在客厅的沙发里玩着手机。自从这次回来，翻朋友圈成了日常解闷的重要方式，心灵鸡汤、搞笑段子、朋友自晒等等，从没觉得这么有意思，翻完一遍一个小时就耗过去了。偶尔发个有英国定位的照片，总能引来几个女孩儿的互动，各种高端装×现竟成了我的主要生活。

晚上九点左右，晓晓回来了，手里抱着一大瓶香槟。说是从学生会里顺的，今天三个系里在学生会开趴，比夜店还热闹。快过春节了，中国学生集体high，老外也跟着蹭热度，这比过圣诞的气氛好太多了。

“来，一起喝点儿？”

“好，我去买点儿零食。”

“我正好洗个澡先，帮我带点儿薯片，WALKER的。”

街头的便利店里生意火爆，门口的套子售货机也同样火爆，这个时间只是夜生活的开始。

我抱着一大包薯片回到家，晓晓一身睡裙装扮，跪在地毯上点着壁炉，虽然已把暖气开到最高档，但在客厅里还会略感凉意，毕竟这是一月的英国，然而站在晓晓丰满的身体面前，我却觉得脸烫。虽说名叫“晓晓”，可她除了脸小腰小，其他哪里都不小。这身材和Tina不是一个类型的，但从后面看，很像我那前舍友小雯的Plus版。

她洗好两支高脚杯，每杯倒进一半。

“来，干了。”晓晓一饮而尽。

“这么馋酒？”

“无聊嘛，喝着玩。”

“你俩也经常喝点儿？”

“只是小酌，喝喝酒聊聊天，你也知道在这里生活有多闷。我们不像你们男生，可以组团去夜店浪，那样不安全。”

“朋友聚会呢？”

“Research master和Phd的圈子很小，好多书呆子，一点儿活力没有；Tina又是兼职讲师，更没有学生敢约我们出去玩儿了。”

“我没想到她还在夜店打工，难道这就不考虑安全因素了？”我们又一口闷了半杯。

“呵呵，追她的人多着呢，想当护花使者的更多，都争着晚上送她回家。Tina很有原则，工作时不喝酒。越是高冷越是被他们当女神捧着。可哪想，她心里只有你。”

我瞥了她一眼，又把目光转回到杯子上。

“小天，你对她什么感觉？”

“我……”

“你是不是有毛病？那东西不管用了？这样的美女送到你屋里，你怎么一点儿反应都没有？”

“呵，可能吗？”我冷笑一声。

“她是真喜欢你，我和她认识好几年了，好久没看到她对一个男生这样了。”

“她以前谈过几次？”

“一次，在国内读大一时谈的。”

“是吗？那我得八卦八卦，这男的什么来头？”

“男生是我们学校的理科第一，叫林清，斯斯文文的，品学兼优，挺清秀的那一型，和你完全不是一个物种。”

“呃……”

“但他就是家里穷，穷到连公交车都不舍得坐。Tina的家境很好，父亲是做润滑油生意的，从来不缺钱，但家庭关系复杂。父母在她八岁的时候离婚了，她跟了父亲，后来有了后妈。Tina天性好强，那后妈也是年轻气盛，随着Tina慢慢成人，两个人的关系也越来越差，她慢慢把逆反情绪连带到了父亲身上。虽然父亲给她存了足够的生活费，可她就是倔着不肯用，进校第一周就在学校超市找到份兼职，她和林清就是在打零工的时候认识的。随着时间久了，她看到了林清的努力，也佩服他的才华，那小子压根就没怎么追她，只凭着感觉和默契俩人就慢慢走到了一起。Tina就是这性格，男生越是高冷，她越迷，追她追得肝肠寸断的，她没一个瞧上的，你说这性格是不是有点儿贱？那时有多少男的嫉妒林清，我听说他光是挨情敌的揍就不下三次。就这样愣是没吓住他，两个人一起上自习、泡图书馆、吃食堂，特纯粹的学生恋爱，纯到我们都没见过他们牵过一次手，现在想想那不是纯，那是蠢。

可能长期省钱的原因，好像是在大一下学期吧，林清出现了贫血，时常恶心想吐，医生说是营养不良所致。这时Tina有些慌了，她不再在乎自己的原则，动用了父亲给的钱给林清调理身体，买补品，甚至还经常替他给家里汇钱，为的是和他家人串通好一起说服林清放弃打零工的念头。可林清就是不听，性格太好强，结果当他知道Tina往他家汇钱后，彻底爆发了，要分手。唉，书呆子的穷酸相和自卑感全在他身上暴露出来了。那次Tina哭得好伤心，我们同寝室的女孩儿们没有一个不骂林清的，可我们再骂再开导也没用，Tina还是跟着了魔似的又去哄林清。女人一旦恋爱了就成傻子了。从那以后，林清好像就很不情愿，Tina多给他花一点儿钱，就是一顿数落。还不到二十，身体弱得跟病狗似的，总以为我们Tina在倒贴他，好三天吵两天，Tina哭得眼睛都肿了还抱着手机等他的信息，真傻。”

“最后怎么分的？”一瓶酒快喝完了。

“最后还是被林清甩了，他说喜欢独立，不需要姐姐一样的女朋友，更不需要怜悯。我们还能说什么？是不是不知好歹？”

我点了点头。

“你也是不知好歹。”晓晓指着我的鼻子。

“我？我又怎么了？”

“你可能就是下个林清，我看得出，你对Tina并不是多有兴趣？”

“哪个男人会对她没兴趣？我看她第一眼时就是硬的。”

“你如果敢像林清那样对待她，我就让你硬不起来。”

晓晓明显已带有酒意。

“回房睡觉吧。”我劝道。

她站起身来，面部微红，走进厨房，竟又拿出一瓶红酒。

“这是上次剩的半瓶，咱俩把它报销了。”

“还喝？”

“周末嘛，明天睡到自然醒。”

“你已经晕了，怕你真喝多了我弄不了你。”

“弄？你有什么企图？”她捏了捏我的鼻子。

我笑了。晓晓的节奏总是这么带感。

“你怎么现在还单着？”

“我是蕾丝。”晓晓转着酒杯。

“滚。”

“真的。”

“谁信啊？你别说你喜欢Tina。”

“我是喜欢她，但她不是蕾丝，我有什么办法，难道像电影里一样把她喜欢的男人灭口？”

“她喜欢的男人……卧槽，酒里有毒。”我捂着肚子。

“吃坏肚子了别让我的酒背锅。”

“唉……可惜了，你这条件应该也是不少人的意淫对象。”我喝了口酒。

“我有女朋友，在上海工作。”

“这……玩距离柏拉图？”

“对我很好，经常给我寄点儿小零食、小挂饰过来。我们会视频一起做饭，她做她的早餐，我做我的夜宵；视频一起看电影，一起打扫房间，一起唱歌，一起洗澡，她还会在上班的时候看着我睡觉。”

我竟词穷……

晓晓似乎忘了我手里的酒杯，只顾自己细品小酌：

“我并不排斥异性恋爱，从国内高中到英国留学，我有过三个男朋友，两个中国人一个英国人。和别人一样，也经历了热恋、同居、异地、冷淡、分手。我不是情感专家，我只是尊重每个人的选择，并让自己勇于选择。我的上一任男友是中国人，在爱丁堡工作，和他谈了一年，分手后，我冷静了很久。那段时间里我时常在想我想要的依靠到底是什么？一年前，我在社交网站上认识了现在的女友，不要笑我，我们从没见过彼此，我说的是现实中。可即使只有视频聊天，我也从没像现在这么开心过。我们一起哭、一起笑，我会想着叫她起床，她会和我聊天哄我睡觉。你知道吗？最让我贴心的是什么吗？当我早上醒来的时候看见她专注工作的侧脸。”

“可那方面呢？”我试探着问。

“我是普通人，身体也有需求，和前男友做时是很享受高潮的快感，可我觉得肉体的快感和爱情是两码事，肉体会误导我产生爱情的幻象，可那不是真正的爱情，只是幻象。真正的爱情是在精神层面的、平等的、无欲的、有灵魂交流的。肉体一旦交合，快感和高潮的差异肯定会打破这种平等，总会让一方更倾向或依赖于另一方。”

晓晓又倒了一点儿酒：

“我觉得吧，男女之间在产生火花后，彼此吸引，相互呵护，不图占有时的感情是爱情，一旦有了肉体接触，爱情的高潮就开始逐渐消退，肉体的高潮刚刚开始。同样都是高潮，可我感觉精神高潮比肉体高潮更持久更温馨更有满足感。我屏蔽不了肉体的欲望，但我更享受精神爱情。你刚不是说柏拉图吗？以前听说过，但从未接近过，现在我终于体会到了其中的玄妙。我很庆幸能遇到她，‘女为悦己者容’，现在我们每天都像在初恋……”

不知喝了多久，不知说了多久，晓晓的言语越来越含糊，但我始终不知如何应答。红酒本来后劲儿就大，再和香槟相掺，我都有些头晕，而现在的她已经沉浸在自己的感觉中。我起身把她的胳膊搭在我肩膀上，右手揽住腰搀起她，汹涌的身材在短短十多米的距离里竟让我心跳加速。第一次进她的卧室，房间的装修虽简单，但布置得很用心，书桌上错落有致地放着各种卡通摆件手办，电脑屏幕外框上贴着各式贴纸。

扶上床，只见她微闭双眸，略带微笑，很享受地翻了下身子，把兔八哥的抱枕压在怀里，我帮她盖好被子，无意间看到了枕边粉色的自慰器。

我飘飘然地上了二楼，Tina的房门开着，月光透过窗子洒在她的床上，她还在上班。

“这酒喝得刚刚好，不多也不少，睡个好觉……”我仿佛整夜都在哼着小曲，瘫软在床上，看着窗外的世界，全身每个关节都松弛了下来……

睁开眼时已经是大天亮。伸个懒腰，穿上裤衩往厕所走，顺便往Tina卧室瞟了一眼，开着房门……怎么还开着房门？我意识清醒了一些，探头往里看了看，屋内清冷，床被整齐，她一夜没回来？我已经彻底清醒了，快步回房找到手机，已经是早上八点半了。拨了她的手机却直接转进了语音信箱。

我直奔晓晓卧室，房门没锁，直接推开门发现她还在睡，地上丢着昨晚的睡裙。我只好轻步退出，快速冲了一下脸，穿好衣服下楼，此时，房门开了。Tina一脸好奇地站在门口看着我：

“今天周六没课。”

我却一脸呆滞地看着她：

“你为什么一夜不回家，死哪儿去了？”

“周末店里都是凌晨六点下班，打扫卫生，又和同事去美心吃早茶，呐，给你俩也带了份。”

“有那么忙吗？”

“一点儿都不夸张，为这我把赌场的工作都辞了，毕竟这边收入高。”

“手机呢？手机也让你吃了？”

“没电了。”

“我×，你真不靠谱，我以为你被劫色了呢，差点儿打了999。”

“想什么呢？我几乎每个周末都这样。”

“还说我想什么？上次因为你进局子的事忘了？”

“从那以后我小心多了，放心吧。”Tina笑着把外套脱掉，从包里找出手机充电器，“嗯？你这一早出门不会是想找我去吧？”

我没理，一屁股坐在沙发上。

她收拾着餐桌上酒瓶和薯片残渣：

“你们喝得够High啊，敢灌我闺蜜？”

“何止灌酒，昨晚床板都快晃塌了。”

“行了，别胡说八道了，赶紧吃吧，趁热，这虾饺超好吃，我给你调点儿料去。”Tina进了厨房，这时晓晓打着哈欠走进客厅。

还是以前的味道，虾饺的鲜美，凤爪的脆嫩，还有热腾腾的鸡粥。脑海中不自主地浮现出和强子阿铭通宵达旦的放肆日子，就是去年这个时间。不知道这两位大神怎么样了，阿铭风骚得很，有无数个微信号，我都不知道好友里的他是第几个马甲。倒是强子让我有些念叨，自从小雯事件后，再没看他更新过朋友圈，男人之间总是这样，想聊点儿什么，可又不知该聊什么，一天天过去后发现距离真的远了。这次回来补课，除了Tina和晓晓外，我没告诉任何人，真说不出口。

和昨晚的喋喋不休不同，现在晓晓乖得像只小猫，旁边Ipad里的女友正陪着她吃饭。

“看，这是我们的同居新闺蜜，小天，北京的。”晓晓大方地把镜头转向我。

“额，嗨。”我略感紧张地应了一声，不是因为屏幕里的是个美女，而是一想到她们之间的关系，我有点儿找不到定位。

“好腼腆的帅哥。我叫曼琦，很高兴认识你。”

“你好。”

“哈哈，你看起来好小哦。”

“额？哪里小？”我似乎感觉哪里不对。

“哎，是不是要污？”Tina抡起手中的扫帚吓唬了我一下。

“帅哥好逗啊，我也经常去北京出差，有空请我吃饭啊！”

“没问题。”

“你这两天脸色好看多了，女人不能熬夜。”曼琦专注地看着晓晓。

“知道了，你说的话我哪敢不听？”

“乖，你看我今天新买的眼部精华怎么样？”

“来来，靠近点儿。”

……

看着晓晓和曼琦腻腻的样子，我相信了她昨晚的话，那种幸福感不是装出来的。

“吃好了就走吧，别在这当电灯泡了。”Tina的黑眼圈很重。

晓晓沉浸在其中，恐怕连我们离开客厅都不知道。

舒爽地洗了头，又重新洗了一遍脸，整个人精神了许多。整理出一件空背包，穿过走廊时看到Tina的房门半开着。我好奇地又往里看了一眼，她已经睡着了，侧卧着身子，怀里抱着倒霉熊抱枕。我轻轻地帮她关上房门，独自步行前往Morrisons超市，总让两大美女伺候着，心里真有些过意不去。

周六的上午，整个利兹似乎还在睡梦中。透支了一夜的激情，让大学园区内更是鲜有人踪。通常来说，年轻的人们会在中午起床，基本都是饿醒的。在家里随便吃点儿，然后保持着蓬头垢面的状态补个回笼觉，夜幕降临时便有了充沛的体力准备迎接周末的第二个高潮。Tina也逃不过这个循环。

回来一周了，还没好好看看利兹，熟悉的建筑，熟悉的街道，走到哪里都能想到几件往事。不过，几个月的时间里本来就不可能有什么大的变化，堵车的路口还会堵车，施工的道边还在施工，连蛋糕店的促销广告都不曾变更。公交站台边，两位老太太坐在长椅上，悠闲地看着过往车辆。她们身后的广告栏里贴着一张宽幅地图，内环路绿色的正半圆线在平白的地图上格外醒目。不知这是不是当初道路设计师们的有意为之，但这个环形已然成了利兹的城市标签，即使再迷糊的地图盲也能在高比例尺的图上一眼确定出这座城市的位置。而我今天才发现，在WOODHOUSE大街上竟有如此多的城市地图。它们被张贴在公交站和交通灯路口处，告诉行人位置的同时，不忘提醒你身在利兹的“环”抱中。

作为在利兹上学的学生，WOODHOUSE大街是个很神奇的地方。我们生活所需的一切都可以在这里找到。学院、图书馆、餐厅、超市、酒吧、教堂、电影院等等。不同时间段里，这条大街上主角也不尽相同。比如现在，主角是眼前的老人们，三三两两、结伴散步。在这里走得多了，总感觉有些眼熟，陪伴在他们身边宠物狗们总能给画面增色不少。至于夜晚，疯狂的年轻人会把现在的祥和洗劫一空，狂热过后即是急速地消沉。像我们一样，一批又一批，来了、走了、嗨了、累了，而清晨的老人们依然还在那里。

第二十四章　眼前和心中的她

“你干不干吧？一天天的就知道杯子里养金鱼。”大黄又在嘲讽我。

“别嘚嗖了，来，咱玩吹瓶，来不来？”我抽出两瓶啤酒，重重地放在桌上。大黄不含糊，直接打开一瓶仰头灌了起来。

看着瓶子里水线的下降速度，我真怀疑他是不是酒桶，连个气泡都不带冒的。

“到你了。”他把空瓶把桌上一撂。

我只是看着他。

“哎，哎，到你了。”大黄敲着桌子提醒我，声音特响，一声接着一声……

“嗯？”我睁开眼睛，瞬间竟不知身处何地，原来是在做梦。

“天哥，真的是你？”

一位大眼美女出现在眼前，这可爱型……

“啊？小雯？”真没想到在这会遇到她，我略显慌忙地打了个招呼。

“真巧啊，听说你回国了。”小雯说着把书递给我。

“哦，瞧我这睡的，书都掉地上了。”我有点儿尴尬。

“我在咱图书馆作管理员，要续租的话告诉我就行。”她坐在桌子上。

我总算有些清醒了：“最近还好吗？”

“挺忙的，挺充实。”

……

这些都是大面上的寒暄，虽然分开时间不长，但我心里始终绕不开她曾做的那行，或许现在还在做吧，这成了我和她打开话匣的一道墙。从几分钟前遇到老朋友惊喜到现在的欲言又止。

“听说强子混得不错。”

“嗯？我好久没和他联系了，他微信好像都自废了。”我没想到小雯会提到他。

“他换号了，可能是遇到什么事了，不过，前段时间我在校友论坛上看到他了。”

看着小雯清澈的眼睛，我相信她并不知道强子的伤疤，她如果没有那档子事，我甚至会相信她是个清纯的小女孩儿。我暗自感叹，女人的眼睛真不得了。

“他在哪里混呢？”我问。

“好像在国内一家电视台工作。”

“哦，那挺好的。”

这时她的手机响了，由于是在图书馆，她低语着一口流利的英文躲进角落。看着她那翘臀和未脱稚气的步伐，我很无奈。标签这种东西确实可怕，一旦贴在心里便很难撕掉，就连她接个电话我都感觉像是在约外围。

“天哥，我现在有点儿事，有空去家里玩，还是咱以前住的地方。”

“哦，好。”邻桌的几个华人学生不约而同地转向这边。

无论怎样，小雯作为朋友没得说，每个人都有自己的路，我看到的只是表面，就像大黄一样。看着她走远的身影，我自然想起了其他朋友，强子，阿铭，Jeff你们现在怎么样了？

朋友之间的疏远怪不得别人，自己的被动才是主因。看着微信里的好友名单，想给他们发条信息，却又不知从何说起，那手指像是僵住一般总是按不下那短短的几个字。几秒后，说话的欲望消失殆尽，便由此作罢。我知道这都是我的性格使然，在负面的状态里，我总会把自己和其他人隔离开来。

“干吗呢？”微信来信息了，是馨儿。几乎每周都会收到她的微信，不是问“干吗呢？”就是问“在不在”。我没说话，只是回了个英国的定位……

时间一天天地过去，每天被固定的内容充实着，我好像已经习惯了这短暂的学生生活，简洁而平实。眼看着Tina的课时接近了尾声，我竟有些许不舍，甚至时而后悔当初为什么没好好感受这单纯的大学节奏。

最近Tina回来得很晚，系里的课题项目迫在眉睫，她需要和队友开会泡机房，另外每周还有固定三天去夜店打工，我在家清醒的时候几乎看不到她。距离AG3901的作业交付期限还有三周，我那不剩三天不动手的毛病又犯了，我甚至想着等回国后再交作业也不晚。然而我的不慌不忙却引起了Tina的焦虑，她要求我必须在回国前把作业完成，这样就有了修改的时间，还必须她亲自审核。事情不大，但感觉她比我还急……我没辙，看着硬盘里几个G的素材和代码，一股昏睡感直上脑门。漫无目的地在硬盘里点着，点着点着就点在了动作片上。要说提神还是得靠这个，毕竟是大黄的珍藏，品牌保证，点开哪部都倍儿有味儿。

“来，晚上跟我应酬个场子，有几个妹子真心不错。”大黄乐呵呵地。

“能信？质量高的不早就被你收了？想让我过去凑人数就直说。”

大黄坏笑着拍着我的肩膀，拍着肩膀……

“醒醒，醒醒。”有人不停地拍着我的肩膀。

迷迷糊糊地抬起头，原来是Tina。

“你一进图书馆就困是吧？”

“呃。”我尽力地回神。

“出模型了吗？”

“呃……”我赶紧把屏幕上定格的动作片关掉。

Tina靠近我耳边，女人的清香感觉在脸边拂过，我彻底清醒了。

“你能靠谱点儿吗？这是在图书馆。”

我耍了个鬼脸：“走了，回家吃饭了，今天给你们做鱼香茄子煲。”

鱼香茄子煲……是我最爱吃的。

最近我总是这样梦见大黄，梦得特别清楚特别真实，醒来时还能清晰地记得梦里的一字一句、每一个表情。从神经学上讲，过于清晰的梦无助于睡眠质量；从心理学上讲，这种梦叫边缘梦境，过于真实以至于混淆现实，所以醒来后也是浑浑噩噩。

胖子，你真会折腾。生前折腾自己，走了折腾我，你就一折腾的性子，整天没个消停。想喝酒是吧，成！哥们儿我陪你，我现在就开瓶吹，一会儿可别再劝了，给我喝死了就过去找你算账。你说你都走了还老找我干吗啊？放不下我？不会啊，咱俩又不搞基；吓唬我？按说也不会啊，豆豆伤你最深，你该报复她去啊。我知道了，你特么想我了，绝对是，想还不直接说，哈，就知道拿酒当幌子，成，那咱就喝，天天喝，喝死拉倒……胖子，说实话，我也想你……

“小天，小天？”

这次睁开眼看见的是晓晓。

“你又自个儿喝上了？”她帮我收拾着酒瓶，“天，还有洋酒？你这是喝了多少啊。瞧这一屋的酒味，让Tina知道了又得发火。”

我只是感觉天旋地转。

“赶紧上床睡觉。”

我像张饼一样被晓晓摊在床上，后来就什么都不知道了。当我再次睁开眼时窗外明亮的月光正照在被子上，房间里飘着空气清新剂的味道。凌晨四点了，嗓子里干得直冒烟，转头竟发现一杯水放在床头，不知是哪位体贴的美女，一口气喝完，长舒一口气，竟还是温水，倒头便又昏睡过去。

这次睁开眼时，阳光已经晒得被子发烫。我晕晕地往洗手间走，在走廊遇到了Tina，她瞪了我一眼，没说话，直接进了房间，重重地甩了门。完了，又被她发现了，这已经是第三次了，想敲门和她解释，可又觉得没什么好解释的，算了。洗完脸来到客厅，饭菜分放在几个保鲜盒里整齐地摆在桌上，我心里一阵愧疚。

坐在电脑前，还是静不下心，咬着牙勉强地打开3D软件，又瞬间遁入懵圈状态。点开网页、看看新闻、翻翻朋友圈，看了两集《生活大爆炸》。两个小时过去了，软件还在那晾着，我差点儿把它忘了。

此时Tina站在房门口敲了敲门。

她一脸严肃："做得怎么样了？"

"我还是回国做吧，这边的朋友都没联系，没人给我作模特。"我随便找了个理由。

"我。"

"你？咱课题是要做篮球投射动作，你会吗？"

"女生会打篮球有什么稀奇的，准备一下吧，现在就去采集室。"

没等我回答，Tina已经回房了。老师就是老师，强势是掩盖不住的。

3D采集是电影动画里把真人的动作附加到虚拟人物上的技术。真人穿上紧身服，并戴上光源球，在全黑的环境里做动作，数据器会采集光源球的轨迹，然后附加在卡通人物上，使其动作更逼真，迪士尼梦工厂的很多大片都会用到这技术。利兹大学的3D采集室堪称是好莱坞级别的，图像处理速度极快，带有跳帧修复；各角度配有超清机位，3D光点采集更没的说，很多学生来这做作业更多的是享受其中的过程。此类采集室在国内也有很多，一般是在政府扶持的文化产业园内，和我们曾用到的3D渲染室都属于同一类技术设施。

这里有三间采集室，空无一人。Tina打开设备，进了更衣室。我被眼前这些黑科技弄花了眼，一层层的控制台、形形色色的按钮，单是面前的麦克风就有四支。以前我来过这里，但这和两年前差别太大了，那时还没升级到这种规模。不过这些花哨的东西跟我的作业关系不大，我只需要盯着旁边的同步屏幕，等Tina做完动作了拿U盘把数据拷走完事。

"准备好了。"监听里传来Tina的声音。

我朝采集区望去，她一身蛇皮装一样黑色底服，紧贴在身体曲线上，我顿感血压上升。

"愣着干什么，进来教我动作。"

她好像《饥饿游戏》里的女主，也像漫威里的BW。我得承认，随着一步步走近她，我血液正在从头部往下走。

“你多久没见过女人了？”

“这都被你发现了？”

“瞧你那眼神。”她瞪了我一眼。

“你……穿胸罩了……”我没在她胸前看到凸点。

“废话，这可是公用的衣服啊。”Tina的脸红了，“到底教不教？”

“哦，哦。不够敬业。”我赶紧拿出事先备好的气球。

“切，非要用气球吗？是不是很滑稽？”

“我只是要你的姿势动作标准，你力量不够，球太重会使动作变形。”我把气球放在她手上，站在正面，把她的右手摆成托举姿势，左手扶球；举过头顶，双臂略弯，而此时她的胸部轻贴在了我身上，我竟有了反应……随后，我轻抚着她的腰部将其校直，Tina只是低着头一言不发，像个被我吊控的玩偶……

“往我这看。”我托着她的下巴，对视了三秒……我想吻她……不，而是更想把她压在身下。“保持手型，然后从微蹲到原地起跳试试。”我岔开了情绪，绕其身后，心形的臀部……

“是这样吗？”Tina重复做了几次。

我双手握住其腰部，她似乎颤抖了一下：

“腰部用力，原地起跳，来，我托着你。”鼻血快流出来了。

又反复了几次，她的动作轻盈了许多：“挺好玩的，以后你教我打球好不好。”她转过身俏皮地笑着。

“大美女，下面才是我最喜欢的环节。”我拿出光源球，“来，我帮你戴上，腿分开。”

“你，出去老实待着，这个我自己可以戴。”

“呃……”一盆冷水浇了个底儿透。

还有三天就要回国了，这几天最忙的当属晓晓，除了和曼琦视频就是购物。不知从哪里买来了那么多的营养品和化妆品，连Tina都以为她在做海淘，不曾想原来这些都是送给曼琦的礼物。东西太多，邮寄成本太高，有我这个免费的跨境快递在，就像摆在饿狼面前的一块肥肉。我没辙，甚至不得不放弃我存在Tina家里的箱子。恋人间的心意一分钟都不能耽搁，我只好让她们以后回国的时候把我的箱子散装带回去。

“我劝你把这箱子直接扔了。”晓晓并不领情。

“这……”

“我不明白你留着它干吗？”

“呃……”

打开箱子，一阵熟悉的气味，好像打开了那曾经的衣柜。没有人会对自己的气味有辨别能力，但夏婷衣物上的清香总是飘散不尽，闭上双眼，仿佛她就在身边，而此时我却在Tina的家里。现在我还记得Tina去公寓帮我整理行李时的情景，还记得她在叠好一件件女装时的沉默……

为什么一直都留着？总感觉她还会回来。

留？还是扔？一个很无聊的问题竟耗费了半瓶红酒。酒意越浓，选择困难症越发明显。酒真是神奇，亢奋的时候能让人放松，懒散的时候能让人兴奋。最近经常失眠，它更是成了我的依赖，看个电影慢酌一瓶，虽然大不多不记得电影的内容，但当时的感觉会舒服得让我上瘾。

不知喝了多久，想去洗手间了，晃悠着穿过走廊，Tina和晓晓的房门都半掩着，一间亮着灯，一间漆黑一片。今晚Tina在酒吧上班，晓晓在和曼琦视频聊天，柔和的灯光从房门边渗出，同时传来的还有她们腻腻的声音。

“讨厌……”

“好啊，我们试试……”

挑逗的言语掺杂着娇喘，原来她们在视频上……

“砰！砰！砰！”这声音如雷贯耳。

“干吗啊？婷婷。”我发狠地睁开眼，果然这雷就在耳边，可Tina在我面前，一脸尴尬。瞬间，我的后背伴随着一阵冒汗。

沉默数秒，尴尬转为怒视：“又在喝？又喝了多少？”

“呃……”我尽力理着思路，烦躁和慌乱夹杂在一起。

她看了看桌边，那里有一只空的红酒瓶和几个瘪的啤酒罐，我手里还握着半瓶：“你离了酒不能活是吗？没想到现在你还是那老样子，你真想烂到底？”

“我喝酒怎么了？招谁惹谁了？看不顺眼就别看，老爸都不会管我，你冲我吼个毛？”

“你……喝酒谁不会？”她夺过我手中的红酒，仰头就灌，等我反应过来已没大半。我赶紧起身抢瓶子，她双手却死命地握着，灌得太快，酒从嘴角溢了出来。我只好真用力气掰开她的双手，不想她又过来反抢。我一怒之下抓住衣服把她往床上一甩，只听“刺”的一声，睡裙被撕开了，她摔在我的床上，坚挺的双峰和黑色内裤……又是那个完美的胴体，但这是第一次没了衣衫阻隔。微颤着的胸部，清晰的马甲线，让人怀疑竟有这般尤物躺在面前，荷尔蒙的冲动直冲大脑，心跳声就在耳边。她懵了，眼神里充满了惊恐，我扔了酒瓶，直接扑在Tina身上。她似乎回过神来，似乎被我吓到，下意识地护住胸，可那双纤细的胳膊太弱了，我左手抓住她的两只手腕按在头顶，右手扯掉她的内裤，强势地握住其胸部。那少女般的弹性迎合着、反抗着我的握力，青丝般的血管在白皙的皮肤下隐现，粉嫩的峰端竟只有颗粒般细小。此时，Tina的双臂已不再挣扎，脸侧到一边，眼角溢出了泪滴……

第二十五章　我们都在变

位于东五环的影视媒体大厦是强子工作的地方，他是电视台广告部的主管。工作只有半年却能混到了主管位置，我第一次听到时下巴差点儿掉在地上，当我连连赞叹时，他却非常低调。按他的话说，现在有名片的人，后缀名上都至少是个主管，否则客户看你一眼都觉得浪费时间，他们只和管事的人谈。

这座大楼是新建成的，目测四十多层，全楼玻璃幕墙，大厅由石材装饰，挑高三层的镂空设计，再不懂行的人也能看出这里“不差钱”。电视台就是这样，要么富得流油，要么穷得裁员。坐在一楼的星巴克里，各色靓女鲜肉满足着视觉需求。五星级酒店的大厅里也有这档次的养眼功能，但这里是电视台，这里出现的各位，总自带一种高规格的光环，至于“高”在哪里，我也说不清。那个家伙在这里工作？画面太邪恶……

好久没见他了，从微信朋友圈里便可看出，在英国那个邋遢中略带猥琐的家伙早已改头换面。这是他新的微信号，那短短两个月的朋友圈相册看不到任何关于我们几个的逗比史，除了励志版的心灵鸡汤就是西装笔挺的自拍，这根本不是我认识的他，也许他比我更隔离于曾经的圈子。约定的时间快到了，我竟莫名紧张，因为我不知道该以什么方式和这个“熟悉的陌生人”说话，那微信里的低调看上去更像是客套。

“天哥，瞧瞧，这是节目组请的女嘉宾们，怎么样？各个嫩模，网红，瞧瞧这个，走路都带秀的，把几个小员工迷的啊……”

看着强子一脸猥琐相，与其说是和我聊天，不如说是眉飞色舞地自嗨。我明白刚才我多虑了。他还和以前一样，性格很难改变，当遇到了解他的人时便可随意释放。虽然聊得很开心，但我这次来不是叙旧的，而是想通过他找份工作。从英国回来半年多了，虽然补完了Tina的课，但按照学校规定，我只能跟着应届生拿毕业证，也就是今年的十一月。没有毕业证的这段空白期不能就这样在家待着，前段时间面试了几家和3D专业对口的公司，我毕业证的问题就好比在面试官面前裸奔，根本混不过去，不出三句，补学分的污点一定会不攻自破。创业，近几年我是不会尝试了，只是想单纯地找份工作，在正常渠道被堵死的情况下，我想到了靠“关系”帮忙。我是在校友论坛里找到了强子的联系方式，但他并不是我找的唯一的关系。漫天撒网，说不定哪张网里有条鱼。

强子比我还不靠谱，大二没读完就回来了，问他原因，只是一口咬定不想读了，离谱得实在不可理喻。好久没这么放松地聊天了，他还是那样，简单爽快，一口答应了帮我给他们组的制片主任打个招呼，我很感激，还有些尴尬。此刻的场景我似曾相识，只是角色的反转了，那个曾经需要我帮忙找个工作的家伙现在竟成了我的第一道“面试官”，更讽刺的是当时的我还对他心存鄙夷。

老爸又在店里放克里韦德的音乐，一把年纪了，一个英文字母都听不懂，还要跟风。我更不明白这人是怎么火起来的，“别扭的编曲，断气式的唱法，二十多岁长得跟五十的一样”，我在歌曲的评论区码着字。今天店里的生意冷清，坐在吧台对着电脑，昏昏欲睡，刷新着各大网站、论坛、贴吧和微博，一遍遍地刷，看不顺眼的就喷上两句。

“自己没品位就别出来丢人，死喷子！”这是跟在我评论下的回复。

“脑残粉！捧臭脚！”我再回复。

“不喜欢，你来这里干吗？可以滚啊！”又一跟评。

“MDZZ！”

“键盘上的喷子，现实中的LOSER”

……

刚看到一则关于结婚彩礼的新闻：一对恋人在一起三年，却因为女方父母索要的高额彩礼，小伙儿直接提出分手。

“跟在钱的节奏里，嫁个女儿像卖女儿，能不带坏社会风气吗？”我快速地敲着键盘。

“光喷有什么用？”又是一条秒回复。

“男多女少。”

“大家晒晒各地的价格。”

“湖北：80000元起。”

“陕西：30000元起+三金。”

“山东：3斤百元钞。”

“湖南：50000元+一辆车。”

“单身狗躲过一劫。”

“物以稀为贵呗。”

“真当女人是商品了？”

“话不能这么说，但该怎么说？”

“爱情珍贵，爱情真贵。”

……

评论区里炸开了锅，各种节奏飞起，就这么怼来怼去，两个小时过去了，我却越来越精神。快到晚餐时间了，老爸和厨师备着菜，没人叫我帮忙，每天都这样。自这次从英国回来，几个月里我们交流的很少，更不会提关于工作的事，也许他不想逼我吧？或者已经对我失望？不过有一点他很清楚：我是不会跟他一起经营家里的饭店的。

“干吗呢？”馨儿发来了微信。

最近她常联系我，但我只是敷衍几句。

“还在英国。”回复完随即把手机屏幕关掉，继续看着新闻：这年头奇葩人真多，最近大雾霾，数据爆表，好多老年人继续广场舞。我也是服了，这是拿无知当个性吗？全国都在报道雾霾，真以为吸吸就能适应了？还有，婚前买的房子，房产证上不写两个人的名字，女方要闹分手，我就想问问她凭什么，“钱是你挣得吗？写你名字就代表爱你，那如果土豪给你名下怼十套房，是不是可以让你叫爸爸？”还有……

“你家在英国还开饭店呢？”馨儿敲了敲桌子……

在北京有个特有味道的地方叫南锣鼓巷，这里聚集着老北京的各种小玩意儿、小吃、小酒吧、小音乐、小青年。巷子里所有门脸都是老式旧城风格，但每家店的里面却有各自的潮范儿。更具灵性的是隔壁就是中戏，从上高中时，我们哥们儿几个没事就来溜达溜达，哪个不曾幻想着万一有个邂逅呢？

今天我成了馨儿的“遛狗”，她说去哪里我只能跟着，顺着巷子从北到南，一间间地窜、一间间地喝，这里每家酒吧我都熟悉，只是自从胖子走后便没再来过。

“我要吃烤串。”

“诺！”

“再来个冰糖葫芦。”

“嗻！”

“我干了，你随意。”

“小祖宗……”

“再来一杯Vodka Martini。”

显然，这不是馨儿的画风，我不记得她喝了多少了酒，只记得混在一起大概有七八种。

“我哪里不好了，他为什么甩我？”我不记得这是她今晚第几次问这个问题了。

“他就一花心大萝卜，你不是第一个也不是最后一个。”我也不记得这是我今晚第几次回答同样的话了。

慵懒的曲子，迷离的灯光，馨儿似乎忘了我的存在，独自晃着酒杯……看着现在的她，我丝毫不感到奇怪。酒吧的客人不多，三五人聚在一起，闲聊、听歌、做着游戏，都享受在各自的感觉里。我喝得不多，但也略感酒意，每当进入这样的氛围里常会回想起一些事情。那次，就坐在旁边的桌子，和大黄他们闲喝。看到周围几桌的女孩子们喝着酒听着音乐，于是我们蠢蠢欲动，可不知怎么开口。胖子当时就嘲笑我们，说不能只看到没有男人陪的女孩儿就可以搭讪，这要观察。最好不要搭讪相互几个聊得很嗨的女孩儿，节奏上没有空隙，硬插嘴既生硬又没礼貌，会让她们反感；最好找无聊的女孩儿搭讪，怎么算无聊？相互间说话少，时不时玩手机、喝酒、听歌的就算无聊，但也要注意节奏。在搭讪前要多看她们，她们看似无聊，其实对周围的动静很敏感。你总是看她，她肯定知道，如果不抵触，她也会时常看你，这样一来二去，混个感觉上的熟悉，再去搭讪十拿九稳。然而，胖子自带BGM地走过去，“美女”两个字没说完，对方就摆了摆手：“不好意思”。他当时那囧样还依稀在眼前。

“和我做爱。”馨儿抬起头来看着我。

“好。”

前台开好房间，她依偎在我身旁，我用力地揽着她的腰走进电梯，她已经醉了。进了房间，帮馨儿脱掉大衣，抱上床，然后我去了洗手间。玩着手机，就这么倚在洗手台旁，十分钟后，她睡着了，睡得很沉。

我从没把大黄车祸的事告诉过她。事发前他们已经分手，以胖子的性格，玩够就甩，他们之间本不会再有关系。分手的两个人，转身的瞬间就代表着此生再不会有瓜葛，和“死”又有什么分别，偶尔想起的对方只是回忆，而不是现在的他。我看不懂为什么馨儿这么迷胖子，难道是胖子的性格？或者是床上功夫？感情的事真是没道理可言。现在我更确定没告诉她真相是明智的，她微信手机都联系不到他，只能证明胖子的冷酷和自己的不值，也许过了今晚就没事了。

我帮馨儿盖好被子，点开房间的“勿扰”模式，轻轻关上了门。凌晨两点了，沿着光华路走着，9月里早晚温差较大，一阵阵凉风让人不再犯困。这几天雾霾没了，透彻地吸了几口新鲜空气真是享受。身旁的大型搅拌车、砂石车呼啸而过，只有这个时间北京才允许大车进城，CBD工地上灯火通明，每个人都在为活而活着。打开微信的好友名单，选中“馨儿”，点击“删除”。

又是两周过去了，我又面试了三家公司，至今没有任何回应，我已经习惯了这种“无声的拒绝”。但让我没想到的是强子给了我回应，他在电视台帮我介绍了份视觉设计的工作，虽然是临时工，只能拿到实习工资，但我必须抱拳答谢。原来制片主任是他舅舅，原来他的“主管”后缀名是真的，原来那个应该被鄙夷的是我自己。

作为技术工种，我只是泡在屏幕前，把组长安排的活做完。只是“做完”，至于能做多好并不取决于我。因为强子的“教诲”始终在耳边：“别出风头，别有棱角，不求有功但求无过。”这是这里的生存法则，当时我不以为然，但时间越久我越是佩服这个“教诲”，他真的很了解我的个性。“我只是个临时工”这是我每天早上对自己的提醒，每当我有提意见的冲动时，这句话便会把我敲醒。我的计划是先在这里混，直到毕业证到手，然后去找专业对口的3D设计公司；到时写上电视台的实习简历，定会加分不少。所以如果因为心直口快得罪了人那就尴尬了。

强子和我同属娱乐栏目组，此组的主打节目是一档婚恋相亲节目。台上有二十八位女嘉宾，人手一盏灯，同时上来三位男嘉宾，在自我介绍和相互问答中，女嘉宾有权灭灯，最后淘汰被全灭灯的男嘉宾，剩下的则可有机会和女嘉宾牵手成功。这种节目在全国很多电视台上都有，只是在设计编排上不同，节目效果全靠主持人、明星驻场和舞台特效撑起来。说白了就是“拼钱”，有钱就可以充分发挥想象，烧钱烧出“高大上有内涵”；没钱再怎么折腾也像个乡村大舞台。每家台里的经费都有各自的固定配额，但单靠这点儿钱是不可能做出好节目的，所以有很大一笔钱需要从外界来，那便是广告赞助。

强子就是在这个“核心”部门，他们广告部虽然人手不多，但“法力”无边，其他部门能否发挥好，我们的节目能否不被台里毙掉，我们能否不被下岗很大程度上取决于他们的工作。我和强子平时很少见面，中午偶尔有机会一起吃工作餐。他们的工作就是在“外面”，整天在外面应酬见客户，如果一段时间发现他们闲坐在办公室里，其他部门都会心慌。另外，他们的业绩也和收入挂钩，强子能在短时间内做到主管的位置除了有他舅舅的关系外，创收数据也是让他挺直腰板的主要原因。其实节目组里的任何人都可以去拉广告，也会有相应的奖励，但没有人脉和专业的谈判技巧，去哪里搞上百万的广告？

临近年底了，好多同事在早八点前哈着寒气进了餐厅，一看便知他们都没开车。大家说说笑笑，谈着昨天录节目时的八卦。我点了一份粥、一根油条、两颗水煮蛋，习惯地独自坐在靠近消毒柜的位置。在这里我既可以听到他们的“八卦直播”，又可以避免生硬地进入“话痨圈子”。

人人都有交流欲，但我知道我插不上嘴，因为我们之间熟悉程度在脸熟之上聊天之下。平时谈话只局限于技术方面，而且大部分时间都是在听上司说。不夸张地说，在座的每位都是我的上司，“好的，这样可以吗？我再试试……”是我仅有的表达。时间一天天过去，我逐渐成了组里的隐形人。

“天哥！”强子端着一套餐盘坐在对面座位上，他点了一份米线。

“大金主，见你比见台长难。”

“见过台长吗？”

“没有。”

“想不想见？”

“他老人家办公室里缺清洁工？”

这时他的手机响了，他点了下“免提”：“有人死了，五院的单子，你们准备一下，马上把地址发给你。”

我一脸惊愕。

“哦，我平时帮殡葬公司拉单子挣点儿中介费，医院有熟人，病人死了，我就把信息转给殡葬公司。”

“呃……”一个字饱含了丰富的情绪。

“现在都这样，家属还没到家呢，灵堂的LED字，黑白布景还有花圈就在家门口等着了，开门就搭灵堂。”

“你路子真野。”

“那时家属都乱成一团了，哪儿有工夫去找殡葬公司，更不可能货比三家讨价还价吧，这就是服务，竞争不小，拼的就是效率。”

强子这脑袋就是为经商凹出来的。他大口喝了勺米线汤：“年底了，咱们组要组织一场赞助商答谢会，跟我一起去混混吧，到时让你看看真正的台长和大金主们长什么样。”该轮到米线了，他似乎饿得不知道烫嘴了，这让我想起了他英国时的样子。

答谢酒会上来了很多人，有腾克利建筑的执行总裁付军铭、麻雀文化的老板张新夫妇、择塔旅游的总经理于宁、洛克巧克力的老板王博、泰众餐饮的总裁刘飞、娅娅服饰的千金田瑞、飞鱼游戏的总裁王鹏、博宇投资的合伙人胡波、尚品文化的老板蒋丽等等。这些都是在电视网站上常露脸的名人，还有更多叫不出名字但面熟的老板穿梭于会场内，三三两两端着酒杯交谈着。他们之所以这么捧场是因为台里的主要领导和高层都到了，在他们那个层面的人群里，几分钟简单的社交就可能促成一次合作，精明的老总们自然不会错过这样的机会。

“翟老哥，我找你半天了！就只知道看我们的美女主播？”强子冲着一位身材中等的男人喊道。我知道他是佳云网络的老板，在我们台做广告做出了名，洗脑式广告语让人过目不忘。

“老弟，老！弟！都怪当哥的身高不够，没找着老弟！”

两个人互拍着肩膀大笑起来。

“明天还是老地方，该聚聚了。”翟总说。

“那必须到。”强子爽快地答应了。

“你和这大金主熟到这地步了？”我有些嫉妒。

“知道吗？我帮了他多少？给他的广告安排在黄金档，广告费打折，付款分期，他能不感谢我吗？省钱省大了去了。”

我好像听懂了一些潜台词：“原来烧钱的也在乎这个。”

“网络公司都是靠风投撑着，广告是大头开销，再怎么烧也得给投资人有个交代，我可没少让他赚到牌面。”

我跟着强子，不时地驻足在某位老板面前，寒暄客套之余不忘开着小玩笑，看得出来他在他们面前很有面子。

“舅舅，这是程天，咱们技术组的。”强子向一位身材高瘦的中年人介绍着我，他便是我们节目的头儿：方主任，担任制片，入职快三个月了，这是我第二次见到他。

“小强常提到你，小伙子很精神啊。”他和我个头相仿。

“主任好。”

“你们看，”主任指着会场里的人群，嘴角微微上扬：“咱们的节目就是台里的招牌，看看到场的领导就知道咱的分量，以后好好干啊，这样的平台可不是能随便找到的。啊？”

“主任您放心。”

“来，跟着我转转，介绍几位老板认识下。”

我跟在旁边活像个木桩，在旁人看来我应该是秘书的角色。主任每次和老总们寒暄完都会介绍一下强子，然后他双手递上名片，至于我，完全可以忽略不计。看着强子游刃有余地应付于新老朋友之间，我由衷地佩服他的老练。他的提升太大了，至少已经完全超越了现在的我。

“方主任，您好您好。”

上前打招呼的是择塔旅游的总经理于宁，我在一档创业节目中常看到他，同时也是我们节目的赞助商之一。这位老总以性格耿直著称，很受观众喜欢，但也经常把创业者打击得“体无完肤”，有时甚至与同台的其他老总嘉宾辩论得面红耳赤。

“于总您这个春节得发个大红包吧，咱的收视率屡创新高，你的旅游套餐得加量了吧。”他们轻碰了一下酒杯。

“您可说到我心窝子里了，我正想和您商量呢，本来咱节目二十八个女的对三个男的挺好的，你们非要来个调转，让二十八个男的选三个女的，我这情侣套餐一个月白送出去二十份，比之前半年送出去的都多，一份就是五万块，我这额外的广告费也有点儿忒冤了吧。”

我听到这有点儿想笑，按照节目规则，只要第一轮台上二十八个嘉宾有二十六个留灯，并且最后牵手成功的话可以获赠一份价值五万元的泰国芭提雅双人游套餐，这个活动是择塔旅游赞助的。以前的版本里，上来的男嘉宾很少人能有魅力在首轮拿到二十六灯以上的，即使偶尔有，最后牵手成功的人也很少。可自从翻转男女位置后，只要新来的女嘉宾几乎都是满灯过首轮，最后双方再怎么不对眼也会牵手成功，各种大跌眼镜的牵手镜头比比皆是……

“这个现象我们注意到了，我们……”

“这帮女的耍心机。”于总抢着说，“我知道为了节目效果，组里选女嘉宾的时候在相貌和装扮上要求较严格，男人的心理就是只要不是看着想吐的，都会留个机会再观察一下，结果您也看到了，只要超过二十六个灯的女人最后全都牵手成功，主要是只要有男的把灯留到最后，决定权就在女方了，管他以后怎么样，先来个双人游再说，不要白不要，这不是心机么？”

主任笑了笑，于总看着手机：“从节目开播到现在，老版本里牵手成功率是18.75%，新版本里是75%，是说明我们女孩子们不挑？还是男嘉宾太抢手？”

主任笑得很尴尬：“节目设计有漏洞，就像您说的，被心机女利用了，我会和组里商量出个更合理的案子，来于总，再干个。”

于总摇了摇头，干掉了小半杯红酒：“是男人心理的漏洞。”

主任继续招呼其他老总，但笑得没那么自然，于总的投诉好像坏了他的心情。

强子告诉我，于总统计的只是表面的数据，组里追访过所有牵手成功的嘉宾，在老版本里现在真正确定恋爱关系的有十一对，新版本里是零；以前女嘉宾在台上，各自霸着一个坑，不是为了找男朋友，而是想在电视上混曝光率好把自己炒红。男人里面帅哥少，而且很少靠化妆包装，很难形成感官吸引力，节目里规定男嘉宾不能炫物质，所以女的宁愿选择在留台上曝光也不愿意去赌那男人的背后实力，真牵手成功的那是真有眼缘的。相反，在新版里，化过妆的女嘉宾的感官吸引力爆表，迷得男嘉宾们神魂颠倒，这些女的知道也就只能上这一期节目，明摆着一个免费旅游，不捞白不捞；结果，男的还真以为是缘分到了，糊里糊涂地被女的带走，不但浪费了台上的机会，还被心机女利用骗了旅游套餐，最后甩一干净。

一个节目竟反映出了这么丰富的男女心理，真是细思极恐。可全国节目竞争压力很大，不变则亡，所以节目组想出了男女对调的模式，结果坑苦了赞助商。都是为了收视率，它可以吸引广告，网络版权，还管着我们的饭碗……

“嗨！小天！”

转身一看竟是曼琦，一身白色晚礼裙，上次见面还是因为替晓晓带给她的那一箱子礼物。

“这么巧，你也来参加酒会？”

“我是跟老板来的。知道你在这里工作，没想到真能遇到你。”

“待几天？明天请你吃饭。”

“明天要回上海了，好可惜。”

“都年底了又不会忙，不多待几天？”

“儿子幼儿园快放寒假了，没办法。”

儿子？本想再拿晓晓调侃她两句，但好像被什么卡住了……

第二十六章　十年只是一个瞬间

时间……

……a dark

Illimitable Ocean without bound,

Without dimension, where length, breadth, & highth,

And time and place are lost……

（一片黑暗无垠的海洋，那里无所谓长度、广度和深度，也没有时间和空间）

——*Paradise Lost*

By John Milton

十年……

每件事已成思维里飘散的点，真实？虚幻？

十年的时间里会发生多少事？又会改变多少事？有的地方起了高楼，有的地方已被拆迁，有的人结婚生子，有的人离异分居。它让我们从幼稚变到成熟？从冲动变到稳重？不，那不过是为逝去的青春而找的借口，那不过是所谓的“老练和世故”下的外壳。其实我们的内心没有变，只是没有遇到让我们醒来的那个点。此外，还有很多事没有变：没有变的生活节奏，没有变的情绪起伏，我们已经习惯了“来事处理，完事忘记”的处事不惊，只是平淡之余才会惊讶于时间的飞逝。我们都做了些什么？我们还能做什么？原来能让自己的平淡偶尔泛起波澜的竟还是那很久以前的某件事、某个人。

看着大海，凌晨的月光洒在微波上，像一颗颗灵动的水晶。人生好似这广阔的海面，不知终点何在；每一天更像层层海浪，虽然重复却不尽相同。就好像《阿甘正传》里那句经典的台词：“Life was like a box of chocolates. You never know what you're going to get.”（生活就像一盒巧克力，你永远不知道下一块会是什么味道。）但你是否相信这是命运某条时间线里早已排列好的组合？

现在，回想起这十年的时光，那些开心那些失落，既意外又似乎在情理之中。我从没想到我会一直留在台里工作，更没想到五年前组里的团队集体跳槽后竟给了我升迁的机会，甚至一直做到了技术部副主任的位置。当然，最没想到的是晓晓会有一场盛大的婚礼，而且在那里我竟遇到了夏婷……

那是两年前的事，当时算是我们圈里的大事了。晓晓那年刚回国工作不久，我记得收到她婚礼邀请函的时候，第一反应是“这位老公是男是女？难道国内也开放同性婚姻了”？

晓晓的婚礼很有排场，十几辆奔驰作为车队，济南当地知名主持人作为司仪，五十多桌的婚宴，只是她那男朋友，在大厅迎宾时，我们以为晓晓瞎了……山东人的婚礼比较传统，很注重场面，亲朋好友们只有人到才算礼到。因此，当年留学时中国社交圈里的很多朋友都来捧场了。我们享受了包厢的待遇，围坐在一桌，相互之间有了些许陌生。上学时我们不是一个系的，甚至连同年级的都没几个，但由于经常聚会和参加学校活动便慢慢形成了圈子。

大家彼此寒暄着，酒刚被打开，还没进入状态。我心不在焉地和邻座的朋友聊着，不时地看看对面的夏婷，她真的在我眼前……

夏婷几乎没有变，相貌和身材并没有被时间刻上任何痕迹，连头发的长度都和那时一样。我们的视线偶尔相撞，起初是不自然地避开，后来是尴尬地一笑，现在是装作自然地一扫而过。不得不说今天充满了“意外”：夏婷来了、Tina没来、曼琦来了，还带着活宝似的儿子……我从没想到会在这里遇见她，这么久了我都不知道她们彼此认识。

“嗨！宝贝们！饭菜还合口吧？”晓晓匆匆地小跑进房间。

“你是新娘子，注意点儿形象。”曼琦说。

“对对，这里就靠你招呼同学们了，一会儿就回来，么！”她竟真的在曼琦额头上亲了一下，然后离开房间。

我们静了两秒：“说吧，今儿个是什么套路？”

“跟大家直说吧，”曼琦看了看我们，“晓晓是形婚。”

我们又静了……

我听说过形婚，意思是形式结婚，双方只是表面演个样子，并没有真的感情，会注册领证但互不干涉。台里有几个同事就是走的这条路，主要是碍于父母或社会压力的无奈之举……

“够新潮的啊。”终于有人发声了。

“还是没逃了你的魔掌。”我说。

全桌笑成一片。

“都是为了尽孝。”曼琦喝了口酒。“吃好了就出去玩去。”她对儿子说。

“那……咱晓儿也会要孩子吧。”

“会，注射受孕吧。”

“呵呵，那可不好说哦。”

“那男的也是‘同’，你让人家做，人家还不乐意呢。”

我挺佩服在座的各位姐妹的，真放得开，曼琦更像是在开记者会，有问必答。尴尬的反而是几位男同学……

饭局过半，晓晓回来了，全屋炸了锅：“晓妮子，你这样可算骗红包啊！”

“我就是想用这个机会让同学们聚聚。来，我敬大家一个！”

“真的！咱们还真没搞过同学聚会！”

“呵呵，现在的同学聚会就仨目的：炫富，利益，男女关系。什么同学情，哪有真事啊？不过咱是该搞点儿聚会了。啊？”

“哈哈。”

“说说你怎么找到的同道中人？”

“网上”晓晓说。

……

这是一个不小的群体，在贴吧和论坛里有专门为此设立的版块，他们贴出自己的信息和要求，同时也筛选着合适自己的“另一半”。在“结婚”前，双方大多会谨慎考察对方信息的真实性，以防被骗。

包厢里聊得越来越嗨，我低头用手机看着“形婚”的信息：婚前财产公证、丁克、领养还是注射，婚后分居还是同居……这好像是主流价值观背后一个平行世界……

“吓到你了？”曼琦瞟到了我的手机屏幕。

“好奇，但我更好奇的是你，你可是有孩子……”疑问太多，突然又不知从何说起。

“我懂你想问什么。以前我不是蕾丝，有满意的婚姻，可很多问题从有了孩子那天起就逐渐出现了。现在网上流行一个说法，中国女人的‘四不幸’：当妈式择偶、保姆式妻子、丧偶式育儿、守寡式婚姻。呵呵，我算是‘幸运’的，只中了三条。”她拨了拨头发，“你没法体会，一言难尽，总之就是因为被生活打磨得，对男人无感了。”

我欲言又止，想反驳点儿什么，但很没底气，在她们八年多的感情面前说什么都很无力。

时间不早了，客人们悉数离席，晓晓喝得不少，曼琦忙前忙后地招呼着，好像她的家人。晓晓的父母满面春风，看得出老人家很欣慰。天下父母谁不期待这一天呢？相信晓晓也很欣慰……

几年前，偶尔和晓晓聊天时总会听到她提起被催婚的经历。从逢年过节的三言两语到日常联系时的语重心长，在父母眼里，年近三十的女人不结婚是不合理的，是反常的，可这些“催促”真的只是来自父母吗？晓晓知道，这其中很多是来自亲戚朋友的“七嘴八舌”。被问得多了，似乎就不只是婚姻问题了，里面还掺杂了很多面子问题，这便成了她爆发的原因。为了结婚而结婚？为了面子而结婚？为了该结婚的年龄而结婚？晓晓没法理解。她抱怨了很多，但重复最多的一段是：

“那些亲戚看似关心我的终身大事，其实就是凑热闹，玩刺挠；如果哪天我离婚了栽跟头了，你看他们有几个哭的几个笑的？别人家的事不过是现实版肥皂剧，就是图一乐子。”

父母听不进去这个，因为这是走心的大事。辩论的多了，她们之间产生了隔阂，晓晓认为作为成年人有权选择自己的生活，过得好坏，冷暖自知，不需要做给别人看。那时她们闹得很僵。

可一年年过去，看着父母的老去，晓晓的心软了，在真实的自己和主流的传统间她做了折中。眼前的这桩婚事算妥协吗……

“程天。”夏婷站起身来。

“嗯？”这一应答纯属下意识反应，她竟会主动和我说话，距离上一次对话过了多久了?

“我有事要先走了，这是我名片。”

名片的左上角印着：掌心基金会。

“以后可能会有合作的机会。”

我看着那个曾经熟悉的她，等我反应过来要说点儿什么的时候，她已经走出了房间。

“这么久还没忘了？”晓晓在旁调侃着，“还好你小子有点儿良心，当初没碰我们Tina，否则……哼哼。”

“你们怎么认识的？”我问。

“早就认识了。”

“可从没听你提起过她。”

“呵，你了解她吗？”

我哑口无言。反复看着名片，我想在上面找点儿有用的信息。

“这掌心基金几年前在利兹剧院做过演讲论坛，是咱们学生会帮他们做的组织宣传，那时夏婷就已经是掌心的海外负责人了。”

“这是什么性质的基金？”

“医疗援助。”

这些年，每天重复着一样的节奏：坐办公室，开会。在副主任的位置上，我的所有工作就是听领导的命令和给下属下达命令。“主任”在这里堪称仕途的一道坎，为此很多人绞尽脑汁，因为拿到这个头衔才意味着真正进入了“干部”的圈子，而“副主任”则是第一备胎。

“一旦当主任，走路肚皮震”，这是我们台的口头禅。虽然我的体重增加了一些，但还好，肚子上还不是太明显。然而，强子已完全走形，双下巴、啤酒肚，他胖出了另一个自己。几年前我就看出了他的潜质：规律的“应酬”、酒精下的睡眠、全年零锻炼，他拥有了领导该有的“一切”。

晚上九点，我刚好看完一部电影，关掉电脑和办公室的主灯，此时办公楼层的大部分灯光已经熄灭。走在走廊里，习惯性地往强子的办公室望了一眼，果然亮着灯。房门半掩，我走了进去，他果然也在看电影。

“咱内网的片子看了几遍了？”

“是吗？我感觉新片不少啊。”强子把搭在桌子上的二郎腿放下。

“不熬到十点不回家？”

“快了……”

这时强子的手机响了，他把电影暂停。

“加班呢……你这事还得给我打电话？忙着呢。”挂掉电话，深叹一口气。以前这种情况，他会尴尬地看看我，现在习以为常了：“孩子便秘，就这事问我几点回去。唉……”

强子的儿子三岁，老婆是国企职员，一个标配版的中国家庭，可他很不愿意回家……

他和我坐在烤串摊旁，喝着可乐撸着串：“我没错，少在家腻着对谁都好。”

我没有发言权，接不上话。

“岳母在家帮带孩子，我不能看电视、不能玩手机，再累也不能往沙发上躺，再大的假期也不能睡懒觉，我在家比在马路上还拘着。”

“那是你岳母的问题，两代人不能一起住。”

“天哥，你确实还在青春期。”

“呃。”我又被嘲讽了。

晚上十一点，强子回到家，这是日常回家的时间。可所有房间的灯都亮着，他本该放松的状态又紧绷起来。老婆快步从卧室出来：“你回来得正好，去烧壶水，和凉水杯里的掺掺一会儿拿过来。”

“这么晚了还没睡？”

“上哪儿睡去？又是便秘又是流鼻血，上火了。”老婆拿了包餐巾纸回房了，强子把纯净水倒入电热壶里，水线刚好过半，按下电源开关，他看着手机，很快，壶的加热声响了起来。卧室里隐约传来儿子的哭闹声。

备好水，他小心地推开卧室房门，儿子正坐在床上听姥姥讲故事，右鼻孔塞着一撮餐巾纸，鼻孔处有明显的血迹。

“爸爸，我流鼻血了。”

“没事，多喝水。”强子把水杯递到儿子面前。老婆却截了过去，放在嘴边试了一下：“这水是不是没烧开？”

“啊，你不是要温水吗？我就把纯净水加了点儿温就……”

“没烧开的水能喝吗？你说你干点儿啥能干好？”

“咱买的是牌子的纯净水，开盖就能喝。”

“孩子抵抗力太差，你知道这水到底哪来的？现在食品那么多事，喝出来肠炎怎么办？”老婆叹着气快步去了厨房，姥姥好像什么都没听到似的，一直讲着画书上的故事。

强子回到客厅，不知道该做些什么。

“看到没，这凉水杯里的水都是烧开过的。”

“咱家不是刚用纯净水吗？以后知道了。”强子窝在沙发上，最近微信群里的信息很多，手机震个不停，他把群挨个设成了“消息免打扰”模式。

“最近孩子事多，你没事就早点儿回来，也没见多拿一个子儿，天天跟那耗个什么劲儿呢？”

“主任现在是有事没事的就给我穿小鞋，我的几个案子不是这不行就是那不行，跟我的几个助手都被折腾迷糊了，到现在也没……”强子抬起头时，客厅里只剩下他一个人……

早上六点，他强行睁开双眼，隔壁的卧室没有任何动静。他轻手轻脚地刷牙洗脸，对着镜子，肥大的眼袋已近和下巴接壤，算了算这一夜最多睡了四小时。有一段时间了，无论多困，可一躺床上就没了睡意，那睡觉的感觉好像要在闭眼后慢慢摸索才能找到。失眠捎带的是尿频，全身强行放松后，深呼吸几下总会遁出膀胱的感觉，一下更比一下明显，索性去趟厕所，也算是正常量，然后回到床上从头再来。

四个小时是身体刚要进入深度睡眠的时间，这时睁眼，说困不困，说醒不醒，面色很疲。但对强子来说这算及格了，很多时候只睡两三个小时，起来时特别精神，有时连自己都在怀疑这一夜是不是睡着过。

一切收拾完毕，七点出门时老婆刚好起床：“把尿倒了。”她边拿牙刷边把儿子的夜壶递了过来。

倒进马桶，颜色很黄，上火。

“走了。”

“哦。”老婆还在朦胧状态。

自从有了孩子，‘八点单位打卡’是强子告诉他老婆的，其实这只是早点儿离家出门的借口。根本没有打卡的规定，电视台的工作通常上下班时间自由，很多节目的直播、录制时间和时长都不固定，凌晨下班很正常，不少员工变成了夜猫子，通宵工作白天睡觉。台里有休息室，小单间，强子本可以走这个套路，但那样整天的不回家就太极端了，他也会想儿子，除非是真有节目安排。就算是和老婆吵架，他也不会故意在台里过夜，那样做只会火上浇油。

四环上的车堵得不动，连上手机，放着凛加的《我们和曾经》，强子随调哼着。不知何时，感觉堵车也成了一种享受，这才是一天中最惬意的时间：

酒瓶摆满了每个人的脚边
兄弟们已经不见好多年
总是相互揭着那些年的囧事
可岁月已经写满了我们的脸

那些年我上课爱睡觉 你总是会迟到
他追女生的手段就只会传纸条
而现在我睡不着觉 你也不敢迟到
他追女生的纸条已变成了钞票

兄弟 我们变了多少？
眼角的皱纹 发福的身体
越来越深的鬓角

兄弟 我们变了多少？
当年的豪言 曾经的倔强
现在不过是摇头一笑

人生就是一个挣扎的过程
自始至终都充满着遗憾
这些年所谓的成熟和老练

不过是不断降低的心理底线

那些年我们兜里没钱
我们笑得很简单
我们喝着酒哭红过双眼

而现在我们赚着钱
我们笑得很浅
我们一边抽烟一边感叹

兄弟 我们变了多少？
为了车子 为了房子
却忘了最初的目标

兄弟 我们变了多少？
无论是欢笑 还是继续煎熬
只希望兄弟们都好。

第二十七章　婷……

今天，上级部门来检查工作，工作会议自然是重头戏。会议厅里，除了领导抑扬顿挫的讲话声就是齐刷刷的笔记声。天知道我们在记什么，我按照惯例凭感觉画着“心电图”，必须保持手速，这是态度问题，可一行行地画着，眼前的笔像只催眠怀表让人昏昏欲睡。身旁的强子更加过分，连笔帽都没打开，左手托腮，一副生无可恋的样子。

会议持续了九十分钟，我只记得最后的掌声很让人提神，相信每位同事在发自肺腑地鼓掌，散会的瞬间，呻吟声哈欠声此起彼伏。本来和强子约好去楼下的小店吃米粉，可没出大厅他就被主任叫走了，那一脸的怨气和无奈有几分滑稽。

同为副主任，我很知足，但他很烦躁。他比我早两年当上副主任，除了业绩突出外，舅舅的关系是他爬升的关键，或者说业绩其实就只是个无关紧要的包装。可就在提拔半年后，舅舅在台里高层的内斗中失势，处于被架空状态，这直接影响到了强子。

看着他活得像个酒囊饭袋，我有时会担心现在的他会不会是我将来某时的样子。

《诺丁山》播放着，这是第几次看了？记不清了。William和Anna走在花园里，伴随着一首*When You Say Nothing at All*……

It’s amazing how you

Can speak right to my heart

Without saying a word

You can light up the dark

Try as I may, I can never explain

What I hear when you don’t say a thing

You say it best

When you say nothing at all

For June who loved this garden, (纪念深爱这花园的琼)

From Joseph who always sat beside her。(永远陪伴着她的约瑟夫) Anna看着花园坐骑上面刻着的句子。

这时手机提示有微信，显示：夏婷……

心里一震，打开，只有两个字：

“在吗？”

好久没收到她的信息了，多久了？我记得那时还没微信。

“咚咚。”有人在敲办公室的门。

我顺着声音看过去，她站在门旁……

白色长袖衬衣、黑色A字裙、还是那长发，我静坐了十秒，但不知在想什么；有些无措，却很平静，眼前的画面有些许的似曾相识，在梦里？还是在……

婷……

“可以进来吗？”

“哦。请进……”我看看窗外看看走廊，但不知在看什么。

时间一秒一秒地过去，我竟想不出一个要说的字，尴尬把房间速冻了。

“还在看《诺丁山》？Some people do spend their whole lives together.(有些人可以携手走过一生一世。）”她按了一下空格键。电影继续播放，Anna说：“Some people do spend their whole lives together.”

“这都记得？”

“和你看了不知多少遍了。”

“哦……”

“刚开始你挺喜欢看看影视剧什么的，可后来被游戏迷住了。”

“呵呵，现在不碰游戏了，又找回电影了。”

接下来的几分钟里，我不清楚自己说了什么，或许和眼前的电影有关？或许和天气有关？或许……

“坐，坐。”我的逻辑算是清晰起来。夏婷是过来找强子谈广告的，可她说谈得很失望，强子在和她耍官腔，始终强调台里在走审批程序，不要急，要开会讨论；前前后后两个月了，没任何消息。

强子是有些官腔，但更多的是无奈。当初还对他客气三分的主任现在没了顾忌，一夜之间让他沦为广告部四大副手中的勤务工，工作没少做，话语权几乎为零。我听说在会议桌上否定强子的提案已经成了他们部门必不可少的一道菜。

“非要通过他才能做广告？”

“主要是想进黄金档时间段，只要十秒。但直接找广告部就……”

“不想竞价？”

夏婷不好意思地点了点头：“我们资金有限，只能出个差不多的市场价。”

她告诉我，她所在的掌心基金会是家做医疗援助的公益组织，主要职能是给病人提供免费的医疗咨询，联系专家和国内外医院等服务。由于没有盈利，平时的运营费用都是靠大企业和公众的公益捐助，所以在宣传方面能省则省。强子那边一直不冷不热，她觉得我和他关系好，因此想让我帮忙和强子沟通一下这事。这个下午我们聊了很多，聊广告、聊市场，不知不觉中进入了工作模式，话题很正式，直至天色渐暗。

“饿了吧？”

“嗯？”话锋的切换让夏婷有点儿意外：“还好吧，你要下班了吧。”她转而看着手机。

“走，我请客。”

“嗯？”

“有个特有味的餐馆，”我笑了笑，“离这不远。”

她没说话。

“走，再晚就不好打车了。”

自坐上出租车那刻起，尴尬又围住了我们，好像有很多话想说，但又觉得说什么都很生硬。就像这两年一样，自从那次在晓晓婚礼上加了微信后，我不知多少次有想和她说话的冲动，可当面对那聊天窗口时，刚输入好的文字总会在发送前被我无故地删除……我们就这么僵硬地坐在后排，时走时停，还好，“聪明”的司机师傅打开了广播，正在播体育新闻，马刺今天险胜。

“马努好像没有上场。”我说。

“他退役了吧。”她看了看我。

“可能快了，邓肯都退了，他也快了，头发都快秃没了。”

“现在还这么关注他？”

“喜欢太久了，忘不掉了。”

夏婷的视线转向窗外，又没话了，我庆幸还有五十米就可以下车了。

在东四环的四惠站附近有条铁路，汽车无法通过，只有行人和两个轮子的可以从护墙的缺口处穿过。铁路两边有很多住宅区，很多小商贩在行人必经的缺口处摆起了地摊。

“他们在铁轨上摆摊不怕火车过来吗？”

“这是条废弃的铁轨，是以前给电厂送煤的专列，现在电厂都关停了。”

“有烤冷面，你要不要来份？”

……

沿着远洋天地一直往东走，是一片饭店。离很远便可闻到烧烤的香味，老爸高大的身影隐现在炉烟旁。

“你小子回来了。”老爸把口罩摘掉，外层已被熏黑。

“爸，我和朋友过来吃点儿烧烤。她叫夏婷。”

“叔叔好。”

“夏婷？……”老爸在试图想着什么，“噢！你就是夏婷啊，小天常提起你，来来来，快请坐。”

夏婷的脸红了。

“爸，你的口罩得换了。”

“店里的都用完了，你去对面药店买一包去。”

“哦。”我把菜单推到她面前，“想吃什么随便点儿，这顿我爸请。咱家的肉筋最好吃。”

“啥都不用管，咱家拿手的都让婷婷尝一遍，你赶紧去。”

夏婷笑得特开心："谢谢叔叔。"

老爸真给力，等我回来，一支烟的时间，二十串肉串、两盘凉菜已上。

"叔叔的手艺真棒。"夏婷品尝着肉串，"就是太辛苦了，怎么不让服务员烤？"

"客人们就是来吃他的手艺的。技术活没法替。"

"真不错，好久没吃烤肉了，上次还是在老家，不过南方的口味和这里不太一样。"

我津津有味地听着，她可爱的吃货标签一点儿没变。

"你经常回来帮忙吗？"

我摇了摇头，这时店里的招牌菜："朝天烤鱼"上来了。扑鼻的辣香、表皮的焦烈声，烤盘边上围了一圈脆皮锅饼，我都忍不住咽了下口水。

"因为工作太忙？"

"工作倒不怎么忙，只是我们爷俩儿脾气犯抵。"我挑了块鱼鳃侧后方的肉夹给她，这是烤鱼身上最脆嫩的部位。

"常出去旅游吗？"

"自己没意思，一直想问你，怎么这么多年了还没结婚？"

夏婷顿了一下，喝了口橙汁："缘分还没到吧。"

"常看你的朋友圈，除了工作自拍就是健身晒身材。"我笑着。

"你呀，还'偷窥'我的朋友圈？你自己什么都不发，连个头像都没，从没见过你这样的微信。"她故作生气的样子。

"偷窥有快感。"我坏笑着。

"发朋友圈也是情绪的自我发泄，其实真没人在乎你发什么。"

“来来，再尝尝肉筋。”老爸又抓了一把串子过来。

“叔叔您太客气了，别耽误了其他客人。”

“炉上一直有五十串，够用。”老爸笑得把满脸的皱纹都挤了出来，“婷婷现在怎么样？工作忙吗？”

“嗯，还不错，工作忙一点儿挺充实的，叔叔的气色不错，脑梗一直都没再复发吧。”

我一愣，脑梗？我好像没告诉过她吧？

“说到脑梗，叔叔还没好好谢谢你呐，好孩子，多亏了你寄来的鱼油胶囊，真好，后来我也坚持吃，这些年了也没再复发过。”

“您快别客气，那只是补品，主要还是因为您的身体底子好，恢复得快。”

“这事我怎么不知道？”我一脸懵圈。

“这事没必要让你知道，对吧？叔叔。”

老爸只是笑着，脸上的皱纹折叠在一起，他真的老了，比同龄人更加显老，每天站在烤炉旁被油烟侵蚀，再好的口罩也没用。我看得出，今天的他特别兴奋，找点儿时间就来我们桌坐会儿，一聊就是几分钟。平时服务员帮他翻两下肉串都会被挑几个毛病，今天倒是把心放宽了。夏婷很会和他聊天，几句话把老头子逗得前仰后合，我这个做儿子的只有尴尬赔笑的份……我隐约感觉自己好笨。

转眼聊到十点。

“叔叔，我下次再来看您，到时把我的同事打包过来给您捧场。”

“好嘞，来叔叔这，叔叔请客。”

我把刚泡好的一杯温柠檬水放到夏婷面前。

她一怔，看了看我。

“习惯没改吧。”

“谢谢……”

我和她走在朝阳路上，只是走着，谁都没说话，但刚才的尴尬消失了。路上的人很多，即使现在很晚了，途经的店铺里依然灯火通明，服务员们在台前台后忙碌着，快节奏的身影下映射着辛劳的充实。街边的两厢小车，后备厢打开，彩灯镶边的音响里放着的民谣，很好听，但没人知道歌名，这是车主在卖自己的原创唱片。

“你和以前不太一样了。”夏婷说。

“你没变。”我说。

“为什么？”

“吃相。”

“你……”她揪了一下我的耳朵。

我略感意外地看着她的侧脸，这个动作曾是我最熟悉也是最害怕的“暴力”。

“我没想到会再见到你。”

“我也是。”

“上次见你时，你说的最后一句话是‘你要好好照顾自己。’已经十年了。”

“错！上次见面是两年前，晓晓的婚礼上，别故意玩深沉。”她忍俊不禁。

“你……你真会破坏气氛。”我做了个鬼脸。

“切。”

“你知道吗？我特别服你一点！就是说完话转身就走，完全不给我接下文的机会，就连那次你给我名片时也是这副德行。一抬头，人没了。”

“是吗？我怎么没注意到？”

“你没注意到的事多了去了。”

“唉？是不是想给我算旧账？”夏婷佯装生气的样子。

“哪敢？最多只是骂骂你。”我坏笑着。

“切，你也好不到哪里？”

“我还不好？天地良心啊！”

“少来，邋遢的那样，这脚上的袜子几天没洗了？是不是可以站起来了？”

“……这你都知道？”

“你什么事我不知道？”夏婷一脸得意。

“就不能记我点儿好？”

“好，是对我挺好的，只是没事就闹闹小别扭。”

“小别扭？都是你那倔脾气，一言不合就眼里含着泪。”我笑着说。

“你就不懂得迁就下女生？一点儿不合你心意就垂头丧气，竟然还会因为做那事跟我闹脾气，你说你有多奇葩。”

听到这，我脸上一阵发烫：“那时……太年轻了。”

“嗯……”

我们又沉默了，刚才斗嘴的轻松感突然消失了。

“你知道吗？”我看着她，“这些年里我有两次特别强烈地感觉到很可能会在某个地方遇见你，一次是在五年前，一次是在去年，没有什么预兆，也没有什么原因，就是很突然的感觉。”

“然而并没有，哈哈。”她这急转弯把我也逗乐了,可随之而来的还是一阵沉默。

“我……梦见过你，好多次，还有学校公寓海边。”

夏婷低着头，嘴角微动。

“每个画面都和现实一样，客厅的餐桌上有个红酒架，是横向S型设计；Clarendon Rd.路口旁有个生锈的路标。”

“因为印象太深了。”她说，“比如你的手机号码是07787961937。”

“你还能背出我的号码？”我特别吃惊。

“那时我特意背的，万一我手机丢了，这样还可以用其他电话找到你。”

一股酸胀感突然涌在我的眼角里：“你……听说一个词叫‘恍如隔世’吗？我现在看着你就是这种感觉。”

“你确定这个成语的用法没错？”她笑着看着我。

“哈哈。”我竟也笑了……

一直往东走着，路边的流动商贩多了起来，有小吃也有小商品。路的两边有很多住宅，每天此时，忙碌的商贩们不忘抓住一天中最后的市场。

“我要打车了，你回去吧，帮叔叔招呼一下客人。”

“我送你吧。”

“不用了，我的车还在你们台里停着。”

“哦，到家发个信息。”

目送着她上车离开，我把手机握在手里。

“恍如隔世”这个词用得对吗？我真的不知道，只是不太相信这种特别的感觉。既熟悉又陌生，不敢相信已经过了十年，更不敢相信那个我曾经最亲近的人就在眼前。

刚才我好像年轻了，好像回到了过去……

第二十八章　哪边才是真实的自己？

又是一天，又快到下班的时间了，强子稳稳地坐在办公室里。只是下午五点多，对他来说真正的个人时间才刚刚开始。白天的时间里，各种乏味的工作，同事间的冷漠，终于随着夜色的降临逐渐散去。距离回家还有五个小时，那种局促还有五个小时才会来，他几乎每天都这么盘算着。这就好像一个即将上班的人在珍惜享受着最后的一段假期。

宅在自己的办公室里，点点网页，看看手机，真是惬意。在这样独处的时候，强子时常会想很多：人生的目的？自己的过去？可能的未来？有时想得很透，有时又很迷茫。可无论何时，他都乐在其中，为什么乐？他不清楚。但有时乐到极致就想哭。

老婆发来一条微信："给我转三万，下个月要交托班费。"

强子有时在想：辛苦多年为了什么？也许就是为了这样的一条信息。如果他说手头紧，让老婆先付上，对方会是什么反应？如果他说托班性价比太差，没必要上了，等到明年直接上幼儿园，对方又会是什么反应？如果……

生活很简单，改变它的节奏和走向的可能只是一个决定甚至一句话。

他仰坐着，望着LED灯，昨晚这盏灯有点儿异响，今天已经修好了。玻璃隔断外灯光通透，但只有寥寥数人。门口摆放着一只大眼镜兔子的吉祥物，这是去年节目赞助商赠送的，他每次进出办公室时总会拍拍兔子的脑袋。

辛苦多年得到了什么？对他来说，真正有价值的就是这间办公室，它是比家更私有的资产，甚至给了强子心理上的依赖感，这里才是他认为的真正的家。可随着人事变迁，他每天都在担心这个“家”会被剥夺，也许下一个等待他的将是门外那间二十人的公共办公区。

“咚咚。”敲门声让强子从思维中清醒了一下，刚抬起头，小李已经推门进来了，把手里的文件往他面前一丢：“老哥，就知道你还在，把这份策划的细节再改改，明天主任要用。”

强子拿起文件看了看，上面满是涂改的标记。

“主任今天又发飙了，老是骂咱光吃饭不干活，唉……”小李拿了颗桌上的口香糖塞进嘴里。

强子始终没说话，抬起头时小李已经走了出去。看了看这位比自己小三岁的小领导，他又把视线转到了文件上。

晚上十点多，强子回到家。房间里一片漆黑，她们都睡了。他把钥匙轻轻挂在了门挂钩上，换了鞋，轻步进了自己的卧室，床旁的书桌上摆满了儿子的漫画书和洗好的衣服。他换好睡衣来到洗手间，仔细洗了手，水盆旁放着一瓶黄色的液体，是儿子的尿，他顺手倒进马桶，又轻步回到卧室。把手机闹钟定在了明早七点……

周一至周五，每天“打卡”，早出晚归，周末“总是加班”，他习惯了，他老婆也习惯了，时间久了，也就不再问他加班的原因。这样的办公室生活，强子几乎每天都在重复着它，享受着它，即使总会面对那些“总改不好”的文件。

今天摆在眼前又是那关于下个月节目广告植入的策划，手下无人可用，只能亲力亲为。这些天里，修修改改不下十遍，可总是得不到大小领导们的满意答复。面对每次返工，强子从没任何辩驳，这就是工作，他看着文件笑了笑，即使这个改好了，也会有下个的，如果没有下个，或许这间办公室也就没有了……

临近下班时间，强子在网上找了部电影，准备享受着一天一次的自我空间。这时手机响了，是佳云网络的翟总。这位是强子的老朋友了，转眼已经过去多年，现在的佳云网络越做越大，正准备在海外上市，而强子已经失势；当年强子帮过佳云，所以翟总感激他；现在翟总不势利，所以他感激翟总。平时两个人经常在网上聊几句，翟总偶尔回国的时候，总会邀上强子小聚一下，今天这个电话正是他的邀约。

吃饭的地方是位于后海的一家云南火锅店，这是他们聚会的老地方。进了包间，除了翟总还有一位美女，强子笑了笑没有丝毫惊讶。

“我来介绍一下，这位是张琳琳，我的大学同学。”

这时强子反而有了一丝的惊讶，赶紧打了招呼。

“你朋友好害羞啊。”琳琳笑着说。

“他？呵，只是还没找准定位。”翟总拍了拍强子的肩膀。

强子确实没找准定位，多年的饭局情商告诉自己，这位美女绝对不会和那些大老板们带出来的女人一样。

“那我接着说了，”翟总看了看琳琳，“所以生育是女人的转折点。”

“哎！现在说这个你觉得合适吗？”琳琳瞪了他一眼。

“这都是比兄弟还亲的兄弟。”翟总笑着说。

“我哥俩儿没有秘密。”强子没抬头，顺手给琳琳倒上一杯果汁。

“谢谢。”她又把视线转回到翟总身上。

“有好有坏，但总体来说，负面的较多。”

“呵，什么事到你嘴里就成这样了，你倒好，你是有孩子了，反过来给我泼冷水。”她冲着翟总耍了个鬼脸。

“正是因为这样，我说的话才是真实感受。”

这种云南火锅是自助式的，每人有单独用锅，所有的菜品一次上齐，吃完了可以随便添加。强子帮他们分着桌上的菜，翟总喝了一口梅子酒。

“这是实话。”强子说。

“原来你找了个托儿？”琳琳说。

“这还用得着找托吗？产前抑郁症知道吧，产后抑郁症更清楚吧。”

“这用不着你告诉我。”

“婚姻本来很简单，但在中国，一旦生了孩子就成了两个大家庭的事，你的父母还有你老公的父母都会参与进来。生活的琐事不但牵扯到婆媳关系而是两代人的关系。从孩子的护理、饮食、起居到娱乐教育，这里面参与的人越多，分歧也就越多，所以家庭关系会变得极为敏感。产妇在那个压抑的环境里，身体的不适更容易把这些外界的影响放大化，这就是产生抑郁的根源。”

琳琳没有说话，慢慢地夹着菜。

“刚才是心理上的负面问题，我再说点儿生理上的。从怀孕到分娩，女人再也碰不了那些化妆品了，女人很在乎面子，时间久了会让她缺乏自信。有了孩子后，大部分女人的身体会走样，开始时是浮肿变胖，断奶后可能会憔悴干瘪，照顾孩子，半夜起床喂奶，很多事情是保姆代替不了的，所以很多女人怀胎十月到分娩后的半年里，因为压力大、休息差，好像老了十岁。这些东西最后都会影响到女人的状态，而女人的状态也会直接影响家庭的状态。”

“还家庭状态？我周围的好多朋友都是一家三口其乐融融，怎么到你这儿就这么难受呢？”琳琳的语气里没有了太多的抗拒。

“我说得直白一些吧，男人对于刚生完孩子的女人在心理上有排斥感，说直接点儿就是不想碰，就算碰了也没感觉，至于什么时候能恢复那种感觉，也是因人而异。女人也明白这一点，所以现在市面上出现那么多产后修复、产后美容类的服务行业。为了家庭的和谐也真是煞费苦心。”

“你少在这唬我，生个孩子那么多问题，为什么人人都要生？女人不生孩子是一辈子的遗憾，你根本不懂。”

“我就是太懂你了才会把这些可能出现的问题告诉你，我太了解你的性格了，一点儿小事就会着急上火，先把这些现实的问题摆在你面前，你心里就会有个底，不至于再遇到问题时太冲动。”

“你了解我？你了解我？那你当初为什么会离开？你了解我，为什么就不能迁就一下我？现在又像个导师一样在我面前说教。”

强子放下手中的筷子，看着手机。

翟总把梅子酒干了：“那时我们太年轻了。”

一阵沉默。为了打破尴尬，强子试图和翟总聊些工作的话题，可生硬的两句过后又静住了。

“不要再对我说这些了，他虽然没你优秀，但可以给我稳定的生活，女人的归宿最终都会落在婚姻和家庭上。”

“你确定这是你的心里话？我不信你会变成这样。”翟总语气坚定，还略带挑衅。

琳琳没接话。

“你不缺钱，也不缺时间，你缺的是可以带你活得精彩的那个人。”翟总的话里透着股霸气，但好像某个点被戳中了。

又是一阵沉默……

“我们不该见面。”琳琳说。

翟总看着她，眼神里透露着不解和些许失望。

“分手九年了，你从没找过我，你结婚生子什么都没耽误，可我刚刚结婚一年，你却出现了。是不是知道我结婚了，就不用担心我会缠着你了？现在又给我洗脑说什么生育的坏处，你不觉得你很自私吗？想见就见，什么都想按自己的节奏来。现在我只想告诉你，路是你自己选的，所以你已经没有干涉我生活的权利了。”琳琳眼里含着泪说完便起身离开了。

走在鼓楼西大街上，翟总抽着烟，每经过一家小店便会驻足稍许，感受着久违的老北京味道。

“看你变了不少，一年没见了吧，怎么话变少了？”翟总问。

“是因为想得多了。”强子笑笑：“女人多得是，何必撩旧人？”

“她是我的初恋，那时因为经常吵架，分分合合很多次，但最后是我铁了心离开了。但是这九年来，她的影子一直都在，总感觉她从没走远过。”

“为什么没去找她？”

“唉……以前的事不说了，总之一个年纪一个想法。”

“翟哥，你有好好的生活不过，偏要去招惹她，还想再伤她一次？各过各的幸福日子不好吗？”

“什么叫幸福？以前，一家三口在一起是幸福；现在，有空间、有现实、有结果就是幸福。我投资给老婆让她有事做，为孩子的教育铺好路，每年有一个月陪她们度假。我有我的空间，她们有她们的惬意，这样挺好，整天在一起为了油盐酱醋生活着反而不会有好生活。人这辈子和谁在一起的时间是有数的，现在多了，以后就少了。我们到了一个更看重结果的年纪；没有结果，一家人就算不散也幸福不了。还是那句话一个年纪一个想法。”

“可她的幸福和你想的不一样。”

“也许你是对的，我很矛盾，见到她又能怎样？即使她回来了又能怎样？你可以说我自私，我也承认，可我已经到这个岁数了，这些年经历了太多，也遗憾过太多。多年来为了所谓的生活，我几乎每天都在演，到现在我才明白什么是真正藏在心底的东西，现在我只想面对真实的自己。我庆幸现在想通了这些，不至于等到头发花白的时候空留一生悔恨。”

翟总把强子送到楼下便步行离开了，他说想自己走走散散心。一天又这样过去了，强子感觉很累，双眼干涩。打开房门，一片漆黑，她们都睡了。他把钥匙轻轻挂在门挂钩上，换了鞋，轻步进了自己的卧室，床旁的书桌上摆满了儿子的漫画书和洗好的衣服。他换好睡衣来到洗手间，仔细洗了手，水盆旁放着一瓶黄色液体，是儿子的尿，他顺手倒进马桶，又轻步回到卧室。把手机闹钟定在了明早七点……

幸福？这算吗？

第二十九章 “BITL”

“精神疾病、癌症、心脏病等等，很多疾病都和基因有关；为了您和您下一代的幸福，请做好基因筛查。”屏幕中一位医生站在中央说着，他的身后站着老人、中年人、大学生和儿童；最后两秒画面切换，很多大小不一的手掌心围成一个圈，其中心出现了五个字：“掌心基金会”。

我反复看着夏婷的广告片。强子已经一周没来上班了，听广告部里的人说是个人原因。于是我没再顺着他的线找关系，而是直接找了台长助理。这位助理姓蒋，是我升迁前内部培训班里的老师，我们关系不错。后来他高升为台长助理，有了投票权，我能升为副主任也受到了他的提携。

有人的地方就有争斗，人多的地方就有派系，我们台也逃不过这个定律。蒋总和方总，也就是强子的舅舅，是死对头，我和强子走着走着早已成了两条线上的人。虽然私交不错，但并不代表着工作中有交集，没了交集也就没了利益冲突。不过看看强子现在的窘境，确实令人唏嘘。

蒋总的话果然有分量，没几天广告部便通过了审核，三十万一个月的价格是在不违反定价标准下的最低价，没想到我现在竟有了强子当年的能力。我第一时间告诉了夏婷，她很高兴，说晚上要请我吃饭。我即刻锁了办公室，开车前往她的公司。从东五环到东三环，我开了多久？路上堵没堵车、有没有走辅路，好像都不记得了。当我定下神的时候，已经站在了新城国际楼下，这是我第一次来。

这是座高档住宅小区，但用作办公室是比租用写字楼便宜得多。房子很大，客厅里摆满了办公隔断，左手边有个小走廊，里面的几个小单间，除了一间经理室外，其他也都摆放着双格隔断。夏婷不在公司，她同事帮我倒了杯咖啡，我坐在她的办公位等着。

办公桌上文件很多，但不乱，所有的书摞都是小本的在下大本的在上，她的习惯没有变，旁边摆着一只流氓兔玩偶和一小盆绿叶盆栽，半透明的隔断板上贴着各色的小便笺，上面写满了内容，和她英国的书桌几乎一模一样。电脑旁放着两个相框，一张是她和姥姥的合影……而另一张照片吸住了我的目光：沙滩上，用鹅卵石拼摆出的字母："B I T L"。我心跳在加速，这是在外赫布里底群岛的乌伊格湾，这张照片里曾有我最好的回忆，那时我们只冲洗了两张，另一张藏在我的日记本里。没想到她仍保留着……

拿起相框，看着照片，那时的言语笑声仿佛就在耳边。她离开后，我不记得有多少次看着这张照片流泪，有多少次纠结该不该把它撕碎，但我终归败给了她……

这时，我注意到照片的右下角有一行小字：Believe In The Light。好奇地反复读着这句话，却逐渐发现这句话的缩写字母竟也是B I T L……

我眉头锁紧，刚才的情绪在消失，取而代之的是迷惑。当年我们许愿的时候，B I T L不是应该意喻Be Immutable To Love？我仿佛一脚踩空在悬崖边。

“怎么了？”夏婷看着我，我的大脑像是短路了，B I T L一直在眼前晃着。

“怎么跟丢了魂似的？”她给我盘子里夹了一块鱼香茄子煲。

“我……”

“嗯？”

“我想你回来。”

“回来？”

“我想追你回来。”我终于说出了什么？一句想了很久的话。我不知道哪里来的勇气，我想过很多的预设，想过很多种可能，但都是在梦中。我从没想过会再次在现实中说出这句话，而且竟没加一秒的思索。

夏婷沉默了……

又是“沉默”，这是我最怕的事，可我不知该再说些什么，更不知该怎么打破这个沉默。我看着她，等着她的回应，她却避开了我的视线。

“是我对不起你，小天……你不要这样，我不值得你这样。”

“那事早过去了，我不知道为什么，我心里始终摆脱不了你，我感觉你从未离开过。”

她微微摇着头，刻意地看着窗外，眼角的泪水隐约可见。

仍然是沉默，我有好多话想说，但说不出来，也不知该怎么说，时间和情绪把我凝固了，我甚至不知道自己该望向何处。剩下的时间里，我们用无聊的话题对抗着彼此间的尴尬，周围的人群、音乐、夜色早已没了任何印象。不知何时，我们不再说话了。送她回家的路上，她看着窗外，看着车流缓缓移动。现在，她又在我身边，但我们的距离很远，甚至远过了这转瞬间的十年……

我把夏婷送到蓝色港湾，她家就在这附近。下车后，她没有回头，我在后视镜里看着她走远……已经凌晨一点，坐在空旷的蓝港广场上，看着那看不懂的黑夜就像谜一样的她……

打开手机，我输入了“Believe In The Light”，页面上列出了一些英文慈善网站，虽说和夏婷现在的工作相近，但那时的她还和我在一起，不可能会和慈善联系在一起。另外就是一些关于“光之信仰”的解释，比如在西方文化中，Light象征着希望……我继续往下翻着，在随后的相关词条里看到了一部叫 *The Great Gatsby* 的小说里有一句相似的文字：Gatsby believed in the green light……

我知道这是一部特有名气的美国小说，可是并没读过。打开简介，首段文字中便提到了Light。那座发着绿光的灯塔坐落于Daisy的家附近，而钟情于她的Gatsby隔岸相望，这个贯穿故事的灯塔之光象征了Gatsby对未来的爱情和梦想的憧憬与期许，它是他的精神寄托……

这让我想起了那次乌伊格湾之行，夏婷在夜色的沙滩上曾说她看到了海的深处有灯塔的光，可顺着她指的方向，我并没有看到什么。不知道这是否是巧合，虽然我从没听她提起过这本书。

坐在办公室里，一有时间我便会拿起这部小说。篇幅不长，可每句话都经过了精雕细琢。Gatsby对Daisy曲折的感情从隐晦纠结到冲动疯狂……他们的情节总有一种很强的带入感，那种在爱中的矛盾情绪和幸福感总觉得似曾相识。即使通篇读完后，再随便翻开某一页，其中的某一句话仍会把我带入某个场景或某个情绪中。难怪此书会受到全世界读者们的疯狂追捧。

然而，令我不解的是，在网上的海量评论中，大部分是对Gatsby美好向往的讽刺。他们认为他的梦是虚无的、天真的、过于理想但不切实际的，以至于最后死在了自己的爱情幻象中……

我不知该怎么评价Gatsby和Daisy的爱情，好的作品总是让不同的读者有不同的评判，就像“一千个人眼里有一千个哈姆雷特”一样。但我又好像找到了那束“光”的含义：“迷茫中的希望”。如果那时的她是这么想的……

第三十章 回忆与现实的对抗

最近大学群里的同学们经常聚会。三五成群，喝喝酒唱唱歌聊聊天。没有多大的排场，有的只是惬意。毕业那么久了，曾经几年不联系，没想到在三十多岁的时候又突然亲密起来。这种亲密不只是表现在聚会时的HIGH，即使在微信群里，每天也有几百条的信息互动，而其中并没有一条广告。

今天又是一次小聚，七个人。每次大家很默契，从来没人带家属，消费AA。虽说大家已经回国很久，但真正想起来建个群还是在晓晓的婚礼上。毕竟在国外留学和国内读大学不一样，能在一个学校里上学相识就算是老同学了，没人会在乎年级和专业之分。晓晓是群主，也是最有号召力的一个，所以大家送她个雅号："班主任"。每次聚会她是必到，否则女生们，不，现在应该称为女士们都不主动。现在的同学聚会，如果没有女同学参与，按群里的说法："就几个男熊聚个屁？"

"老板！拿个醒酒器来。"晓晓笑嘻嘻地搓了搓手，拧开一瓶一斤装的二锅头，两瓶劲酒，夏婷倒吸了一口气，作为第一次来参加聚会的她被这阵势吓到了。

晓晓往醒酒器里倒了半瓶二锅头、两瓶劲酒和四瓶红牛，这便是班主任独创的“土嗨芝华士”。这是我们聚会的标配酒，不上头、不呛人、成本低，越喝越嗨。

“来，老规矩，不劝酒，咱们先走一个。”晓晓一声号令，大家举杯，喝过这酒的来一大口，没喝过的试着尝尝。

“哎，强子，亏你是个爷们儿，在那绣花呢？”晓晓说。

强子点点头，咽了一大口。

和夏婷一样，这是强子第一次参加我们的聚会。看他平时太无聊，我便死拉硬拽地把他喊来。要说拘谨可能有点儿，但我猜可能是因为后面的大戏。

“来各位亲人们，今天特别欢迎强子和夏婷同学的加入，希望以后每聚必到，不到的可以发红包请假，我们群的宗旨是聚成疯狗，气死家属。”

“对，都三十多岁了，该结的都结了，该离的都离了，我们都应该有自己的活法！”

在晓晓的带动下，不出三分钟，桌上的气氛急速升温。

“小天，你今天怎么也端上了？你可不是处女聚了吧，怎么滴？在婷婷面前注意形象了？”

“就你事儿多，来来走一个，堵上你的嘴。”

夏婷笑着，也拿起酒杯陪着。

这时，小隔断的门打开了，一位大美女站在门口：

“不好意思班主任，我来晚了，刚把孩子送她姥姥家。”

“小雯你终于来了！”

强子的眼睛直了。来之前，他是有心理准备的，但到了真正见到的这一刻，他的眼神出卖了自己。

“快去坐那边，和你室友坐一起。”我起哄道。“干吗呢？强子？发什么呆啊？”

“是吗？你们还是室友啊？藏得够深的啊，我说呢平时请都请不到的大主任怎么今天报到了，都是套路啊。”晓晓也跟上了节奏。

“啊，哦，来来，坐这边。”强子丢了魂一样，咬字都不清楚了。

小雯略带羞涩地和他点了点头。强子僵硬地让开身子，让她坐在自己的右手边。可以看出这个哥们儿的大脑已经停止了转动。

不得不说，多年没见，小雯更加漂亮了，这是一种成熟的美。头发短了，但还是那时的童颜轮廓，大大的洋娃娃一样的眼睛会让很多男人失去和她对视的勇气，而当年的丰满紧致的身材现在显得更加放肆。大家热闹地聊着，拥挤的小隔断里恰好包裹住了热烈的氛围。强子逐渐在刚才的失神中缓了回来，主动地和我们聊着，但似乎又像是在刻意地掩饰他右侧的紧张。

我后悔没让小雯坐在强子对面，十年没见了，应该让他好好看看他的女神。相信那种复杂的眼神能让我笑喷。

“今天可厉害了，有几位老同学加入咱的小趴，不知道你们能不能逃过咱群的诅咒。”

“还是离婚的梗？”

“这哪是梗啊？这是事实，咱群里的但凡结婚的，不是已经离了，就是正走在离的路上。几位可要小心哦。”

“报告班主，我已经离了。”小雯举起手。

“强子，你也别耗着了，赶紧离了吧，正好和咱们小雯破个群里的诅咒给大家伙看看。”我说。

“你说你小子，张口就是劝离婚，满满的负能量。”

“现在……自己带孩子？”强子终于转过身和小雯说话了。

“嗯，孩子还小，就跟我了。”

“男孩儿女孩儿？”

“女孩儿。两岁。”

“女孩儿乖，好带一些。”云云说：“我就想要个女孩儿，男孩子没一个省油的灯，太费劲儿了。”

“有女孩儿的都想再要第二个，有男孩儿的都不想再要了，这不是重男轻女，是一养男孩儿就够够的了，万一二胎再是个男孩儿真的是没法过了。”强子说。

“对，我家楼上就是个男孩儿，几乎每天都能听到妈妈暴跳如雷。”小雯说。

“谁家不是？以前我一对臭小子发火，我妈还说让我好好给孩子讲道理，别看他小，什么都懂。懂个屁，他们没一点儿判断力，怎么懂？现在你不让他哭，以后他让你哭。”云云有点儿入情绪了。

这位云云也是利兹校友，是晓晓的同学，但上学时没什么交集，第一次和她聚在一起是在晓晓的婚礼上，因为不熟，彼此间只是寒暄。然而自从建群后，互动多了，她那洒脱耿直的个性很快便和我们打成了一片。

晓晓乐坏了：“小天看到没？人家根本不搭理你，你还是照顾婷婷吧。”

“班主，你说够怪的，咱群里年龄最大的是三十六，最小的也有三十三了吧，怎么进入这个年龄段后在婚姻上就开始走下坡路了呢？”

“什么咱群里？我周围的朋友都差不多这个年龄，就没听说谁家过得像恋爱似的；恋爱要的是什么？新鲜感、神秘感！整天低头不见抬头见的，这俩感早被生活磨没了，男女关系就是这样，不进则退。”

“男女之间就不能平稳的相处？同事之间、朋友之间多了去了。”

“呵呵，那是压根儿没把你当异性。你啊，非让我把话说破。时代变了，都有主见了，务实了，什么面子啊传统啊，都不如追求自己想要的生活来得更实在些。谁都不愿将就着过一辈子，说离就离，没什么压力。等到咱孩子那代人，估计连结婚都省了。”

“瞧人家云云，分析得头头是道，真有才。”我竖起大拇指。

“女子无才便是德。”

“你是又有才，还不缺德。”

“你的这个嘴啊！”

“唉……”小志深叹了一口气，这口气竟然把全桌叹地安静了，“我们什么都不缺，缺的是信仰。”

他的语速很慢，每个词都附带着“沉重”二字。我的贫嘴尴尬地停在半空中。

“制服己心，强如取城。我们一辈子都在对抗自己。以前人们的行为底线守在了法律约束上，现在升至道德约束，但罪源生于良心约束，也就是说突破了良心的约束就意味着犯罪。”

我们真没动静了，是沉默十秒以示敬意？还是被一句话洗脑了？还是压根就没听懂？

“婚姻是一种约，不要背离约，抛开生活中各种负面因素，怀着感恩的心去生活，心所超越，我们便会找到无路的路、无门的门。不仅如此，我们应该把善心传递给朋友家人甚至陌生人，让它影响和安抚到更多的人，这就是福音，当传递福音成为我们每个人的习惯，生活也就更好了……”

小志滔滔不绝地说着，我们甚至觉得连动动筷子都倍感失礼。

“兄弟，俩月没见你，是不是遇到什么事了？”晓晓关心道。不知道在座的各位有没有像我一样对班主的这句话充满了感恩。

“就是悟出了这事，很开心，很满足。”他很稳地说。

“哥们儿，你这么感恩，一周能交几次公粮？”我说出了憋了很久的一句话，夏婷用胳膊撞了我一下。

小志一愣，好像被我从另一个世界拽了回来。

“咱这帮老利兹的人变化真不小，想当年，小志没这么神、强子没这么闷。有次强子陪小雯上大课，那天好像是小雯不开心也不说话，强子就想逗她，突然指着窗外说：‘哇！UFO’，结果小雯没动，老师跑过去看了……”

哈哈哈哈哈……

大家瞬间笑出了泪眼。

“老板加菜！劳驾让个空。”服务员端着一盘基围虾进来了。

“杨哥够意思啊，真摆阔，谢谢啊。”晓晓冲服务员抱了个拳。

“我说你们怎么找到这家饭店的？”小雯问。

“怎么了？网评不好吗？”

“不是，这店的老板他有点儿……”

“就那个杨大光头？你认识他？”晓晓问。

“认识有几年了，一直没停了撩我，就一老流氓。”

“是吗？合着这虾是看着你的面子，我说呢，以前最多也就加个地三鲜，贼抠，我平时没少损他，刚才还在楼下闲扯了一会儿呢。”

“他人还是挺好的，就是满嘴流氓话，我真是不喜欢这样的。见面就让他小弟喊我嫂子，不搞出点儿绯闻跟吃亏似的，真不明白，也不怕传到他老婆那里。”小雯无奈地直摇头。

云云笑了笑：“男人的正常心理，有的女人值得他背着绯闻，那是有面子。”

“老杨的境界不一样，这货走的是‘以外养内’，号称外面彩旗飘飘才会‘虔诚’地对待家人，这是他原话，虽然我想吐。上次他还在酒桌上嘲讽朋友说天天守着老婆的，不一定有他这婚姻坚持的时间长。绝对一人才。”晓晓说。

“一会儿他肯定会来，各位男神谁能和我演出戏，当我男朋友，让这货收敛点儿。”小雯看看我、小志、强子。

晓晓一拍手：“那还用问吗？小天守着婷婷，小志超脱了，肯定是强子啊！”

强子的脸唰得红了，竟有了几分学生时代的腼腆，大家笑炸了锅。

“我该怎么做？”他问。

“你特么怎么不去死？趁这时候就要秀恩爱啊，搂搂抱抱亲亲，往死里吃豆腐，这才真实。”

“天哥别闹！”小雯冲我使了个鬼脸，“就是放开点儿，气势上压过他。”

从这时起，大家的火力全转到强子身上，堂堂的广告部副主任被涮地飞起。他能做的只有频频举杯。当年这小子是真动过情，也真受过伤的，不知道他现在的感觉。多年过去了，人都在改变，只有当初的感觉不会变。

没过一会儿，隔断帘子被拉开了，“各位真热闹啊！”一位光头大个子站在门口。

“杨大老板生意够火的啊。”晓晓笑着说，大家礼貌地起身。

“都是托朋友们捧场，”杨大光头环顾了一圈，“要不说还是同学情谊重，听说你们经常聚会？”

“不多，一个月四次。”

“这才是大客户啊，那我申请了，以后我就当大家的服务员。”他最终把视线锁定在了小雯身上，两眼直放光。“老婆，这咸辣的还合胃口吧，不行就让他们翻工去。”

“滚，谁给你老婆啊？我今儿正好告诉你，这就是我男朋友，说话注意点儿啊。”说着小雯左手挎着强子的胳膊，小脸在他肩膀上靠了一下。

强子被她这突发的举动惊了两秒，勉强笑了笑，脸上堆满了惊喜和尴尬。

“这以后的日子怎么过啊，咱仨过？”杨大光头全当听了一笑话。

“你好，我叫强子。”他主动伸出手。

“幸会幸会，叫我杨光男孩儿就好。”

“哎哟我去！”晓晓一脸嫌弃。

“哈哈，来我敬大家一个，祝各位的同学情友谊长存。”杨大光头举杯深耗了一口。

“还同学情友谊长存……”晓晓和云云捂着嘴笑着。

杨大光头放下酒杯，打开手机：“来，让老婆上个镜。”视频里出现一个肥头大耳的男人。“看见没，这就是你嫂子。”他把摄像头对着小雯。

“哎，周胖子，别听他胡说八道，看到没？这才是我男朋友。”小雯对着视频里的男人说，这次她的脸几乎和强子的脸贴在一起，并且偷偷敲了敲强子的腿。

他好像懂了，提高嗓门儿：“大帅哥，你好啊。”

“老杨，你这个没眼力架的，吃饭时聊什么视频啊？”晓晓喊了一嗓子。

“哦，对对，批评得对，来，我再敬各位一杯。”

杨大光头真能喝，从此杯子没落过桌，对着我们几个人挨个敬，没到一分钟半斤酒快没了。

“杨哥，我敬你一个，生意兴隆啊。”没等敬到强子，他先举杯敬起了杨大光头。

“呦，谢谢谢谢，这位兄弟怎么称呼来着？”

“强子，人刚才告诉你了，什么记性？”小雯嘲道。

“哦对，来来，小强兄弟，先干为敬。”

“别管大小，只要够强就行。”强子说。

同学们笑炸了。

杨大光头把最后一点儿白酒仰头干了。强子本来还有半杯“芝华士”，也直接一仰头，干了。

“你少喝点儿！”小雯拍了一下他的肩膀。

光头看着杯子一愣神，

“好酒量好酒量。”他知道有点儿丢份儿了。

“老杨，你如果把我家强子弄醉了，我跟你没完。”

“这就是我的套路啊，晚上我给小强兄弟开个房间好好睡，你跟我没完没了去。”

“那不行。”强子故意一皱眉头，“别丢下我，我把你俩都睡了。”

“啪！”小雯打了强子后脑勺一下。“让你再贫。你俩流氓一见如故是吧？”

光头一拍脑门儿：“还是咱仨一起过吧。”

小雯一拍桌子：“好啊，白天老杨陪我，晚上我陪强子。”

“那不行，白天强子陪你，晚上我陪你。”光头说。

强子一拍桌子：“那不行，白天我陪小雯，晚上我陪老杨。”

晓晓一拍桌子：“乱了乱了，你们仨要想说群口相声，单开一桌去。”

“杨光男孩儿，相见恨晚，缘分呐！”强子一脸滑稽地站起身来和老杨握手。他被雷住了，今天碰到流氓对手了。

“俺可是正经人呐！”他也用搞笑的腔调接招。

“没一个正经人，男人的两大爱好：拉良家女子下水，劝风尘女子从良。”云云不屑地甩了一句。

“行了行了，这都哪跟哪？我们同学聚个会容易吗？没事闲的，净过来抢戏。”晓晓没好气地说。

老杨笑嘻嘻地连连抱拳道歉。

“晓晓一开口真有气场！”云云竖着大拇指。

“没辙，本来想作大哥的女人，却做成了女人中的大哥。”

“土嗨芝华士”的感觉越发强烈，我们忘了杨大光头什么时候走的，我们早已醉在了自己的节奏里。

同学们在一起就是不一样，说起话来各种污，尽情地放肆，从没人觉得谁会生气，在我们被严肃的现实包裹的年龄里都还深藏着一颗简单的心。

今天的强子特别高兴，因为这酒，也因为小雯，这样的他已经很久没出现了……

KTV里，《一起走过的日子》《风飞沙》《风的季节》《匆匆那年》《星晴》《回到过去》……强子和小雯痴痴地唱着，一首首歌里满满的情绪，旋律里有着当年的画面，歌词里有着那时的回忆。在这个年龄里，最多的话题是孩子、最多的活动是叹气、最多的安慰是自我调整；但在几分钟音乐里，在酒精的围绕下，闭上双眼，我们好像在大学公寓里看着书、做着作业、等着她的电话……那时的好与坏、爱和恨，在被时间冲刷后变成了一道道印痕，即使里面再细小的纹理都成了拿来回味的资本。

晓晓喊道："来，咱玩动物园游戏，谁说错了或重复的就喝酒。"

强子和小雯完全没听到，我们也只好忽略他们了。

晓晓："动物园里天上飞的。"

云云："麻雀。"

我："猫头鹰。"

夏婷："蚊子。"

小志："呃，跳蚤。"

"呃什么呃，喝多了吧。跳蚤只会跳，不会飞。"我们喊道。

"跳蚤怎么不会飞的？不信去网上查去！"小志一脸委屈。

"这里不许看手机，任何有争议的答案举手表决，认为跳蚤只会跳的举手。"

除了小志全都举起了手，包括强子和小雯。

"得！"他干了一杯："接着来。"

小志："动物园里天上飞的。"

晓晓："秃鹫。"

云云："蝴蝶。"

我："大雁。"

夏婷："天鹅。"

小志："呃，喜鹊。"

晓晓："鹦鹉。"

云云："布谷鸟。"

我："鸽子。"

夏婷："百灵鸟。"

小志："空姐。"

晓晓啪地就是一巴掌：

“不是挺超脱的吗？我让你喝多就想空姐。”

我们的脸已经笑变形了。

……

不知道小志喝了多少，越醉越输，越输越醉。

“不，不玩了！我唱歌去。”小志按着我的肩膀站起身来，感觉整个人的重量都在那只手上。“俩麦霸都一边去，看我送大家一曲。”然后环顾房间，“点，点歌面板呢？”

“唱什么？公主在这呢。”云云挥挥手。

“《大话西游》。”

“是《一生所爱》吧。”

屏幕上出现了一个熟悉的画面，断残的城墙上站着至尊宝和紫霞的转世，大圣远远地望着……

旋律响起，我们竟默契地静了下来。MV里是电影片段，大圣的眼神，他与她的惊喜与疑惑，一阵伤感飘在空气中。遗憾，人生亦是如此；遗憾之美，摧人心，残魂泪；“苦海，翻起爱恨；在世间难逃避命运，相亲竟不可接近，或我应该相信是缘分……”

小志投入地唱着，我们情不自禁地附和着。

这首歌不只是有它自己的故事，那一个个音符同时在催化着我们自己的回忆，回忆虽分你我，却为一首旋律而共鸣。

MV的末尾处，星爷望着大圣的背影：“他好像条狗啊。”

“对，我好像条狗啊。”小志重复了一遍。

强子的视线依然停留在屏幕上：“每次看到大圣的背影，我都想哭，那是寂寥、落寞、无奈。我们曾以为自己会成为盖世英雄，会守得一份真诚的爱情，会成为这个世界的唯一；可是，随着时间的推移，我们会逐渐发现原来自己和别人没什么不同，在这个社会上，我们不过是任人使唤、无权左右自我的一条狗。”

无奈、心酸，却庆幸眼前还有啤酒。我们举杯，我们胡扯；云云说上中学时喜欢一个人，连作业本放在一起都觉得幸福；小雯说毕业时为了抱一下那个男生，结果把全班抱了一遍；晓晓说……

我们都在喝，都在和某个自己喝；我们都在说，都在对某个自己说……

“那次在乌伊格湾，你真的看到灯塔的光了吗？”

夏婷一怔。

“哎哎！说什么呐？喝多了吧？”晓晓给了我一拳。

我没理她，只是一直看着夏婷。

她没有和我对视，过了几秒，微微地点了点头。

“没劲，赶紧的，喝。”云云催促道。

不记得又玩了多久，也不记得我是何时开始呆坐在一边听着两位麦霸的演唱会。

……你一直在我世界里
太多的过去难割舍 难忘记
太心疼你 才选择不放弃也不勉强
你不要哭 这样不漂亮……

听着那首《我想大声告诉你》，看着身边的她，仿佛走过了另一个平行空间……

我没再喝酒，酒精的作用在逐渐变弱。眼前全是那年在乌伊格湾的情景……

出租车停在了一座夏婷的公寓附近，这是我第二次送她到这里。已经到凌晨了，蓝港广场上依然灯光绚丽，人潮依然涌动。我们彼此看着对方……

“送我上去吧。”夏婷说，“我有事告诉你。”

跟在她身后，我心跳加速，不知道她会告诉我什么，可我能感到那口吻中的严肃。

这是一幢二十多层的公寓楼，虽然处于朝阳区的黄金地段，但老式的塔楼设计让人一眼便可看出其楼龄。夏婷在一楼门厅里看了看51121的邮箱，从里面取出一份画报。

电梯停在十一层，打开门，门厅的墙壁上挂着一副熟悉的油画，那是Jeff的爷爷送给她的，乌伊格湾……

这时，一位中年妇女迎了过来。

“姚姐，他睡了吗？”夏婷问。

“没呢，在等你，饭都热了两次了。”

我们刚进客厅，一个中等身高，体型宽胖的男人走了出来。手里端着一个餐盘，上面放着一碗米饭、一盘辣椒炒肉和一盘油麦菜。这些全是夏婷最爱吃的。那男人好像没看到我似的，直接把餐盘放在桌上：“饿了吧。”声音含糊不清。

“嗯，你快去睡吧。”

胖男人转身回房了……

夏婷深叹一口气，招呼姚姐把饭菜倒掉，我只是莫名地看着这些。

“他叫闫林，是我男朋友。”

我眼前一黑，像是被雷击了一般，死死地钉在原地。

“坐吧，”她拿出半瓶红酒，“要不要喝点儿？”

我恍惚着坐在沙发上。

“我对不起你就是因为他。”

我捏着酒杯，杯脚的边缘处有两条裂痕。

“我……有好多事想告诉你。”

我点了点头。

“对不起，在英国时，我……伤害了你，除了因为他对我的好，还因为我心动了。那时我一边是对你的愧疚，一边沉溺于他的殷勤中。对不起，我是天秤座，总是这样犹豫不决；我不知道该怎么面对你，更不知道该怎么拒绝他，我从没想到自己会变成在各种小说剧情里被我唾弃的那类女人。直到那天你发现了一切，我才明白是时候要说些什么了，即使是今天，我都不愿去回看十年前的那个我。”

“没爱过我？”

“爱过，也许那并不算爱，只是恋；你那时是个大男孩儿，和你在一起时，我更像个姐姐一样迁就你，虽然我比你小；而他……给了我安全感。”夏婷停顿了一下，在找着最合适的表达方式，“小天，你知道吗？刚和你在一起时，我们真的很好，你会关心我，照顾我，我曾以为在那个年龄可以遇见你是我的幸运。可为什么我们在一起的时间久了，分歧却多了？还记得我们第一次争吵吗？还记得我们吵过多少次吗？每次都只是因为一点点小事，可很多小事堆积起来就成了裂痕。争吵并不可怕，怕的是连争吵都没了。这就是后来的我们。”

她看着我，但那个眼神和十年前离开时不一样。

“小天，我……不想再提那年的我们了，也不想找理由和借口，我对不起你；而他，在那个时间给了我一种频率，正是我们之间缺少的一种频率。你知道吗？我曾梦想着能有一份专为自己存在的爱情，对爱情有信仰一样的坚定和守护；可为什么在他的面前，你我之间的那些都那么的不堪一击。我不知道是他让我从梦中清醒了，还是让我的梦成真了。”

我没喝酒。

“他对我很好，他清楚你我以前的事，但从没介意过。那时每天我打完工他都会去接我；从不让我吃工作餐，他说那东西油腻，不健康。他很会做菜，每天晚上他总会在接我前备好菜，接我回来后现炒，十分钟内一定完成。起初我以为他只是一时冲动，或者怕你再去找我才对我追得那么紧，可我没想到即使到今天他都没变过。”

“我们在一起同居了一年他都没碰过我。因为你，因为从和你认识到做爱太快了，因为我怕让做爱成了左右对爱情判断的因素，因为我对和你之外的男人做有了心理抵触……但他同样没介意过，更没有生气过，他说他会等我，尊重我。我逐渐明白了，他不是在演，他是真的爱我，除了对我的照顾，连心理上都在备加呵护，时间越久越能证明这一切。”

“可是，在一年后，他生病了，经常头晕、呕吐、精神不振。经医院检查，他得了脑胶质瘤。那是一种恶性肿瘤，很难治。一般活不了几年，平时的症状是头痛、虚弱、狂躁、间歇性昏迷等等，总之这是生理加心理的折磨。我真的不能接受这个事实，他全家也像疯了一样，但没想到最冷静的反而是他。他在不停地安慰我，还是照常接送我上班上学给我做饭，看到他这种状态，我更不敢表现得太低落，怕反过去影响到他。他还说他不想治了，就这么和我、和父母在一起，好好地过每一天。我们同意了，但只是表面上顺着他，因为这个病太难治了，英国好多医院都没有成熟的治疗方案，我们只好瞒着他找其他的路。”

“后来，我在网上找到了掌心基金会，他们是做免费医疗援助的，在他们的帮助下我了解到美国有家凯森肿瘤医院，他们在治疗这类脑瘤方面是世界上最好的，可问题是他根本不想去。那时我试着和他讲道理，可能是我对这事太看重了，没等他反驳几句就开始着急，甚至会吵起来。而他的情绪一受到影响就会头痛，后来我也就不敢讲了。”夏婷的酒杯已经空了，她又倒了半杯。

“时间就这么过着，在他面前我装作没事，既照顾他的生活，还要照顾他的情绪，可背地里我不知哭过多少次，现在根本不敢想象那时是怎么熬过来的。有一天，他突然对我说他想通了，要去治病，你知道吗？我当时正在打扫房间，听到他这么说，我的眼泪一下子就出来了，是涌出来的。他说他不想每天早上醒来时摸到我的枕头是湿的。”夏婷的泪水顺着脸颊滑了下来，现在她的眼前也许全是那些年的画面。可我不知该说什么，甚至连安慰都不知该如何开口，我也拿起了酒杯。

“在凯森做了一次放疗一次手术，一共两个瘤子，两个都做了放疗，并且切除了其中一个风险较小的，当时确认治疗很成功。可他醒来后状态明显不对，反应迟钝，好多次看到他好像在想什么，就是那种沉思的样子，可其实是在反应刚发生的事。医生说这是并发症导致的脑损伤，没有办法，这么深度的治疗是不可能没有副作用的。这治疗的目的是保命，没变成植物人且记忆力没问题已是奇迹，以后只能靠家人的协助帮他恢复，但没人知道能恢复成什么样。这些话算是惊喜后的又一盆冷水，但能保住命我还能奢求什么？”夏婷干了酒又拿起瓶子。

“别喝这么多了。”我把瓶子按在桌上。

“没喝多。”她夺过瓶子，这次倒满了一杯，一瓶红酒已耗下大半。“为了防止术后转移，又在医院做了四次全身化疗，整个人被折磨得不成样子，他非常虚弱但情绪很好。

在无菌隔离病房里，他很少玩手机，每天我会在窗外陪他，在玻璃窗上写字聊天，他说这样比视频更加真实。哦，对了，他还给我拍照。”她从沙发的角落里拿出一本相册，每张照片的背面有一句话：

5月22日，今天头发全掉了，一根都没剩，洗头的时候看着冲掉的头发，是挺吓人的。她哭了，我忍住了。

5月29日，每天都在看对面山坡上的小镇，和漫画里的一样，她说等我出院了就陪我一起去看看。

6月3日，她在玻璃上给我画了一对兔子耳朵，还真是那么回事。

厚厚的相册，每张都是那个在窗外的夏婷……

“半年后治疗结束，我们回了英国。按照医生的叮嘱，我要督促他多做手脑结合的运动，比如打球、弹琴；他却选择了每天继续给我做饭，他觉得这是最棒的运动，我还笑他是吃货。可就在回去后的两个月，他的状态每况愈下，从发呆健忘到迷路眩晕，我带他做过很多次检查，没有发现肿瘤复发，却发现了脑组织萎缩，医生说可能是放疗导致的。”

看着夏婷眼睛，她说每句话都像是一个个镜头，在我眼前放映着她那时的绝望。

“治疗后的三年，他的记忆力也逐渐下降，并且对于以前的事大幅地失忆，时间越久越是严重，后来连认人都出现困难，两年前他已经不认得大部分亲戚朋友了，甚至有时连父母都辨识不清。可他唯独认得我……”夏婷的眼泪涌了出来。

“你知道吗？他唯一记得的事情就是每天给我做饭，每天都是……”

听到这里，我的眼泪似乎也在打转，为的竟是当年伤害过我的两个人。原来他根本看不到我，他的世界里只有夏婷一人。我们分手了十年，她在我心里萦绕了十年，而在这两个人的世界面前，我这十年显得好无力……

“婷婷，他是什么时间走近你的？”我想问，但开不了口，是怕受伤？还是已经无足轻重？

第三十一章　中年的心底

这些天，强子握着手机进入了唯我的空间里。他每天上着班、吃着饭，但并不记得上了什么班、吃了什么饭。手机对他来说从没像现在这样“爱不释手”，只是因为里面有了小雯。

他翻看着小雯的朋友圈，这是今天第几次看了？他不记得，但是电量已经从百分之八十耗到了百分之四十三。小雯的朋友圈里照片很少，大部分是公司产品的宣传广告，如果不是相互认识，这种微信ID更像是骗子号。强子反复地看着仅有的几张照片，反复回忆着多年来小雯在自己印象中仅有的几个画面。

“吃了。（笑脸）”

强子顿时精神了许多，这是小雯的微信回复，距离他上条“吃午饭了吗？”已经过去了近两个小时。这句话该怎么回？回复：“上班忙吗？”显得生硬，有点儿没话硬聊的感觉；回复：“你太瘦了应该多吃点儿。”让她怎么接？有把话题聊死的风险；回复：“最近有时间吗？有家餐厅很不错。”是不是有点儿太急了？现在很明显还没到这个热度，会不会产生了尴尬她就不理我了？

他反复斟酌着，好不容易搭上的缘分，可能会因为一句不恰当的话便灰飞烟灭。回什么？强子乱点着网页，打开又关掉，关掉又打开，有点儿激动，有点儿慌乱。人总是这样，无论在社会浸淫了多久，处理过多少复杂的人事关系，但在面对真正的感觉时，总会羞涩得像个小学生。

“这里两天沙尘暴，少出门。”他看着窗外终于找到了“灵感”。发送？还是再想想有没有其他话题？他反复考量了一分钟，最后认为这句是个最妥当的，如果小雯回话就说明她是真的想回，如果不想回，也不算尴尬。现在绝对不要多聊“问句”，她忙，可能会忘了回，或者本来就问得无聊，她就不想回。强子把一句话的风险评估到了极致。

这时屏幕上方显示“对方正在输入……”

强子的心跳加快，对着聊天窗口望眼欲穿。

“对啊，户外一定要戴口罩。”小雯竟然秒回了。

强子的血压瞬间飙升。

开心好简单，这个下午他没再和小雯聊，先守着这份美妙的感觉，至少这几个小时里周围的一切都有了色彩。主任安排的季度总结，客户要求的插播计划等等，似乎都不再是负担。

一天过得好快，晚上九点多，在小区楼下，强子独自坐在车里已经一个小时了。握着手机，看着自己发给小雯的：“下班了吗？”然后就没有然后了。下午的快感像过劲儿的毒品一样急剧失去药效，现在他的身体又急需一“针”，可那空荡荡的聊天窗口里依然没有任何回复，失落沮丧传遍全身，他只有往回翻着聊天记录才能暂时缓解情绪。

两个小时过去了，聊天记录已经没任何作用了，现在是百爪挠心，全身已被烦躁包裹，实在难以忍受。情急之下他输入两个字：“睡了吗？”点击“发送”。

三个小时过去了，依然没有任何回复，车在启动和熄火中循环着，光盘里的音乐从头到尾循环了不知多少遍，强子的心里愈发难受。

“这些天我不知道怎么了，自从那天聚会见了你，我眼前全是你的样子。应该说是你在英国时的样子，那时我喜欢过你，也……可这些年过去了，我竟还是不能放下那份感觉。其实五年前我遇见过你，在一次企业交流会上。我站在你对面，当时你正忙于和旁边的人说话，也许并没有看到我。我站在那里想了好久，该不该上前和你打招呼？该说些什么？会不会尴尬？就是因为我的犹豫，当我再抬起头的时候，你已经不见了。我错过了五年前的那次，没想到五年后又见到了你。我打了很多字，也许你会觉得我特矫情，可没办法，我得承认我是晕在你这里了。不管明天是怎么样，至少打完这些字我可以踏实地睡个好觉了，已经失眠三天了，晚安。”

点击“发送”。

又一个夜晚……

强子的脚下摆满了啤酒瓶，一杯一杯地喝着，我看了看表，他已经有近二十分钟没说话了。我没喝，我知道他今晚必定喝成烂泥，这大半夜的出于安全考虑，必须有个人是清醒的。

他在想着什么，好像酒杯是位最好的聆听者。他说小雯答应他去酒店房间见面，但他等了一个晚上，最后却等到了三个字“对不起”……他难受，没法释怀，小雯就像他的梦魇，每次出现都会让他遍体鳞伤，他怎么都跨不过这道坎。转眼间又是一瓶下肚了。

“别喝了。”

“不喝怎么能睡得着？我这不是一两天的毛病了，一躺床上就特清醒，满脑子各种各样的事就全出来了，有真实的，也有想象的，眼前跟过电影一样。根本不敢看表，越看压力越大，翻两个身一个小时就过去了，再翻两个身天亮了。有时也特累，回去倒头就睡，凌晨就醒了，但也是不敢看表，只要看一眼，就别想再睡了。有时手贱，非要摸个表看一眼，如果发现过五点了，那感觉就是赚大了。”

“睡前别玩手机，特别是别用手机看电影，越看越兴奋，闭上眼全是电影里的画面。”

“我都是坐车里看。在楼下一停，看点儿老片子特有味。”

“为什么在车里看？”

“我不喜欢现在的新片，浮夸、幼稚、没味。还是老片好看，看一遍有一遍的感觉。”

“我问你为什么在车里看？”

“哦？图个清静。可以清静地品出很多东西。就拿《飘》来说吧。那是上高中时，看个经典大片就是为了装×，就像那时看世界名著一样，没有经历过人生起伏的学生看那些东西能看懂个屁。现在不一样了，能在细节上品出很多东西，要不说经典就是经典。”

为什么不在办公室里？我没再追问下去。他的双眼已经布满血丝。

“瑞德太爱女儿了，女儿怕黑必须开灯睡觉，管家说这样的孩子长大后会比较懦弱。他立马蛮横地炒了管家。后来，在自己的院子里，女儿要表演马术跳干，结果摔断了颈部，就这么没了。瑞德疯了一样，把自己和女儿的遗体关在一个房间里，不准任何人为她下葬，他说女儿怕黑，谁要敢动她他就杀了谁。”

强子说着，眼睛里竟然有泪水打转。

“以前看这里只是觉得可惜，现在看，能哭。年龄越大感触越多，三十岁以下不要人生意义。什么是人生意义？我讲不出什么高深的道理，前两天看到一条新闻，一位明星得了癌症，网友的评论不多，其中有一条是‘如果把你的钱给我，让我的家人下半辈子衣食无忧，我宁愿老天把这病转移到我身上’，本来挺无聊的一句话，但竟有上千的点赞。看到这些，我……有种说不出的难受。网上有个段子，大概是这么说的：‘中年是个卖笑的年龄，既要讨得老人的欢心，也要做好儿女的榜样，还要时刻关注老婆的脸色，不停迎合上司的心思。中年为了生计、脸面，在房子、车子、票子之间不停周旋，激情对中年人是一种浪费，梦想对于中年人是一个牌坊，守得住忠烈，还要做得好婊子。’唉……”

听到这里，我完全没了再想插话的意思，有时，挺佩服他的。

凌晨两点多了，强子趴在小桌上已经睡了好一会儿了。他醉了，这是情醉，我体会过，醉与醒就是两个世界。我想起了毛不易的《消愁》：“清醒的人最荒唐。”

本以为他休息一下就可以醒酒，但这势头明显不对。我架起他的胳膊，浑身死沉，嘴里不知道在念叨着什么。

老板递过来两瓶苏打水。我让他坐在人行道边，试着把瓶子往其嘴边凑。强子一把抢过瓶子，仰头往肚子里灌，转眼工夫吹瓶了。

“让他慢点儿喝！”老板喊道。

“怎么着？想找死？”强子突然指着老板骂道，说着便要硬撑着双腿站起来。

我赶紧按住他的肩膀：“老板，不好意思啊，他真是醉了，对不住啊。”

“天哥，我谢谢你啊，这么多年啊！谢谢你。”强子突然跪在面前抱住我的腿，路边的出租车师傅们齐刷刷地往这边看。我蹲下，双臂架住他腋下死命地往上抬，他整个身子像灌了铅一样往下坠。

“你大爷的，醉成这样还不忘祸害我。”

在如此情景前，成排的空出租车竟没一个开过来。

“加十块钱小费，吐了我出钱洗车。”

这才有了位好心的师傅开了过来。

“师傅您开慢点儿。”

强子抬着头闭着眼仰坐在后排，我扯开方便袋兜在他下巴处。

“要是想吐就提前说，我靠边停。”

“师傅您慢慢开就行，别提‘吐’这个字，容易勾他。”

这车开了多久？我也不清楚，只感觉像在爬。强子半张着嘴，不时顺带出喘息声。车来到地下停车场，我又多给了师傅十元让他等我一会儿，然后把他抬下车，架着他往电梯走。

“我要尿。”

“哦，等等。”我赶紧加快脚步，但他到了一个拐角处，一只手扶住墙不走了。可能是憋不住了，只能在这尿了，我尴尬地环视着上方看有没有监控。可站了好一会儿，他一动不动。不会是在等我给他脱裤子吧，这货想死吧？我心中暗骂。他身体突然一抖，慌忙解开裤子放起水来。走廊的一角瞬间一片泛滥。

敲开门，强子的老婆帮我把他架进小卧室。

“怎么喝成这样？”她问。

“别提了，和客户喝的，一个快六十的女人，将他。说第二杯酒必须让强子表个诚意。他二话没说，直接干了一杯白的。他们不知道，这女人的量是两斤白酒，强子怎么能喝得过她。”

我们帮他脱下裤子，手一抓全是湿的，原来刚才已经尿裤子了。

“天哥你赶紧回去吧，时间不早了。”

“行，你别再说他了，最近工作特难干。”

“知道，路上慢点儿。”

下了电梯，满走廊一股骚味。再来到停车场，出租车已经不见了踪影。我独自走在夜路上，想着刚才的强子，这货……

第三十二章　也许“他”在面对“他”

一个月了，自从上次送夏婷回家后，我再没见过她，甚至没再有任何联系。翻着 *The Great Gatsby*：

I decided to call to him. Miss Baker had mentioned him at dinner, and that would do for an introduction. But I didn't call to him, for he gave a sudden intimation that he was content to be alone—he stretched out his arms toward the dark water in a curious way, and, far as I was from him, I could have sworn he was trembling. Involuntarily I glanced seaward—and distinguished nothing except a single green light, minute and far away, that might have been the end of a dock. When I looked once more for Gatsby he had vanished, and I was alone again in the unquiet darkness.

（我决定跟他打声招呼，作为自我介绍，在晚餐时，贝克小姐提到了他。但是我没这么做，因为他突然做了一个动作，仿佛在暗示他正沉浸于独处中——他用一种奇怪的方式朝着幽暗的海面伸出双臂，尽管离我很远，但我敢肯定他在发抖。我不由得向海面望去，那里除了一束绿光，什么都没有，渺小而遥远，或许是在码头的尽头。当我再次去看盖茨比时，他已经不在了，我又只身于这个不平静的夜里。）

光……

光对她到底意味着什么？

越想越乱，看着手机上夏婷那空荡荡的聊天窗口，总感觉扎心……我漫无目的地翻着微信，这才注意到最近群里@强子的信息，他一条都没有回复。我私信了他几条，同样没有回应。不过有点儿意外的是这货的朋友圈竟然在半个月前更新了，他分享的是一个链接："有的人，三十岁已死去，八十岁才埋。"我特好奇，微信流行了这么多年，这是他第一次发朋友圈。

这个链接里讲的是丹麦摄影师**Peter Funch**花了多年时间做了一个实验：每天早上八点三十分到九点三十分在纽约的同一地点街拍，竟发现同样的人在不同的年份里多次重复出现在镜头中。同一个人配有两张不同时间的照片，他们的发型、衣着、姿态、表情、手中的咖啡、身边的同伴都极其相似。只不过，爱笑的依旧爱笑，悲伤的依旧悲伤。摄影师感慨道："我们究竟是过了三百六十五天？还是一天，过了三百六十四遍？十年如一日，未必是好事。工业化社会，人们似乎都是按照既定的程序生活着……"

十年……

我看了看桌角的日历，无奈地笑了笑。

感觉一个人有点儿闷，这货在干吗？我打算去强子的办公室串串门，没想到同事说他已经一周没来上班了。

怎么总是请假？拨了他的电话，始终关机。想到最近他不回信息的事，这让我有些不安，于是直接去了他家。

刚进强子家时，他老婆正在给孩子做饭，一如往常。

"弟妹，强子呢？"我问。

“在屋里呢。”

那个小房间的门是反锁的。敲门没人回应。

“这是……”

“别敲了，没用。”弟妹把洗好的青菜又放进了小盆里，“他只有吃饭上厕所会出来。活活养了个祖宗。”

“到底怎么了？”

“医生说得了抑郁症。让他自个儿待着吧。”

“怎么好好的会得这病？”

她把菜叶挨个儿扒开冲着水：“小心眼想不开呗。”

敲了半小时的门，没有任何反应。我特佩服强子老婆的大心脏，就不怕他在屋里出什么事。又不知敲了多久，还是一样的沉静，我开始担心起来，是不是应该打急救电话或者报警？但一看到他家人稳稳的样子，我又觉得想得太多余。

这时房门开了，一股酸臭味扑面而来，强子慢悠悠地跟在臭气的后面，鸡窝头、满脸油，这竟是我们曾经的广告部扛把子？飘忽的眼神里似乎并没有注意到我的存在，他走向洗手间，身后同样跟着一股酸气。房间内一片狼藉，满地的瓶子和烟头，这和他在英国时的房间很像。

“走，咱们出去喝点儿吧。”

他看了看我，一脸不屑地摇了摇头，随之又进入沉思，好像在想什么重要的事情。

“走吧。”

我说什么他都无动于衷，不知为什么，我很不放心他在这里，虽然这里是他家。

我试着拖他起来，竟发现其胳膊像面条一样软绵无力，更别提什么反抗感了。他并不是懒得理我，而是忽略了周围的一切。

费了好大劲儿，我把强子架到车里。可能是服了药的原因，他上车后倒头就睡。我本想带他出来透透气，看来我是太无知了。他睡着了，打着鼾，手里却紧握着手机和一本破旧的日记……

划开手机锁，直接进了微信的聊天窗口。那是小雯……

强子：我还是喜欢你。

小雯：所有都是晚到。

强子：没有如果，我能再见到你就是命。

强子：我。

强子：我怎么会又遇到你？

小雯：一切都是意外。

强子：我系话你，看到你就满足，才不敢和你说话。

强子：我没喝多。

强子：我……

我看了下时间，这是在那天聚会时发的，凌晨四点……那时我和夏婷已经离开了。看那越来越不成句的话和错字，说明当时是真喝醉了。我继续往下翻着聊天记录：

（5月20日 下午5：11）

强子：刚才翻了翻这几天的聊天记录，我发现你对我说的话一天比一天硬，现在你已经把自己包成刺猬了，好像你在强行消除你对我的感觉，甚至强行告诉自己我有多少不合适你的地方。

小雯：呃……没有啊，我说了我们顺其自然。（微笑）

强子：你晚上有应酬吧，别喝多了，你喝酒不上脸，别人都会误以为你特能喝。

小雯：那个经理改明天见面了，晚上回家早，睡觉。（微笑）

强子：那咱们出去搭伙随便吃口吧，半小时就吃完，特快。

小雯：不了，特别困，特想睡觉。

强子：这个理由很不充分，这才下午五点，你打算夜里十二点醒？不愿意和我单独吃的话就叫上咱同学。

小雯：我一般都会睡很久。

强子：真的一会儿都不行……

小雯：今天这种日子真的只适合在家睡觉……

强子：今天这日子说明不了什么，就是个网购剁手节，我带你去吃个城乡接合部的麻辣烫吧，特别香。

小雯：昨天喝酒喝得嗓子疼，今天中午又和朋友吃了火锅，所以麻辣烫我是不吃了。

强子：那我带你去吃城乡接合部的宽粉吧。其实我想看看你有多少花式拒绝法。（微笑）

小雯：呃……不是说好的吗？

强子：拒绝这么多次了，也松一次口吧，你这一松口能让我消停一阵子。有句话叫：打一棍子给个甜枣。你这都打多少棍子了？

小雯：我们说好的半年见一次，这都没一周。（撇嘴）

强子：我说了我中你的毒了，你得体谅一下我这病人，这得有个过程，一次直接下猛药真受不了，再药物中毒了就更麻烦了，慢慢治，疗效好，放心，会越来越好的。

小雯：唉，我……

强子：周三凌晨你把我微信删了，到现在也有三天了，三天我都控制住了，你应该鼓励我，我表现得很好了。

强子：走吧，城乡接合部的小吃，专治我的病。

小雯：我……

强子：走吧，再磨蹭真得喝风去了，放心，今天吃完，最近不会再喊你治病了，很有疗效。

强子：你现在在什么位置?

小雯：公司。

……

（6月10日 下午3：45）

强子：今天……能见你一会儿吗？……就一会儿。

小雯：不见。

小雯：不用再说了。

强子：就只是一会儿，不一起吃饭，我真的乱死了，你不知道我现在脑子乱成什么了。

小雯：不用说了。

强子：求你了，我真想你，真的……我中午特困，睡了二十分钟，做梦全是和你在聊微信，一睁开眼就摸手机看微信，但还是我刚才发的那些东西，然后就继续乱，怎么都睡不着。

小雯：我说了今天不见了。

强子：就一会儿行吗?

小雯：不行。

强子：我不知道该怎么办好了，你刚才能接我电话，那五秒的时间里我突然感觉好了，但什么都没说成，挂了电话，我又不知道该怎么办了。

强子：见我一次吧，就算是敷衍我，就算是不理我都没事，只要见一会儿就好，这些年了，我从没这样过。

小雯：说了不见，你就让我坚持住一次，别强求了。

强子：我感觉自己在一个房子里走不出来，我不知道该往哪走。

小雯：砸墙。

强子：我现在最明显的状态就是睡觉越来越短，闭上眼全是你，也不知道是醒的还是在做梦。别管什么时候一睁眼就是看微信，抱着侥幸心理看有没有你的信息。起床后就翻群里，看那里有没有你的信息……我如果能砸墙就好了，从来都没想到自己会像现在这样被困住。

强子：我听说当人梦到的事和现实中关注的事是一致的话，身体会自动解除疲劳信号。现在我虽然睡得少，但没困意。可我知道我的身体是疲的，不知道该做什么，不知道该怎么做。

小雯：你该做的就是好好休息。

强子：我休息不了，我很困，但心不定，睡一会儿就醒。没办法，脑子里全是你，真没法了就开始往前翻和你的聊天记录。这种情况以前只在小说里看到过，现在才知道原来都是真的，就是那种被困住的感觉。

强子：就见十分钟行吗？我从没这样过，我都觉得自己烦，但还是没办法。

小雯：烦吧。

强子：对你来说只是露个面而已，我今天做什么都是硬顶着精神硬撑着，我都快乱死了。

小雯：……

小雯：等晚一会儿吧。

（6月11日 凌晨1：07）

强子：唉……又不争气地想你了。

（6月13日 晚上 11：23）

强子：我没喝多。我有时恨自己没早点儿见到你，有时恨自己现在遇见你，有时庆幸自己现在见到了你。对不起，因为你，我早已不是以前的自己，但我发现原来现在才是真实的自己。我每天盼着能见到你，见到你时特开心，但见到你后特扎心。有时我在笑自己的幼稚，但有时我在享受那种痴痴的感觉。就像傻子似的看着，只是那样看着就很满足。前段时间总是在你面前重复：我这是怎么了；现在总是在自己面前重复：我爱你。

强子：唉……特想你，想得头痛，没见过这样的傻子，其实我自己都没见过。

强子：不理我了……

……

聊天记录很多，这只是很少的一部分，字里行间，我看到了强子的情绪，没想到这个年龄里的他竟动了真感情……看着这个熟睡的傻子，真是让人心疼。显然这样的强子不是几瓶解愁酒就可以“治好”的，他的心理出了问题。我把这事告诉了夏婷，她说也许掌心的医疗援助能提供些帮助。

唉……

“情不知所起，一往情深。”

这个晚上他住在了我家，这个傻子，我却备感熟悉。

强子清醒时的状态还算正常，只是话少，总忘事。上车前说好的去心理诊所，转头就忘，一路上问了五遍“咱们这是去哪？”我开着车，夏婷不停地和他聊着网上的段子和新闻，这些都是她事先准备好的话题。现在的强子就像个懵懂的学生。

这家诊所叫艾瑞克心理疗吧，坐落于东三环附近的一座写字楼里。夏婷说现在都市压力大，好多人通过“掌心”被介绍到了这里。

进门处有一句醒目的标语：“请放开自我。”疗吧内部以天蓝色和白色为底装饰，并伴有轻声的钢琴曲。

此时前台有位身着西装的接待员对我们躬身行礼：“请心语客人选一个水果面具吧。”

在旁边的书架上有好多标有水果名字的格子，其中只有四个的里面不是空的。强子选了柚子面具。

候诊区里有两块大屏幕，左边的屏幕显示的是一位穿西装的老人正在和一位戴面具的客人谈话，接待员介绍说那老人便是艾瑞克，我们用座位旁的耳麦可以听到他们的对话。右边的屏幕被分成六块小屏幕，其中五块里各有两个戴面具的人在同一个房间里，还有一块显示的是一间客厅式的房间，里面只有一位服务员在吧台忙碌着。

我戴上耳麦……

“……那几年里，我几乎每个月都打催卵针，为了卖钱。他们说我过早进入了更年期。现在，现在……我不能生育，大半夜在家看电视都能突然烦起来摔杯子，不知道为什么摔，但不摔就难受，就好像熬不过去这个晚上一样。”

“一般几点睡觉？”艾瑞克说。

“凌晨四五点吧。”

“人的大脑在凌晨两点到四点都会有段情绪兴奋期，熬到这个时间的人会觉得很精神，早睡的人也会在这时开始做梦。女人较为感性，症状更明显，你也不会例外……”

我们在听，强子也在听，不过，其眼神告诉我他所想并非所听。

下一个是强子，可我和夏婷不允许进入艾瑞克的门诊室。

看着屏幕，我有些紧张。他戴好面具径直走到艾瑞克面前的椅子旁，坐定，并没任何拘谨，好像不知道这是什么地方。眼前的桌子上摆有三个不同样式的吊坠，前后错位叠放；奇怪的是，它们的钟摆晃动完全同频……

“你在想很多事情。”艾瑞克说。

强子点了点头。

“和我说说吧，我特别想听。”

“我觉得我应该可以做更多的事。”

“比如？”

“工作中拥有一个可靠的团队，生活中有一个懂我的女人。你应该能明白吧，我这个年龄是特别困惑的，什么都遇到瓶颈，但还能看到希望。我梦想着有一天当上球长，就是一个星球的老大，养成一切，掌控一切，里面的所有事物都是我的作品，我做什么都是为了他们好，还不会受其他因素的牵制。你说说，这可能吗？现实中那么多破事，旁边的人没一个省油的灯，特别是我那上司，整个就一没出息的小混子，您知道每次听他讲话我最想干什么吗？恨不得拿起他面前那大麦克风一棍子插进他嘴里，把那一嘴黄牙捣得稀碎。人啊，只在明处努力是不可能成功的，要在明暗都努力，这个世界不公平，但也公平……”

我和夏婷面面相觑，强子在侃侃而谈，抱怨里带着喜感，谈人生、谈理想，对面的艾瑞克好像和他很熟，好像是相见恨晚的忘年交，难道仅仅是因为艾瑞克说了一句“我特别想听”？这和在我面前时反差也太大了吧。

一个小时的交谈后，强子被安排到休息室，他躺在沙发上听着耳麦里的音乐，旁边放着一杯玫瑰花茶。

我和夏婷来到艾瑞克的办公室。

“你的朋友的确有抑郁症，而且应该达到中度的水平。”他说。

“可你们的沟通很好，他那么能侃。有这么开朗的抑郁症？”

艾瑞克点了点头：“他在独处时大脑异常活跃，会不自觉地想出很多事，有虚的、有实的，但很难自我消化。面对外界时的宣泄欲很强，但宣泄的内容可能会高度重复。从他的面色可以判断他现在极度疲惫，即使用药物，每天的平均睡眠时间可能不会超过四个小时。即使是在这四个小时里，他的大脑也没有休息，所以我确信他的梦也是他的现实所想。从神经学上讲，当人的现实和梦境相似时，身体会自动解除休眠信号，很多人对某件事研究得过于痴狂时也会这样，所以他并不能像我们一样在疲惫时倒头就睡，睡着了就有休息。这样的循环会把身体逼到极限，极限状态会让所有的情绪逐渐负面化，再这么下去可能会演变成躁狂症。”

我好像明白一些了。艾瑞克接着说："他的谈话只停留在表层，深层的胀痛才会导致表层的错乱。但我没办法为他的深层打开释放压力的缺口，只能靠他的主观意愿。"

"这样发展下去会不会有什么危险？比如……"夏婷问。

"暂时还好，这个阶段还处于自己的世界中，他会看到很多镜像，这些镜像有时会让他把自己看成其他人，有时会把其他人看成另一个自己；它们之间相互影响，逐渐在大脑中勾绘成了自己的世界。当病症转为重度时，意味着他的世界已经承受不住他的情绪了，这时大脑在被迫大范围地接受现实世界的信息时，反差感会让情绪加剧压抑。他们会感觉看到的一切都是灰色的，对任何事情都毫无欲望，包括生物体最基本的两个欲望：食欲和性欲。面对一个索然无味的事物时，我们最直接的做法是什么？放弃。自杀就是放弃。"

夏婷看了看我。

"抑郁症自杀的人是因为有种暗力在背后推动着他们，他们并不怕死，而是时刻想着怎么去死。我不希望我的客人走到那一步，我需要用我的方法试一试，让他加入我的助手团队吧。"

助手？

坐在车上，夏婷给他喂了两粒药，在高架上堵了半小时却丝毫不见他的睡意，手里依然握着手机。

"是不是应该找小雯来？"我看着后视镜里的夏婷。

"来了又能怎样？以后呢？"她看着窗外。

我沉默了。

把强子送回家，车上只有她、我和电台里的音乐……

街头那一对和我们好像
这城市华灯初上多两个人悲剧散场
放开拥抱就各奔一方
看着他们我就湿了眼眶
……

一首张靓颖的《如果爱下去》让此刻的情绪静了下来。也许她也在听吧。

“我们都变了好多。”她说。

“嗯，连强子都变成这样了。”她依然看着窗外。

“但有些事是一直没变的。”我说。她依然没有回答。

除了音乐，车里的气氛又沉了下来。我们好像都想说点儿什么，但又不知道该从何说起。

三环又被堵成了停车场。

“时间不早了，想吃点儿什么？”我看着她，试着改变一下沉闷的节奏。“不吃了，回家。”

“吃点儿呗，好不容易见你一次。”我故意装出一副俏皮样，笑着说。“真的不吃了，太累了。”

“哎，来来，看着我。”

夏婷把目光转向我：“嗯？”

“这里也有个抑郁的人需要你拯救。”

“呵，你？”她笑着瞪了我一眼。

“不信？”

“行了，别贫了，赶紧送我回家。”她低头摆弄起手机。

“唉……你这一棍子打得真是酸爽。”

第三十三章 “柚子”与“橙子”

艾瑞克心理疗程的设计很特别，这是一种“同频疗法”。每位客人戴着一副水果面具，水果的名字就是客人的代号。“管家”把他们带到一间客厅里，一组八到十人……

强子和其他人一样坐在沙发上，戴着他的柚子面具。客厅的装饰是高档公寓的风格。白色的吊顶和主墙壁，顶部的四周镂空内嵌有暖色灯带，下沿装有LED筒灯。淡金色的加长茶几，其上方是一盏欧式烛台大吊灯。咖啡色的酒架上面摆放着多种水果和软饮品，吧台是复古工业风式的设计，自然木色的台面，上面的双层陶瓷盘里摆放着各种松软小食甜点；吧台外侧是铁艺网格栅，其内封存着多种鸡尾配酒，在内嵌的暖黄色灯光的背景下，酒色的红黄绿蓝显得格外醒目；吧台上方装吊有三盏铁艺酒吧灯，分别是半鸟笼式、单车式和地球仪式设计，其内部配着简式灯泡，衬托出一种轻松随意的感觉。水红色的地板、茶白色的沙发、一排暖色系但颜色不一的抱枕、褐色的砖式影视墙，中间的玻璃封框内有一台大尺寸的屏幕，循环播放着风景的MV，并配有Secret Garden的小提琴曲。房间主墙面和通往单间的走廊上挂有几幅风景油画，阳光、海面、灯塔是这些油画的主题，这种生活格调的布置很有“家”的感觉。

“灯塔……”

八位客人一言不发，默默地坐着。艾瑞克慢慢走进客厅，微笑着看着大家。

“欢迎各位来我们的疗吧。你们既是我的客人，也是我的助手。既然是我团队的一员，我希望各位拿出一种态度，一种服务于大家的态度。上帝是公平的，让我们的长处与短处并存。提醒下各位，我说的长处与短处并不是优点与缺点，它们没有对错之分；当我们通过最简单的方式让它们相互融合时，既不会产生冲突，也不会力不从心。那么现在，请各位拿起笔来，在您面前的纸板上写下一句话，把您的服务宗旨告诉其他朋友。”

强子拿起笔，看着纸板，略显迟疑。笔尖在纸面上虚晃着。许久，写下了一个字母“L”。

“好，现在由我们思考时间最长的四位选择自己的朋友。”艾瑞克抬手示意了一下强子：“请。”

他看着桌上的八张纸板，又环顾了一下所有人，大家同样也在看着他。

“这是你写的？”强子拿起其中的一张，并指了指对面的人。

“对。”

“就这位吧。”强子的声音很小但很坚定。

艾瑞克等了几秒，点了点头：“好，现在有请我们的柚子和橙子进一号疗吧。”

在管家的带领下，他们进了单间。房间同样是暖色系设计，墙壁上有软包贴护，地面上铺着软地板，房间放置着一张圆桌和两把高背转椅，天花板的两个对角装有两台监控。

管家将两杯水放在桌上，轻轻地关上房门。

两个人坐定，沉默片刻。

“你为什么会选我？”橙子说。

“因为你写了‘7’。”强子说。

又是一阵沉默。

“我……想说什么。”

“我也是……你先说吧。”

“我很想她。”

橙子看着强子，没有讲话。

“特别地想，每天一睁眼全是在想她，或者和她有关的事；一遍遍看她的微信，看她的朋友圈，找最合适的机会说话，她能回我一条信息，哪怕一个表情我就会特别开心，好像看什么都是顺眼的，做什么都有了劲儿。”

“爱她？”

“爱，一直都爱，那么久了，经历了那么多，还是没变过。”

“怎么办？”

“没办法。”

“就这么守着她？守多久？”

“守多久？不知道，哪天会死心？”

“等她伤你一次，一次特痛的。”

“以往的还够痛？”

“心痛不是心碎，碎了才能死，死了就不痛了。”

“现在怎么办？等死？”

“等吧，可以控制不联系吗？”

“见不到会想，见到了会伤，不发微信时看着那空框难受，发完了，等着她的回复更难受。我是不是很贱？”

“很贱，越贱越没用，她不会动心。”

“我不信她对我一点儿感觉没有，绝对不信。”

“有又怎么样？没有又怎么样？会有什么结果吗？”

“会有吗？会的。”

“你们两个人谁更理智？”

“不知道，但我知道我想要什么，我爱她。”

“她想要什么？”

“她？她对我有感觉，那不是能演出来的。”

“现在她需要的只是感觉吗？”

“不是她需要什么，而是她在犹豫什么，对，她肯定有所顾忌。”

“没人会不顾忌。”

“她并不是在完全拒绝我，她在矛盾中，女人总是这样，既想让我放弃，又无意中让我看到希望，我能看出来她的矛盾，她肯定在犹豫，只是她不听我劝，女人总是这样，总是这样，不听劝，从来都不听。”

……

疗程持续了一个小时，我和强子回到候诊区时，夏婷已经在等着我们，她没说话，只是拿了我的车钥匙。回家的路上，强子和往常一样，满眼血丝，但毫无睡意。把他送回家后，我终于按捺不住疑惑：

“怎么了？心情不好？”

“没有，先送你回家。”她专注地开着车。

“送我？”

“嗯，我要借你的车用，明天接你。”

“已经这个点儿了，咱们去吃……”

“不，我还有事。”她很干脆地打断了我。气氛不对，我没再说话。

车就在这尴尬的安静中行驶着，连电台的音乐都没有了。今天太累了，我侧卧在副驾座椅上，看着她，她看着前方；夏婷的侧脸很漂亮，专注中透着严肃。我好想问她，问她那海边的……可……

她转脸看了看我：“休息一下吧。”

那眼神很熟悉，是关心？是体贴？就像在英国时的她。突然，我又想起来前段时间她说过的话，‘你那时是个大男孩儿，而他给我了安全感。’……直觉瞬间警惕起来，她不喜欢那样的男人，我强打起精神，虽然我真的好累。

到家睡了一会儿，醒来已是晚上十点，全身像散了架一样连下床的力气都没有。打开微信，和夏婷的对话还是停留在昨天的“到家了吗？”“到了”。

发呆了一会儿，我输入：“干吗呢？”

然后，等……一分钟，十分钟，半小时……她不会回了，可能睡了，也可能不想回，也许和今天她那奇怪的状态有关。我仔细回想着，上午一起去疗吧的时候还不是这样，到底发生了什么？

又是一天，夏婷依旧延续着昨天的严肃寡言，我们如约到了疗吧，强子依旧找到了那位“橙子”。

……

“我在跟自己较劲儿。”

“因为没有回应。”

“没有回应是不是意味着拒绝？”

“也许是犹豫。”

“又绕回去了，我总是这样。”

“总是这样，否定完再找希望。”

“有希望又能怎样？”

“不知道。”

“会离婚吗？”

“应该会。”

“应该？是不是犹豫？”

“不知道。”

“因为孩子？”

“也许吧，我不知道。那些事情我都不知道，没法想，我只在想她。”

“这是负责任的想法吗？”

“责任？我……真的不知道，我好废物，明明什么都顾不到却控制不住自己。我像是着了魔，手脚大脑全都不受控制。其实我对她真没什么奢求，因为我知道现在我没资格。曾经我想和她在一起，爱她宠她，后来她在回避，我就想只要能常见到她、和她吃吃饭说说话就好；但慢慢地，她总是说有事或者累，总之就是在找借口不想和我见面。但我实在控制不住自己，几乎是求她，她心软就答应我了，但是每次只给我十分钟。

“你知道吗？那十分钟对我有多重要，在随后的两三天里我至少算有个正常的状态。但后来……那个十分钟却成我最担心的时间，她不再和我主动说话，而且一旦开口就是泼我冷水，说我们不合适，和我离不离婚没关系，就是对我没感觉，总之什么扎心说什么。头两次的时候我没法接受，总是低着头皱着眉头，说好多心里的话，但她不以为然，只是说时间可以解决一切，你不知道那气氛有多尴尬。那真是特矛盾，不见还想见，见了还扎心。我甚至感觉出再以这样的气氛下去，可能连见面都会成了奢望。所以当她再次泼我冷水的时候，我尽量保持着半开玩笑甚至有点儿痞的状态，就是那种既难过又自嘲还要脸上带着笑，装出一副不以为然的样子。我算是知道了，当一个人笑着说心痛的时候，那滋味是真难受。

但即使这样，她还是在刻意控制和我联系的频率。微信回的话越来越少，有时我发好多话，她才会回几个字，有时一个字都不回。我就在那看着她的微信，没完没了地翻她的朋友圈，每次她发新的动态时我并不会全部都去点赞，而是通过她发的内容试着了解她当时的状态。可还是没用，她不回复我的时候越来越多，以至于后来她能回复我一个表情都会让我开心几个小时，反复地看那表情图，就莫名地开心，可现在连这都成了奢望……我真的太想她了，我只能直接打电话，这不是我想要的方式，我怕紧张，越说越不靠谱，可连电话也始终是无人接听。其实我早就猜到了，但还是要打，一旦开头了就停不住了，那手不听话，明知道等来的是失望但还要拨过去，再次无人接听就更失望，失望了就更想拨，最后她按了‘拒绝接听’，我的心情竟然好了，因为至少这也是她的一点点回应，只要有那么一点点回应就好……”

第三十四章　梦与醒

这些天以来，强子重复着这样的循环，而我的注意力已经不在他身上了，因为夏婷已经好久没有出现过了，艾瑞克派疗吧里的工作人员承担起了接送我们的任务。我很奇怪，夏婷为什么会这样，微信不回，手机不接，好像在这个世界上消失了一样，唯一能算是一点儿音讯的便是她留在艾瑞克那里的一张字条："不要再找我，你我现在是两条平行线，再不会有任何交集，照顾好自己。"

我总是拿着它发呆，这到底是为什么？是因为我追得太紧，还是她有其他原因？看着我和夏婷的微信聊天窗口，满满的屏幕都被我的文字占据着，而她连个最简单的表情回复都没有。

翻着 *The Great Gatsby*……这成了习惯，每当我无措的时候，这本书便成了我慰藉，已经读过很多遍了。Gatsby直到走到终点仍然守着他心中的光，无论现实如何，但他是无悔的；现实和他就像两条平行线，但无论在哪条线上都有一个终点在等待着他；或许，这样的终点是个好的结局……

窗外的北京又被雾霾笼罩，从二十层望去只觉得天边有一层膜。三环路上汽车慵懒地挪动着脚步，不时给人一种慢节奏生活的错觉。眼前的写字楼里，人们都在忙着什么？是不是每人都在忙着自己的故事？路边的早餐亭早已收工，唯独有一个人在用工具擦洗着亭子的外壁。我看不清他的样子，看那娴熟的动作，年龄应该不大。楼下的花坛边上坐着三五个人，他们相隔较远，可能并不认识彼此，但其动作是一样的：望着前方；他们是在想着什么，还是在发呆？坐在三十多度的空气中，我想不出会有任何的舒适感，也许他们并不知道任何人都可以随意进出那些写字楼，它就在身前或身后。也许他们在羡慕写字楼里的我们，但并不知道我们也在羡慕着他们。

最近强子和橙子的话越来越少了，有时只是静静地望着窗外，我知道他在想什么，但没人有办法。就这样一天天走下去何时才能结束？达到怎么样的结果才算结束？我和强子都不知道，每当我问艾瑞克时，他总是回我一个字："等"……

"夏婷好久没出现了"，我总是在重复这句话，但至于多久了我也不知道。艾瑞克告诉我时间分两种，一种是物理时间，一种是精神时间。前者是我们平时在钟表上看到的数字，后者是我们真正经历的时间；当专注于眼前时，我们会感觉时间稍纵即逝；当专注于眼前之外时，我们会感觉度日如年。

窝在沙发里，除了她的微信再没有什么能引起我的关注。我很清楚无论发什么她都不会回我，现在我只能不时地给她发一个"."，虽然不知道意义在哪，但我只是想发，发出去了，我的压抑才能有一点点的舒缓。然而，聊天记录里已经有很长的"."了。

夏婷："我要结婚了，不要再对我抱什么幻想了。"

看到突入起来的一行字，我兴奋了一秒才看清楚字的内容。可能是太突然了，我还来不及有什么感受，只是下意识地回复：“和他？”可当把这两个字发出去的瞬间，额头已在冒汗。

夏婷：“嗯。”

我：“为什么？你怎么会这么冲动？他的情况那么复杂，你为什么不为自己考虑下？你有冷静地想过吗？是不是有其他原因？”

夏婷：“完全是我自己的决定。”

我：“你真的爱他？”

夏婷：“如果不爱，我会照顾他到现在？”

我：“我呢？你对我难道一点点感觉都没有了吗？”

夏婷：“不用多说了，我们完全不可能，我没办法照顾你和你的强子了，保重。”

我：“我不信，这事太突然了，肯定不是那么简单。在这之前从来没听你提起过哪怕是一点点这方面的事，到底有什么事瞒着我？告诉我好吗？”

十分钟没有回复……

我：“我没奢求过你什么，更没有给过你任何压力，现在你告诉我这些，难道只是一句‘完全不可能’就完了吗？就不能把实情告诉我吗？就算对我再没感觉，就算是个普通朋友，告诉我实情也算是个基本情谊吧，你这样不就等于在折磨我吗？都这个时候了，就不能多少考虑下我的感受？我只想要一个实情。”

显示：“消息已发出，但被对方拒收了。”

她拉黑我了……

拨了手机，提示无法接通……

……

灯光的条纹，枕边的照片，窗外的夜空，耳边的泪痕……

在那条苏格兰最边缘的公路上，你手扶着方向盘，望着窗外的海平面，除了海浪和断崖的拍打声，还有CD里放着的《车站》；你说，有一天，你想去海的另一边；站在灯塔的身旁，回望走过的时间。我看着你的侧脸，那是我最熟悉的弧线，十年中，在梦里，这是只属于我的画面。“十年有多远？”“就像你我之间。”我攥着你的左手，你微笑着泪水划过双眼。“我想陪你走，走向那海的彼岸，你找寻着灯塔的光线，我只想守在你的身边。”你问我，人生有几个十年，我说只在指间，但错过的，比海天还远。“我以为海天终会相见。”“相见又能怎样？在彼此的眼前，却在世界的两端……”你再次把视线转向海平面，曾经，那是我们一起遥望过的同一个原点，而我，却始终看不到那灯塔的浮现……

这一夜，我没有分清哪边是现实哪边是梦魇，醒来的时候只觉得头痛得厉害。看了看时间，已经是下午两点，原来我早已忘了去疗吧的事。强子的手机没人接听，我赶紧下楼，打车，直奔东三环。

今天的疗吧很奇怪，除了服务人员和艾瑞克竟看不到一位客人。我快步走进艾瑞克的办公室，桌上的小钟摆左右晃着。

“强子呢？”我一遍遍地看着屏幕上的监控画面。

“从来就没有橙子。”艾瑞克拍拍我的肩膀示意我坐定。

“什么意思？”

他打开了监控视频回放，我看到画面中的强子，他始终一个人，对着空荡荡的房间说话。艾瑞克指了指日期，是7月25日。

“这是他进入疗程的第一天，后面的也都一样。”

我困惑地看着艾瑞克，同时，他也看着我。

“从来就没有橙子客人，他选择了自己。”

我突感一阵眩晕，这到底是在做什么？为什么会这样？

“强子呢？他人呢？”

艾瑞克沉默了。

“快告诉我强子去哪里了？他人呢？”我吼了出来，然而得到的还是沉默。

他的手机没人接听，连他家里的电话也是一样。我感觉眼前的一切都在晃动，周围的人像风中的叶子左右摇摆。这时我想起了小雯，只有小雯能帮他，也许他真的会去找小雯，可我并没有她的联系方式。

“小雯在吗？谁有她的电话？”我在同学群里问。

“小雯是谁？”有人回复。

“没这个人吧。”

这……到底是怎么了？你们怎么了？

他是不是回台里了？我看着手机上那些晃动的数字，按着那串潜意识里号码。

“是……广告部吧。”

“对。”

“强子在吗？”

“强子？谁？这里没这个人吧。”

“就是你们的副主任。”我怒喊道。

“哦，您……您是程主任吧……”

……

强子不在？真的不在？

别再骗自己了，该醒一醒了。

站在十字路口，望着远处的天空，今天的空气特别清新，天特别蓝，以往拥堵的左转道竟鲜有车辆经过。走过朝阳北路，走过团结湖地铁站，前面应该是亮马桥吧。一直向北走着，有多久没有这样放松了？原来徒步也可以这么惬意。车辆不时地从身旁的辅路经过，人们都打开车窗，感受这夏天难得的清爽。

这座城市太大，但路上的行人很少，人们用最有效率的方式向自己的目标前行着，大都不会在这里驻足。“路”有着独特的魔力，驻足时会让人茫然，行走时会让人充实。无论这里的风景有多美、故事有多丰富，它都很难成为我们的目的地。当有一天我们开始留意到它的时候，可能是我们醒了，可能是我们伤了，也可能是我们不再年轻了……

随后发生了什么？我记不清了，只知道醒来的时候坐在一辆车的后排。车一直往北开，当穿过北六环时，我认识了路，这是条去墓地的路。

“到了。”前排的人告诉我。

我下了车，站在空旷的石门前。

这座墓园不大，每座墓位旁种有两棵松柏，当年整齐成排的小树苗已经长到了两米多高，从远处看像座绿色的墙，把一排排墓碑遮挡在了背后。我在门前站着，许久，阳光下，石门的影子微移着。我在等着，等着时间和自己沉淀下来，

“不，这里没有大黄。”

他不在这里……我……真的醒了……

第三十五章　原点……

程天回到家中，这里既熟悉又陌生，好像很久没有回来过一样。他在客厅坐了一会儿，整个房间整洁的并不符合他的生活习惯。进了书房，他找寻着什么，书桌上堆放着书籍，虽然数量很多，但很整齐。他皱了下眉头，所有的书摞都是小本的在下，大本的在上……

书房、客厅、卧室，找了很久，最终在沙发的角落里找到了一个厚笔记本。那是一本日记，页脚早已被翻得破旧，他小心地把里面夹的每张照片和便笺整理好，然后放进书包的最里层。随后拿出一张纸，写下："再和我走一次那片沙滩吧"，塞进信封。

又到了蓝色港湾附近，多彩的霓虹却在身后。程天把信封投进51121邮箱，转身离开了。

"去哪里？"

"机场。"

……苏格兰的公路很静，在这里开车，总会迷茫它会把你引向何方。上次在这条公路上时，她在开车，我总是在睡觉，每次醒来时只觉得眼前的一切很美，就和现在一样。只是现在，我在她的位置上，而旁边并没有一个熟睡的她。

The wishes passed by waves grant light to the dreams.（由海浪传递的愿望赋予梦想光芒。）

如果世上有一个地方曾让我魂牵梦绕，那便是这里；如果世上有一个地方曾让我发誓永不再涉足，那仍是这里：然而，我违背了誓言。

凯尼斯海浪不时地触摸着半月形的海岸线，弧形的潮水背后仿佛在诉说着一个个无尽的循环。

和十年前一样，我又站在了这片白色的沙滩上，用鹅卵石拼摆出“B I T L”的字样，静看着潮起潮落。星空依然晶透，海风依然拂面，甚至连空气的味道都不曾改变，只是……此刻，她并没在我的身边。

那时：

夏婷望着星空：

“天秤座在哪里？”

“不清楚，好像在两颗很亮的恒星之间。”

“在他们之间……”她自语着，“所以才会犹豫不决吧……”

“这是天秤座的特点。”

“你不是不信星座吗？”她看了看我。

“是不怎么信，尤其是不信我的星座。”

“被黑得太惨？”

“简直是被黑得片甲不留。”

“哈哈。”她俏皮地笑着。“看，这些星星离我们好近。”

“不只是近，还摸得着。”

“骗人。”

“不信？来，闭上眼睛，把手伸向天空。”

她很乖地照做。我轻轻握住一点儿细沙，随着海风撒向天空，一阵银色粉粒飘进她的掌心。

“嗯？”她好奇地睁开眼睛，“哼！你骗人。”说着要来揪我的耳朵。我撒腿就跑，“站住！”她在后面追着，无尽地海滩上只有我们两个人的身影，我们尽情地在这里享受每一秒。

“小天！快看！”夏婷指着大海的方向。“我看到了光，是灯塔的光！”

我顺着她指的方向望去，但并没有看到任何光源：

“哪有？”

“真的，在海的另一边。”她靠在我身边还是指着同一方向，可我看到还只是一片大海，更没有什么海岸。

沙滩的远端有一对情侣，那好像十年前的我们。

而她，还没有来……

婷，你知道吗？十年的时间，这里没有变，我没有变，你也没有变。很多事情我不曾想象，但很多事情确实发生了；可为什么走了那么远，却发现我还在原点？

婷，你知道吗？我看到了那座灯塔，在那海的另一边。十年前我不懂灯塔是什么，十年后我仍然纠结于它的存在。今天，站在这里，我却懂了。灯塔寓意着你的希望、向往；而对我来说，它就是我心中的你，一直都在，从未改变。

我坐在“B I T L”的身边，拿起手机为鹅卵石们拍了张照片，点开夏婷的微信窗口，点击“发送”，0%……21%……

浪潮在每次冲岸时，水线越发得靠近，我聆听着凯尼斯海浪在耳边的低语……

不远处的石崖岸边，那座房子和老人都不在了……